KB265003

정의사회의 불교적 화두

정의사회의 불교적 화두

| 개정판 | 이 시대 대표 지식인 칼럼논설집

정의사회의 불교적 화두

2013년 11월 20일 개정판 발행

지은이 윤소암
펴낸이 홍철부
펴낸곳 문지사

등록일 1978.8.11(제 3-50호)

주　소 서울특별시 은평구 갈현동 423-16

영업부 02) 386-8451
편집부 02) 386-8452
팩　스 02) 386-8453

값 13,000원

＊잘못된 책은 구입하신 서점에서 교환해 드립니다.

| 개정판 | 이 시대 대표 지식인 칼럼논설집

정의 사회의 불교적 화두

한국불교역사문제연구소장 소암스님 지음

문지사

 이 시대 대표 지식인 칼럼논설집

이 책은 이명박 대통령 이후 5년간 인터넷 신문에 기고한 글이다.

특히 대통령 임기 초반에 썼던 'MB는 최악의 대통령인가',라는 글에서 대통령 측근과 종교권력의 행태 친인척 문제와 이상득 의원의 정계 은퇴를 지적했으나, 결국 정권 말기에 와서 그대로 적중되었다는 것이 놀랍다.

동양고전인 채근담에는 "어떤 개인이나 집단이 어떤 어려움에 처하든 역경은 문제가 없지만, 잘나 가는 순경에 처할 때 더욱 몸조심하고 경계하라."고 했다.

우리 정치 사회를 보면 딱 들어맞는 말이다. 6년 전 한나라당이 대선에 승리하고 이명박 대통령이 당선된 이후 오늘까지 바둑을 복기해 보면 답이 나온다.

집권세력 실패와 정치위기의 원인과 과정이 어떻게 해서 잘못되고 패착을 두게 된 것인가를 잘 알 수 있다.

야당후보를 압도적으로 눌렀다고, 10년 만에 정권을 되찾았다고 이명박 정권은 승승장구의 권력을 행사했고, 그것이 쌓여 결국 독배를 들게 된 것이다.

이명박 정권의 특징을 한마디로 요약하면 무엇이겠는가?

권력남용의 교만과 절대 옳다는 독선, 그리고 문제 자체를 거부하거나 모르는 무지와 무능이다. 교만, 독선, 무지 무능 때문에 국정을 망친 것이다.

금력과 권력은 예리한 칼날 같아서 잘 사용하면 나라와 국민을 살리는 약이 되지만 잘못 쓰면 망치는 독이 됨을 대통령과 집권 세력은 몰랐던 것이다.

엄청난 액수의 국가예산과 거대한 권력을 다루기에는 이명박 정권은 서툴렀고 집착했으며 남용했다.

원로정치인인 윤여준 이사장은 어느 칼럼에서 "박근혜는 자질이 있으나 국정 능력이 없고, 이명박은 자질도 없고 능력도 없는 사람."이라 혹평했다.

본인도 정권 초기에 대다수 국민들처럼 국정을 성공적으로 펼칠 능력 있는 지도자로 지지하였으나 점점 시간이 지날수록 국민 전체의 이익보다 개인과 집단의 이익에 집착하는 퇴행의 국정을 보면서 직간접적으로 충고와 비판을 아끼지 않았다. 임기 내내 소통이 되지 않는 불통정권이 되어버렸다.

이 글에는 5년간 이명박 정권의 문제점을 진단하고 문제 해결을 위한 대안을 제시했다. 이것은 차기 정권에도 해당되는 사항이라 믿는다.

비교적 깨끗하고 양심적이며 국정에 고뇌하던 노무현 참여정부가 개혁 조급증과 아집 때문에 국민통합에 실패했다면, 이명박 정권은 처음부터 교만·독점·편향·부패 등 치아이 정권으로 몰라했다고 본다.

박근혜 새 정권이 정치개혁과 쇄신을 제대로 하는 정권이라면 이명박 정권하에서 일어난 부정부패와 권력남용으로 야기된 국정실패를 거울삼아 반복하지 않도록 국정조사와 쇄신이 이루어지고 동시에 5년 임기동안 새로운 국정을 성공적으로 펼치는데 전력투구해야 할 것이다.

따라서 필자의 글은 단순히 이명박 정권의 실정과 실패를 비판하는데 그치지 않고 새로운 정권 5년 동안 우리 사회의 전반적인 문제점을 점검하고 개선 개혁 발전으로 가는 징검다리 역할을 고민했다고 보면 좋겠다.

그리고 근대화 1백년 해방 이후 60년 이후 종교 특히, 기독교의 영향을 살펴보고 종교권력으로서의 기독교를 비판하고 본질적인 문제점을 제기했다. 종교가 정치와 유착되고 권력화가 될 때 중세시대의 암흑시대처럼 극히 위험에 처함을 5년 동안 이명박 정권에서 흔하게 보았다. 대통령을 비롯한 고위공직자들의 종교 편향, 공사를 가리지 않고 생각없이 내뱉는 특정종교 행위는 국민을 분열시키는 원인이 된다.

차기 정권은 사회를 혼란시키고 해악을 끼치는 종교의 공공질서 훼손 방지법을 만들어 시행해야 마땅하다.

수천 년 문화전통의 국가를 특정종교의 식민지로 만들지 않겠다면 선진국처럼 종교법을 만들어 종교권력을 견제하는 장치를 만들어야 한다.

은퇴 승려 출신인 필자는 평생 동안 산중수행과 사회참여를 해온 경험으로 한국불교의 장자인 조계종단의 갈등과 해법을 짚어 보았다. 필자는 오랫동안 많은 글과 실천을 통해서 한국불교를 통찰해 왔고 비판을 아끼지 않았으나 여전히 답답한 심정이다.

사찰운영의 독점문제, 고질적인 문중 종단 파벌싸움은 불교와 나라를 위한 호국안민의 불교역사를 부정하고 잿밥에 눈이 어두운 정치승려들을 양산하는 원인이라 본다.

하루 속히 사부대중이 참여하는 한국불교의 쇄신과 화합 공동체를 이루는 길이 안으로 정법을 수호하고 밖으로 권력종교와 정치권력의 부당한 침해와 간섭을 막아내는 길이라 믿는다.

가야시대 불교로부터 2천 년 동안 한국불교는 단순한 종교의 틀을

뛰어넘어 역사문화 자연환경 그리고 인문과학의 총체로서 시대와 국
민이 요구하는 국민종교로서의 위상이 절실하다.
　지구 온난화와 더불어 글로벌 경제위기에 직면한 한국은 정치 종
교지도자들과 모든 국민들이 한마음 한뜻으로 난국을 극복하고 남북
의 평화공존과 통일을 이룩하는 그날을 또다시 기원해 본다.

2013 . 11.

북한산을 지나며 소암 윤구봉 두 손 모음

| 목 차 |

| 세3장 | 박원순ㆍ안철수 국민의 희망이 되라

| 제4장 | **대통령의 권력은 살인 검인가 활인 검인가**

인류의 기원과 문명의 진실

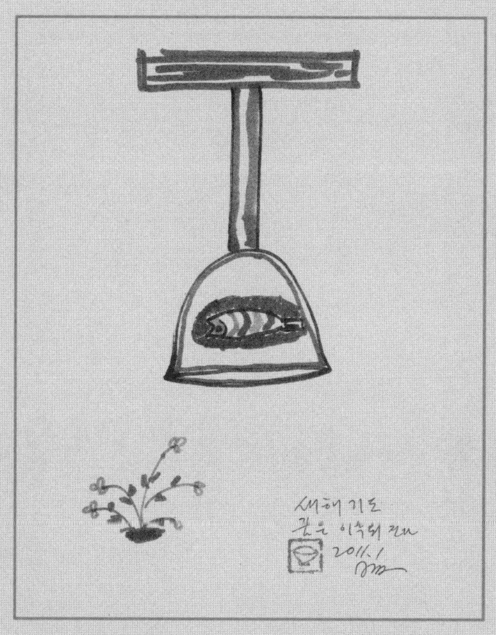

인류의 기원과 문명의 진보
지구 나이 45억 년, 인류는 언제부터 출현하였는가?

인류의 발생과 기원은 오랫동안 과학계의 연구 대상이었다. 전통적으로 과학은 종교 영역과는 다르게 실험 분석을 통해 증명되어야 하므로 수백 년 동안 인류의 혁명이라 할 정도로 과학의 눈부신 발전이 있었음에도 명쾌하게 밝혀 내지 못했다.

그러다가 수십 년 전부터 생물학의 유전자 연구가 획기적으로 진행됨에 따라 인류의 기원뿐 아니라 생명, 생물의 기원까지 밝혀지고 있다.

인간은 본래 창조의 산물이 아니라 진화의 산물이라는 것이다. 지금은 보편적 진리로 생각하는 사람들이 많아졌지만, 십여 년 전만해도 거부 반응을 일으킬 정도로 충격이 컸다. 5백만 년 전쯤 침팬지와 공동 조상이었던 영장류, 인간보다는 털이 많은 원숭이에 가까웠으니 말이다.

DNA실험으로는 인간과 원숭이가 98% 같다고 하고 더 충격적인 것은 인간의 몸과 굼벵이의 단백질이 98% 같다고 하니(김용준 한국기독교 과학협회장) 지구의 모든 생명체는 하나의 동질성을 갖고 있는 진화의 산물임이 분명한 것이다. 수십억 년 전 박테리아 같은 눈에 보이지 않는 미생물체가 자연환경에 의해 다양한 생명체로 발전하고 식물과 동물이, 마침내 고등생명체인 인간이 출현하게 된 것으로 신비롭고 경이로운 일이 아닌가.

신분주의의 종교인 기독교와 정치 원리를 강조하는 유교가 지배하는 사회였다면, 이런 최첨단의 과학이론은 이단으로 몰려 폐기되었을 것이고 많은 사람들이 처형되었을 법하다.

반드시 과학과 일치하는 것은 아니지만 불교의 삼천대천세계설이나 공, 무아 윤회설. 연기론, 물질의 4원소, 오온 육근 육진설 반야심경과 화엄경 등은 모두 과학 철학 심리학 생물학 등이 혼합된 것으로 첨단 과학과 근접한 이론이다. 어떤 원로 천문학자는 불교를 가리켜 우주 물리학이라고 말하는데 지구의 작은 존재요, 우주의 티끌에 불과한 인간이 지구와 우주의 지배자인 것처럼 착각하고 신으로 행세하면서 온갖 생명체를 파괴하는 것을 보면 그저 기가 막힐 뿐이다.

동남아가 인류의 조상이다.

털복숭이 유인원에서 털이 없는 현생 인류의 출현은 약 1백만 년이고 그 곳은 아프리카였다. 그리고 자연재해와 두뇌발달에 의해 약 1, 2십만 년 전 최초의 이동이 이루어졌는데 종착점은 인도였다. 몇 년 전까지만 해도 인류의 두 번째 발생지가 중앙아시아라고 했는데 그 것은 고고학 지리학 언어학의 산물이었고, 2009년 12월에 밝혀진 10년 동안 아시아 10개국이 참여한 대규모 국제 공동연구에서 유전자 분석으로 인도와 동남아시아가 인류 역사의 두 번째 기원이라는 것이다. 이런 내용은 과학 잡지 〈사이언스〉에 발표됨으로써 세계적인 공인을 받게 되었다.

오랫동안 북방민족 기원설로 알려졌으나 이제는 남방인 인도와 동남아 기원설로 역사기록을 바꾸어야 한다. 대략 십여만 년 전 최남단인 인도에 정착한 인류는 5만 년 후에 다시 동남아와 유럽으로 동남아에서 한ㆍ중ㆍ일 등 동북아로 이동하게 되었다.

인도 동남아 등에서 지금도 발견되는 야생벼와 곡물 등은 2만 년 전부터 농경민으로 정착한 계기가 되었을 것이며, 동북아의 신농 5천년 역사는 농경문화가 훨씬 늦게 시작되었음을 말해준다.

중앙아시아와 몽골 등 북방으로 진출한 사람들은 마지막 빙하기가 끝난 1만 년 전에 다시 아메리카로 서진(西進)하고 남하해서 동쪽으로 이동했다.

인류가 결정적으로 문명을 창조한 것은 5, 6천 년 전쯤 청동기, 철기시대 무렵이다. 중국의 삼황오제 등 각종 신화가 생겼다. 한국의 단군신화, 이집트, 메소포타미아, 중국, 북유럽 인도 등 인류 4대 문명의 시원이 그때부터 발생했다.

오랜 수렵시대의 원시인에서 비로소 자연을 활용하고 도구를 사용하면서 문명을 건설한 인류문명의 개화가 본격적으로 시작되던 때이므로 문자가 아직 없던 때라 그림 같은 상형문자로 기록하고 의사표시를 했다.

기독교의 천지창조도 역시 청동기 철기시대의 인류의 진보된 문명을 알리는 상징인데, 나중에 신화와 역사로 종교교리로 만들어진 것이다.

인류의 기원과 문명의 역사를 알고 보면 사실상 인류는 한 뿌리에서 갈라진 형제이며, 또한 지구생물에 등장한 마지막 생명체이고 다른 동식물보다 가장 많이 진화된 고등생명체로 고귀한 존재이다. 불교에서 인간평등을 말하고 만물평등을 가르치는 것은 영원한 진리임에 틀림없다.

기업의 사회적 책임과 경영철학
중도공생 자본주의의 가치관

미국계 사모펀드 투자기업인 론스타가 5조원의 이문을 남기고 떠나게 되었다. 2003년 외환은행을 인수한 이후 주가조작 등으로 유죄판결을 받았으나 금융위원회가 면죄부를 주었다.

투기자본으로 거대은행을 접수하는 과정에서 편법이 문제되었으나 금융감독원이 법적 책임을 묻지 않고 6개월 안에 지분을 매각해서 한국을 떠나라는 명령을 내린 것은 사실상 특혜라고 볼 수 있어 논란의 소지가 크다.

우리 경제가 외국자본에 취약한 구조로서 명백한 국가재산 손실이다.

그렇지 않아도 단기성 투기자금이 한국기업의 이익금을 주식투자로 빼어가는 돈이 일 년에 몇 조나 되는 상황에서 고환율 정책으로 대기업은 살찌는데 반해 중소기업은 갈수록 어려워져서 중서민의 수심은 깊어만 가고 있다.

고물가와 전세가 폭등이 이어지고 실업자 대란임에도 정부는 속수무책이다. 여기에 엎친데 덮친격으로 대통령과 한나라당은 한미 FTA의 국회 통과를 급하게 밀어 부쳤다.

대통령과 집권당 논리로는 김대중, 노무현, 양대 정권에서 한미 FTA초안을 만들은 것을 그 동안 수정보완했으니 이번에 통과시켜야 이익이라 하고 야권은 쇠고기 쌀 등 식품과 의료, 약 등 보건문제가 중서민에게 끼칠 악영향을 생각해서 정책보완이 필요하다는 입장이었다.

분명한 것은 MB정권 초기 무분별한 수입 쇠고기 협상으로 국민적 반대에 부딪친 것이나 축산농가가 위축된 것처럼 농민들의 보호 장치가 없는 일방적인 농산물 개방 확대가 축산, 의료, 약 시장까지 미국에 내어주면 서민의 고통은 더욱 가중될 것이다.

자동차, 전자제품 등 대기업 수출 분야는 더욱 많은 이익을 남기므로 값싼 식량과 생활용품의 폭등은 문제가 되지 않을 것으로 생각하는 것은 위험한 발상이다.

내수시장이 무너져서 외국시장이 지배하게 되면 어떻게 될 것인가. 부익부 빈익빈의 현상은 더 심해지고 사회적 갈등은 더 깊어질 것이다.

몇 해 전부터 '식량안보'라는 말이 회자되고 있다. 북한과 아프리카, 일부 동남아 지역의 식량 부족 사태를 보면서 식량 비축의 중요성이 강조되고 있다.

말은 '식량안보'라고 하지만 한미 FTA가 지속되는 상황이라면 농민은 이농할 수밖에 없고 식량을 수입에 전적으로 의존한다면 비극적인 상황이 벌어질 수 있다.

한미 FTA를 정권의 업적이나 전리품으로 생각하지 말고 국가의 백년대계를 위해 더 심사숙고해서 보완하는 것이 순리다. 여당의 강행 처리도 문제지만 야당 역시 지난 집권 10년 동안 한미 FTA의 독소조항을 예견 못했는지 그 책임이 크다.

대기업의 윤리의식과 국가관

미국·일본의 대기업은 1백 년 이상 오래 되었지만, 한국의 대기업은 사실상 1960년내 이후 박정희 정권의 경세개발으로 생겨 났으니 불과 50년이다.

50년대 6·25 한국 전쟁 전후 먹을 것이 없어서 밀가루, 강냉이 배급으로 서민들은 연명했다. 50년대 말만 해도 백미·설탕은 고급 식품이었다.

한국의 최고재벌인 삼성은 피난 수도 부산에서 밀가루와 설탕을 만들었고, 두 번째 재벌 LG는 치약 치솔류를, 롯데는 제과업을, 한일 합섬과 대우는 봉제산업을, 국제상사는 신발과 고무공장으로 재벌의 토대를 마련했다.

우연의 일치인가. 한국의 대기업이 거의 부산과 경남에서 창업을 했고 내수를 담당했다. 정부의 수출정책에 따라 이들 대기업은 고급 산업인 기계 전자 건설 중공업 분야에 진출해서 오늘날 대한민국을 먹여 살리는 국민기업 내지 글로벌 기업이 되었다.

박정희의 인권탄압 정책인 독재정치와 맞물려 재벌들의 사회적인 책임과 윤리가 국민적 지탄의 대상이 되기도 하지만 박정희의 산업화 정책과 대기업이 아니었으면 현재와 같은 급성장을 이루어 내지 못했을 것이다. 아마도 중공업이 빈약한 동남아 국가와 같은 수준이 되었을 것이다.

전통적으로 부산·경남 등 영남 출신 재벌들은 거의 불교신자다. 정신이 이상한 목사들이 주술에 걸린 듯 "불교신자가 가난하다."는 말은 선교용 거짓에 불과하다.

최근 부산 출신의 안철수 서울대 교수가 주식으로 얻은 이익금 1천 5백 억원을 사회 환원으로 내놓았다. 반대편 입장에서 있는 사람들은 안교수가 내년 대선에 나오기 위한 작업이라고 폄하한다. 모든 국민의 정치적 자유가 보장되듯이 내년에 대선에 입후보한다 하더라도 그의 권리에 속하므로 흠이 되지 않는다. 부자들의 사회적 윤리에 합당한 노블리스 오블리제 정신에 찬사를 보낼지언정 비방과 편향적인 시각은 옳지 못하다.

미안하지만 MB가 재산 3백 억을 조건없이 사회 환원했다고 하나 여전히 인척과 측근이 관리한다는 국민적 비웃음을 사고 있는 것과 비교하면 안철수 교수의 통 큰 기부는 아무리 상찬해도 지나치지 않는 공덕이다.

경주 최부자와 임상옥 상도인의 경우

인구에 회자된 것처럼 경주 최부자는 4백 년을 내려온 12대 진사 만석꾼 집안이다. 사방 백 리에 굶주리는 사람이 없게 하고 흉년에 땅을 사지 않으며 대지주와 소작농이 함께 잘 사는 것 등 오늘의 기업인들이 본받아야 할 경제철학과 윤리를 실천했다.

그뿐 아니라, 최부자의 선조들은 임진란과 병자호란에 걸쳐 무장으로 선생에 공을 세웠고 마지막 최부자인 최준은 비밀리에 상해 임시정부에 막대한 자금을 보내고 동생들은 갑부이면서 항일운동에 적극 참여한 애국지사다.

임상옥은 조선후기 무역상으로 거부가 된 사람으로 헐벗고 굶주리는 빈민을 구제하고 사회복지에 투철했다. 스승 석숭 스님으로부터 가르침을 받고 항상 과욕을 피하며 분수를 알아 재물에 집착하지 않으면서 재물은 백성과 나라를 위해 쓰는 방편이라 했다. 그는 나중에 홍경래를 지원해서(요즘 같으면 좌파수괴) 모진 고초를 겪었지만 조정은 그의 큰 공을 감안해 사면을 하고 큰 벼슬을 제수했다.

최부자와 임상옥은 TV드라마 명가와 상도로 제작되어 선풍적인 인기를 끌었다. 암울한 조선사회에서도 이렇게 훌륭한 후세의 귀감이 되는 기업인, 청백리가 있었다면 불자가 대부분인 한국의 대기업인들은 이제 편법으로 자손에게 큰돈을 물려주기보다 더 많이 사회에 환원하고 중서민에게 많은 혜택이 돌아가는 불교식 보시바라밀을 실천해서 돈보다 사람이 중요한, 그리고 개인과 사회가 동반 성장하는 공동체적인 기업정신을 실천하기를 바란다.

나라가 있어야 부자가 있고 국민이 있어야 사회가 발전한다. 임상옥의 "큰 장사꾼은 의(義)를 쫓고 이(利)를 쫓지 않는다."라는 말이나 얼마 전에 저 세상으로 떠난 세계적 기업가이자 IT혁명가인 스티브 잡스의 "기술개발(일)에 소홀히 하고 돈벌이(경영)에 집착하는 기업인은 천박하다"는 말은 명언이며 최고의 경제철학이 아닐 수 없다.

우연인지 모르나 임상옥, 최부자, 잡스 등이 또한 독실한 불자로 불교적 경영철학을 평생 실천했다는 점에서 자본주의와 사회주의 경제의 장점을 융합하고 상생하는 중도자본주의 또는 중도사회복지주의의 모델이다. 우리 경제인들의 귀감이 되었으면 한다.

도깨비신과 핵에너지의 두 얼굴

**수천 년 역사, 문화를 부정하고
국민 분열시키는 죄는 용서받을 수 없다**

먼저 대지진으로 희생된 일본 국민들에게 명복과 위로의 기도를 바친다. 일본 동북부 지역의 9도 강진은 지진 해일의 자연 재해와 더불어 원자력 파괴라는 인공재해까지 겹쳐서 엄청난 인명 사상자와 파괴를 몰고 왔다.

일본 총리는 이번 재해를 가리켜 2차대전 때의 원폭투하로 초토화된 일본이 65년만에 다시 맞는 두 번째의 사고라고 했다. 충격적이다.

나행히도 후쿠시마의 원사로 1호, 2호기의 폭발 가능성으로 인해 그야말로 원폭 수준의 대재앙을 염려했는데 냉각이 가동되어 더 큰 화는 면할 수 있어 불행 중 다행이다.

세계 언론은 일본의 강진과 쓰나미, 원자력 발전소 사고를 보면서 크게 두 가지로 보도했다. 첫째는 일본 강진의 의미와 영향이다. 환

태평양에 속해 있는 미국과 러시아 중국 남부지역을 포함한 태평양 국가들의 지진대 영향권과 엄청난 양의 방사능 낙진 등 직접 피해를 우려하고 간접적으로 세계 경제에 미치는 타격이다.

둘째, 국가적 비상사태를 맞아서 일본 국민이 보여준 놀라운 질서의 식이다. 현지의 피해시민은 물론 타 지역 시민들도 동요하지 않고 일사불란하게 침착성을 유지하는 냉정함을 세계인은 경이와 찬탄의 눈으로 바라보았다. 그에 비해 일본에 근접해 있는 우리는 어떠했는가.

모든 언론이 호떡집에 불난 것처럼 마치 전쟁이라도 난 것처럼 선동과 감정에 치우친 보도를 쏟아내었다. 심지어 일본 침몰로 일본이 망한다, 예언이 실현되었다는 등 시나리오와 영화를 보는 것처럼 게임을 즐기듯이 단순하고 즉흥적으로 중계 방송해 대었다.

언론이 그러니 일반 국민들의 여론인들 좋을 리 없다. 십중팔구는 일본이 망해야 되고 일본이 망하면 한국이 득을 본다는 단순사고와 묵은 반일감정이 지배했다. 정부 역시 다르지 않다. 한국의 경제 침체와 정부의 무능을 일거에 회복할 수 있는 절호의 기회라고 생각하는 발언들이 적지 않았다.

언제부터 한국인이 이토록 천박스럽고 저질스러워졌는가. 이웃이 죽든 살든 나만 살면 그만이라는 풍조, 이웃의 희생을 나의 이익으로 생각하는 사람들이 너무나도 많은 한심한 대한민국이 돼버렸다.

도깨비 신을 믿는 목사들의 광기

옛날 전기가 없던 시절 도시 변두리 공동묘지나 시골에 가면 새파란 불길이 어둠 속에서 빛을 발하고 춤을 추듯 이동하는 것을 보고 사람들은 도깨비불이라고 했다.

민화와 속담, 설화에 많이 나오는 뿔 달린 도깨비는 실체가 있었다고 믿었다. 권선징악을 위해 필요한 민담에서 유래되었지만 관의 횡포와 고달픈 삶에 지친 민중들은 도깨비를 있다고 여겨서 두려워하고 경계했으며 때로는 기복의 대상으로 삼았다.

가령 착한 일을 한 사람에게는 도깨비가 복을 주지만 악인에게는 화를 내린다는 이야기를 믿었다. 흥부에게 행운의 박을, 놀부에게는 불행의 박을 주는 것도 도깨비 신앙의 한 형태이다. 한국인에게서 도깨비는 금은보화와 부귀영화가 약속되는 부자 방망이 신화이고 만일 도깨비에게 잘못 보이면 그야말로 신세가 몽땅 망하는 저주와 심판의 상징이기도 하다.

대통령 개인이 아닌 국민들이 지켜보는 공공장소에서 국가원수를 무릎 꿇게 하는 도깨비신 같은 목사가 있는가 하면 일본 미증유의 참사와 재해를 보고 위로하고 사랑과 평화의 기도를 해야 될 한국 최대 교회 목사들이 비기독교 국가라는 한 가지 이유만으로 저주와 심판의 악담을 퍼부었다.

도대체 이들은 누구인가. 무엇 때문에 상식에서 벗어난 광기와 독설을 내뿜는가. 그들로 하여금 정상적인 기독교인들과 일본의 불행을 가슴 아파하고 진정으로 바른 치유를 바라는 건강하고 합리적인 국민들까지 도매금으로 비열하고 수치를 모르는 기독교와 한국인으로 비쳐졌다.

수천 년 전의 신화를 종교로 만들어 우상화해서 돈과 권력의 권능을 부리는 그들은 사람이 아닌 산도깨비인가. 한 손에 행복, 한 손에 불행을, 한 손에 예수천국을 다른 손에 불신지옥을 밤낮으로 외치는 그들은 길흉화복을 점지해주는 도깨비신이다.

예수는 없고 도깨비신들이 수만 명, 그리고 그것을 믿는 도깨비 신자들이 천만 명이 넘는 한국교회가 조상, 영웅, 토속신과 불교가 융합된 일본의 종교를 보면서 미신. 우상숭배라고 가르치는 것을 보며 반한감정을 넘어 저급하고 무지한 종교, 역사관을 보게 한다.

기독교인들이 일본을 가리켜 수십 수백만의 잡신을 모시는 나라라 선전하지만, 정작 한국기독교인들은 교회와 가정집, 사무실, 상점, 학교에서 형형색색의 그리고 신자들마다 해석이 다른 천만이 넘는 종류의 십자가 신을 숭배하는 것은 어떻게 봐야 하며 밤하늘의 별처럼 많은 붉은 도깨비의 표시는 또 무엇인가.

사실상 일본의 종교는 가야, 백제에서 건너가 무속신앙과 조상, 영웅숭배, 한반도 전 지역의 불교문화와 특히 백제불교가 전해져 오늘날까지 고스란히 전해진 한반도 역사문화의 보배창고이다. 우리에게 없는 역사기록과 문화유산이 일본에 많은 것으로 증명이 된다.

60년대 말부터 한일양국이 경쟁적으로 원자력을 건설한 것은 순전히 경제성장 때문이었다. 나무, 석탄에너지에 의지해 온 인류역사는 석유가 고갈되고 비싸지면서 세계가 값싸고 효율이 큰 원자력 에너지에 눈을 돌려 경쟁적으로 건설 사용하게 되었고 무공해 청정에너지라고까지 맹신하게 되었다.

오래 전 가공할 러시아 체르노빌에 이어 일본 원자력 파괴는 도깨비신과 같은 양면성이 있음을 새삼 깨닫게 해준다. 핵융합은 평화적 사용이요, 핵분열은 핵무기로 사용된다고 믿었으나 핵 그자체가 위험천만한 파괴력을 지녔음을 알고 있었고 핵에너지에 대한 매력과 경제 이익 때문에 간과하고 있었다.

이제 세계 각국은 경제성장이 느리고 조금 불편하더라도 각종 천연에너지를 개발하는데 속도를 내어 인간과 자연환경이 같이 보전되고 상생하는 일에 매진해야 할 것이다.

힘들고 어렵다 해서 신화속 도깨비신에게 빌고 노깨비 방망이를 찾는데 정신을 빼앗길게 아니라 실재하는 이 세상 속에서 인간과 모든 생명체에 깃든 신비로운 원리에서 해답과 대안을 찾아야 한다.

수천 년 역사와 문화를 부정하고 국민들을 분열시키는 죄는 용서받을 수 없는 민족 반역죄와 다름 아니다.

한반도에 전쟁이 일어난다면?

국정철학이 없는 지도자여!
평화정책은 남북을 살리는 길임을 알라.

전쟁인가? 평화인가?

연평도 포격사건이 터진 후 대통령과 청와대는 확전 자제를 말하더니 수일 만에 뒤집고 보복응징의 강경 모드로 가고 있다. 청와대의 말만 믿고 유연하게 대응했던 국방장관을 경질하고 연평도 주민을 퇴거시키면서 첨단무기를 배치하는 등 군사력을 증강시키는 것도 모자라 이제는 세계 최강의 조지워싱턴 항공모함과 휘하 막강한 화력을 자랑하는 이지스함 군단을 요청해 서해에서 한미 군사훈련이라는 이름의 준전시작전을 펼치기에 이르렀다.

미국을 비롯 국제사회의 여론은 60년 만에 제2의 6·25 한국전쟁이 일어날 것을 말하고 전쟁대비에 들어가야 한다는 여론이 비등하다. 어떻게 보면 이번 사태는 대통령과 청와대가 문제를 크게 키웠다. 군 작전 훈령에는 도발을 받으면 두 배로 응징하는 것이 당연한

데 현지 지휘관이나 합참의장의 권한을 청와대에서 섣불리 지시라고 훈수를 두다가 시기를 놓쳐 버렸다. 마치 이명박 대통령이 당선자 시절 경기도 모 경찰서를 방문해서 범법자를 체포하라는 지시를 내린 것과 같은 맥락이다.

대통령과 참모가 할 일이 따로 있고 일선의 경찰서와 군부대가 할 일이 따로 있는데 평소 대통령이 국정현안의 큰 과제들을 해결하는 데는 실패하면서 지역 말단의 사건에는 일일이 챙기고 간섭하는 인상을 주고 있기 때문이다. 호미로 막을 일을 가래로 막고 작은 상처를 덧나게 해서 큰 상처로 키우는 격이다.

국정철학이 없는 지도자의 비극

몇 해 전 중국의 장춘역 부근에서 의미심장한 글을 읽었다.

智者以敎訓 制止流血
愚者用流血 接受敎訓
지혜로운 사람은 역사의 교훈을 거울삼아 유혈을 막으나
어리석은 사람은 많은 피를 흘려서 비로소 교훈을 삼는다.

일반개인이 아닌 국정을 담당하는 지도자의 판단은 매우 중요하다. 과거 역사를 교훈 삼아 희생과 비극을 막는 평화의 중요성과 권력을 마음대로 휘둘러서 수많은 인명을 희생시키는 전쟁의 위험 중 어느 것을 선택할 것인가.

북한의 강경파도 마찬가지이지만 한국의 수구보수주의자들은 북한을 무조건 쳐 없애야 한다며 무력전쟁을 부추긴다. 국지전이 아닌 확전의 위험성이나 결과에 대해서는 무지하고 무책임한 사람들이다. 아무리 첨단무기와 막강한 군사력으로 무장한 한국군과 작전지휘권을 가진 사실상 한국군의 상전인 미국군의 가공할 핵 파괴력이 북한을 단기간에 초토화시킬 수 있어도 핵무기를 이미 개발했다는 군사, 이념국가 북한과 중국이 가만히 앉아서 당하겠다는 것인가. 황당하고 비현실적인 발상이다.

이미 세계는 과학의 발달과 더불어 전쟁도 가공할 첨단시대다. 월남전. 이라크, 이란, 아프간 전쟁에서 보아 오지 않았는가. 재래식 무기와 수많은 군인도 필요 없다. 남북은 핵발전소 시설이 화약고이고 도시가스 주택, 지하철 등이 모두 화약고와 다름없다. 남북이 모두 장거리 미사일과 폭격기로 핵발전소 몇 개만 파괴해도 국토는 초토화되고 모든 생명체는 전멸하게 되어있다. 부상을 당하고 살아남아도 방사능 오염으로 살아남을 수 없다. 상상해도 끔찍하고 참혹한 일이 아닌가. 수천 년 역사의 질곡을 이겨내고 살아남은 한민족이 남북의 호전적 지도자와 약소국을 희생양 삼으려는 제국주의 강대국 때문에 멸망할 수도 있다.

평화정책은 남북을 살리는 길이다.

정부는 강경책만을 고수하고 미국군의 힘에만 의지할게 아니라 남북회담과 6자회담의 비군사적 외교 채널로 나가 한반도의 일촉일발 긴장을 해소해야 된다. 언론에 보도되어 국민들에게 널리 알려진 사실이지만 MB정권의 요직에 있는 사람들 가운데 군미필자가 많고 그러다보니 안보전문가가 없다는 말이 있다.

천암함 사건 때도 그랬지만 청와대와 국방책임자들의 말이 서로 다르고 혼선을 빚었다. 갈팡질팡 누구 말이 맞는지 하루에도 몇 번씩 발표가 달랐으니 코미디가 따로 없었다. 그래서 다수국민들은 천암함 사건이 북한의 소행이 아닌 아군에 의한 미스터리라 보고 있다.

이번의 연평도 포격은 천암함의 오리무중과 달리 분명하게 북한의 소행임이 드러났음에도 초기에 맞대응을 하지 못하고 뒤늦게 확전의 결의와 미국군의 지원을 받게 됨으로써 국민들의 실망, 국제사회의 전쟁 우려와 조롱을 받게 되었다. 남북문제는 남북 간의 문제만 아니라 4강대국의 이해와 얽혀 있으므로 단순하게 생각하는 보수주의자들의 생각과 다르게 먼 장래를 보고 해결해야 된다.

과거 진보정권 10년 동안 북한을 도와준 것은 북한이 좋아서가 아니라 남북 간의 군사적 긴장과 충돌을 방지하고 전쟁을 피하면서 평화를 유지하겠다는 정책 때문이다.

MB정부가 햇볕정책이 실패한 정책이라면서 햇볕정책을 포기하겠다고 선언했을 때 반대로 무력침공의 전쟁 불사론을 펼치겠다는 것인가. 정말 그렇다면 소수의 기득권자와 극우 보수주의자들을 제외한 대다수 국민들에게 단군 이래의 큰 걱정꺼리와 고통을 안겨줄 수 있다.

한반도에 전쟁이 발발한다면 그것은 무엇을 의미하는지 깊은 사고와 올바른 지혜가 필요하다. 한반도 전쟁을 혹시 월남전, 아프간 이락전이나. 나당연합군 전쟁 정도로 생각하는지 아니면 개구쟁이들의 '전쟁놀이'로 생각하지 않는지 묻고 싶다. 돈 많은 강남 부자와 높은 공직자, 기득권자들은 비행기로 떠나면 그만이지만 이 땅에 남아 있는 남북 간의 보통시민. 민중들은 어떻게 해야 하나 철 없는 전쟁주의들보다 지혜로운 평화주의 정책이 중요한 까닭이다.

한중일 옛 역사를 보면 백만대군을 호령하는 영웅호걸이 불교고승의 말 한마디에 무릎 꿇는 일이 많았다. 왜 그럴까. 영웅호걸은 전쟁의 수호신이지만 고승은 평화의 수호신이기 때문이다. 전쟁은 일시적이나 평화는 인간이 바라는 영원한 가치가 아닐까.

세종시 · 4대강 사업은 백년대계로 해야

MB정부 들어 대표적인 국책사업이 세종시 건설과 4대강 사업이다. 이 두 가지는 이해관계가 있는 국민들에게 단순한 찬반 효과의 대립관계, 여야 간 지역 간 정파 간의 소모적인 갈등과 분열을 일으키고 있어 국가 장래가 우려된다.

국민들은 당장 긴급하고 중요한 사안도 아닌데 MB정부가 임기 내 완성하겠다는 조급성을 이해하지 못하고 있으며 그보다 중요한, 이를테면 전 정권에 비해 국민들의 부채가 두 배 가까이 늘어나고 국민총생산과 연간소득이 훨씬 줄어진 마당에 대통령의 제1공약인 경제 살리기는 어디로 가고 막대한 예산을 들여 시기에 맞지 않는 환경훼손 토목사업을 무리하게 추진하느냐는 반대여론에 직면해 있다.

애초 4대강은 한반도 대운하가 국민적 반대에 부딪치자 바꾼 것으로 처음에는 홍수방지, 수원확보와 강바닥 퇴적물 청소를 위해서 필요한 사업이라 하다가 본격적으로 건설사가 작업을 시작하면서 환경단체와 국민들은 그게 아니라는 것을 알게 되었다.

친환경적인 강변을 시멘트보와 강둑으로 새로 만들고 기존의 생태계를 훼손함으로써 수질오염 악화, 홍수 우려, 방대한 면적의 문화유적지 파괴로 이어지고 있어 4대강이 아니라 대운하 사업에 목적이 있다는 의구심이다.

자연환경보호는 이미 세계적으로 펼치는 필수운동 내지는 문화가 되었으며 지구 온난화로 인한 재앙이 심각한 지경에서 자연과 생명의 공존은 전 인류의 화두가 되고 있다.

환경 시민단체를 비롯한 종교계의 반대운동이 심상치 않다. 집회로 시위로 강연회와 각종 매스컴을 이용해 4대강 반대운동을 펼치고 있어도 정부는 당위성만 역설할 뿐 물러섬이 없다.

4대강 하류 중심으로 이미 공사가 많이 진척되고 있는데 걱정이다. 국민은 반대하는데 대통령과 정부는 밀어붙인다. 일각에는 4대강 사업은 건설사 그것도 대통령 고향 사람들에게 이익을 주기 위해 억지로 무리를 해가며 벌이는 것이 아니냐는 의혹을 제기한다.

20조가 넘는 예산으로 전 국토의 산과 강, 들판을 불도저로 밀어붙이는 진짜 목적이 무엇인가. 국민들이 납득할 만한 이유와 답변이 없어 더욱 수상하기만 하다.

세종시 원안은 원칙이고 정도

MB정권의 양대 정책 이슈는 4대강 사업과 세종시 수정안 건설에 있는 것 같다. 대통령 후보 시절과 대통령 이후 MB는 수없이 전 정권이 정한대로 세종시 원안을 존중해서 지키겠다고 약속해 놓고 이제 와서 수정해야 한다며 방침을 바꿨다. 당연히 전 정권 지지자들 이해관계가 있는 충청 지역인들, 당내 박근혜계, 선진 국민당 모두가 반대하고 나섰다.

MB정부의 세종시 수정론의 핵심은 정부 부처기관이 지방으로 가는 것은 비효율적이며 수도 분산으로 얻는 이익이 별로 없다는 경제적 발상이다. 사실 노무현 정부 시기 수도 천도, 수도 분할의 논쟁이 가열되었을 때만 하더라도 서울, 수도를 쪼개는 것이 말이 되느냐 국제경쟁력을 약화시키느니 중소도시 건설 규모로 인구 분산효과가 없다하는 여론이 많았으나 일단 국회에서 한나라당의 동의로 법이 통과됨으로써 종지부를 찍은 상태였다.

MB정부가 워낙 많이 신뢰를 상실한 탓도 있지만 세종시 수정안에서 어떤 징략직인 음모가 숨어 있다고 판단한다. 그래서 충청 출신 총리를 앞에 내세워 고향 민심과 국민들을 납득시키려 하지만 결과가 신통치 못하다. 명분은 세종시 수정안이나 충청권을 분열시켜 박근혜 대표의 정치적 입지를 약화시켜 차기 대통령 경선, 대선 성공을 차단하겠다는 정치적 술수라는 비판이 있다.

수십 년 전의 정부2청사가 과천에 있지만 충청지역에 옮겨도 공간만 다를 뿐 이동시간은 별 차이가 없고 대전 대덕과학단지, 계룡산 3군사령부의 국가 심장부가 서울과 떨어져 있어도 KTX와 거미줄 같은 고속도로가 있어 아직 큰 불편과 행정 손실이 없다.

너무 비대해진 전 국민의 반이 수도권에 살고 있는 가분수 꼴의 수도권을 행정부와 함께 한다면 군살 빼기 효과가 클 것이다. MB정부는 긴 안목과 깊은 호흡이 필요하다. 우공이산(愚公移山)의 덕과 지혜보다 조급한 밀어붙이기와 정신적 가치를 외면하는 단견(斷見)은 민심을 분열시키고 국토를 파괴하는 우(愚)를 범할 수 있다.

늦었지만 국가대사에는 선후가 있고 완급이 있으며 신중함과 신속함에 조화가 있어야 하고 균형이 있어야 한다. 대통령 퇴임 후 후회하면 이미 때가 늦고 국가운명을 좌우하는 국책사업은 국가존망이 달린 문제임을 깊이 인식하고 통찰해야 한다.

학교폭력 자살의 도미노 현상 끝장 내야
청소년 교육의 철학이 없는 나라

작년 12월 대구의 중학생이 자살하면서 유서를 남겼다. 같은 반 학생들의 집단폭력과 따돌림에 더 이상 견딜 수 없어 세상을 하직한다고 했다.

그 후, 대전의 여고생과 광주의 중학생이, 얼마 전에는 영주의 중학생 이모 군이 목숨을 끊었고 뒤따라 안동의 중학생이 또 하나밖에 없는 목숨을 던졌다. 중고등학생들의 자살이 무슨 유행병처럼 이어지고 있다. 기막힌 사회현상이다.

정부대책이나 전문가들의 진단 해법은 그동안 많이 쏟아졌으나 해결책이 없는 것은 무엇 때문인가.

무릇 청소년 문제 역시 다른 사회문제와 마찬가지로 원인과 동기 과정과 결과가 현상으로 나타나므로 사회가 문제를 키워주는 모태가 된다. 원인 없는 결과가 없다고 보면 학교폭력도 어느 날 하늘에서 뚝 떨어진, 갑자기 우연히 발생한 일이 아니다.

생각컨대 우리 사회는 50년대 동족상쟁을 겪으면서 대립갈등이 심해졌고 60년대 빈곤에서 해방되기 위해 산업화 정책과 새마을 국민운동이 들불처럼 번졌다.

학교공부마저 배워야 산다는 구호를 내세워 전 국민 계몽과 배움을 권장했다. 당시 지방의 농민 인구가 과반수를 차지하고 있었지만 자식들만큼은 가난을 대물림하지 않겠다는 부모들의 굳은 각오로 논 팔고 소 팔고 많은 자녀들을 공부시켰다.

한편 상급학교에 진학하지 못한 사람들은 도시에 나와 산업전선에서 또는 버스차장, 가정부, 식당종업원으로 밤늦도록 열심히 일했다.

필자의 5, 6십년 대를 생각하면 지금도 메마른 눈에서 눈물이 흐른다. 남쪽나라 고향에서 의식 걱정없이 부모형제들과 함께 무난하게 살았지만 어려운 이웃과 전시 수준의 사회 환경과 역사적 현장을 생생히 기억하고 있는 탓에 요즘의 풍족한 사회에 걸맞지 않는 학교폭력을 접하면 가슴이 아프다.

'살인적인 경쟁사회가 낳은 학교폭력,
학교폭력의 원인과 근본적 처방은 무엇인가?'
요즘 수개월째 고민하는 화두의 하나다.

전통적인 대가족사회가 해체되고 핵가족사회가 된 지 오래 되었지
만 새로운 가치관에 맞는 새로운 윤리가 정착되지 못한 것이 한 원인
이다.

예전에는 몇 대가 함께 살아가는 농경사회의 평화와 유교적 원리
인 서열문화가 있었지만 산업 정보사회로 발전하면서 모든 가치관이
붕괴했다. 가족 전체와 집단 공동체에서 개인과 사회로 중심이 바뀌
었다. 개인 중심의 사회는 능력사회이면서 동시에 의지할 데 없는 고
독한 사회이다.

인류사회의 수천 년 지속되었던 신화 전설 설화에 바탕한 종교 문
학 역사마저 현대인에게는 과거의 산물로 비춰질 뿐이다. 현대인들
에게는 과거보다는 현재·미래가 존재하고 소중하다. 지금처럼 정보
통신문화와 DNA혁명, 우주개척시대에 낡은 윤리와 교훈이 먹혀 들
지 않는다.

감수성이 강한 청소년들에게 국가와 사회가 어떤 틀을 강요하고
강제하는 것은 과거 권위주의시대의 방식과 다를 것이 없고 실패할
것은 자명하다.

수개월 전부터 학교폭력을 다스리기 위해 정부는 경찰을 동원하고
교육과학기술부는 전국 학교에 실태조사를 했다고 한다.

교육 전체의 문제를 개별 학교문제로 호도하는 일이며, 강압적인

방법 역시 일시 효과일 뿐 더 악화될 수 있을 것이다.

무슨 군사작전도 아니고 범죄단체 소탕도 아닌데 이 정부는 민간 사찰에 이어 학원사찰까지 할 것인지 철학이 빈곤하다.

학교폭력의 해답은 이미 나와 있다. 다만 실천할 의지와 진정한 교육 행정 지도자가 없을 뿐이다.

1백 년 동안 주입식 서구교육방식을 지양하고 전통적 가치관에 입각한 탈 경쟁적인 교육, 일등만이 대접받고 성공하는 사회가 아닌 일등과 꼴등이 함께 하는 평등한 인성교육, 부패하고 권위주의적인 교육행정과 스승이 아닌 깨끗하고 사랑이 넘치는 교사들과 학생, 결손 가정과 불량 학생서클을 강압이 아닌 지혜와 인간애로 선도하는 방안, 학교가 공포의 대상이 아닌 신나게 공부하고 우의를 다지며 세상을 학습하는 유익한 공동체임을 깨닫게 해야 한다.

그리고 국가는 정치적 법률적인 방법이 아니라 민주적 인본적인 차원에서 정책을 세우고 집행해야 한다. 소통과 공감의 교육정책이다.

그렇지 않아도 결혼연령이 늦어지고 독신자가 늘어가는 사회적인 추세에 자녀 한 둘뿐인 가정에서 자녀교육을 소홀히 하는 것은 학교 정부 못지않게 가정의 부모가 책임이 크다.

내 생각으로는 내 자식 공부 1등의 집착을 벗어나야 청소년 교육의 희망이 있다. 내 집이나 내 이웃 자식까지 관련이 있는 일심동체의 마음으로 보살펴야 한다. 이기적인 부모와 배타적인 교육으로는 화를 더욱 키울 것이다.

부모와 학교 사회가 다 같이 청소년 교육에 관심을 가지고 공동대처해야 한다. 어른과 사회가 정직하고 바로 선다면 청소년에게는 엄한 사랑의 매도 약이 될 것이다.

최근 청소년과 어른들의 자살 우울증이 급증하는 것은 사회가 병들고 위기에 처해 있다는 경종이다.

그리고 학생인권 못지않게 교사들의 인권도 존중되는 교권이 확립되어야 학교폭력이 줄어들 것이다. 민주화 바람으로 학생 인권은 높아졌으나 교권이 무너진다면 교육이 실패할 것은 자명하다.

탐욕과 광기가 충만한 한국 사회
내외우환 제2리먼 사태 직면하나

고환율정책으로 인한 금융위기가 3년 만에 재발하고 있다.

MB정권이 업적이라 내세우는 외환위기 방어가 3년도 못 버티고 다시 재발함하여 국가경제가 바닥으로 떨어져 가뜩이나 고물가 경기 침체에 중서민이 모진 고통을 겪고 있는 터에 불에 기름을 부은 격으로 더욱 불안하기만 하다.

경제전문가들은 미국 및 유럽의 재정적자 때문에 발생하는 외환위기에 묘책이 따로 없다고 말하고 비축한 달러를 풀어서 환율을 조정하는 것이 정부의 대응책이라고 말한다.

몇 일전 미국을 방문한 이대통령과 박재완 재정부 장관은 2차 외환 위기에 자신이 아직도 대통령인 것이 국가의 행운이나 되는 것처럼 예의 경박한 자화자찬을 늘어놓고 G20 국가회의에 참석해서 위기를 극복하겠다 하나 신뢰가 가지 않는다.

3년 전보다 상황이 악화된 국제금융 위기는 미국에 이어 프랑스, 그리스의 국가부도 위기에 전 유럽이 달려들어 유로화 폭락을 초래하고 있는데 거의 미국경제에 의지하고 국내 외국자본에 단기 투기성자본으로 취약한 구조의 한국경제가 위기를 맞는 것은 당연지사다.

고환율정책은 장단점이 있다. 수출할 때는 높은 환율의 달러를 벌어들이니 좋고 외국자본이 들어올 때도 역시 원화로 계산하면 이득이 되지만 환율이 급등하면 비축한 달러로 방어를 해야 하고 또 외환위기 발생시 단기성 자금을 빼돌려 달러를 사 들여서 막대한 이문을 챙기는 국제투기업자들 때문에 국가와 국민이 큰 피해를 입는다.

증시가 폭락해서 몇 조씩 원화가 물거품되고 물가가 폭등하는 현상으로 나타난다. 대기업은 고환율로 엄청난 이익을 앉아서 챙기지만 국가와 중서민은 외환이 고갈되고 고물가 경기침체로 겪는 고통이 늘어난다.

정부 역시 외환 손해와 고물가의 피해를 고환율정책 변경과 부자 증세로 풀지 않고 애꿎은 중서민의 세금증세와 공공요금 인상으로 해결하겠다는 발상을 못 버리고 있으니 국민들의 원성과 시름은 깊어만 간다.

탐욕의 불길, 부패의 늪에 빠진 MB정권

미국이 중국·일본 등에 가장 많은 채무국가로 세계 최고의 빚쟁이로 세계경제 침체의 원인이 되는 달러를 무한 발행하는 특권이 있는 로마말기의 제국주의임에 틀림없지만, 아직도 정치·경제·군사의 제1위 초강대국이다.

한국의 무역흑자가 미국보다 중국이 높지만 여전히 한국의 영향력은 아니 한반도의 운명을 쥐고 있는 미국을 뒤에서는 욕하지만 앞에서는 꼼짝할 수 없는 우리의 슬픈 현실이다.

그러나 목구멍이 포도청이고 생사여탈권을 미국이 쥐고 있어 불가피하게 복종하더라도 국민적 자존심은 지켜야 하지 않을까.

반만년 유규한 문화민족인 우리가 불과 2백 년 역사의 일천한 미국에 운명과 영혼을 송두리째 맡기는 것은 수천 년 역사와 문화를 계승하고 수많은 외침을 막아온 조상들의 민족혼에 부끄러운 일이다.

물리적 힘에는 맞서지 못하지만 주권과 자존심은 살아있어야 한다. 미국이든 중국이든 강대국의 장점은 활용하고 단점은 버려야 하는 것이 국가발전의 지혜고 전략이다. 반만년 역사 속에서 역사로 기록된 것만으로도 고구려 백제 신라 가야로 이루어진 한국의 위대한 역사이다.

　2천 년 넘게 주변의 강대국들과 싸우고 저항하면서 때로는 평화적인 방법으로 타협하면서 국토를 지켜 왔다. 오랫동안 남북이 분단되고 광활한 북방영토는 잃어버린 채 현실에 안주하는 한국인이지만 빛나는 역사와 위대한 조상들의 정신을 한순간이라도 잊어서는 안 된다.

장로 대통령과 대형교회 목사들의 국가관

　80년대 민주화 이후 역대 정권들이 큰 차이없이 중도보수와 중도진보의 길을 걸었지만 MB정권이 들어선 이후 유달리 극단적인 상황이 계속 발생하고 있다.

　중도통합과 실용주의로부터 공정사회 공생발전에 이르기까지 현 정부는 무수한 캐치프레이즈를 쏟아내고 있으나 정작 국민들의 가슴에 와 닿지 않는 공허한 말들 뿐이다.

　문화와 아울러 자연이 세계유산으로 환경이 보존되어 귀중한 미래유산으로 남아야 할 산과 강을 함부로 파헤치고 거대한 시멘트 덩어리로 만들은 4대강사업의 준공을 막내한 예산을 써서 국민들에게 업적인양 홍보하고 있다. 전시행정의 극치다.

　3년 동안 걸쳐 천문학적인 예산으로 불요불급(不要不急)한 4대강 치적을 자랑하면서 한편으로 내년부터 또 천문학적인 예산으로 4대강지류 사업을 하겠다 한다.

국내 학자들과 외국의 권위 있는 전문가들이 반대한 4대강사업을 강행해 놓고 홍수방지용으로 또 하겠다고 하는 것은 국민 기만극이나 다름없지 않는가.

이 정권의 특징은 한마디로 탐욕과 광기의 극우정책이다. 자살자와 국가부채는 전 정권보다 두 배로 늘었고 자유와 인권을 비롯하여 국민의 행복지수는 몇 배 줄었다.

전 정권에 비해 권력을 가진 측근들과 정치인들의 부패는 수십 배 많다. 4대강사업 사기로 피소된 대통령의 사촌형, 공직자의 기강을 감시해야 될 감사위원, 수석, 장관과 여당 국회의원들의 비리와 파렴치에 국민들은 절망하고 있다.

1백 년 동안 특히, 해방 후 60여 년 동안 나라와 국민을 위해 기도하고 봉사한다던 수많은 개신교 성직자들의 추악한 범죄는 끝이 안 보인다.

범죄의 온상인 기독교집단

그들은 한국인이 아닌 추악한 강대국의 협잡꾼에 불과하다.

수천 년 역사와 찬란한 자기 나라 문화를 우상숭배니 미신이니 거짓선전해서 착하나 우매한 신자들을 속여 온갖 이익을 챙기고 사회를 분열시키며 국민과 남북 민족을 이간시켜서 종북·친북 빨갱이라는 말을 입에 달고 산다. 기독교와 보수권력을 비판하면 불순분자인가.

해방 후 2%에 지나지 않던 신구기독교인들이 6·25와 1·4후퇴 때 북한에서 수백만 명이 남하하면서 그들의 맹렬한 정치, 종교적 기질은 남한을 전투적 광신적 적대적 사회로, 평화적인 남한 사회를 초토화시켰다. 한국이 제2의 이스라엘인가. 맹신적인 기독교인들이 알아야 할 사실이 있다.

미국과 세계경제를 쥐고 흔드는 유태인들이 구약성경을 만들었으나 2천 년 동안 나라를 잃은 채 유랑민이 되어야 했고 신약성경을 만든 로마 가톨릭인들이 기나긴 세월 동안 예수의 종족을 왜 박해했으며 오늘날 전쟁과 유일 신앙에 지친 유태인들이 휴머니즘과 평화종교인 불교로 개종하는 비율이 급증하는가를 깨달아야 한다.

MB정권의 고위공직자 출신이 대다수 소망교회 및 대형교회 출신이고 대형교회의 목사들의 고향은 거의 이북이라는 것을 보면서 우리나라 사회가 유별나게 전투적이고 대립적인 소모전에 열을 올리는지 일게 된다.

물론 진취적이고 애국적인 신구기독교인도 적지 않지만 유독 대형교회를 설립한 목사 장로들이 저토록 반사회적이고 망국적인 범죄를 늘 일으키는 원인은 무엇인가.

저들은 하나님을 섬기는 집단이 아닌 이익집단이며 범죄집단이고 성경이 아닌 유태인 민족사가 가르치는 대로 믿으면 천국, 안 믿으면 지옥이라는 극단적인 분열과 갈등의 진원지이다.

그런 흑백, 선악, 신악마의 2분법 신앙은 서구가 버리고 있음에도 미국 사대주의에 의지하고 국가권력에 빌붙어서 사리사욕만 챙기는 사악한 집단이 망국의 근원이 아닌가.

대통령이 미국에서 "한국인은 유별한 국민"이라 말했지만 자신부터 돌아보고 또 유달리 광신적이고 탐욕적인 이 땅의 기독교 성직자들과 보수기독교인들을 보면서 그런 말을 해야 사리에 맞다.

잘못된 정책과 권력의 탐욕, 종교의 광기에 멍든 선량 하나 때로는 불의에 저항하는 국민들에게 조용기 목사처럼 막말을 해야 하는가. 외환위기 해결도 좋고 고물가 경제 살리기도 좋지만 꿈도 희망도 없는 국민들의 자존심과 마지막 남은 기운을 빼앗지나 않았으면 좋겠다.

제2장

정의사회의 불교적 화두는 무엇인가?

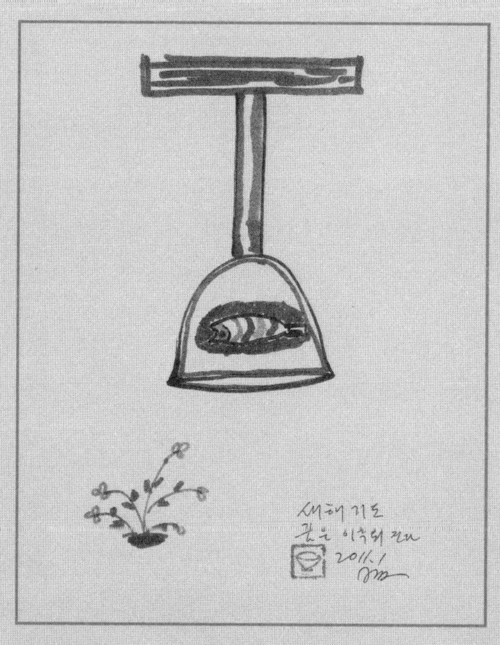

한국불교 호국정신 욕되게 말아야
총무원장 사퇴–비대위 구성으로 사태 수습하라.

조계종의 멸빈 승려 출신 성호당에 의한 도박 승려사건이 사회적 파장을 일으키고 있다.

성호당은 몇 해 전 조계종의 호법부 출신으로 전북의 사찰 금당사 주지를 지냈으나 주지 해임에 감정을 품고 작년 한 해 조계사와 국회 방송사 앞에서 1인 시위를 통해 자신의 억울함과 자승 총무원장, 명진 전 봉은사 주지를 고발해서 인터넷 언론과 불교 언론을 뜨겁게 달구었던 인물이다.

금년 4월 장성 백양사 방장 수산 대종사의 49제때 고위직 승려 8명이 호텔에서 도박판을 벌였다. 누가 설치했는지 모르는 몰래 카메라 동영상을 성호당이 입수해서 불교 인터넷에 보도된 것이 결국 전국의 언론과 각종 인터넷 언론 등에 확산됨으로써 일파만파로 번져 결국 4·8부처님 오신 날을 앞두고 국민적인 조롱꺼리가 되고 있다.

도박 당사자인 고위직 승려가 사표를 내고 총무원이 사과와 참회 성명을 발표했지만 누그러들지 않는 것은 도박사건이 자승 총무원장과 진보 성향의 명진스님에게 불똥이 튀면서 지방에서 중앙으로 확대되고 전 국민의 관심사(?)로 연일 보도되어 마치 중계방송이나 연재소설을 보는 느낌이다.

매일 신문과 방송을 통해 조계종의 불미스러운 일부 승려들의 일탈을 폭로하는 성호당도 문제의 인물이긴 하지만 종단과 사건 당사자들의 대응방법도 치졸하기는 마찬가지다.

방송에 나와 해명을 하는 조계종 감찰 책임자의 말이 "도박은 놀이문화이고 치매예방에 좋다거나 액수가 기백만 원밖에 안 되는 작은 액수이니 문제될 것이 없다는 등"의 국민들의 수준을 얕보는 듯한 오만한 발언이 빈축을 샀다.

1년 넘게 진행된 성호당의 폭로전을 종단과 당사자들이 왜 모르쇠로 함구하고 방치했는지 강한 의문이 든다. 중징계감이라 하더라도 승려 박탈의 멸빈이 아닌 제적 정도로 낮추고 복권될 때까지 생활비를 보조해 주었더라면 폭로자가 이판사판 극단적인 행동을 했을까 싶다.

조계종의 고질병은 도박사건에 보듯이 주지 종회의원 중앙고위직 승려들이 재정을 독점하는 구조(상대적으로 직책이 없는 일반 승려들은 고정 보시가 전혀 없는 제로 상태의 극빈자이다)와 승려간 알력이 생기면 폭력을 통해 해결하려는 못된 병폐가 남아있다.

자비문중의 화합보다 주먹이 먼저인 조계종

필자도 80년대 지방의 작은 암자에서 수년간 주지를 맡았다. 온갖 고생 끝에 암자를 반듯하게 만들었으나 5공과 결탁한 당시의 실력자 승려들이 비위를 거스르게 했다는 이유로 내용적으로 공찰이 아닌 개인 설립사찰을 강제로 빼앗고 공직을 박탈했다. 지방과 중앙의 폭력 전문 승려와 전두환 독재 권력을 총동원해서 말이다. 그는 예전 언론의 화제에 오른 80년대 승려 억대도박의 원조이기도 하다.

성호당과 반대로 필자는 그 길로 부산에서 조계종 개혁과 민주화 운동으로 자신의 피해를 참고 승화(?)시켰다. 그 뒤 복권되었으나 솔직히 현재까지 일부 조계종 지도자급 승려들을 보면 한심스럽다.

승려 이전 인격을 갖추고 종교인의 본분을 지켜야 하나 학문과 수행이 미숙한 사람들이 문중과 종단정치에 편승해서 마치 세속정치인이나 부패한 관료들과 닮은 행위를 보면서 여태까지 조계종 공직을 맡은 적이 없다. 밥값을 못하고 신도들과 국민에게 미안한 마음으로 승복조차도 잘 입지 않는다.

몇 해 전에는 평생 몸 담아오던 공식 승려도 버리고 비공식 은퇴승려로 자족한다. 자유로운 입장이나 아직도 한국불교와 조계종단의 현재와 미래에 대해 걱정하고 대안을 제시하고 있다. 온갖 추문에 휩싸인 자승 총무원장과 도박승려들은 일체 공직에서 사퇴하고 향후 몇 년간 선원 수행이나 불교복지기관에서 봉사정진을 하는 것이 좋다. 본인이나 종단 국민들의 따가운 시선과 불교신앙에 환멸을 느끼는 너무도 선량한 불교신도들을 위해서 그렇게 하는 것이 바람직할 것이다.

종정 방장 원로위원들이 경책하고 개혁할 일

92년 종단 사태때 도입한 선거제도와 30년이 넘은 총무원장 중심제는 실패했다. 이제 시대에 맞는 제도개혁을 통해 법제도와 사람을 바꾸어야 한다. 30년이 훨씬 넘은 총무원장 중심제는 총무원장 1인이 종단권력을 전횡하는 것으로 수행과 학덕이 검증 안 된 승려들이 차지하면서 이른바 파벌정치와 나눠먹기로 전락했다. 한국불교종단의 최고지도자이며 조계종의 표상인 종정이 종권을 회복해서 종단의 권위와 승려들의 계율 질서 기강을 바로 잡아야 할 때이다.

물론 고령의 종정이 종무를 직접 관장할 수 없으므로 임기를 보장하는 총무원장을 임명한다. 단, 총무원장을 해임할 때는 원로회의 및 전국 본사주지회의의 동의를 구한다. 세칭 정치승려 양산기구로 악명이 높은 중앙종회는 본사교구종회로 이관하며 본사주지 본사종회의원은 선거로 중앙고위직은 전부 추대로 하는 것이 맞다. 개인사찰은 적용할 수 없으나 공사찰의 재정은 전문가들이 전담하고 본말사주지는 일정액의 보수제와 판공비만을 제공받고 공금에는 일체 관여하지 않으나 관리를 위한 결재만 한다.

　직책과 소임이 없는 일반승려도 일정액을 나이 승랍에 맞춰 생활비를 지급받는다. 승려들의 인사 징계권은 본사가 갖고 본사주지 본사종회의원 중앙고위직승려는 중앙종단이 맡는다. 지금처럼 지방에서 일어나는 일조차 전부 중앙에서 책임지다 보면 종단이 하루도 바람 잘 날이 없고 승려들이 모두 범법자와 부도덕한 집단처럼 비친다.

　중앙종단의 권위는 살리고 지방의 권한을 대폭 늘리되 책임을 엄정하게 묻고 승려와 신도들이 다 같이 문제점을 논의하고 결정하는 시스템이 되어야 한다. 그리고 본사주지와 중요관광 사찰주지는 두 번 이상 연임을 못하게 하며 특정문중 파벌이 계속 사유화할 수 없도록 순환인사를 해야 한다. 현재의 조계종단은 사실상 성호당의 폭로는 아무것도 아닌, 매우 심각한 수준이다.

　개인사찰을 평생 소유하는 것은 자본주의 사회에서 보장되는 것이지만 종단공립사찰을 3~4십 년 간, 또는 평생 동안 이름만 바꾸는 편법으로 사유화하는 승려들이 수두룩하다. 법정임기가 4년인데도 말이다. 이들은 정권이 수없이 바뀌고 강산이 바뀌어도 오불관언이다. 수십 수백억 이상을 소유하고 비리를 가지고 있다 보니 종단이 아닌 정부권력 사법기관을 늘 경세하고 두려워한다.

　성호당이 종단내 사법기관에 제소해 봐야 별 무효과인 것은 그런 이치다. 같은 편끼리 주고받고 파벌과 인맥이 서로 봐주는데 호법이고 호계고 이루어지겠는가. 그래서 힘이 강한 승려는 종단내 사법기관과 타협하면 문제가 해결되나 약자인 승려는 정부기관에 제소하게 되는 것이다.

조계종은 더 이상 양두구육의 자세를 버리고 수십 년 공찰주지와 공직을 맡은 사람은 사퇴해서 여생을 잘 보내기를 바란다. 탐욕은 승속이 같아서 끝이 없다. 모름지기 돈과 권세의 탐욕이야말로 승려나 신부·목사를 비롯하여 모든 인간이 빠지기 쉬운 타락의 함정이다.

역대 정권과 현 정권에서 똑똑히 보고 있지 않는가. 정치와 종교가 모두 병 들고 타락한다면 나라가 망하고 국민들은 설 땅이 없다. 하루속히 2000년의 가야불교 이후 기나긴 역사 동안 나라와 국민을 지켜온 정신문화의 버팀목 한국불교가 구태를 벗고 쇄신개혁에 앞장서야 한다.

호국도량 북한산성 노적사에서

**구국호국의 왕실사찰과
의승병들의 민중불교가 국난극복의 힘이었다.**

얼마 전 지인 몇 분과 함께 북한산성에 올랐다. 70년 초반 북한산성 가는 길에 있는 흥국사에서 1년 여를 지냈으므로 감회가 깊었다.

그때는 걸어서 두어 번 간 기억이 있는데, 지금은 수도 서울의 대표적인 휴양지요, 등산 코스로 휴게시설과 국립공원으로서 수려한 경관을 잘 가꾸어 안락하고 유쾌한 등산길이 되었다.

북한산에 오르는 길이 몇 코스가 있으나 구파발을 지나 북한산성으로 오르는 길이 징 코스이며 계곡의 웅장하고 아름나움에 넋을 잃는다.

북한산, 일명 삼각산은 등산객에게 널리 알려진 백운대, 국사봉, 인수봉이 삼각을 이루었다 해서 삼각산이고 북쪽산과 배산임수한 한강을 마주보고 있다 해서 북한산이다. 백 년 전만 하더라도 인왕산

호랑이가 자주 출몰했고, 온갖 동물과 희귀식물들의 군락지로 생태 환경의 보고였다.

백두대간이 도봉산에 이르러 멈추고 다시 호흡을 가다듬어 힘차게 뻗어 북한산을 만들었다.

북한산은 조선의 수도를 지키는 진산으로서 최고의 전략요충지였다. 동국여지승람의 기록에 고구려 동명성왕의 두 아들 비류 온조가 유리에게 왕위를 양보하고 남쪽으로 내려와 건국한 곳이 백제의 첫 수도인 서울이다.

그 후 고구려 장수왕에게 밀려서 백제의 수도가 웅진(공주)으로 옮겨졌고 서울을 두고 고구려 백제 신라가 엎치락뒤치락 서로 차지하기 위해 전쟁을 벌였다.

우리 역사에서 가장 오래된 만주의 광개토왕비와 함께 신라 진흥왕순수비가 북한산에 있었다는 것을 상기하면 현재 서울은 조선조 도읍지 이전 천수 백 년 전부터 한반도의 핵심 심장부임을 알 수 있다. 고구려 때에는 개성의 개경, 평양의 서경, 서울의 남경이 모두 수도였다.

북한산성의 사찰들은 수도 방위의 수호신

천혜요새인 북한산은 신라시대 이래로 많은 사찰들이 건립되었다. 원효, 의상대사가 일찍이 이곳에서 수도했고 고려와 조선시대에는 전란 시에 왕들이 피신해서 사직을 보전했다. 지금도 태고사와 숙종의 행궁 터가 남아있다. 특히 고려 때에는 개성과 멀지 않는 이곳에 많은 호국사찰과 왕실사찰이 건립되어 수도를 지키는 보루가 되었다.

북한산은 바위산의 위용과 하늘을 찌를 듯 기상이 높다. 그래서 개성 오관산, 대전 계룡산, 황해도 구월산과 같이 전국에서 기운이 가장 왕성한 명산으로 도선대사비기에 의하면 제왕도읍의 땅이라 칭한다.

조선조의 새 도읍지로 서울을 택한 정도전과 무학대사, 태조 이성계의 일화가 널리 알려져 있다.

산성 돌문을 지나 가파른 산길과 빼어난 계곡을 바라보면서 올라가면 여러 암자가 나오고 제일 높은 곳에 자리한 노적사가 나타난다.

마르시 않는 돌샘 약수로 목을 축이고 불상을 모시지 않는 석별보궁에 참배를 드렸다. 십이 년 전에 네팔에 가서 부처님 진신 사리를 모셔왔다 한다.

주지스님은 과거에 함께 지낸 도반으로서 덕행이 높고 인격이 훌륭한 분으로 중진대덕을 지나 원로급 승려가 되었다. 이곳에 주석한 지

삼십여 년이 넘어 갖은 고행과 노력 끝에 원만한 불사를 성취하였다.

지금은 도로가 나있어 차가 다니지만 예전에는 걸어다녀야 했고 무거운 짐을 인력으로 운반해서 불사를 했으니 오직 기도하는 마음과 호국의 원력으로 온갖 어려움과 장애를 극복하였다. 십여 년 전에는 종각과 요사채가 불타버려서 다시 복구하는 노고를 기울여야 했다.

북한산성은 남한산성과 함께 수도 도성의 방어기지로서 선조 숙종 영조 대에 축성했는데 승병들에 의해 축조되었다.

임진란 당시 팔도 도총섭 승군대장이었던 각성 벽암선사가 남한산성을, 그 제자인 역시 팔도 도총섭 승군대장을 맡은 성능선사가 북한산성을 진두지휘해서 완성하는 한편, 노적사의 전신인 진국사를 창건했다.

성능선사는 북한산성 내의 많은 암자, 국녕사, 중흥사 등 열두 사찰을 창건한 불교계 최고 지도자였다.

북한산은 바위와 계곡이 많은 산이라 넓은 터가 적었음으로 계곡과 골짜기에 작은 암자를 많이 지어서 의승병들을 머물게 했을 것이다.

한국 불교의 호국안민사상은 우리 역사와 함께 해 왔다.

신라 고구려 백제의 삼국시대에 왕실과 국가, 백성을 보우하는 사찰이 많이 건립되었고 통일신라시대와 고려를 거치면서 사찰은 국가 발전의 원동력이었고 역사 문화 자연환경을 지키는 수호신이었다.

조선조 5백 년 동안의 참혹한 수난기에 승려들은 천민의 신분에도 굴하지 않고 백성들의 고통을 구제하며 국난에 의연히 목숨을 바친 사람이 부지기수였다. 종교적 순교보다 더 어려운 순국열사가 조선 승려들이라 생각하면 오늘날 사회적 물의를 일으키는 반국민 정서의 종교인과 승려들이 부끄러운 지경이다.

나라를 지킨 의승병들과 의병들의 업적

조선왕조실록은 역대 임금들의 행적을 기록한 국가문화재임이 틀림없지만 국가 존망의 위기에 수많은 승려들이 강제노역하고 목숨을 바친 무명의 승려는 그렇다쳐도 역사 기록에 나오는 고승들의 행적까지 기록하지 않은 것을 보면 조선조 5백년 유교정책이 얼마나 왜곡되고 편협되었는지를 짐작할 수 있다. 나라 국사가 들어있는 수많은 왕실, 국가 수호사찰들은 양반 벼슬아치들의 파괴와 전횡을 피할 수 있었다.

구국 호국의 왕실사찰과 의승병들의 민중불교가 국난극복과 조선 5백 년을 지킨 힘이었다.

노적사에서 조금 올라가면 진국사 터가 있고 노적봉이 웅장한 위용으로 굽어보고 있다. 죄를 지었거나 간담이 약한 사람은 이 바위산을 한번 쳐다보기만 해도 정신을 잃을 정도이다.

그 옛날 첩첩산중의 험한 곳에서 승려들이 독경기도와 참선, 무예 연마로 신앙과 호국정신을 단련했을 것을 생각하니 숙연해진다. 조선시대 호국승려의 혼을 지닌 주지 종후선사는 남은 여생동안 본래의 진국사 터에 신라 화랑도와 의승병과 같은 청소년 수련장을 만들어 심신이 약한 우리 청소년들의 교육장으로 삼은 것이라 한다. 긴 세월 동안 기도의 원력으로 어려운 불사를 이룩한 만큼 청소년 수련장이 건립되어 전국에서 또는 수도권의 으뜸가는 수련도량이 될 것을 염원한다.

획일적 입시교육과 타율적 교육정책, 물질적 가치관으로 사회윤리마저 무너진 세태에 사찰은 단순히 종교와 휴양지, 전통 문화계승이라는 범주를 뛰어넘어 국민들에게 삶의 희망과 지혜를 길러주는 국민도량이어야 한다고 보면 노적사를 비롯한 북한산의 수많은 사찰들은 수도권의 정신적 구심점이 되어야 마땅하다.

범행 대종사의 수행이력과 업적
돈과 권력에 초연한 종교 지도자의 삶

임진년 설을 며칠 앞두고 효일당 범행 대종사가 입적하셨다. 법납 64세 향년 91세. 필자는 1965년 선학원 시절부터 몇 해 전까지 40여 년 동안 대종사로부터 가르침을 받은 제자 중 한 사람으로 평생 인연을 함께 했으니 감회가 새롭다.

널리 알려진 대로 대종사는 경기도 화성의 부잣집에서 출생, 건강이 좋지 않아 세상에 머무르면 단명할 것이라는 집안의 권유로 청년기에 머리를 깎고 출가했다. 입적하기 몇 해 전 10여 년 만에 찾아 뵌 대종사는 필자를 반갑게 맞이하시면서 당신의 젊은 시절 이야기를 끝도 없이 들려주셨다. 그 후 여러 번 뵙고 동향의 친구나 후배들이 계시는 자리에서도 살아오신 이력을 말씀하시는데 시간이 가는 줄 모를 만큼 흥취를 돋우셨던 적이 많았다.

나는 대종사의 수행이력과 다채로운 경험이 후세의 귀감이 될 수 있다고 생각하고 또한 기록 문화를 중시하지 않는 절 집안의 관행 때문에 한국불교의 역사기록이 빈곤하다 여겨 대종사의 평생 삶을 책으로 엮었으면 했다. 그 후 어떤 거사에게 대종사의 일대기를 맡겼다는 말씀을 듣고 짐(?)을 덜은 적이 있다.

필자가 대종사에게 직접 들은 이야기로는 대종사의 첫 번째 스승은 윤 포산(包山)스님이었고, 두 번째 만난 스승이 금오선사라고 했다. 포산스님이나 금오선사는 다 같이 전설적인 만공선사의 제자이므로 차이가 적을 것으로 생각된다.

근대 한국불교 정화와 선풍 진작에 큰 획을 그은 금오선사와 후일 수덕사방장 혜암 대종사로부터 화두선을 전수 받아 화두를 열심히 궁구한 것도 사실이지만, 그보다 대종사는 입산 후 진산 태고사에서 염불 주력에 힘입어 건강을 회복하고 일생동안 예불과 기도정진을 일심으로 한 것으로 봐서 대종사는 염불 선에 주력했다고 본다.

대종사는 입산한 지 10년도 채 안 되어 약관 삼십 대 초반의 나이에 서울 봉은사를 정화하고 초대주지를 역임했으며, 뒤이어 조계사 주지를 맡아 사회혼란과 불교정화의 한복판에서 난국을 수습하고 대중화합에 힘쓰는 등 타고난 역량을 발휘했다.

오죽하면 당시 정화의 대본산이던 조계사가 전국에서 몰려드는 승려들의 숙식을 해결할 길이 없어 종정과 총무원장스님이 대종사에게 제발 주지를 맡아 달라고 몇 번이나 삼고초려를 해야 했으니 오늘날의 종단 감투를 위한 분규와는 천양지차가 난다.

대화주 박정희 · 육영수와의 인연

대종사는 그 후 대구 동화사주지와 조계사주지 재임, 총무원 교무, 재무부장을 역임하고 60년대 중반에 선학원장을 맡아서 당시 빚으로 기독교 재단인 덕성학원에 넘어가는 것을 당신의 기도정진과 부단한 노력으로 되찾는 큰 공적을 남긴다.

대종사가 근대 한국불교의 큰 족적을 남긴 것은 1968년 경주 불국사주지를 맡아서 7년 동안 복원불사를 완성했을 때이다. 필자가 본 불국사의 60년대는 황량하기 이를 데 없는 그야말로 황성옛터였다. 10여 년 사이에 화천, 경보, 벽암스님 등이 주지를 맡았으나 법당과 극락전만 온전했을 뿐 도량은 온통 주춧돌과 무너진 난간투성이였고 요사채는 불국사 여관으로 수학여행을 온 학생들이 붐비고 있어 객승들이 하룻밤 쉬어갈 수 있는 방이 없었다. 오늘날의 국가대찰이 그 때는 버려진 폐허사찰 같았다.

대종사의 공과사가 분명한 공정정신, 사중의 재정을 함부로 쓰지 않고 근검절약하는 정직성, 오직 무너진 한국불교를 일으켜 세우겠다는 보살 원력이 짧은 기간 동안 많은 업적과 성취를 이루어내었고 청담, 경산, 영암 등 종단의 중추적 어른들은 대종사에게 간청하다시피해서 불국사 복원불사를 맡겼다.

그렇게 만난 분이 박정희 대통령 부부였다. 육영수 여사는 도선사의 청담스님을 큰 스승으로 섬기면서 석불 전에 삼천 배 기도를 올릴 정도로 대한민국의 발전과 한국불교의 중흥을 위해 원력이 큰 대보살이지만 박정희는 평소 불심보다는 민족문화 중흥이라는 사명감을 가지고 있었는데, 그 시발점이 불국사였다.

필자가 70년대 초 석굴암과 불국사에 지낼 때 박정희 대통령 일가족을 두어 번 만난 적이 있다. 유신정권 이전인 탓인지 비교적 온화한 인상의 박정희와 학같이 단아한 육 여사와 검소한 차림새의 세 자녀를 만났고 안내도 했다. 매서운 인상의 경호원이 아니었다면 소풍 나온 시골학교 교장 가족 같은 느낌이었다.

그때만 하더라도 경주에 호텔이 없었고 불국사 경내에 일정 때 지은 목조 철도 호텔이 있었는데, 박대통령이 경주 불국사에 오면 그곳에서 휴식을 취했다. 70년대 초반 국고가 넉넉하지 못했고 문화재 복원을 꿈꾸지 못할 때 박대통령은 대종사와 삼십대 기업인들을 청와대에 초대해서 불국사 복원을 의논했고 불자가 대부분인 재벌들은 흔쾌히 비용을 시주하고 복원불사에 동의했다.

사실상 불국사 복원은 전국사찰 및 문화재 복원의 신호탄이었다. 뒤이어 경주의 산재된 문화재 복구며 화랑청소년 건립, 아산 현충사 복원이 차례차례로 이루어졌다.

여기서 한 가지 짚고 넘어갈 것이 있다. 불교역사와 문화를 연구하는 사람으로 박정희 대통령은 이 나라 경제와 전통문화를 중흥시킨 분이지만 결코 불교신자가 아니다. 사찰과 일반 문화재 복구를 많이 하다 보니 불자라고 말하는데 그런 말을 강조하는 사람들은 주로 기독교 계통 사람들이다.

왜냐하면 박정희 대통령의 독재정치와 인권억압은 오늘날까지 진보좌파 인사들의 공격대상이지만 독재 권력의 혜택을 가장 많이 본 것은 개신교와 가톨릭으로 전국의 수많은 토지와 교육기관 복지시설들의 특혜를 입어 오늘날의 기독교 공화국(?)을 만들어준 이승만 박정희 양 대통령 덕이다. 불교는 문화재 복원과 관광 사찰로 개발되었지만 전국의 명산들을 국립공원으로 내어 주어야 했다.

사찰은 국가 문화재가 많아 국가지원이 당연하므로 특혜라고만 볼 수 없을 것이다. 이승만 박정희 양대 정권 30년 통치기간 동안 사찰 복원과 문화재 보수가 전부라면 신구기독교는 반공을 빌미로 엄청난 교세를 확장했다.

도시의 빌딩숲 같은 종교시설, 교육·의료·복지기관이 증명해준다. 박대통령은 기독교 보수인사와 가까웠고 종교를 택한다면 가톨릭이라고 말한 석이 있을 만큼 진보가톨릭의 민주화 운동에도 불구하고 보수 기독교 수뇌부와 친했다. 예컨대 한경직, 강원룡, 조용기 목사, 노기남, 김수환 추기경, 이효상 국회의장, 구상, 김남조, 박목월 시인, 김활란 이대총장 등이다.

정부권력에 초연한 한국불교의 거목

대종사가 일생동안 가장 심혈을 기울인 불국사 복원불사는 박대통령 부부와 대기업인 현장감독과 같았던 대종사의 피땀 어린 노력으로 이루어졌다. 대종사가 7년간의 힘든 복원불사를 성공적으로 끝낼 무렵 종단은 질시라도 하듯 불국사주지를 경질하고 분규를 조성했다.

그러나 대종사는 당시 대통령 부부와 고위관리들과의 친분이 두터웠기 때문에 도움을 요청할 수 있는 입장이었음에도 정부권력에 의지하지 않은 것은 오늘날의 종단이나 다른 종교에서도 보기 드문 사례가 될 것이다.

몇 해 전, 그 일을 질문했으나 대종사는 그냥 웃을 뿐 자세한 설명이 없었다. 다만 어릴 때부터 독서량이 많았고 문학·과학을 좋아했으며 정치권력은 그다지 좋아하지 않아 욕심을 내면서 주지를 더하고 싶지 않았노라고 술회했다. 불국사 주지 재직 시에 2군 사령부, 3군 사관학교 법당건립과 포교지원을 한 것도 대종사의 선구적 업적이다.

대종사는 종단과 맞서 싸우고 절대 권력의 위치에 있었던 박대통령에게 요청하면 주지를 오래 할 수 있었지만 초연하게 당신의 윗사형이던 월산 대종사에게 주지직을 물려주었다. 현재 경주 불국사의 주지는 4년 임기임에도 무려 35~6년간의 장기집권을 하는 한 두 사람에 의해 좌우되는 형편이다.

차기주지는 복원불사에 큰 공이 있는 범행 대종사의 제자들이 맡아야 순리가 아니겠는가. 대종사는 1974년 불국사를 나온 이후 선학원장과 이사장을 겸하면서 무리한 건축으로 업자에게 넘어갈 선학원을 다시 살렸다. 명색이 선종사찰의 본부였고 독립운동의 불교 본산인 선학원이 대종사의 두 번에 걸친 회생불사에도 종단은 대종사의 업적을 폄하하기만 했다.

시류에 영합해서 적당히 덕을 베풀고 살면 좋은 평판을 받았겠으나 대종사는 한국불교와 복원불사에 원력과 노력을 기울일 뿐 요즘말로 정치를 할 줄 모르는 소신이 강한 분으로 세력과 인기가 없는 고독한 수행자였다. 때로는 선배라도 잘못이 있으면 질타했으나 아랫사람에게는 푸근하게 대하는 격식 없는 호탕한 웃음이 새삼 그립다.

대종사는 75년에 수덕사 방장 혜암 대종사로부터 인가를 받고 80년대 마지막 수덕사 주지로 초빙 받으면서 재정문제를 잘 해결했으며 그 후 15년 동안 속리산 법주사 조실로 추앙 받았다. 그리고 당신이 어릴 때 머물렀던 집안 인척이 건립한 수원 팔달사에서 생의 마지막을 보내었다.

수원성을 산책하고 독서하면서 다라니 염불 선으로 유유자적하게 보낸 한국불교의 산증인이요, 사찰관리와 재정의 최고 전문가로서 "고해에서 벗어나려면 욕심과 집착이 없어야 하고." "한 생각 내려놓으니 걸림이 없는 환희뿐이로다."라는 법어와 임종계를 남긴 한국불교의 대공덕주요, 거목이었다.

IT혁명가 스티브 잡스와
한글 만든 신미대사
인류사를 빛낸 위인들의 은폐된 진실

한글날이 빅뉴스에 묻혀 지나갔다. 요 며칠 동안 세계 및 국내언론은 온통 스마트폰 개척자인 스티브 잡스의 뉴스로 도배하고 있다.

오바마 미대통령이 애도의 성명서를 발표하고 스티브 잡스와 쌍벽을 이루던 마이크로 소프트의 창업자 빌 게이츠는 잡스가 "수백 년에 한번 나올까말까 하는 천재적 IT 첨단과학자."라 극찬했고, 세계 지도자와 전 세계 네티즌들은 장례식이 끝난 뒤에도 추모와 애도의 물결을 그치지 않고 있다.

어떤 전문가들은 잡스의 디지털 혁명은 아인슈타인, 에디슨과 맞먹는 인류사를 바꾼 혁신기술이라 칭송한다.

잡스의 인류에 대한 공헌은 몇 가지로 요약할 수 있다.
첫째, 그는 최고의 컴퓨터 매캔토시를 만들어서 오늘날 경영실적

에는 마이크로 소프트보다 뒤지지만 기술면에서 월등한 품질을 개발
했다.

얼마 전까지 휴대폰이 고작이었던 것이 잡스가 스마트폰을 만들어
누구나 손바닥에 쥘 수 있는 휴대용 컴퓨터 개발에 성공함으로써 세
계는 정보과학 통신기술의 역사를 새로 쓰게 되었다.

두 번째, 잡스는 해마다 새로운 기술이 업그레이드된 새로운 첨단
의 아이폰을 만들어 소비자의 욕구와 상상력을 자극해서 IT문명을
선도했다는 점이다.

셋째, 모든 정보와 통신, 세계와 소통이 가능해진 스마트폰은 정치
군사적으로 여전히 억압과 전쟁, 인권유린이 그치지 않는 세상을 마
감하고 어떤 정치 종교적 이념이 아닌 인간 자체가 명실상부하고 세
상의 주역이라는 인본, 민주주의의 완성을 상징한다.

잡스는 중동계 혈통의 아버지와 미혼모를 어머니로 가난한 가정에
입양되었고, 마치 예수가 그랬듯이 고통스럽고 고독한 삶을 살았다.

사생아였던 예수와 사생아 잡스는 공통적이다. 대학생 시절에 인
도와 티베트 불교에 심취한 것이나 예수가 잃어버린 십수 년간을 인
도 티베트에서 수도한 것과 일치한다.

1986년 애플 최고경영자에서 해임된 뒤 캘리포니아의 선 센터에

서 일본 선승 고분 아토가와 스님을 스승으로 삼고 평생 선불교의 수행을 익히고 불교문화와 동양예술에서 직관력과 제품의 새로운 아이디어를 창출한 것이 세계적 성공을 거둔 계기가 되었다.

사실상 1천 7백 년 동안 서구를 지배해 온 기독교 문화는 종말을 고한 지 오래되었다. 절대자를 내세워 인간을 지배해 온 권력 또는 정치종교는 르네상스와 산업혁명을 거치면서 신본주의가 아닌 인본주의가 되었다. 인본주의의 핵심인 과학 철학 예술을 꽃피웠고 결실 맺었으니 인류의 진보와 생물의 진화가 증명되었다.

20세기 최고 물리학자 아인슈타인이나 철학자 러셀, 야스피스, 헤겔, 역사학자 토인비가 모두 기독교를 부정한 친 불교인이라는 것을 생각하면 잡스의 인류적 공헌과 혁신적 기술이 조금도 이상하지 않다. 동서 문명의 몇 세기에 걸친 위인들은 이미 종교 정치적 도그마를 넘어선 분들이었다.

잡스는 선불교의 수도승처럼 단순하면서 검소하게 살았다. 세계적인 성공을 거둔 갑부였지만 세속적 욕망을 버리고 오직 일과 선명상에 전념했다.

한글 창제는 세종대왕이 아닌 신미대사

인류 역사는 항상 힘을 가진 지배자들에 의해 기록되었고 그만큼 왜곡된 부분이 많다는 것은 상식이다.

기독교인들이 늘 자랑스럽게 말하는 이스라엘과 그리스 역사는 거의 이집트와 메소포타미아 문화이며, 그리스와 이스라엘은 이집트의 식민이었다는 사실도 천 년 동안 숨겨오다가 밝혀진 지가 얼마 안되었다.

한국도 예외가 아니다. 인접한 초강대국 중국이 동북공정과 신라를 제외한 고구려, 백제가 중국 땅이라고 주장하는 것이나 일본이 고대사 임나부설과 독도가 일본 땅이라는 것도 그렇고, 우리 역시 역사 속에서 진실을 은폐한 점이 한 둘이 아니다. 고대사는 물론 근세사 1백 년도 아직 제대로 규명 못하고 있는 형편이다.

몇 년 전부터 정부와 학계가 입이 마르도록 칭송하고 있는 한글의 우수성은 아무리 강조해도 지나침이 없다. 그러나 훈민정음 한글이 민족의 글자를 넘어 세계적인 문자로 발돋움하려면 이제는 과학적 역사적으로 한글의 창제 동기와 필요성, 누가 언제 어디에서 어떻게 만들었는지 규명되어야 한다. 그냥 세종대왕이 혼자 만들어서 집현전 학자들에게 한글 분포를 명했다는 것으로는 국민과 세계가 믿어 주지 않는다.

언어학자 강상원 박사와 충남대 사재동 명예교수, 영산김씨 족보, 속리산 복천암 현판 등에 의하면 세종대왕 당시 한글의 창제 필요성을 느끼고 천재 언어학자요, 집현전 학자 출신인 신미대사(본명 김수성)에게 밀명을 내려 만들게 했다.

한글을 만든 동기도 그냥 아녀자와 백성들을 위한다고 되어 있지만, 오늘날 전문 학자들은 승유억불이 원인이된 불교부흥의 목적을 위해 불교 언어를 만든 것이 한글이라고 한다.

그 증거로는 몇 가지가 있다. 첫째, 당시 명나라의 속국과 다름없는 조선조가 국가기밀에 속하는 문자를 정사에 바쁜 임금이 만들었다는 것이나 중국 사대주의가 국정지표인 나라에서 집현전 학자들이 한글을 만들고 협력했다는 것은 우스운 코미디다.

그 당시 한글 창제는 요즘의 핵폭탄 제조와 맞먹는 엄청난 기밀사항이다. 한국의 상전인 미국이 모르게 또는 미국이 기술협력하지 않고 한국이 독자적으로 핵무기를 개발할 수 있다는 말이나 5백 년 전 절대 상전인 명나라가 모르게 그것도 밤낮 친명 유교정책으로 자기 민족문화 역사 자체인 불교를 핍박 탄압하던 학자 선비들이 비밀리에 한글을 만들었다는 것은 불가능한 일이다.

둘째, 조선조 5백 년 구한말 망국 때까지 유교경전이 전부 한문 투성이며 반대로 월인석보, 용비어천가 및 온갖 불경 등을 한글로 만들었는가. 자기 민족 글자인 한글을 당시 양반들은 언문 상글 통시글로 조롱해서 쓰지 않았고, 오직 중국 한문만을 쓴 것이 증거다. 쌍놈글, 여인들의 글, 화장실 휴지용 글로 천대했다. 어떤 국수주의자들은 한글의 중요성은 알지 못하고 한문이 본래 한민족의 글이라는 역사 왜곡의 말만 늘어놓고 있다. 한문이 본래 한민족 문자라면 유네스코에 등록을 중국이 아닌 한국이 해야 마땅하지 않는가.

셋째, 신미대사는 보통 승려가 아니다. 숭유억불로 시작된 조선조이지만 초기에는 불교문화와 역사가 살아있었던 탓인지 세종은 두 왕자. 문종과 세조를 첩첩산중인 속리산에 왜 몇 번씩이나 보내었을까. 정책적으로 불교를 탄압했지만(이명박 정권도 동일) 정승의 집안인 최고 명문이요, 대학자인 신미대사를 만나 한글 창제의 밀명과 과정, 그리고 불심이 깊은 세종과 왕실의 안위를 가르침 받기 위해서일 것이다.

실제로 신미대사는 문종과 세조의 스승인 왕사(王師)였고 세종 역시 스승으로 모실 만큼 학덕과 인품이 출중했다. 신미대사는 수미 학조대사를 실무자로 삼아 3년 동안 산속에서 한글을 만들었다 한다.

신미대사는 본래 고대 인도어인 산스크리트어와 팔리어 몽골 만주 중국 일본 등 5개 국어에 능통한 천재 어학자요. 유학과 불교에 통달한 대학자였으니 가능했을 것이다.

우리 말속에 산스크리트어(현재 티베트문자)와 팔리어(현재 동남아 글) 만주 몽골 알타이가 섞여 있는 것을 필자는 오랫동안 연구와 현지 답사로 수수께끼를 풀고 있다.

조선조 최고의 위대한 군주인 세종대왕과 세조대왕(비록 왕위를 찬탈했지만 세종의 두 번째 적자), 그리고 세종의 형인 효령대군 양녕대군 및 왕실의 극진한 불심에 의해 사실상 유교인이 전혀 쓰지 않았던 한글을 주로 부인네 천민 불교승려들이 주로 썼을까? 답은 나온다. 유생

들이 그토록 싫어했던 것은 불교와 승려 한글이다. 친일친미사대주
의 제국주의자들처럼 자기 민족 문화를 멸시함으로서 얻는 정치적
이득이다.

한글에 대한 연구는 앞으로 젊은 학자들 특히 언어학 인류문화학
차원에서 다뤄져야 한다. 5백 년 전 신미대사의 한글 창제는 21세기
스티브 잡스의 IT혁명과 맞먹는 인본주의의 혁명이요, 승리라고 볼
수 있다. 인본주의인 불교를 이단과 악마라고 거짓 선전하는 정치,
유교, 기독교의 찌꺼기를 제외하고.

정의사회의 불교적 화두는 무엇인가

**신중한 정책검토 없는
MB정권의 폭주정책은 이미 정의를 상실했다**

정의사회 구현을 표방했던 전두환 그리고 김영삼,이명박 보수 대통령 모두 정의구현에 실패한 대통령들이다.

작년부터 금년 봄까지 사회를 뜨겁게 달구었던 마이클 샌델 하버드 교수의 '정의란 무엇인가' 라는 저서가 세계출판계와 지식인 사회의 열광적인 화두였다.

개인의 자유와 국가 사회의 이익에 대해 어떤 것이 정의인가를 정치 사회 경제적 측면, 그리고 긴트철학을 비롯한 수많은 사상가들을 인용, 비교, 분석해서 질문과 답변을 유도하는 능력이 탁월한 샌델은 오랫동안 하버드의 대표적인 사회학자로 알려졌다.

개인의 정의와 사회적 정의는 어떤 것이 선후이며 중요한가, 하나이면서 둘이고 별개이면서 관련이 깊다. 개인의 자유와 이익을 우선

하는 자유주의와 전체의 이익을 중요시하는 공리주의는 사실상 주장
하는 가치가 다르기 때문에 쉽게 해답과 결론이 나오지 않는다. 여기
에 인권, 복지, 정치문제와 결부되면 끝없는 논쟁으로 이어지고 이해
집단 간의 갈등으로 비화될 수 있다.

샌델의 정의론은 학자로서 세상에 정의라는 화두를 던진 것으로
처음부터 해답이 정해져 있지 않다. 다만 논리의 지향과 과정을 면밀
히 살펴보면 답은 이미 나와 있다. 샌델의 정의론은 불교의 논리와
많이 닮아 있음을 본다.

선불교의 화두는 스승이 문제만 제시할 뿐 답을 가르쳐주지 않는
다. 스스로 깨달아 답을 제시하면 스승은 길을 인도해줄 뿐이다.

또 불교의 핵심경전의 하나인 금강경에서는 "본래부터 정해져 있
는 진리는 없다."고 말한다. 무유정법(無有定法)이다. 결정과 단정을
처음부터 내리는 것은 진리가 아니라는 것이다. 인간과 세상의 고정
관념을 깨트려 스스로 자각하는 것만이 진리의 실체를 바로 볼 수 있
다는 것이다.

기신론에서는 마음의 본체와 작용을 비일비이(非一非異)라고 한다.
하나도 아니고 다른 것도 아니라는 것이다. 하나가 아니라면 둘이고
같은 것이 아니라면 다른 것인데 원효대사는 왜 그렇게 해석했을까?

개인의 자유와 공동체 이익의 조화

다르게 말하면 인간은 유사 이래로 선악, 흑백, 삶과 죽음, 진실과 거짓, 신과 악마의 양자택일을 좋아하고 비교분석하며 대립구도에서 벗어나지 못했다. 인간을 지배해 온 정치 사회제도와 종교의 가르침도 이 범주 안에 있다 할 것이다.

샌델의 고민도 어떤 가치가 정의라고 규정했을 때 이미 정의가 아니라는 것이다. 역사 속에서 또는 현실에서 정의라는 이름으로 행해지는 일의 논리와 모순이 늘 충돌하고 있음을 볼 때 충분히 이해할 수 있다.

원효대사는 화쟁론에서 개인과 사회의 조화에서 평화와 공동선을 말했다. 샌델의 결론은 개인의 자유에 바탕을 둔 공동체주의인 것이다.

물론 인구의 폭발과 자원의 고갈로 인해 지구촌 위기가 감지되는 무한 경쟁시대에서 자유와 평화, 공동선과 공동체주의는 여전히 살아 있는 화두이다. 정부의 4대강 개발, 세종시 수정안, 천안함 사고, 무상급식 논란 등은 해묵은 우리 시대의 당면한 과제로서 과연 '정의는 무엇이며 정의의 가치는 어떤 것인가'에 대한 정부와 국민의 숙제임에 틀림없다.

그렇다고 정부가 일방적으로 밀어붙이는 것은 상대방을 인정하지 않는 불공정한 처사가 아니겠는가. 반성과 신중한 정책검토가 없는 MB정권의 폭주정책은 이미 정의를 상실했고 그 후유증은 심각할 것이다. 사회 혼란 계층 간의 갈등과 불신 악순환의 무질서 엄청난 국민 부채의 증가, 자유와 민주주의의 후퇴가 예상된다.

오래 전부터 중국을 여행하고 장기간 머물면서 깨달은 것은 공명정대의 용어가 원래 불교의 최고 가치관이라는 것이다. 물론 유교적 질서에도 부합되지만 중국 역대 황제 집무실에 예외없이 공명정대, 광명정대의 현판이 걸려있느냐는 것인데 오랫동안 필자의 화두였다.

중생과 세상 전체의 이익인 공, 밝은 지혜인 명, 팔정도와 중도의 정 대승적인 공동체를 뜻하는 대(公明正大, 光明正大)는 역대 불교황제의 정치이념이었고 철학이었으며 불교 핵심 사상이었다.

한국사회도 그렇지만 한국불교도 여전히 관념의 늪에서 허우적거리고 중생고와 관계없이 보이는 화두선과 종권 투쟁, 욕망 충족에만 열을 올릴 것인가 묻고 싶다. 근래 화두선의 대중화에 공이 큰 진제 · 고우 · 무여 · 혜국 · 월암 · 설우 · 수불선사 · 현각 등과 선학자의 피나는 노력이 있음에도 말이다.

불교혁신이 나라를 살린다
4 · 19민중혁명 기념일에 붙여

지난 3월 3일 기독교 총연합회가 주최한 국가 조찬기도회에서 대통령 부부와 주요 정치 지도자들이 무릎 꿇고 통성기도를 하였다고 해서 여론이 들끓었다.

대통령의 국정운영이 제대로 되어 나라를 평안하게 해 달라는 종교 단체의 공식적인 성격의 모임에 비록 기독교식 예배 방법이긴 하지만, 그 장소에 모인 각계 각층의 3천 5백 명만이 아닌, 온 국민이 지켜보는 곳에서 국가원수가 무릎 꿇는 해괴한 일이 벌어진 것이다.

대통령 측과 기독교의 변명은 온갖 수식어로 갖다 부치지만 공사를 가리지 않고 사리분별을 못하는 고질병 환자들임을 세상 국민들에게 확인시켜준 사건일 뿐이다.

무릎 꿇고 큰 소리 내면서 회개기도하는 것은 대통령이나 정치지도자들이 교회 가서 개인적으로 하면 될 일이고 공식적 모임에서 한다는 것은 정교분리 민주주의 국가에서 헌법에 어긋나는 불법임을 모르는가?

아마도 대한민국의 가장 똑똑하다고 여기는 개신교 집회의 대표선수들이니까 법에 위배됨을 잘 알 것임에도 불법을 자행한 것은 법과 국민을 무시한 처사로 정치적인 불순한 의도가 있는 것이다.

그러니까 한국개신교의 입장은 자칭 국부인 이승만 장로로부터 지금까지 50년 동안 개신교와 카톨릭인이 정권을 잡았기 때문에 앞으로도 영원토록 미국 개신교와 유럽 카톨릭 집단이 국가를 지배하고 싶다는 열망의 표현이고 결속의 다짐이라 보는 사람이 많다.

흔히 좌파진보 인사들은 대부분 박정희 18년 독재정권만을 비판하고 나무라는데 인권을 탄압하고 장기 독재정권을 유지하다가 무너진 유신정권이지만 60년대 최빈국을 산업화 경제 대국으로 탈바꿈 시킨 공에 대해서는 침묵을 지키거나 공을 인정하지 않는다.

오히려 경제성장을 위해 정치 후퇴와 인권 탄압의 불가피한 측면이 있었다고 보는데 역사적으로 보면 남북 분단과 사회 갈등, 종교 편향을 만든 주범은 미군정과 이승만 정권이다.

4 · 3항쟁의 8만 희생, 6 · 25 한국전쟁 3백만 희생을 비롯 거창 양민 학살 등 전국에서 일어난 정치적 군사적인 만행으로 숨진 국민들

이 부지기수였고 특히, 이념적 대립을 부추겨서 억울한 목숨을 빼앗은 사람들은 거의 기독교 집단세력이었다. 이승만이 친일세력을 청산하지 않고 중용한 것은 정치 어용집단이 거의 친일반공 기독교인인 것과 관련이 있다.

말만 들어도 끔찍한 서북청년단은 평양 출신의 기독교 청년 극우조직이었고 카톨릭 비밀조직과 관련이 있는 히틀러의 나치 친위대, 미국의 KKK 백인기독교 테러집단과 유사하다.

1, 2차 대전을 통해 세계를 장악한 우익 개신교와 좌익 카톨릭국가들은 공동의 적인 공산주의를 파괴하고 남은 것은 호전적인 이슬람 강경 세력뿐이었다. 우리가 이들 강대국이 전해주는 뉴스에만 의지하다보니까 진실을 알 수 없고 약자인 이슬람을 테러 세력으로만 보는 것이다.

오일달러로 부강한 중동이슬람의 수쿠크법은 무이자로 빌려 쓸 유리한 국가채권인데 정부가 이슬람자본을 활용하고 대신 원자력 건설사업으로 더 큰 국가이익을 창출하려 했지만, 결국 기독교의 극렬한 반대로 내동댕은 국가와 국빈을 위해 무릎 끓는 겸손한 자세가 아니라 그들의 신과 종교조직에 무릎 끓는 비겁하고 굴욕적인 추태를 보이고 스스로 대통령과 국격의 권위를 무너뜨리고 말았다.

산중 수행보다 전법도생이 시급하다.

작년부터 봉은사 좌파주지 발언 기독교인 땅 밟기 템블스테이 예산 삭감 등으로 야기된 불교 차별 문제는 결국 불교계가 반정부 입장으로 선회하게 되었고, 전국 주요사찰에는 상징적이지만 정부 한나라당 인사 출입금지라는 지침과 현수막이 내걸렸다.

현 정부 들어 기독교 국가를 만들고 불교를 없애겠다는 성시화운동, 땅끝전도, 국가공무원 등의 종교 편행정책은 더 심해졌고 권력을 앞세운 광란의 작태임이 분명해졌다. 문화유산과 자연경관의 훼손이 필연적인 4대강사업도 그런 연장선상에 있다고 본다.

문제는 한국불교의 리더인 조계종단이 큰소리는 쳤지만 이렇다 할 만한 호법승들과 종단 조직의 활성화가 대단히 빈곤하다.

작년에는 뜻있는 국민들과 불자들에게 막힌 체증을 뚫어주고 한국불교의 새 희망을 보여주던 수경, 효림 그리고 명진스님 등은 어디에서 무엇을 하고 있는 것인가.

종단 및 문중파벌의 기득권을 지키기 위해 권력의 불의에 맞서 투쟁하고 민중들을 보호하는 사회구제 곧 전법도생의 원칙에 투철한 승려들을 배제하는 것은 아닐까. 불교와 나라를 망치는 외부 마구니들은 이미 막강한 세력을 자랑하는 데도 말이다.

인간이 종교를 만들고 종교가
인간을 만든다

**역사 문화 자체인 불교 핍박은
강대국의 식민지로 만들겠다는 것**

기독교의 역사적 만행과 성서의 오류

작년 여름 기독교청년들이 서울 봉은사와 대구 동화사 및 몇몇 사찰을 돌아다니면서 선교라는 이름의 땅밟기를 해서 사회적 물의를 크게 일으켰다.

금년에도 설과 입춘이 지나면서 이번에는 한국불교의 본부인 조계사 법당 앞에서 70대 목사와 80대 장로들이 "예수 믿지 않으면 지옥 산다는 등." 기독교인의 상부적인 전부적 선교를 재현해서 또 한번 세상과 불자들을 놀라게 만들고 있다.

확성기를 들고 예수 안 믿으면 공산당이다. 중들 나와라. 부처는 아무것도 해주지 못한다는 등 정상적 인간이 할 수 없는 패악과 저주를 퍼부었다.

기독교인들의 줄기찬 공격적 선교와 사회적 범죄는 무엇 때문에 멈추지 않고 근절되지 않는가, 그 이유를 제대로 알아야 대책과 처방이 나온다. 한마디로 기독교인의 만행은 신구교 할 것없이 1700년 계속된 종교라기보다 정치, 군사적 성격이 짙다.

인류사에 널리 알려진 십자군 전쟁은 카톨릭 교황이 일으킨 전쟁이며 마녀사냥과 이단 처단을 비롯 근대사 수백 년 동안 자행된 식민지 정복사 1, 2차 세계대전과 현재 진행 중인 팔레스타인 분쟁 중동 아랍 전쟁의 기독교와 이슬람세력간의 전쟁 역시 개신교 종주국인 영국과 미국, 카톨릭의 제국주의, 스페인, 러시아, 이태리, 독일 등이 일으켰다.

인도를 비롯 모든 아시아 국가들이 근대화라는 이름으로 미국, 유럽 기독교 국가들의 침략과 정복의 뼈아픈 경험을 갖고 있으며 한국은 마지막 분단국가답게 현재 진행 중이어서 더 한층 격렬하게 충돌하고 있다. 그러니까 비기독교인 들이 볼 때는 기독교의 목사들과 장로 선교사들의 추악한 범죄가 정신병자들의 소행과 같아 보이지만 기독교인들의 눈에는 정상적인 것이고 기독교의 본래 목적과 성경에 부합하는 것이기 때문에 방관하거나 침묵하는 것이다.

대한민국은 벌써 국민의 절반이 신구 기독교이고 그 영향권은 기독교 선교와 서양교육 1백 년 동안에 그 영향력이 압도적이어서 기독교 국가가 되었다고 해서 이상할 것이 없다.

기독교인들의 정신병적 유전자

기독교인들은 거의 대부분 잘못된 유전자를 갖고 태어나거나 성장한다. 사회적 범죄가 발생할 때마다 기독교인들은 일부라고 한다. 매일 반복되는 기독교인들의 폭력, 사기, 성범죄 자살이 이어지고 있음에도 말이다. 사회적으로 신망있고 존경 받는 기독교인들이 늘 하는 말이 있다. 몇 대에 걸친 안태신앙의 정통기독교인으로 기독교는 사랑이며 구원이다라는 것이다. 잘못을 저지르거나 증오적인 기독교인은 이단이며 사이비이고 사탄이라고 말한다.

정말 그러한가. 인류사에 전쟁을 일으키고 타민족을 정복 말살한 기독교인은 극히 정상적인 기독교인이었다. 교황과 주교는 이단이 아니며 미치광이가 아닌 정통 최고위 성직자였고, 개신교의 루터와 칼뱅은 기독교 개혁자로 역사에 남은 종교 권력자였으며 수천만 명을 학살 한 스탈린, 히틀러는 한 번도 정신병을 앓아본 적이 없는 건강한 천주교인이었다.

북한의 김일성 주석도 몇 대에 걸친 기독교 집안이었고, 미국의 부시 역시 싱경에서 영감을 일는다는 전쟁광이었다. 소수인 양심적 기독교인 즉, 진보좌파 기독교인들이 다수인 우파보수 기독교인들의 행태에 비판하거나 저지운동을 벌이는 사람은 전무한 실정이다.

필자가 알기에는 대광고 교목 출신의 류상태와 강남대 산학교수였던 이찬수뿐이다. 물론 민주화와 종교화합운동에는 적극적인 분이 많았지만 기독교 자체의 모순과 범죄 행위에는 입을 다문다.

필자가 만나본 한국기독교의 최고지도자인 문익환, 박형규 목사, 변선환, 함석헌 선생마저도 기독교의 역사와 뿌리인 성경에 대해서는 위험한 진실을 은폐했다.

원래 인간은 동물보다 본능욕이 강하고 애착을 떨치기 어렵다. 종교가 돈과 권력이 되고 섹스와 연결될 경우 그 종교는 지상의 모든 힘의 원천이 되고 혹세무민의 정치권력이 되는 것이다.

기독교 2천 년 역사는 바로 순수한 종교철학의 인문사회 과학의 종교인 불교와 다르게 정치권력화 되어 인류사를 지배했고, 또 20세기 이후 인문과학의 발전과 IT통신, 컴퓨터, 생명과학 우주과학시대에 종언을 고하게 되었다.

한국은 신구 기독교가 지배하고 주류를 이루고 있기 때문에 남북 분단, 미국, 유럽의 절대 영향권으로 명맥을 유지하고 있으며 우리의 역사 문화 자체인 불교를 핍박하는 것은 이들 강대국의 식민지로 만들겠다는 것과 다름없는 종교라는 이름으로 정치적 폭력 또는 사회적인 범죄를 일삼게 되는 것이다.

기독교인들의 전투적 선교와 야만은 역사에 근거하고 성경과 성직자들이 가르치는 대로 그대로 실행할 뿐인 기독교인들의 표현대로 정당한 광신 행위임을 알아야 한다.

이 시대의 멘토 법륜스님은 누구인가
**사회 갈등 치유, 화해시키며 문제 해결 처방을 제시,
실천에 앞장선 인물**

요즘 진보 보수언론을 막론하고 인구에 회자되고 있는 사람은 단연코 안철수 교수와 법륜스님이다. 안철수는 일찍이 컴퓨터 바이러스 백신기술을 개발해서 성공한 의사출신 기업인 학자로 발전한 케이스이며, 사실상 젊은 네티즌들의 우상이다.

그런 그가 정치적 발언을 하고 박원순 서울시장과 나라를 걱정하는 연대를 모색하는 현실정치에 관심을 보이자, 그에 대한 국민들의 반응은 폭발적이었다.

청춘 콘서트에서 박경철, 법륜스님 등과 대화 소통의 무대를 통해 젊은이들을 열광시킨 것이나 민심을 잃은 정부와 집권당을 향한 쓴소리와 따 놓은 당상이던 서울시장 자리를 박원순에게 흔쾌히 양보한 것하며 재산의 절반을 사회에 쾌척한 것 등은 아무나 할 수 있는 일이 아니다.

정치적 경륜이 없는 그를 일약 차기 대통령 감으로 열망하는 대중의 압도적인 현상은 무엇을 의미하는가. 아무리 보수언론과 한나라당이 그를 깎아내리고 부정적 평가를 내려도 안철수 현상은 앞으로 1년 동안 지속될 것이다.

이미 안철수는 한 개인이 아닌 시대적 상징이며 단수가 아닌 복수가 되었다. 안철수 또는 안철수 비슷한 사람이 나올 가능성이 많다. 그만큼 우리 사회는 정치 지도자에 대한 신뢰 문제가 국민적 화두로 되어있을 만큼 정치 불신이 크고 내년 총선 대선의 최대 이슈가 될 전망이다.

이름 그대로 청춘 콘서트는 중학생부터 대학생 청년층에 이르기까지 가정, 교육, 취업, 사회문제를 총망라하고 있다. 특히 젊은이들이 고민하고 어려워하는 개인 사회문제라든가 나아가서 미래의 진로에 대해 유쾌하고 쉬운 말과 재미있는 분위기로 소통하다보니 출연자나 청중이 모두 하나가 되었고 환호에 젖는 것은 당연하다. 마치 유명가수와 청중이 하나가 되듯이 서로 묻고 대답하면서 청중들의 공감대를 전폭적으로 이끌어내는 토크쇼로 대단한 성공을 거두었다.

청춘 콘서트와 즉문즉답의 기획연출가 법륜스님

그러면 지난 봄부터 늦가을까지 전국 주요도시의 마을회관, 대학강당 등 주로 공회당에서 치러진 작게는 수백 명 많으면 수천 명의 청중들이 모여들어 시대의 아픔과 모순을 이야기하고 소통하며 해법을 찾아내는 청춘의 무대는 누가 만들었을까. 바로 법륜스님이 이사장으로 있는 평화재단이다.

TV, 인터넷 대중매체를 통해 조국 서울대 교수 안철수, 국민MC 김제동, 탤런트 김여진, 나꼼수 기획자 김어준 총수, 정치인들의 장자방으로 통하는 윤여준, 김종인 박사들은 오래 전부터 알려진 최고 명사들이지만, 법륜스님 하면 아직 모르는 사람이 많다.

그러나 사회적인 관심이 있는 분이라면 작년부터 선풍적인 인기를 누린 즉문즉설의 주인공이 바로 법륜이라는 스님이고 법륜은 오래 전부터 승려 신분으로 남북평화문제와 국제적인 기아해결, 문맹퇴치에 이르기까지 폭넓게 활약한 인물이다.

청춘이 주로 20대의 무대라면 즉문즉설은 3050의 중장년 세대를 위한 법회형식의 무대이다. 법당에서 할 때도 있고 대학 강당이나 마을회관, 관공서 몇일 전처럼 청와대 초청으로 일문일답식으로 진행되는 것으로 102회라는 대기록을 세웠다.

2002년에 해외구호활동과 대북지원업적 등으로 막사이사이상을 수상했고 만해상, 청암상 얼마 전에는 통일대상을 수상할 만큼 그는 지역과 사회, 민족과 국가를 넘어서는 범세계적인 평화운동을 벌인다.

비록 종교인이지만 국가나 사회, 특정 종교단체가 하지 못하는 일을 능히 하는 그에게 국가는 훈장을 줘도 모자라고 국민들은 나라를 대표해서 국위를 크게 선양하는 그에게 감사한 마음을 자져야 하나 현실은 그렇지 않은 것 같다.

1990년 중반 필자가 중국 조선동포들의 고향 연길시에 머무르면서 연구를 하고 있을 때 법륜은 이미 남북문제를 고민했고 북한의 구호활동에 크게 이바지했다. 뿐만 아니라 그는 당시 북한 인민들의 기아에 분개하면서 수백만 명의 아사자가 발생했다고 북한정부에게 불리한 증언과 비판으로 국내 야권 진보적 시민단체로부터 미국의 첩자라는 오해를 받았다.

이번처럼 MB정부와 한나라당에게 매우 불리한 안철수의 멘토라 해서 또 좌파 빨갱이 색깔론을 펴는 한심한 보수언론과 우익인사들로부터 또 공격을 받았다.

필자는 80년대 초 경주 남산에 머물 때 최석호 법사라는 이름으로 불교청년들을 지도하던 그를 알고 있으니 30년 세월이다. 세월이 무상하지만 법륜은 필자의 제자 같은 사람으로 자주 만나지는 못하나 늘 관심을 가지고 지켜보고 가끔 조언도 해주고 있다. 말이 나온 김에 지나간 일이지만 아직도 현재 진행형이어서 부끄러운 그러나 청산되어야 할 절집안의 이야기가 있다.

7, 80년대 박정희 정권에 이어 전두환 정권에 협조적이던 당시 경

주 불국사의 주지 및 간부들은 독재정권의 힘을 배경으로 주지 쟁탈전에 골몰했고, 그것을 못마땅히 여기고 비판한 법륜과 필자는 각각 눈에 가시였다.

결국 85년도에 법륜은 서울로, 필자는 경주 최부자 땅의 개인 암자를 강제로 뺏기고 부산으로 추방당했다. 법륜은 서울에서 불교의 대중화운동으로 크게 성공을 거두었으나 필자는 불교종단개혁과 사회개혁이라는 화두를 가지고 불교인으로서 불모지와 다름 없는 부산 경남의 민주화 환경운동 등에 불교대표로 참여했다.

그때의 동지가 송기인 신부, 김광일, 노무현, 이흥록, 문재인 변호사와 최성묵 목사, 시인 임정남, 김희로 등이다.

우리 사회가 친일반민족 행위와 해방 후 친미독재 세력에 의한 숱한 과오가 청산되지 않는 까닭에 부정한 기득권들이 온존할 수 있는데 불교계도 예외가 아니다.

대표적인 국가사찰인 불국사를 비롯 상당수의 큰 사찰과 역대 조계종 총무원장이 기득권의 욕심 때문에 정권과 타협해서 오랫동안 사찰을 사유화하고 공금과 종단권력을 독점하고 있는 것이 장사불교인 조계종의 분규와 분쟁의 원인이다.

전 봉은사주지 명진 스님이 "조계종 총무원장 자승과 MB가 같다."라고 독설을 퍼붓는 것도 그런 이유라고 보면 된다.

언론 보도를 보고 알았지만 법륜의 손위 형이 70년대 남민전 반독재운동에 참여한 것을 두고 보수언론과 기득권층은 그를 좌익으로 매도한다. 연좌제가 없어졌고 남민전 출신인 이재오 의원과 김문수 지사 등이 현역에서 활동하고 있음에도 비이성적이고 몰상식한 비난을 퍼붓는 이 사회는 과연 정상적인 사회인가. 아직 70년대 독재시대인가 묻고 싶다.

필자는 인종과 이념 종교를 넘어서서 인문사회과학을 연구하는 사람으로 한국의 수백 년 동안 대륙과 해양을 잃고 갇혀 살다보니 사람과 이념, 권력투쟁에 끝이 없고 그래서 사람을 키워서 큰 사람이 되는 풍토를 만들지 못하는데 비애감을 느끼고 있다. 섬나라 일본이나 영국, 대륙국가인 중국, 인도, 미국을 보면 우리가 얼마나 사람을 알아보고 키우는데 인색함을 알게 된다.

지도자의 역할은 국민통합 사회화합

법륜은 승려가 되기 전에 벌써 불교서적과 교리를 탐독하고 깨우쳤다. 그만큼 명석한 지혜를 가지고 있다고 보는데 강한 정의감과 더불어 리더십은 오늘날 모든 지도자들이 모델로 삼아야 할만큼 뛰어나다.

그렇다고 그가 목에 힘을 주고 권위적인 자세와 현란한 요설로 대중을 현혹시키는 유명 정치가나 지식인 종교인과는 거리가 멀다. 오히려 그는 다정한 친구처럼 따뜻한 이웃아저씨처럼 때로는 현명한 스승처럼 이야기하고 행동한다.

유명한 어떤 지식인처럼 목소리를 높이거나 어려운 말을 하지 않는다. 다만 묻는 말에 있는 그대로 현실적으로 말하고 답변을 유도함으로서 질문자가 스스로 깨닫게 하는 힘을 가졌다.

법륜은 수십 년 수도승들이 깨닫지 못한 중도(中道)의 의미를 깨달았고 중도의 핵심이 평화와 평등 그리고 화쟁의 대화합에 있음을 깨달았다.

필자가 수년 전 한국의 최고 지식인들 최고 지도자급에 드는 사람을 만나 중도를 물었으나 아무도 올바르게 답변하는 사람이 없었다. 통상적으로 알고 있는 이것도 저것도 아닌 내 편 네 편이 없는 중간으로 알고있고 정치적 해석으로 회색기회주의라고 아는 사람들이 대부분이었다.

제도권 교육이 1백 년 동안 서양식 교육이라 흑백논리와 이념의 대립, 종교직 왜곡이 가저다준 결과물이다. 법륜은 오랫동안 우리 사회의 갈등과 대립을 지켜보면서 방관하거나 욕심을 채우는 기득권이 아니라 치유하고 화해시키며 문제 해결을 위한 처방을 꾸준히 제시하고 실천하는데 앞장을 선 인물이다.

그래서 나온 것이 여야, 진보보수, 좌우익 나아가서 남북 간의 권력투쟁이나 이념대결 폭력과 무력에 의한 해결이 아닌 상생과 화합 헌신과 큰사랑의 실천인 중도의 사회화 평등 평화의 실천이며 복지 사회의 실현이다.

도대체 인구폭발 핵무기 지구 자원 파괴와 고갈, 전자통신 문명의 세계화 생태계 문화 경제 등이 지배하는 21세기에 19, 20세기식의 낡은 패러다임으로 무엇을 하자는 말인가.

약육강식, 승자독식 종교 및 정치권력의 패권주의, 약자차별주의, 이념편향 등 낡은 지배문화는 안 된다.

지구와 세계가 온전하려면, 인간과 뭇 생명들이 목숨을 부지하고 유지하려면 중도상생문화와 생명과학 철학사상으로 나아가야 한다.

어떤 극단적인 이는 법륜을 고려 말 요승 신돈의 출현이라고까지 혹평했는데 하늘에 침 뱉는 격이다. 신돈은 고려 말의 대표개혁자로 노예와 사회적 약자를 기득권으로부터 해방시켜준 최고의 정치가이 자 개혁가이다.

오죽하면 이 나라를 청교도 기독교 국가를 만들려고 한 사명감으 로 한국불교사를 왜곡한 함석헌 선생마저 그의 저서에서 신돈을 가 리켜 '불세출의 민중개혁가'라 말했으며, 서울대 역사학자 최병헌은 '신돈은 고려를 지킨 마지막 개혁지도자'라 말했는가. 이처럼 우리 역사에는 중국이나 일본 못지않게 스스로 역사 왜곡의 기록이 많다보니 국민들의 역사의식 수준이 매우 열악한 형편이다.

내년 총선 대선은 여권야권 보수진보를 가리지 않고 국민의 신뢰를 얻고 나라를 제대로 지키면서 발전시켜 남북통일 문제를 평화적으로 고민하고 지혜롭게 해답을 찾는 지도자와 정치인 대통령이 나오기를 바란다.

그런 뜻에서 비록 정치권이 아니지만 종교 문화 시민단체에서 국민들의 열망을 담아 각종 모임과 행사를 통해 소통과 대화를 하는 것은 이 땅의 자유와 민주주의 평화통일을 위해서 바람직한 일이며 어떤 이유에서라도 방해하거나 저지하는 공권력이 있다면 국민의 이름으로 탄핵 또는 처벌 받아야 마땅하다.

필자의 소견으로 내년 대한민국의 운명을 바꾸는 총선 대선의 이슈는 사필귀정, 파사현정이 될 것이다.

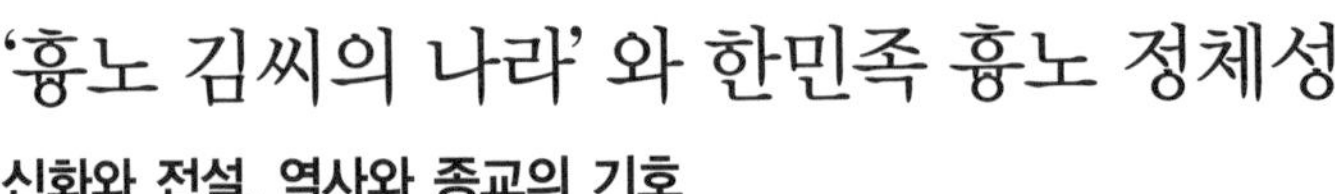

'흉노 김씨의 나라'와 한민족 흉노 정체성
신화와 전설, 역사와 종교의 기호

필자는 20년 동안 우리 민족의 역사와 연계해서 이웃한 중국과 일본, 멀리 만주, 시베리아, 중앙아시아, 인도, 티베트 지역을 여러 번 답사하고 연구했다. 현실적인 문제가 아닌 역사, 문화 및 지리 언어 종교문제에 이르기까지 문화인류학의 관점에서 생각하고 고민하면서 해답을 찾으려고 노력해 왔다.

특히 고대사 부분에서 이해가 잘 안 되거나 생각이 미치지 못하면 매우 답답하고 밤잠을 설치기 일쑤였다. 이익이나 명예가 생기는 일도 남이 알아주는 것도 아닌데 괜히 역사를 습관처럼 오랜 세월 탐구한 것은 순전히 나와 한국인의 뿌리를 찾는 일이며 나아가서 동아시아 전반에 걸친 연구를 구도자의 사명으로 느꼈기 때문이다.

그런 뜻에서 비교적 최근에 탐독한 '흉노인 김씨의 나라, 가야'(서동인 지음)는 막힌 가슴을 뚫어주고 많은 시사점을 던져주는 명저라고 생각한다.

역사적으로 중국과 서구의 역사에서 흉노(훈족)는 잔인무도한 야만 정복국가로서 비천한 오랑캐라 불렀으나 흉노야말로 동북아시아, 중앙아시아를 주름잡고 서로마까지 진출해서 최초의 실크로드를 닦은 세계최고의 문명국 또는 인종임을 깨닫게 되었으니 말이다.

십 오륙 년 전 북경에서 기차를 타고 내몽고 수도인 호와호트에 머물며 흉노 선우(황제)에게 강제로 시집 온 왕소군(王昭君)의 묘소에서 한이 서린 시 한 편과 사적을 살피면서 눈물을 적셨다. 유명한 절창 시 '춘래불사춘(春來不似春) 화개화상사(花開花相似)'
봄이 와도 봄 같지 않고 꽃이 피어도 꽃 같지 않네.

흉노의 강성한 힘에 굴복한 한 무제가 추녀로 분장한 후궁인 절세 미녀 왕소군을 황사바람이 부는 혹한의 흉노 땅에 보내어 뼈에 사무치는 고독과 한으로 꽃다운 일생을 마치게 했으니, 비록 2천 년 전의 일이라 하나 시공을 넘어 시인의 감성을 자극하기에 충분했다.

나라가 작고 수많은 외침과 내환을 겪은 탓인지 우리의 고대사는 자료가 빈약해서 거의 중국자료에 의지하는데 위만조선, 단군조선을 비롯해서 신라의 1세기에서 4세기, 가야사가 완전히 빠져있고 학계에서 아직 복원하지 못한 형편이다. 그러다보니 신화와 전설, 구전과 추측으로 또는 중국고대사를 자의로 해석하는 것이 고작이다.

흉노, 선비족의 역사와 단군신화의 공통점

학술논문이 아닌 칼럼 형식의 글이므로 본격적인 역사 글이 아님을 양해 바란다. 역사학자 서동인의 '가야'는 많은 의문점을 해소시켜주었다. 그는 한국과 중국의 고대사에 관한 많은 자료를 섭렵했다. 특히 기존의 학자들이 시도하지 않았던 '향찰'을 깊이 연구한 진보적인 학자로 평가하고 싶다.

본래 흉노 훈족의 발생은 시베리아와 중앙아시아 등지의 몽골인종으로 5천 년의 역사를 갖는 점에서 단군역사 및 동북아 민족사와 일치한다.

그 후 흉노족의 일파는 중국에 들어가 신농동이족이 되었고 상나라(은)를 세웠다. 북방 유목민이 따뜻한 황하강 이남으로 이동하면서 농경민족이 되었으며, 2200년 전 진시황제 역시 흉노족 출신이라 했다.

흉노족 역사의 전부를 쓰려면 책 1권 분량이 되므로 여기서는 주로 중국과 관련된 신라, 가야 흉노 김씨에 국한해 서술하고자 한다.

'가야'의 서동인 씨가 흉노족 김씨의 고향이 중국 감숙성이라고 해서 나는 충격을 받을 만큼 놀랐다. 흔히 신라 김씨는 시베리아 스키타이 기마민족이라고만 알았는데, 사실상 그것은 5, 6천 년 전 흉노의 발생시기인 청동기였을 때이고 중앙아시아와 중국, 북인도 등지로 수천 년 흩어져있던 흉노인들 중 일부인 가야, 신라 김씨의 시조인 김일제(흉노 우현왕의 태자)가 한 무제에 대패해서 항복한 연후 그 후손들이 2100년 전 가야를 세우면서 불교를 가져왔다.

흉노 김씨의 국교는 불교, 단군은 흉노역사

몇 년 전 감숙성과 돈황 중앙아시아 티베트를 1개월 여행하면서 느낀 것은 이들 방대한 지역이 흉노 북방민족에 걸맞은, 그러니까 서동인의 연구와 아귀가 맞는다.

감숙성 돈황지역은 수천 킬로에 달하는 치렌산맥 천산산맥 곤륜산맥 등 중앙아시아의 중심이며, 인도 중국 유럽으로 오가는 명실공히 세계의 관문이다.

수천 년 동안 수많은 부족씨족 국가가 명멸했으며 엄청나게 많은 문화교류와 전쟁의 역사가 발생한 지역으로서 흉노선비로 대표되는 북방민족의 고향이며 또한 단군 조선의 웅혼이 느껴지는 땅이다.

현재 돈황 감숙성의 주민 절반 이상은 중국 한족이 아닌 티베트 등 북방민족이며 티베트 역시 흉노의 일파로 중앙아시아 민족과 같이 우리와 너무 닮았다. 우람한 체격, 큰 키, 강인한 정신, 이목구비가 뚜렷해서 우리보다 더 오리지널 흉노이다. 오래 전 일본의 연구소에서 DNA검사를 했는데 몽골 혈통이 한국은 98%, 일본은 97%, 티베트는 99%로 발표된 적이 있다.

1980년대부터 우리 민족의 원류와 단군신화 등을 탐구하면서 한단고기 등을 문자대로 해석하는 국수주의 또는 단군 연구가들과 논쟁도 많이 했고 수십 권의 단군 관련 서적을 열람했으나 의문이 풀리지 않았다.

역사란 자료와 유물 현지답사 문화인류학적 연구를 통해서 인문학적인 관점으로 풀어나가야 하는데 역사와 신화를 종교와 정치논리로 둔갑시키면 맹목적이 되고 매우 편협한 시각에 사로잡히게 된다.

단군역사를 말하면서 좁은 한반도에서 동아시아 세계역사로 뻗어나갔다 하는 단군교도들의 일방적인 주장을 지켜보면서 한반도의 수백 배에 달하는 광대지역인 중앙아시아를 답사하고 자료를 넓게 그리고 종교적인 믿음이 아닌 학문적 차원에서 섭렵하기를 권한다.

나는 오랫동안의 숙제를 풀었다. 중앙아시아 북인도 티베트 지역 등에서 원시문화인 무속신앙의 천지태양 자연숭배를, 인류의 최상문화인 불교를 체험했다. 단군신앙체계의 홍익인간 이화세계는 본래 불교용어(법화경 사상)이며 법당 뒤편의 산신각 칠성각은 단군과 마고여신을 의미하는 것으로 단군조선과 흉노족의 종교인 불교이며 미신이 아닌 불교 이전의 토착자 연숭배문화이다.

모든 인류는 인문학적인 종교가 나오기 전에는 거의 태양 숭배신앙이었고 달·별·나무·불·물·산·땅·동물 등을 신격화했다.
이집트·중동·그리스·로마·인도·남미·한중일·동남아 등

전 세계 국가들의 고대신앙은 공통적이다. 유대인의 여호와, 그리스의 제우스, 이집트 로마의 미트라, 인도의 범천, 일본의 천조대신, 중국의 여와와 태극, 고구려의 삼족오, 티베트와 동남아의 솟대문화와 가루라신, 한국의 단군(석제환인)신앙, 고대인도와 불교의 만트라(卍), 기독교의 십자가(+) 등은 전부 하늘 신앙 상징 기호로 태양숭배 신앙이 변해서 인격화한 것이다.

고대 신격화시대의 신화는 종교와 문화의 모태와 같다. 거기에서 역사와 인간 문화가 나온다. 신화보다 역사가 우월하다고 믿는 것은 어머니보다 아들이 더 귀중하다는 것과 같은 주객전도이며 자만심의 발로다. 신화가 자궁이라면 역사는 그 자식이다.

우리 역사에서 풀지 못한 아리랑의 유래를 나는 천산산맥과 중앙아시아를 다니면서 읽었다. 큰 언덕 큰 산을 의미하는 아리(阿里)의 아(阿)가 몽골 신장 지역 등지에서 무수하게 많은 것을 봤다. 아버지 어머니도 그쪽 알타이어다.

중국 옛 티베트 감숙성 흉노족이 진시황제와 한 무제 등에게 쫓기면시 흉노여인들이 험준한 설산을 넘고 징든 고향을 등지면서 읊은 한 맺힌 노래가 아리랑이라 볼 수 있다. 아리랑은 정한과 슬픔, 사랑과 이별이 응축된 망향가이다.

역사기록이 빈약해도 언어와 구전설화는 생명력이 매우 길다고 보면 아리랑은 2천 년 동안 김 씨 흉노족들이 잊지 않고 면면히 이어온

민족노래일 것이다.

아리랑과 흉노가 지배하는 한민족

한국에서 현재 330여 개의 성씨가 존재한다. 이 가운데 가야, 신라에서 파생된 김씨의 총인구 2천 년 통계가 992만 명이고 북한의 김씨 성과 합하면 1천 수백만 명으로 다섯 명 중 한 명 꼴이다.

시공을 뛰어넘어 지역과 이념에 관계없이 김씨의 남북한이고 감숙성 동북 3성 티베트와 히말라야 지역 일본 등에 분포되어 있다.

흉노족의 사촌뻘인 선비동호족의 대표 성씨는 박씨로 역시 알타이 우랄산맥에서 발생해서 북만주 퉁구스 부여 등지로 이동한 유목기마민족이다. 뿐만 아니라 한국의 10대 성씨인 김·이·박·최·정·강·조·윤·장·임씨 등과 권·한·선우·허씨 등이 파생된 부족이거나 직계이며 왕·전·옥·연·진·손·고·하·유·차·노·육·봉·석·양·나·반·소·문 씨 등은 모두 흉노 선비족에서 나왔다 하니 김씨의 친척뻘이다. 한 다리 건너 사돈이고 몇 다리 건너면 전부 일가라는 말이 맞다.

태양·하늘 신을 민족 시원신앙으로 삼고 불교를 국교로 으뜸의 지배 이념과 국가종교로 삼아서 세계 최고의 역사와 문화를 만든 동서흉노족 중 한민족 흉노는 이제 지역과 이념의 좁은 울타리에서 벗

어나 남북이 화합하고 평화교류하면서 북방 개척과 세계경제 문화
기술교류의 첨병이 되어야 한다.

북방민족의 용맹한 기상과 민족정신 그리고 인류최고의 예지이며
역사 문화 환경 생명의 파수꾼인 불교의 법화 · 금강 · 화엄사상으로
대통합을 이룩해서 세계평화를 주도해야 할 것이다.

〈참고〉

 - 승려(僧侶) 스님(法師 禪師 律師 大師 王師 國師 등)～선각자 스승의 뜻

 - 중(衆) - 대중 집단이라는 뜻 조선조에서 낮춰 부름, 명사가 아님.

조계종 화쟁위 아쇼카 선언
무엇이 문제인가
불교와 기독교의 대논쟁 대토론이 필요하다.

작년 1월 조계종 화쟁위원회가 종단의 '자성과 쇄신 5개년 결사계획'에 포함된 '아쇼카 선언'이 문제가 되고 있다.

지난 가을 법전종정 예하께 재가 받아 공표하겠다는 야심찬 작업은 종정스님과 원로회의가 내용을 수정 검토할 것을 지시한 끝에 보류가 되었고 논란이 계속되자 일부 문구를 수정해서 금년 3. 28일 새 종정 전제대종사의 추대식에 발표할 예정이었으나 여전히 아쇼카 선언의 내용과 동기가 모호함을 들어 결론을 내리지 못하고 있다.

가야불교로부터 2천 년의 한국불교, 인도에부터 2600년 장구한 세월 동안 인간 세상의 빛이 되어온 인문과학의 정수인 불교가 11세기 이슬람 침략으로 인도불교가 파괴되고 서구의 식민지 지배전략으로 동남아 불교국가들이 거의 1백 년 동안 약탈을 당했다. 그 여파로 일부 국가들은 아직도 내전과 독재정치로 격심한 고통을 겪고 있다.

한국도 예외가 아니다. 일제 36년 강점기와 해방 60여 년 1세기 동안 서구기독교 식민지 지배세력은 패권주의와 독재정권을 앞세워 배후에서 불교와 전통문화를 말살해 왔다. 일제를 거치고 해방 후 남북 전쟁과 근대화 산업화라는 이름으로 얼마나 많은 문화유적과 전통문화가 파괴 훼손 되었던가.

기독교 세력은 1백 년 동안 완전히 한국의 기득권 세력인의 지배자가 되었음을 누구도 부정 못하는 사실이다. 미군정과 기독교인들이 건국의 아버지라고 떠받드는 이승만이 기독교 정책의 1등공신인 것을 널리 알려진 사실이며 유신독재자의 박정희는 친기독교로써 기독교집단에 엄청난 특혜를 주면서 이들의 반발, 이를테면 위선적인 민주화 항쟁을 잠재웠다.

그 뒤를 이은 전두환 정권 역시 재임 시 친기독교였고 민주화운동 이후 역대 대통령은 전부 기독교인이었다. 기독교도였지만 회의적인 노무현은 퇴임 후 고향 봉하마을에서 친환경 농사와 생태문화에 관심을 갖고 또한 어머니의 종교인 불교를 공부하기 시작했으나 그 기간이 짧았다. 비극의 주인공으로 생을 마감했기 때문이다.

필자는 그와 부산에서 민주화운동과 시민운동을 18년간 함께 한 동지와 친구였으나 측근들과 운동권의 종교 정서가 너무나 달라 자주 비판한 적이 있다.

아쇼카 선언은 시대착오적인 본말전도

박정희시대와 전두환 5공정권의 암울한 시기에도 나라와 국민 걱정을 하지 않고 밤낮 종권다툼과 사찰점령에만 힘을 쏟은 종단책임자와 정치권승들에게 실망과 피해를 입은 필자는 민주화운동과 각종 시민단체 일에 참여해서 20년의 세월을 보냈었다.

민주화운동이나 시민운동이 활성화된 지 25년이 넘었다. 그러나 이 땅의 평화는 언제 오는가. 현실의 모순과 갈등은 누가 어떻게 치유할 것인가. 과거 민주정권 10년 동안 인권신장, 표현의 자유가 많이 보장된 것은 사실이고 남북문제도 괄목할 성과가 있었으나 강경보수정권 4년 동안 진보적인 정책과 업적들은 이제 자취를 감추었다.

무엇 때문인가. 종교적으로 보면 역대 우파정권은 우파기독교였고 10년 진보정권은 좌파기독교인들이 주역이었다. 자세히 보라. MB정권의 핵심측근들이 거의 개신교라면 김대중 노무현 정권의 실세들은 대부분 가톨릭이었다. 그러니까 우파좌파 개신 가톨릭의 차이가 있을 뿐 그들은 종교권력을 놓지 않았다.

1500만 최대 종교를 자랑하는 불교는 어느 정권에서 어떤 사람이 권력의 중심 역할을 했는가. 필자가 보기에 극소수의 인물이 참여했지만 대개 역할이 미미한 수준이었다. 서두에 해설이 길어졌는데 지난 1세기 역사와 현재 미래의 우리 모습과 한국불교를 비춰보면 답이 나온다.

결론은 두 가지다. 공격적이고 배타적인 유일신문화를 대표하는 기독교가 사라지든지 이들의 타민족 정복종교가 불교의 평화종교로 환골탈퇴하든지 그것이 아니라면, 아소카 선언은 굴종이고 기만이며 자주성을 훼손하는 훼불행위에 다름 아닌가.

신구교가 1700년 동안 세계를 번갈아 지배하고 인류를 살상한 만용과 죄악을 청산하는 것 또한 두 가지다.

첫째, 르네상스 이후 산업혁명과 시민혁명을 겪으면서 과학이 발전하고 민주주의가 정착되면서 종교권력과 미신이 타파되어 설 곳이 없었다. 그러나 힘을 잃은 종교권력을 부추겨서 정치권력에 이용한 것은 서구의 식민지 역사였다.

15세기 스페인 포르투갈의 가톨릭 침략자들이 남미를 정복하면서 남미대륙의 전통문화와 순수한 혈통은 사라졌다. 구약성경에서 가르치고 명령한 것처럼 백인 지배자들은 수천만 명의 남자들을 전멸시키고 여성들을 능욕해서 오늘날의 혼혈문화로 만들었다.

산으로 숨은 소수 토착민들과 수백 년 핍박받는 사람들에 의해 민중 신학과 토착문화가 꽃 피우고 있다. 브라질, 멕시코, 칠레, 페루 등 모든 남미국가가 해당된다.

한국기독교인이 신의 나라라고 숭배하고 한국대통령이 절대 찬양하는 미국은 어떠했는가. 이미 많은 자료가 밝혀졌기 때문에 긴 말은 생략하겠다. 15세기 콜럼버스의 신대륙발견이라는 인류 최대 사기극은 1억 명 원주민학살의 침략사였다. 민주주의의 뿌리라고 알고 있는 미, 영국은 사실상 독재국가의 표상이다. 수십 년 지속되고 있는 중동전쟁을 보라. 주권국가들을 첨단무기로 파괴하고 잔인한 수법으로 인류역사의 시원인 메소포타미아문명과 민간인들을 학살하고 있는 현장을.

인본주의의 평화와 신본주의의 파괴

마지막 빙하기 이후 원시수렵시대를 거쳐 인류는 청동기 철기문화 시대를 접어들면서 괄목한 발전을 이룩했다. 원숭이 영장류에서 오늘날의 인간으로 진화한 2십만 년이고 인간의 역사와 문화가 나타난 지 겨우 6, 7천년이다.

유일신, 범신, 무속신 등 모든 신화를 가진 종교는 부족 · 씨족 · 민족이 갖고 있는 토템 · 샤머니즘 · 애미니즘 숭배문화로 이어졌고 정치 군사적으로 통합할 필요성이 있어 나온 것이 유일신종교다.

문제는 순수한 무속 샤머니즘일 때는 해악이 크지 않았으나 이들 유일신신앙이 정치권력과 군사력 폭력과 결탁할 경우 엄청난 파괴력과 독점력이 생긴다는 것이다.

인류역사상 그리스와 중국 등 동시대에 인본주의를 낳은 불교는 평화 평등의 가치로 전쟁을 일으키지 않고 세계를 평화로 인도한 유일한 종교이다. 유일신이라는 절대 권력을 깃발로 세계와 인류를 짓밟은 신본주의 종교와는 뿌리가 다른 것이다.

미국 유럽 등이 핵전쟁과 지구온난화, 자원고갈이라는 복병을 맞아 유일신 정복문화를 청산하고 동양의 평화종교인 불교를 맹렬히 받아들이는 것은 무슨 신호인가. 전쟁은 전쟁으로 끝나지 않으며(월남, 아프간전쟁의 예) 패러다임을 바꿔야 한다는 것을 깨달은 것이다.

신에 갇힌 기독교와 신을 넘어선 불교

짧은 지면에 인류의 기나긴 역사를 전부 서술할 순 없다. 1,2차 세계전쟁이 개신교와 가톨릭국가가 주역이 되어 일으킨 것이라면 조역은 유대교 · 이슬람 · 공산주의 이념이다. 민족 종교 이념은 달라도 공통점은 유일신숭배국가들이다.

그러나 서구의 선구적인 인문 과학자들은 지난 수세기 동안 동양문화와 불교를 연구하고 수용하였다. 그 내표적인 시식인들이 니체 · 쇼펜하우어 · 칸트 · 하이데거 · 헤세 · 톨스토이 · 야스퍼스 · 러셀 · 토인비 · 아인슈타인 · 슈바이처 · 다윈 · 칼융 · 헤겔 · 토마스 · 머튼 등 실로 헤아릴 수 없이 많은 19,20세기 대표적 지성인들이었다.

세계사조가 그러함에도 한국은 1세기 전에는 왕조봉건주의에 함몰

되어 있었고 일제강점기에는 국내외에서 독립운동을 가열하게 벌였으나 열매를 맺지 못한 채 강대국에 의해 남북 분단으로 내부적으로는 오랫동안 독재정권과 짧은 민주정권을 경험하는데 그쳤다.

국정철학과 역사의 교훈이 없는 정권의 비극이 어떠한가를 지금 우리는 MB정권에서 생생히 보고 있다. 국민소득이 열 몇 번째라는 경제대국이 정치 혼란과 경제 침체에서 헤어나지 못하고 있다.

OECD국가 중 자살률이 제일 높고 존속살인 성폭행은 왜 그렇게 많은 지, 그것도 소득이 높고 명사라는 사회적 지위가 높은 사람들의 범죄가 많은 것은 무엇 때문인가.

사회지도층이라 할만한 사람들, 이를테면 정치가 교육자 기독교 성직자 연예인 공직자들의 범죄율은 도가 넘은 지 오래되었다. 못 배우고 적게 가진 사람들의 작은 범죄에 비해 많이 배우고 많이 가진 기득권들의 큰 범죄는 사회 혼란의 주범이다.

우리 사회에서 목소리가 크고 영향력이 큰 지도층과 기득권들의 대부분이 신,구기독교인이라 할 때 숫자가 많지만 사회적 참여가 소극적이고 영향력이 작은 불교인들의 조용한 행보는 대조적이다. 기독교인들이 집단적 조직적으로 이루어진 정치 군사조직의 형태를 띠고 있다면 불교는 개인적으로 평화와 행복을 추구하는 공동체의 성격을 띠고 있다.

신구기독교가 인류사에 남긴 무수한 파괴의 흔적은 로마왕정시대부터 중세암흑기로 이어졌고, 근대식민지시대와 히틀러 스탈린의 세계 정복전쟁으로 지워지지 않는 상흔을 남겼다. 현재에도 신자유주의와 신사회주의로 자본과 이념은 군사적 개입으로 진행형이다.

원시문화의 산물인 신을 믿는 신앙은 이제 진리·자비·지혜로 무(無)와 공·이(理)·기(氣)의 상징부호로 바뀌고 있으나 세계의 유일신 맹신자들은 아직도 신의 탈을 쓰고 전쟁과 약탈을 일삼고 있으니 어찌 통탄할 일이 아닌가.

무지와 미신으로 신의 존재를 믿고 악행을 일삼는 그들에게 불교는 어떻게 대응해야 하는지 고민해야 한다. 힌두교와 온갖 신의 숭배에서 인간의 종교로 혁신한 불교는 인류 최초의 평등·평화사상을 가진 최고의 종교이다.

불교와 기독교는 마치 몇 십 만 년 전의 원숭이류와 그로부터 진화된 인간과의 차이와 같다. 어찌 동일선상에 놓고 논쟁할 것인가. 논쟁과 토론이 필요하다면 1백 년 전 영국 치하에 있었던 스리랑카에서 불교승려와 기독교 신학자들이 벌인 세기적인 대논쟁처럼 우리도 그런 대논쟁·대토론이 필요하다. 수백 명 성직자와 학자들이 참여하는 대토론회를 제의한다.

그렇지 않고 아쇼카 선언이라는 고상한 이름으로 문제를 봉합하고 적당히 타협하겠다는 것은 대중을 기만하는 정치적 술수에 다름 아니다.한국의 기독교 편향 사회문제는 이미 치유하기 어려운 말기암 증세이며, 북한 또한 사회주의 체제에 기독교 유일신앙이 더해져 주체사상 집단으로 굳어졌다는 것이 정설이다.

1세기 전 평양과 원산은 한국의 이스라엘이고 바티칸이었음을 안다면 틀린 말이 아니다. 해방 후 6·25 한국전쟁 이후 남하한 기독교인들이 한국을 기독교 세력권으로 만든 것이 현재의 모습이다.

보이지도 들리지도 않는 도깨비 같은 신을 빙자해서 인간들이 권력을 전횡해 온 것이 기독교와 유일신 종교의 과거요, 현재이나 약한 개인을 희유해서 집단적인 약육강식의 힘, 곧 신의 지배 창조 심판으로 세뇌시키는 약자의 종교이며, 또한 강자의 종교인 기독교의 실체를 깨달아야 한다.

가까운 중국이 당나라 때 벌써 동방기독교가 들어왔으나 실패했고 15세기 일본에 기독교가 들어갔으나 정착이 되지 못한 이유를 알아야하며, 근대 동남아 국가들이 기독교 지배를 받았으나 세뇌되지 않고 끝내 물리쳤는지 역사 전개 과정을 알아야 한다.

IT혁명과 DNA생명과학으로 수십억 년의 지구 생태계와 인간의 진화 과정이 밝혀지며 생명의 창조와 신비가 밝혀지고 있음에도 원시인류 종교인 '신의숭배'에 미련과 집착을 버리지 못한 인간들이 아직도 많다. 어떤 강력하고 신비한 힘이 인간을 지켜줄 것이라는 맹신과 어떤 과오가 있더라도 용서받을 수 있다는 강력한 부적인 십자가의 주술 효과 때문일 것이다.

인간중심이 아닌 신중심의 종교 관습인 샤머니즘이 개인적인 기복과 가정의 행복을 추구하는 기도라면 별문제가 없으나 그것이 집단적 강제적 논리로 비약이 되고 정치 권력적인 성격을 띤다면 대단히 위험하게 된다.

특히 한국같이 식민지 전쟁 독재민주주의 남북 분단을 거친 각종 사회 갈등구조에 놓이면 권력 지향적 신본주의는 공동체를 파괴하고 사회를 해체하는 무기가 된다.

기독교인들이 전국을 돌면서 공격적 선교와 타종교 훼손 사회혼란을 선동하는 것이 그 증거다. 그런 뜻에서 차기정권에서는 종교법이 제정되어 수입이 많은 성직자와 종교집단에 세금이 부과되어야 하고 사회질서를 어지럽히는 어떠한 불법행위도 금해야 한다.

마이크와 차량을 이용해서 시민을 협박하고 이간질하는 종교 근본주의는 이 나라가 중세국가인지 히틀러 치하의 독재국가인지 모를 때가 많다. 대다수 국민들은 사회질서를 교란시키는 기독교도들의 불법행위를 지켜보면서 항의조차 못하는 형편이다. 잘못을 지적했다가 광신자들에게 테러를 당하지 않을지 저주와 심판, 불신지옥이라는 악담과 폭언을 듣게 될런지 혹시 빨갱이로 몰리지나 않을 지 전전긍긍하는 형편이다.

아쇼카 칙령의 진정한 의미

기원전 3세기 2300년 전 인도의 최초 통일왕국을 만든 아쇼카 대왕은 재위 36년 동안 불교를 통치이념으로 삼은 현명하고 위대한 지도자였다. 젊은 시절 전쟁에서 많은 사람들을 죽인 그는 인생무상을 느끼고 신을 믿는 바라문교에서 인간 중심의 불교로 개종했다.

올바른 법에 대한 깨달음을 얻고 감화를 받은 후 이집트 · 그리스 · 중동 · 동남아지역 등 전 세계에 불교 선교사를 파견해서 불교와 평화정치를 널리 보급했다.

미국 역사학자 케네스 스콧 라두렛은 '예수가 출생하기 전 불교는 이미 전 세계에 퍼져 나갔다.'고 기술했고, 역사학자 윌듀란트는 '아쇼카대왕은 불교 선교사를 파견해 인도 전지역 · 스리랑카 · 이집트 · 중동 · 그리스 등 불교를 전파한 것이 수백 년 뒤 기독교윤리학의 토대가 되었을 것'이라고 증언했다.

일부 학자들은 '예수가 불교의 영향을 받았고 토마스 복음서와 나그 함마의 텍스트는 불교사상의 깊은 영향을 받았다고' 말했다. 성경에도 없는 예수의 젊은 시절 이야기는 인도와 티베트에서 발견된다. 인도 티베트에서 요가와 명상 티베트 불교를 공부한 그는 고향에 돌아가 복음을 전하고 병자와 약자를 돌보는 보살행을 편다. 한국의 최고 종교 학자는 몇 해 전 '예수보살'이라는 책을 펴 내었다.

그리스도와 보살은 다같이 '세상을 구원하는 자'이며, '자신을 희생하는 자'로서 공통적이다. 문제는 4세기 로마의 황제 콘스탄티누스가 정치적 압력과 종교회의 투표로 인간예수를 신으로 만들어 부활시킨 것이다. 그리스 · 로마 · 이집트의 최고신은 태양신인데 예수를 태양신으로 둔갑시켜 하늘의 유일신으로 만들어 세계 권력을 장악한 것이다

그러니까 구약이 유대민족의 신화 역사로서 민족신 여호와라면 로마는 태양신인데, 그리스 철학을 짜깁기해서 신학을 토대로 신약을 만들었다. 유대교 이슬람 개신교가 구약성경을 뿌리로 하고 서방 가톨릭 동방정교회 등이 신약성경을 중심으로 하는 것은 서로 다른 신을 섬기는 이로써 모순이며, 그래서인지 이들 유일신 역사는 전쟁과 살육이 점철된 피의 역사였다.

불교는 기독교가 나오기 전 6백 년인 2300년 전에 세계적 평화종교가 되었으나 기독교는 1700년 전 로마의 세계 지배전략으로 정복종교가 되어 세상을 전쟁과 약탈의 도가니로 만든 종교권력이 되었다. 지성인이고 양심인이라면 피의 종교인 기독교를 신봉한다고 말할 수 있을까. 일반인은 그런 역사를 모르는 단순 소박한 생활인이나 성직자 신학자 권력자들은 잘 알 것이나.

잘 알면서 기독교를 버리지 못하는 이유는 딱 한가지다. 종교권력 때문이다. 아니 종교의 이름을 빌린 정치 · 군사 권력이다. 종교란 말도 일본 불교학자가 불경에서 베낀 말로써 세상의 최고 가르침이란 뜻인데 기독교에서 말하는 릴리전, '신과의 교감'과는 전혀 다른 뜻

이나 기독교학자들이 도용한 것이다.

기독교의 토착화는 성립되지 않는다

여호와 야훼라하지 않고 하느님(하나님)이라 해야 한국인의 고대자연종교에 맞고 종교라고 해야 동양에서 선교가 가능하다. 그 외에 선교·전도·장로기도·오체투지·천당·지옥·그레고리안성가·49재 등 불교용어와 의식 범패 등에서 도용해 버젓이 사용하고 있는 기독교가 아닌가.

전쟁과 선교를 동일시하는 종교니까 수단방법이 문제되지 않으며 세상을 파괴하고 인명을 아무리 살상해도 죄가 되지 않는다. 신의 심판, 하나님의 뜻이라고 한다.

미친 무당이나 정신병자 살인의 추억을 일삼는 전쟁광에게 무기를 빼앗고 아쇼카 대왕이 참회를 해서 불교의 전륜성왕이 되었듯이 참다운 인간으로 만들 때 의미가 있는 것이지, 세계불교 역사상 타민족을 침략 징벌 살상한 예가 없고, 있었다면 거의 내분과 국가수호가 목적, 타종교를 학살·박해한 적이 없는데, 도리어 그들에게 종교평화를 구걸하는 것은 본말이 전도되었다.

힘을 가진 지배자와 종교 권력자들이 이 세상을 폭력이 아닌 평화로 연대하고 공존을 실천해야 한다. 아쇼카 선언의 논란이 1년을 넘

었지만 한국의 신구기독교가 어떤 반응을 보이고 종교 평화선언과
법제정을 계획하는지 전혀 알려진 적이 없다.

정치권력의 수장인 대통령과 집권당 대표는 얼마 전 여전히 교회
에 가서 두 손을 벌리고 기독교의 결속을 빌고 있다. 국민들과 소통
하고 국민들에게 결속을 호소해야 될 권력자와 성직자들이 그들만의
종교의식을 공식적으로 갖는 것은 아쇼카 대왕의 평화정신에 위배되
는 처사인 것이다.

아쇼카 칙령 선언은 세계 평화의 영원한 표석이며 약자와 병자를
구휼하는 불교의 오래된 복지사상이다. 세계는 지금 아쇼카 대왕같
은 양심과 진리의 법에 의지하는 정치와 생명의 가치를 존중하는 종
교 차별이 없는 복지사상을 실천할 정치 지도자가 많이 출현해야 한
다. 곧 불교적 정치 모델이다.

강자에게 약하고 약자에 강한 약육강식의 지도자나 종교는 사라져
야 한다. 유일신종교를 대표하는 절대 종교권력 기도교가 변하지 않
는 한 이 세상은 계속 전쟁과 살육의 고통, 살인적인 경쟁의 신자유
주의는 계속될 것이다. 현재의 기독교는 불교의 교화와 구제대상이
며 동등한 이웃종교라고 생각하는 것은 기민이며 착각이다.

파사현정의 한국불교 대혁신이 필요하다!
장주스님의 양심선언, 도박 사건을 보고

장주스님의 도박 은처 폭력승 16인의 고발사건을 지켜보면서 한국불교 대표 종단 조계종이 갈 때까지 간 벼랑의 끝에 섰다고 생각한다. 과연 이 상황을 어떻게 돌파하고 해결할 것인지, 아니면 계속 비리를 감추고 양심선언한 이들만 희생시킨 채 끌고 가겠다는 것인지 결말이 나야 한다.

차기 총무원장 선출 1개월여 남은 예민한 시점이다. 먼저 미증유의 종단사태, 즉 조계종을 실질적으로 움직이는 고위급 승려들이 대부분 가담한 16인의 도박승려 문제를 종단이 공정하게 처리하고 종법에 따라 해결될 수 있다는 사부대중의 여망은 물거품이 될지도 모른다.

왜냐하면 종단권력을 잡고 있는 사람도 그들이고 해결할 사람도 그들이기 때문이다. 종헌종법이나 호계율법에 따르면 오래 전부터 도박, 은처, 폭력의 범죄를 자행한 파계승들은 중징계감이고 종단에서 퇴출해야 될 사람들이기 때문이다.

그러므로 종단 스스로 자정하고 개혁 쇄신할 수 없으므로 고발자들은 사회법 제소위배라는 규약을 어기고 부득이 사회법에 제소한 것이라 본다. 나 하나의 불교가 아닌 종단 전체를 생각한 대승정신의 발로라 하지 않을 수 없다.

그래서 이 사건은 개인의 폭로 차원이 아니라 종단쇄신을 위한 위법망구의 정법구현 차원으로서 국민들과 사부대중의 지지를 받아야 마땅하다. 더구나 고발자 장주스님은 불국사 부주지와 종회부의장을 역임한 조계종 중진이며 종단 비리의 중심에 서 있는 불국사 종상스님의 최측근으로 도왔던 인물이다. 마치 삼성에서 봉직한 김용철 변호사가 고액연봉에도 불구하고 삼성의 탈세비리를 고발한 것과 맥락이 같다.

삼성에서 고액연봉을 우대받았다 해도 비리폭로를 배신으로 보는 사람은 조계종 최고실력자 종상스님을 고발한 행위를 배신으로 보는 것과 똑같은 시각이다. 당사자 개인으로 본다면 그런 측면도 있겠지만, 이 두 사건은 사회적인 문제의 대승적인 측면으로 봐야 한다.

16인 도박승려들의 참회와 근본적인 종단 대혁신

종단쇄신과 개혁은 이미 실패했다. 부패한 극소수 정치승려들이 오랫동안 조계종단의 기득권을 유지하면서 종단 권력을 영원히 누리 겠다는 망상을 가지고 있는 한 실패할 수밖에 없다.

16인의 도박승려들과 상당수 기득권 승려들은 부끄럽게도 멀리는 박정희, 전두환, 노태우 정권 때부터 정치권력과 유착해서 수행과 정 법의 법력보다는 세속 정치권력을 배경으로 성장해 왔다. 조계종단 상당수 고위승려들은 박정희 정권 때 전국 관광사찰화와 불교문화재 복원사업으로 엄청난 부와 권세를 누렸고, 그것이 전두환 정권 이후 로 현재까지 기득권이 계승 유지되었다. 스승이 기득권을 쥐고 있다 가 죽거나 병들면 그 제자가 물려받았다. 마치 족벌기업, 족벌교회, 사학재단과 빼닮았다.

일례로 전두환 전대통령의 백담사 유배시설 2년 동안 생불이나 영 웅호걸을 만나듯 수백만 명을 동원한 승려들은 당대의 최고 고승들이 었다. 박정희 유신독재와 전두환 군사정권 시절 조계종의 수많은 고승 들 가운데 한 분도 불의를 꾸짖고 항거한 분이 없었다. 이것은 무엇을 말해 주는가. 오직 법정스님과 지선, 진관, 명진, 필자 등 극소수다.

한국불교 1백년사의 최고 도인이라는 극찬을 받았던 성철대종사의 '산은 산이고 물은 물이다.' 라는 중국 옛 조사의 법어를 인용한게 전 부였다. 물론 이 법어는 많은 국민들에게 위로가 된 측면도 있지만 인류사에서 가장 보수적인 권력종교 가톨릭은 7, 80년대 맹렬히 사 회참여를 펼친 결과 교세가 몇 배로 확장되었고, 다수 지식인들과 불 자들이 가톨릭으로 돌아선 계기가 되었다.

문제가 생길 때마다 불교계는 청정쇄신을 앵무새처럼 읊조린다.
이미 종단 지도층은 염불보다 잿밥에 길들어졌고 오염이 심하다. 그
더러워진 몸과 정신으로 지계청정이나 쇄신을 말한들 실천이 되겠는
가. 연목구어요 공염불이다.

제도가 잘못되었으면 제도를 시대에 맞게 재정비 개혁하고 사람이
잘못되었으면 사람을 과감히 바꿔서 물갈이해야 쇄신이 되지 않겠는
가. 조계종은 무려 4, 5십년간 전국관광사찰과 본말사의 공사찰을 개
인이나 특정 문중이 독점하고 있다. 이것이 바로 각종 부패와 비리가
생기는 구조이며 풍토가 아니겠는가. 원래 출가사문은 3일을 한 나
무 밑에 머물지 말라고 할 만큼 부처님 당시 때부터 무집착 무소유의
검약정신이 소승대승불교가 모두 똑같았다.

그런데 어떻게 개인과 문중이 임기 4년의 사찰을 평생동안 사유화
하고 그 힘으로 종단권력을 좌지우지하는가. 민주주의 고향이요, 인
류 공동체 시원인 불교가 언제부터 독점 독재의 신자유주의화가 되
었는가. 비불교 반불교이며 마구니 소행이나 다름없다.

서산대사는 '말세가 되면 승려가 가사입은 도적이 된다고 경고'
했고, 1세기 전 빛나는 민족지도자 만해 한용운 스님은 '엄소중 박쥐
중 기회주의 방관승려들'을 질타하면서 불교유신론을 발표했다.

사부대중의 공동체 불교로 혁신하라

얼마 전 양심선언한 적광스님을 조계종 호법부가 백주 대낮에 납치감금 폭행하고 신고받은 경찰이 방관한 사건은 대한민국의 법치가 손상을 받은 심각한 범죄행위다.

나라가 혼란하고 국정이 표류하면서 범죄가 날뛰고 치안은 수준 이하다. 사법기관은 엄정히 조사하고 처벌해야 한다. 종교는 치외법권 영역이 아니며 종교인도 불법을 저지르면 처벌해야 마땅하다. 사실상 조계종단의 호법감찰부는 악명이 높다. 전부 교체하고 폭력승들이 아닌 율사로 대체해야 맞다. 호계원장은 정치승려가 아닌 율사로 대체해야 맞다. 호계원장도 정치승려가 아닌 율원장이 맡아야 한다. 정치승려 양성소인 종회는 각 교구 본사로 이관해야 할 것이다. 중앙종회의원이라는 특권은 조계종단의 각종 이권을 탐하는 자리일 뿐 불교 발전을 저해하는 백해무익한 조직이다.

그리고 각 본사 수말사에 사부대중이 참여하는 운영위원회를 두어야 한다. 원장, 교구본사, 수말사 소임자들이 고정보시와 일정액의 판공비를 지급받도록 하며 각종 불사공금, 정부보조금, 관광수입 등의 공금에 일체 간여 못하는 법령을 만들어야 한다. 근래 중요 도시의 포교당 선원의 성공사례이며 원불교, 천태종, 가톨릭 등의 운영 방법이다. 독점과 탐욕을 버린다면 가능한 일이다.

4년에 한 번씩 신도대표 본사 종회의원과 본사 운영위원들이 본사

주지를 선출한다. 또한 전국 본사주지와 본사종회의원들이 재가불자 대표들과 함께 총무원장을 선출하면 된다. 총무원장은 원로회의의 인준을 거쳐 종정이 임명한다. 본사주지와 총무원장은 재임까지만 허용한다.

전국선원장은 종정의 임명을 받고 전국 본사주지는 최종 총무원장의 임명을 받으며 본사호법부와 중앙호법부는 율원장이 호법원장이 되어 승려들의 기강과 계율을 감독 징계에 회부할 권한을 갖는다.

본말사 주지 등 행정직은 의무적으로 포교활동을 거쳐야 한다. 조계종의 포교 실적은 기막힌 수준이다. 심하게 말하면 놀고 먹는 수준이다.

수행과 포교, 사찰운영 이 세 가지가 시스템으로 운영되어야 한다. 막대한 자금과 풍부한 문화유산, 뛰어난 인재가 많음에도 조계종이 발전 못하고 답보상태에서 주기적으로 사부대중과 국민들의 원성을 사는 것은 극소수 사자 충돌이 교단을 망가뜨리고 있기 때문이다.
끝으로 사부대중이 참여하고 재정을 투명하게 만들어 첨단시대에 맞는 제도와 인새를 닐리 활용해서 관광불교, 기복불교가 아닌 국민 종교로 발돋움해야 희망이 있다. 한국불교는 기로에 서 있다. 백척간두에 서서 파사현정할 것인가, 아니면 공멸한 것인가.

도박 · 폭력승 소탕해야 불교가 산다
조계종 3대 비리문제에 관해

수십 년 동안 조계종단의 도박, 은처, 폭력배 승려들이 종단과 세상을 어지럽히고 있다. 난세 말세의 풍경이다.

서산대사는 일찍이 '선가구감'에서 "말세에는 승려들이 가사 입은 도적이 된다고 했고, 진짜 승려는 세상에 내려가고 가짜 승려들만 절집 안에 남게 된다."고 예언했다. 4백 년 전, 임진난의 국가 위기에서도 서산대사는 4백 년 후의 불교와 세상을 내다보신 것이다.

수십 년 전 내가 이 책의 경책 말씀을 읽고 등허리에 식은 땀이 흐르는 것을 체험했다. 나는 '금강경', '법화경'과 더불어 선가구감을 평생 교훈으로 삼고 있다. 우국충정과 불교정법에 관해 옛 조사들의 말씀은 살아있는 가르침이다. 그런데 조선조가 유교 성리학 정권에 의해 지배되면서 불교가 이단으로 몰리고 승려들은 최하 천민으로 추락하던 500년의 교훈을 망각하고 이제 신자유 자본주의라서 그런

가 옛 스승들 같은 서릿발의 경책은 사라졌다.

배가 고픈 기한에 발도심(發道心)한다고 했다. 배가 부르니깐 핍박 받던 시대에도 그렇게 많던 도인 선지식들이 씨가 말랐다. 아니면 종적을 감췄는가 모를 일이다.

한국불교를 대표하는 조계종이 아직 정신 차리지 못했다는 말도 있고 정신을 제대로 차리면 기독교도 기반이 위험해진다고 말한 최고 신학자의 말이 있다. 그 학자는 철저한 기독교인임에도 불교박사 학위자라는 이유 하나로 학술원 불교회원이 되었고 불교인에게 기독교를 가르친다고 열성이다.

생각해 보라. 주객이 전도되었지 않은가. 기독교인이 불교박사 학위자라면 마땅히 맹신자가 많은 기독교인에게 불교학을 가르쳐 기독교의 반인류적인 역사를 교정해 줘야 하지 않는가?

또 어떤 기독교 역사학자는 한국기독교가 100년 역사에 1천 년의 불교와 5백 년 지속된 유교의 퇴영적 모습이 보인다 했다. 이미 미국 유럽권에서는 신구기독교가 끝물이고 막장이며 종교 기능을 상실했다는 말이 나오는데, 한국에서만 신종교란 말인가.

도박, 은처, 폭력 승려들은 누구인가

작년 백양사 도박사건으로 불교 전체가 위상이 추락된 바 있고 거슬러 올라가면 2005년도와 그 이전에 심각한 승려 비리가 보도된 바 있었으나 무혐의 종결되었다. 언론과 수사기관을 매수한 탓이다.

조계종단에 도박, 은처, 폭력 등의 범죄는 이미 60년대 이승만 정권, 70년대 박정희 정권, 80년대 전두환 정권으로 면면히 계승되었다. 필자도 80년대 피해자로 사회개혁과 불교혁신을 동시에 수행하고 있으나 인간의 탐욕과 부패 앞에는 속수무책이고 승속의 차이가 없음에 참괴와 탄식이 뒤따른다.

총무원장 선거 2개월도 안 남긴 시점에서 종단의 중진승려가 발로 참회하며 공개한 16인의 도박 승려들은 필자가 볼 때 진실이고 사실이다.

문제는 이들 16인의 도박, 폭력배 승려들이 조계종단을 좌지우지하면서 예산과 인사정책을 멋대로 주물러 온 고위급의 정치승려라는 데 있다.

이들 외에도 도박, 은처, 폭력을 일삼는 자가 수백 명이 된다고 하며 16인은 주모자급 승려로 종단 영향역이 막강하다. 수십 년 간 장기 독점하면서 막대한 돈과 종단권력으로 역대정권 실세에게 줄을 대면서 파계행위를 일삼았다. 청청, 쇄신도 좋지만 이들 16인 범죄승려들을 척결하지 못하면 종단의 미래도 한국불교의 장래도 없다. 모든 사부대중들이 총궐기해서 수십 년 묵은 마구니 해종 분자들을 척결하라. 이것이 국민과 1천만 불자들의 지엄한 명령이다.

제3장

박원순·안철수 국민의 희망이 되라

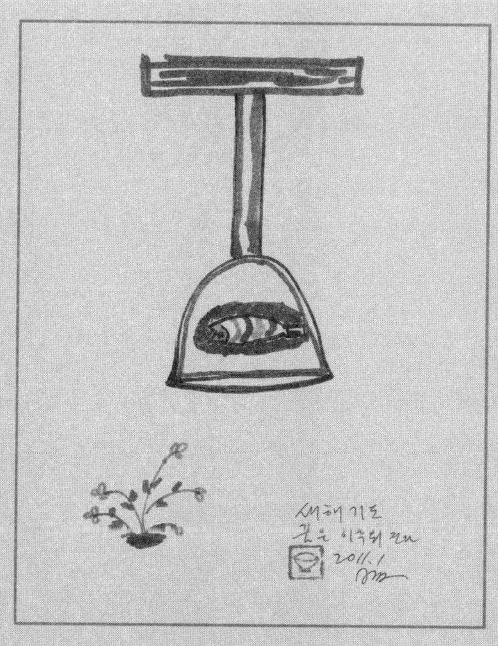

안철수 후보와
남북 한민족 평화공동체 비전
남과 북이 공동발전하고 평화를 만들어 가야

지난 10월 7일 무소속 대통령 후보 안철수가 7대 공약을 발표했다. 공약의 핵심만 말했을 뿐 구체적 청사진과 세부사항은 아직 나오지 않아서 뭐라고 평가할지 모르지만, 그의 진정성으로 볼 때 세부적인 계획이 뒤따를 것으로 본다. 대체적으로 안철수 후보의 공약은 간단한 발표수준이나 앞으로 경제 강국 한국이 나아가야 할 방향과 차기정권이 집행해야 될 정책비전을 잘 짚었다. 일각에서는 내용이 너무 빈약하지 않느냐 또는 역대 정권들이 했던 말을 재탕한 것이 아니냐는 평가절하를 내리기도 한다. 안철수 후보는 수개월 전부터 정치개혁과 복지정책을 강조했고 이것은 민주당이니 새누리당과 일치하는 부분이 있을 것이다.

그러나 필자가 주목하는 것은 안철수 후보가 가지고 있는 강점인 IT산업진흥과 남북평화교류를 통해서 북방정책을 강화하겠다는 점이다. 적어도 이 두 가지는 다른 대선후보들이 말하지 않았거나 전공 분야가 아니든지 비중있게 다루지 않았다.

첫째, IT정책은 김대중 정권 때 활짝 꽃을 피운 컴퓨터산업의 첨단기술로 15년 전, 젊은이들에게 벤처신화의 꿈을 꾸게 만들었으나 오래 가지 못했다. 기술과 자본이 계속 뒷받침되지 못했고 카드대란 등으로 자본이 부족했다.

그렇지만 이명박 정권 들어 유례 없는 실업자 양산과 첨단기술정책의 후퇴로 젊은이들은 꿈을 잃어버렸고 국가부채는 두 배로 증가했으며 내수경기마저 침체일로에 있다.

747공약으로 국민경제를 발전시키고 국민소득을 더 늘리겠다며 경제대통령으로 자처하던 이명박 정권은 정권 출범 초기 때의 의기양양한 모습은 간데없고, 이제는 레임덕의 초라한 패잔병 신세나 다름없다.

친인척과 측근들이 굴비처럼 줄줄이 각종 비리와 부패에 연루되어 법의 심판을 받고 있다. 그러다보니 믿을 수 있는 측근들이 없고 집권당인 새누리조차도 정권 창출에 도움이 되지 않는다며 멀리한다.

청와대에서 들려오는 대통령의 한숨소리가 예사롭지 않다고 한다. 모두 의욕만 앞세우고 정치 행정능력이 없는 대통령의 자업자득일 것이다.

안철수 후보가 의학자로서 컴퓨터 백신개발에 성공했고 그것이 계기가 되어 십 수 년 만에 꿈과 희망을 잃어버린 젊은이들에게 재도전과 재도약의 에너지를 불러일으키고 있다. 그는 작년 가을 서울시장을 박원순 후보에게 양보했고 거액의 자산을 국민에게 환원하는 등 사회적 공헌이 적지 않다. 그리고 안티 안철수 맨들이 주장하는 이명박 정권에서의 각종 위원회 참여와 대기업 사외이사 경력을 들어준 여당 또는 보수적인 인물이라고 공격을 받았다.

다른 일각에서는 안철수 후보가 나이도 적고 정치경험이나 경륜이 없는데 국정을 어떻게 이끌어나갈지 회의론을 편다.

안철수 후보의 등장은 대통령 권력과 권위주의에 찌든 한국정치를 혁신해서 권력이나 이념에 사로잡히지 않는 새로운 정치의 모델을 바라는 국민 대중들의 열망이 집약된 것으로 기존의 정치 패러다임과는 근본적으로 다르고 정부 위원회 경력은 오히려 그에게 정부조직의 학습 기회가 되었을 것이다.

북방정책은 한민족이 사는 일이다.

둘째 안철수 후보가 말한 남북교류와 북방정책은 사실상 김대중 정권의 큰 업적이라 할 만한데 노무현 이명박 양대 정권으로 계승되지 못했고 현 정권에 와서 완전히 포기상태에 놓여 있다.

알려진 바와 같이 북한의 지하자원은 7천조에 달하는 막대한 광물 매장량이 있고 서해광구에서 가스를 발견하는 날에는 북한의 경제는 날개를 다는 격이 될 것이다.

이미 러시아와 중국은 나진 선봉지역을 개발하여 북한과 장기협약으로 자유무역 기지로 활용하고 있다.

우리 정부가 경제 외교 등의 실용정책으로 북한을 상대하지 않고 국방안보 등으로 접근하다보니 갈등과 대립구도로 판이 짜여지고 그 여파는 국내정치 경제에도 악영향을 미치고 있다.

남북교류와 북방진출정책은 북한을 개방시키고 북한만 이롭게 하는 정책이 아니다. 엄청난 지하자원, 값싼 노동력의 북한과 개발기술에 자금력이 높은 남한이 협력하면 실업자와 일자리 정책이 해결되고 남북 또는 남남갈등도 줄어들며 그만큼 군비경쟁을 덜하게 되니 남북 모두 이득이 크다.

그리고 남북한을 관통하는 철의 실크로드가 뚫리면 중국, 러시아, 중앙아시아로 전 세계를 육로로 이어지는 신 실크로드가 만들어지고 문화와 인적 물적 교류의 이익은 상상하기 힘들 만큼 커진다.

우리 역사에서 찬란한 신라, 백제, 고려의 민족 부흥기가 다시 열린다. 남북이 공동발전하고 평화를 만들어감으로써 주위 강대국조차 먹이를 앞둔 야수처럼 으르렁거릴 필요가 없다.

강대국 또한 막대한 이익이 생기므로 안철수 후보의 IT통신과학과 BT생명과학, 그리고 남북교류 북방정책은 여야 대립구도에서 그만이 가질 수 있고 추진할 수 있는 미래지향적 정책이다. 80년대부터 고민하던 필자의 꿈도 실현되는 것으로 기대가 크다.

부디 안철수 후보의 비전과 정책이 구체적인 계획으로 결실을 맺기 바란다. 문재인 안철수 등 대선 후보들이 힘을 합쳐 남북 한민족의 평화공동체와 나아가서 세계평화에 대한 꿈을 달성하기를 간절히 염원한다.

김두관, 한국의 룰라가 돼라
불환빈 환불균(不患貧 患不均)의 공정사회

올 12월 대선을 앞두고 정치권은 경선을 위한 준비에 바쁘다. 적어도 8월 중순까지 여야 경선후보가 확정되어야 대선준비에 들어갈 수 있다.

올해의 대선은 여야권 모두에게 특별한 의미를 갖는다. 여권은 MB정권이 이렇다 할 업적과 실적을 못 남기고 부정부패와 경제정책 실패로 국민적 신뢰를 상실했으나 한 번 더 기회를 달라고 호소할 것이다.

특히 무너진 당을 일으켜 세워 리모델링에 성공한 박근혜 비대위 전위원장과 새누리당은 MB정권의 실정을 극복해서 여권의 대선연임을 목표로 똘똘 뭉치고 있다.

최근 MB에 이어 박근혜 전위원장이 범야권을 향해 종북주의 척결이라는 공격적 발언도 대선을 위한 전술적 맥락에서 이해하면 된다.

이념 문제와 야권분열이라는 상대적 열세에 처해 있는 야권은 5년 전의 대선패배를 만회해서 정권창출이라는 시대적 사명을 완수해야 될 절체절명의 과제를 안고 있다.

아무튼 5년 전 치열했던 대선경선이 뜨거운 유월의 불볕더위와 맞물려 치러졌던 그때 이상으로 올 경선은 활활 타오를 것 같다.

날씨마저 봄 가뭄이 몇 달째 이어지고 있다. 30년만의 봄 가뭄이라는 보도를 보면서 산과 들에 핀 풀꽃들이 시들어가고 있다. 식수와 용수가 고갈되고 무논에까지 영향을 미치면 심각해진다. 아직 단옷날은 멀었는데 말이다.

그리스를 위시한 유럽경제가 타격을 받으면 세계경제도 어려워지고 수출에 의존하는 한국경제도 불을 보듯 뻔해진다. 김중수 한국은행 총재와 강만수 전 재정장관도 우리 경제가 앞으로 10년간 침체기를 맞이할 것이라고 하니 이래저래 우울한 소식이다.

따지고 보면 정치혼란과 경제 불황은 갑자기 생긴 것이 아니고 서서히 진행되어온 결과물이다. 자본주의와 신자유주의의 성장주의는 양극화 · 오일쇼크 · 환경파괴 · 이상기후와 연관이 깊고 또 그것은 미국의 독점자본주의를 위한 오랜 침략전쟁이 위기를 초래한 원인이다. 자원과 자본의 배분에서 전쟁과 평화가 생긴다.

기나긴 인류역사가 증명한 바이지만 천연자원과 자본의 독점 또는 배분에서 전쟁과 평화가 결정된다. 지배자인 강자는 언제나 독점을 원하고 약자는 언제나 균등한 배분을 요구하나 힘에 밀려 바라는 바를 이루지 못한다.

그것은 개인이나 사회 국가와 세계가 똑같으며 그렇다보니 이 세계는 지구촌 어디에나 모순과 갈등이 생기고 투쟁과 저항이 인간의 운명처럼 따라붙는다. 강자에 의한 지배가 정당화되고 약자에 대한 억압이 운명처럼 느껴지는 사회를 우리는 봉건적 노예사회라 부르고 전제군주와 독재정치의 산물이라 부른다.

반대로 21세기의 민주 · 자유주의처럼 인간들이 대등한 가치로 공유하고 상호 협력한다면 우리는 이상적인 평등사회 내지는 제대로 된 민주사회라 부를 수 있다.

여야권 대선후보자들이 많이 나올 것이다. 자천 타천 자신의 능력을 과시하는 후보 시대적 소명이라 여기는 후보 등 대선후보로 나서는 이유가 각양각색일 것이다.

필자가 요즘 주목하는 후보는 단연 김두관 경남지사다. 물론 독재는 했으나 이 나라의 가난을 해방시켜준 아버지 박정희의 정신을 계승하겠다는 새누리당 박근혜와 그 외 여러 가지 명분을 내세우는 김문수 이재오 정몽준 임태희 등이 후보군에 들어가 있고 야권 역시 김두관 안철수 문재인 손학규 정동영 박영선 정세균 등이 후보에 속한다고 본다.

필자가 차기 대선주자로 김두관을 꼽는 것은 크게 두 가지다.

첫째, 김두관은 정치철학이 분명하고 대의명분에 강한 사람이다. 대개의 지도자들은 민주주의를 위해서라거나 경제를 살리기 위해서 또는 안보를 튼튼히 해서 나라를 지키겠다고 했지만, 어느 것도 온전하게 이룬 것이 없다.

예컨대 어떤 지도자는 국가수호를 위해 정치 경제 인권을 포기했고 또다른 지도자는 경제를 위해 정치와 인권을 억압했으며, 또 어떤 지도자는 민주주의와 경제 인권 안보를 공고히 했으나 완전히 뿌리를 내리지 못했고, 어떤 지도자는 오직 경제를 구호로 내세웠으나 결과적으로 정치 경제 안보 사회문제에 총체적 실패를 가져왔다. 김두관의 정치철학은 두 가지로 요약된다.

논어의 '가난함을 걱정하지 않으나 고르지 않음을 근심한다.'는 공정에 대한 철학이 확고하다. 사실상 공정, 곧 공명정대(公明正大)는 수천 년 중국의 황제에 해당하는 최고지도자의 통치철학이며 도덕적 가치이기도 한다.

유교가치로 보이나 불교철학에 가깝다. 불교를 신봉했던 중국역대 황제들의 최고덕목, 개인보다 공적가치를(公) 무능이 아닌 현명한 지혜(明) 사악한 미신이나 탐욕이 아닌 올바른 가치(正) 사리사욕과 눈앞의 이익이 아닌 전체와 미래를 내다보는 가치(大)인 것이다.

만약 어떤 지도자가 이를 깨닫고 실천한다면 국정은 안정되고 나라는 크게 융창할 것이다. 공명정대 또는 광명정대의 중도철학의 가치를 체득하고 실천한 지도자로는 인류사에 많이 기록되어 있다. 우선 누구나 아는 사람을 꼽으면 세종대왕 세조 영조 정조 광해군 등이 해당된다.(성공했거나 성공 못했어도 노력한 지도자)

중국은 주원장과 강희·옹정·건륭 등이며, 일본은 전쟁을 통해 통합했으나 끝내 침략야욕을 못 버린 도요토미 히데요시와는 반대로 평화와 화합으로 번영과 외교관계를 성공시킨 도쿠가와 이에야스의 중도 실용정책이 오늘날 근대화에 성공한 선진일본의 원동력이다.

근래 브라질의 전 대통령 룰라 역시 정치 지도자로 대성공한 보기 드문 케이스다. 그는 만성적자와 실업·물가고에 시달리던 브라질의 경제를 일약 세계 10대 안에 드는 경제대국을 만든 장본인이다.

룰라가 재임 8년 동안에 이룩한 업적은 눈부시다. 부패와 사회불안을 일소하고 최하 빈곤층을 중류층으로 격상시켰고 이념논쟁을 극복해서 번영과 민주주의를 동시에 이룩한 점, 자신이 12남매의 극빈층으로 초등학교의 학력이지만 브라질의 모든 계층을 설득하고 화합을 이룬 헌신적인 노력은 바로 공정 중도의 불교정신과 일치한다.

룰라와 김두관의 빈곤했던 어릴 때의 삶은 같은 수준이고 김두관이 한국의 룰라가 되겠다고 한 것은 그의 진정성이며 각성한 지도자의 정신이다.

대통령 되기보다 대통령 성공하는 것이 중요

둘째, 김두관은 가난한 5형제로부터 출발해서 민주화운동, 이장을 거친 풀뿌리 서민정치를 체험하고 지도자에 오른 사람이다.

물론 평생 민주화 투쟁으로 대통령이 된 YS, DJ가 있지만 김두관은 그들의 장단점을 꿰뚫고 있을 만큼 통찰력이 깊고 뚝심이 세다는 평이 있을 만큼 추진력과 통찰력도 갖췄다.

요컨대 김두관은 지역이념 학벌 종교의 차이까지도 극복해서 대동사회와 균등 평등의 가치를 꿈꾸고 실현해 보이겠다는 야심가다. 자신의 이익이 아닌 전체의 이익을 위해 헌신하겠다는 야심가라 할 수 있다.

우리 사회는 아직도 남북의 이념대립 강자와 약자의 차별 지역계층간의 갈등이 존재하고 정의와 불의 민주와 반민주의 흑백논리와 적개심이 정치권과 사회불안을 야기시키는 도화선이 되고 있다.

에나 지금이나 인간사회는 그런 갈등과 모순이 상존한다고 볼 때 한국만의 현상이 아닌 것이다. 노조위원장 출신 룰라가 등장하기 이전인 2천년 초반의 브라질은 아마 우리와 크게 다르지 않았을 것이다.

다른 후보에게서 볼 수 없는 김두관의 장점은 한국의 룰라가 되

어 난마처럼 얽힌 국정을 해결하고 사회 안정을 위해 헌신하기를
바란다.

금년 대선은 나라의 흥망이 결정되는 분수령으로 참된 지도자와
지혜로운 국민들의 대통합이 이루어지기를 염원한다.

보수 대분열과 진보 대통합의 권력투쟁
새누리의 불통과 민주당의 오만

MB정권의 레임덕은 측근 실세들의 비리와 부패로 가속화되고 있다. 비교적 깨끗하다든 박희태 국회의장도 돈봉투 비리에 연루되어 정치생명이 위태롭게 물러났고 청렴을 강조하던 이재오 의원마저 언제 마각이 드러날지 모른다.

MB정권의 사람들은 한결같이 스스로를 유능한 정권이고 도덕적으로 완벽한 정권이라며 자화자찬해 마지않더니 4월 총선과 대통령 임기 1년을 앞두고 말이 없다.

한마디로 위선과 탐욕, 기만과 착각으로 뭉친 최악의 정권이 아닐 수 없다.

2월 22일 이명박 대통령 취임 4주년 기자회견에서 대통령은 친인척, 측근비리에 답답하다는 말로만 그치고 대국민 사과를 하지 않은 채 MB특유의 자가당착에 빠진 비겁한 모습을 보여주었다.

4대강 FTA같은 민감한 정책질문에는 답변조차 하지 않았고 자신과 관련된 내곡동 사저문제 역시 아랫사람의 잘못으로 둔갑시켰다.

더욱 놀라운 일은 비주류 측근인 정두언 의원이 "MB가 민심을 몰라도 한참 모른다."는 것이나 "이 정도면 MB가 한나라당이 아닌 민주당을 밀고 있다는 얘기도 맞는 것 같다."고 개탄하겠는가.

떠도는 소문으로는 MB가 견원지간인 박근혜보다는 차라리 민주당의 대권을 바란다는 것이다.

BBK 등의 사건으로 MB가 박근혜를 기만해서 대통령에 당선되었으므로 박근혜의 보복이 두려울 것이고 MB의 실력자들이 대권후계자로 김문수 정몽준 정운찬 등을 밀었으나 국민적 지지와 거리가 멀고 오직 박근혜만이 난국을 수습하고 대권후보로 떠오르고 있으니 그럴법하다.

필자도 전번 대선 때 MB를 지지했지만 정두언 의원의 말처럼 MB가 이렇게도 형편 없는 인물인지 몰랐고 대다수 국민들도 똑같은 심정일 것이다.

그만큼 국민적인 실망이 큰데 비해 MB와 비호세력들은 여전히 잘났고 잘 했다고 하니 그저 기가 막힐 뿐이다. 그렇지 않다면 이재오를 비롯한 실세들이 줄줄이 불출마 내지 정계 은퇴 선언을 해야 마땅하나 현실은 그렇지 않다. 의총에서 비대위를 출범시켜 놓고서 계속 비대위를 흔들어대고 여의치 않자 공천신청을 하는 파렴치의 극치를 보이고 있으니 말이다.

안상수 · 이재오 · 이동관 · 박형준 · 박영준 · 권철현 · 정의화 · 안경률 · 전여옥 · 김대식 · 김무성 등 친이계 핵심들은 무슨 염치로 버티고 있는지 알 수 없다. 설사 공천을 받더라도 유권자의 심판이 기다리고 있을 텐데 도무지 반성은 커녕 양심이 마비된 인면수심이 아닐 수 없다.

박근혜는 박세일과 손잡아야 승산이 있다.

어렵게 출범한 새누리당 비대위는 북풍의 모진 외풍을 이겨내고 이제 남풍이 부는 공천만을 앞두고 있다. 그러나 사실상 여야를 막론하고 참신하고 능력 있는 인물을 찾는 일은 어렵다. 그나마 양당은 지난 10년 간의 집권경험과 4년 간의 소수야당으로서의 무기력을 극복하고 모든 진보세력들이 뭉쳐 연대해서 충신과 대신에 반드시 대성공을 이룩하겠다는 각오와 의지가 대단하다. 반대로 MB정권 4년의 실패가 가져다주는 부정적 파장은 클 것이다.

지난 가을 서울시장은 야당에 내어주었고 수도권 민심도 부정적이며 중부권과 부산 경남지역도 비우호적이다. 안철수 · 문재인 · 김두

관·조국이라는 정치스타들이 야권정국을 달구면서 MB와 여권을
압박하고 있다.

말하자면 여당의 특성인 조직이 붕괴되고 야당은 바람몰이에 더해
MB정권 심판론, 박근혜 무능론으로 야당의 조직이 힘을 받고 있다.
새누리에 비해 두 배나 많은 공천 신청자가 많은 민주당이다.

박정희 정권의 유산인 인권억압과 정수장학회도 박근혜가 풀어야
할 숙제다. 박정희 정권의 좋은 유산인 민족문화중흥과 경제발전은
계승해야 되지만 나쁜 유산은 회피해서는 안 되고 역사적 과오를 청
산하는 진정성의 결단이 있어야 한다.

산전수전 다 겪은 국민들이고 옛날과는 다르게 교육, 생활수준이
높은 국민들이다. 좌우이념 지역갈등 강자와 약자 옳고 그름의 차이
와 차별을 알고 지혜롭게 선택할 줄 아는 국민들이다.

박근혜는 현재 고립무원의 상태에 놓여있다. 박근혜의 집권을 바라
지 않는 냉담한 MB와 친이계 세력들 야권세력 친 민주당의 2040세
대·수도권·PK·강원도·호남지역을 제외하면 친박근혜 지지층은
5060세대 이상 노년층들과 대구·경북지역 고정 보수층이 전부다.

4월 총선에서 여소야대가 되어 야권이 MB를 탄핵하고 현직 대통
령이 임기 전 사퇴하는 일이 혹시 발생하면 상황은 더욱 어렵게 된다.

보수는 부패로 진보는 분열로 망한다.

지난 4년 동안 MB정권은 보수의 가치를 붕괴시켰다.

보수의 가치인 깨끗한 도덕성과 국태민안이라는 목표를 상실하고 왜곡시켰다. 23일 국회로 인사온 국민생각 대표 박세일과 환담하면서 박근혜는 협력과 연대를 요청했다. 과거에 같이 일한 인연 때문에 의례적인 인사를 한 것 같아 보이나 박세일은 바로 응답하지 않았다.

한편 총선대선을 모두 성공시키겠다는 야권의 열정이 갈수록 퇴색되고 있어 야권 유권자들의 실망을 자아내고 있다.

야권의 맏형인 민주당이 24일 밤 진보당과 야권연대협상을 결렬시켰다. 민주당이 의석수를 진보당에 많이 내어줄 수 없다는 반면 진보당은 소수야당의 설움을 벗고 원내의석을 확보하겠다는 의지가 상반되는 까닭이다.

그렇지 않아도 조국 교수나 민주 참여정부 실세들이 민주당 한명숙호의 무능과 정책빈곤을 질타하는 형편이다.

강금실 전 법무는 "이런 민주당을 믿고 총선을 치를 수 없다."했고 이인영 최고의원은 "원내 대책이 구멍 뚫렸다." 비판하면서 조용환 헌법재판관 선출의 무산, 한미 FTA비준동의안 통과 때의 무대응, 론스타 국정조사 무산, 석패율제 논란 등 김진표 원내대표가 주도하는 지도부에서 야당으로서의 무능을 비판했다.

여야를 막론하고 총선대선에 마음이 가있어 당장 필요한 민생에 대한 정책이 빈곤하고 대책이 없는 것이 문제이다.

통일과 선진화라는 앞서 가는 정책과 공약을 내세우지만 각종 정책의 노하우가 풍부한 국민생각 박세일과 민주당이 연대하면 어떨까 생각한다. 색깔이 다르고 이념이 다르지만 초록이 동색이라는 끼리끼리 정치를 벗어나고 흑백논리보다는 중도상생문화를 이제 우리 정치가 보여줄 때도 되지 않았나 생각한다.

굿모닝 베트남 그리고 굿모닝 코리아
6·25 한국전쟁 기념일 추모 칼럼

60년대 시작된 십년 베트남 전쟁은 마침내 미국의 참패로 막을 내렸다. 지금도 이념의 시각으로 바라보는 올드맨들과 참전용사들, 특히 고엽제 후유증으로 평생 고통의 세월을 보내고 있는 분들에게는 베트남전 자체가 악몽이었을 것이다.

필자 역시 그때 건강이 좋았다면 군복무로 베트남의 역전용사가 되었을 확률이 높다. 죽든 살든 둘 중의 하나인 시대상황이니 운명이나 혹은 애국이라는 믿음 하나로 말이다.

행인지 불행인지 필자는 두 번의 신체검사 끝에 몸이 허약해서 군복무 자격이 없는 불합격 판정을 받았다. 지금도 잊혀지지 않는 일은 군의무관이 필자가 승려임을 알고 산중에서 수도생활이나 잘 하라고 면제판정의 격려(?)를 해준 일이다. 꽤 오랫동안 지옥 같던 졸병생활을 면제 받았다는 안도감과 함께 남자로서 군대 못 간 반쪽짜리 인생에 자책감과 자존심에 상처를 입었다. 물론 80년대 민주화운동 등 사회참여운동과 글쓰기. 수도승으로 고독하고 힘든 과정을 거치면서 콤플렉스를 극복하고 갈등을 해소했다.

인간의 역사란 큰 강의 물줄기와 같아서 긴 안목으로 바라봐야 한다. 현 정권에 와서 적나라하게 밝혀진 일이지만 부유하고 소위 힘 있는 집안의 사람들은 모조리 군면제자들이라는 사실이다. 부잣집 아들이야 외국에 유학가고 돈으로 대학입학이나 군면제가 해결될 수 있다지만 국가요직에 있는 최고 공직자들이 대부분 불법으로 군 면제 판정을 받은 것에 국민들은 불신과 절망감에 빠져있음을 위정자들은 알아야 한다.

나는 평소 승려로써 후회되는 것이 몇 가지 있다. 군대 안 간 것과 청춘의 피 끓는 시절을 죽음 같은 절대 고독의 삶을 첩첩산중에서 보낸 일이다. 다음 생애는 세상의 쓴맛 단맛도 좀 경험해 보고 부모 형제와 친구 이성간의 우정, 애정도 나누고 군대를 단기라도 갔다 와서 이십대 중반에 출가했으면 좋겠다는 바램이다.

그러나 크게 후회되지는 않는다. 이십대부터 독파한 만권이 넘는 독서와 자유인으로 방랑생활, 많은 스승들을 만났고 사회참여 불교를 통해 정신적 빚을 갚았다. 뿐만 아니라 종교와 정치를 인류사적인 안목에서 바라보는 불교의 화엄사상을 깨닫고 실천하는데 보람을 느낀다.

대통령과 참모들이 입만 열면 자화자찬해서 실소를 자아내게 하는데 공직자가 아닌 일개 미천한 승려 출신인 필자가 공개적으로 자화자찬이 아닌 근거 있는 자랑을 한번 해볼까 한다.

87년에 첫 저서인 종합문집을 펴내었을 때 일찍부터 박정희 대통령과 절친했고 조중동 신문발행인과 대기업총수들과 친교를 가졌던 가톨릭의 대부였던 모 원로는 나의 원고를 보고 정말 일개 젊은 승려인 내가 썼는지 경이롭다고 했다. 이어 동서양의 지식을 통달하고 남북 이념문제에 상생의 철학을 제시하며 자유분방한 문장으로 어려운 불교술어들을 아주 쉽게 풀이한 최고의 저술이라 극찬했다. 24년 전, 나의 책 서문에 있는 말이다.

또 유명 신문사의 주필과 주간들은 뒤이어 나온 평론집에 영혼의 새벽을 깨우는 명문장이며 어떤 사람도 설득할 수 있는 힘을 가졌다고 했고 불교계 원로 송월주 스님은 90년대 후반 조계종 총무원장 연임문제로 나와 길이 달라 갈라섰지만 90년대 초반에 나온 세 번째 평론집에서 불교계 최고 지식인의 글이라고 추천했다.

금년 봄 길에서 잠깐 만난 월주스님은 악수하면서 소암당은 불교계의 손꼽는 지식인이라며 역할을 계속 당부했다. 십여 년이 지난 후 그것으로서 나는 그와 화해했다.

보통사람도 제 자랑이나 자식, 마누라 자랑하면 삼불출이라 했다. 세상이 온통 자기 PR 홍보에 정신이 없고 공을 국민에게 돌려야 할 공직자마저 자기자랑에 열을 올리는데 하물며 아무 힘도 없는 필자가 자랑을 한번 해보는 것도 크게 나쁘지 않을 것 같아 수십 년 만에 지난 과거를 반추해 보았다.

베트남전은 반전평화운동의 시발점

베트남전의 진실을 통해 반전평화운동을 암시하고 있는 영화 ‘굿모닝 베트남’은 80년 후반 할리우드 영화로 뛰어난 수작이다. 영화는 코미디 DJ출신의 주인공 로빈 윌리암스의 코믹한 연기가 일품이다. 사자가 포효하듯 굿모닝 베트남을 외치면서 관중을 압도하는 장면에 이어 루이 암스트롱의 재즈 트럼펫이 힘차고 유쾌한 연주와 함께 “투게더 원더풀 월드” 베트남의 아름다움을 장중하고 정겨운 목소리로 들려준다. 올드팬의 영원한 향수로 남아있다.

나는 매년 여름의 비 오는 날이나 마음이 우울하면 암스트롱의 이 곡과 다른 재즈연주도 즐겨 듣는다. 영혼의 모음 같은, 영혼이 충만한 암스트롱의 연주를 들으면 흑인이야말로 가장 뛰어난 인종이 아닐까 생각한다. 비록 수백 년 세월 동안 백인들에게 학대받은 모진 고통의 세월을 겪었지만 혼혈흑인 미대통령도 나왔으니 다음에는 흑인 교황도 나올법하다.

베트남전은 통킹만 공격을 빌미로 삼은 미국의 기만적인 전쟁으로 결론 났고 그 인과응보로 베트남 밀림 전역에 엄청난 양의 고엽제를 살포하고도 끝내 패전했던 미국의 수치로 기록되었다.

좌우이념을 막론하고 세계를 지배하기 위해 아무 죄 없는 약소국을 침략하는 일은 똑같다. 구소련이 동구권을 침공, 위성국가를 만든 일이나 과거 불란서, 영국, 미국이 아시아의 자유진영, 이집트와 수년 전부터 중동국가들을 차례로 침공한 것은 무엇이 다른가.

베트남은 알고 보면 위대한 국가이다. 우리의 시각으로 보면 우리보다 뒤떨어진 후진국가로 보이겠지만 일종의 착시현상이다. 제국주의 중국이 1천 년 동안 삼키지 못한 철옹성 왕국 베트남은 오랫동안 프랑스 식민지로 있었으나 끝내 동화되지 않았다.

50년대 집권한 친 프랑스 가톨릭정권인 고딘디엠이 불교와 전통문화를 파괴하고 민중을 탄압할 때 불교승려들과 민중들이 힘을 합쳐 저항했고 부정부패와 인권탄압의 독재로 무너진 고딘디엠 정권 다음으로 군사정권이 출현했으나 역부족이었다.

아무리 강대한 프랑스 미국이 남베트남을 도와 대접전을 펼쳤지만 이미 대세는 남북의 민중들과 북베트남이 아닌 베트남 전체의 민족지도자 호지명에게 가 있었다.

호지명은 그의 사후 민족독립과 통일의 위대한 지도자로 역사적인 인물로 추앙받는 터이지만 실제로 그는 중국의 등소평이나 주은래처럼 남은 유산을 국가에 헌납한 무소유의 위대한 혁명가였다.

우파도 우파 나름 좌파도 좌파 나름이다. 6·25 한국전쟁의 동족 상잔은 남북이 똑같이 외세의 침략과 지배를 받아 이념과 감정의 골이 더 깊어진 터라 좌우파가 적대적 증오대립적 관계가 된 남북한 관계를 이해하면서도 우리는 왜 동서독이나 베트남처럼 이념과 군사대립보다 평화적으로 대화를 전전시키고 통합을 이룩할 수는 없을까?

6·25 한국전쟁과 베트남전의 차이는 무엇인가. 민족이념전쟁, 강대국 참전 등은 동일하나 베트남과 한국의 외국군대가 민간인의 학살이 많았던 것도 똑같았다. 한국 군경이 남북 민간인을 빨갱이로 몰아 학살했지만 남북 베트남 정권이 순수한 민간인을 죽였다는 말은 들어보지 못했다.

남북한 군대가 전쟁을 벌이는 것은 불가피했지만 민간인을 빨갱이와 반동으로 몰아 숙청하고 죽인 것은 베트남과 다르게 야만의 슬픈 역사를 만들었으니 어찌 우리가 베트남보다 낫다고 할 수 있는가. 베트남은 한국군이 무자비하게 전쟁의 이름으로 학살을 행했지만 어떤 사죄나 보상도 요구하지 않았다. 미국과 더불어 한국 역시, 현재 정상적인 국교와 주요 교역국가가 되었으니 이것이 두 번째 베트남의 위대한 점이다.

우리는 해방 후 60년이 훨씬 지났지만 아직 일본에 보상과 사죄요구를 계속 해오고 있는 것과 비교해 보라. 한마디로 민족의 자존심과 자부심이 현저하게 뒤떨어지면서 베트남을 깔보고 왜곡하는 한국인으로 부끄럽다 아니 할 수 없다.

베트남전은 미국이 세계최강이면서 또한 세계를 지배하는 힘의 제국주의임을 각인시켜 주었고 동시에 미국국민은 전쟁이 아닌 자유를 사랑하는 평화주의자임을 깨닫게 해주었다. 세계평화운동인 반전활동이 맹렬히 일어났고 히피문화 재즈민중예술 비틀즈와 컨트리 팝송이 대유행했다. 한국 역시 재즈풍의 노래와 통기타 음악이 젊은이들의 평화와 독재에 대한 저항운동으로 발전하였다.

마지막 분단국가 한반도의 모순과 비애

80년대 말 동서냉전이 붕괴되고 이념이 종언을 고했지만 불행하게도 남북은 마지막 분단국가로 오늘도 내일도 국경지대의 긴장이 계속되고 있다.

몇 일전 민간항공기에 십여분 오발 사격한 것도 안보상의 위협을 현실적으로 말해주는 사건이지만 세계가 북한은 물론 한국을 더 비웃고 있다는 것을 알아야 한다.

수십 배 질 실고 두 배나 국민이 많은 우월한 한국이 북한에 대해 공포감을 갖고 있는 것은 모순이 아닐까. 과거 정권처럼 도와줄 것은 도와주고 정정당당하게 북한당국을 대하면 안 되는 것인지 묻고 싶다.

우리 정부 지도자 중 군대 안 간 안보 문외한이 많다고 하지만 한 나라를 이끌어가는 국방, 안보정책이 지금처럼 허술하고 앞뒤가 안 맞는 때가 있었을까. 전문가들이나 국민들은 탄식하고 또 탄식한다. MB정권의 철저한 안보무능과 빈곤한 대북정책을, 지난해 터진 천안함 연평도 포격사건에 보여준 정부의 무능력이 국민들의 불신과 세계의 망신살을 초래했다. 뇌리에서 사라지기 전에 실수라고 하기에는 사안이 너무 무겁다.

만약 사정거리에 들어가 항공기가 격추되고 승객들이 사망했다면 또 한 번 남북문제로 비화되고 세계뉴스가 될 뻔했다. 아찔하지 않은가.

주체적인 베트남과는 달리 남북한 모두 미국과 중국만 바라보고 이들 상전국가가 어떻게 해주기를 바라고 있다.

영남패권주의를 비판하는 사람들은 1천 수백년 전의 신라가 당나라를 끌어들인 역사적 과오를 묻는데, 지금의 남북한 체제와 당시 통일 이전의 삼국체제는 완전히 달랐고 삼국이 서로 당나라와 일본을 때로는 견제 대립하고 때로는 협력 연합하는 구조였으며, 신라는 고구려 · 백제 멸망 이후 고구려 · 백제 유민들과 대통합해서 8년 만에 당나라를 압록강 이북으로 추방하는 승리를 거두게 되므로 한민족이 아직도 건재한 이유가 된다.

그리고 당나라의 명장 소정방과 설인귀는 서북방의 티베트군과 싸워 몇 번의 큰 전투에서 모조리 패했다. 티베트의 용맹한 기마군대가 수도 장안을 침범하여 신라에서 철군하는 계기가 되었다.

6·25 한국전쟁 당시 50만 중공군의 참전은 1년 전 티베트를 강점하기 위한 세계의 눈속임이었고 결과적으로 6.25 남북전쟁은 중국의 티베트 침략을 정당화시켜준 희생양 작전이었다. 1천 년 전과 60년 전 한국은 두 번이나 티베트에 큰 빚을 졌다. 대부분의 한국인들은 모르는 사실이다.(연세대 사학과 교수의 저서 '중국과 티베트에서' 참조)

티베트 지도자이며 세계적으로 가장 존경받는 달라이라마 성하 초청문제는 김대중, 노무현 정권에서 약속했지만 지켜지지 않았다.

세계가 모두 지지하고 존경하지만 중국의 압력이 두려운 이유에서다. 이 역시 강대국에 약한 지도자의 비애다.

루이 암스트롱이 아니지만 세계적 수준인 우리 음악가와 가수들이 한반도와 세계의 평화, 공존을 위해 굿모닝 코리아를 연주할 날은 언제나 올까.

남북한 모두 독선적 정치권력의 유지가 아닌 진정한 민중들의 평화와 행복을 위해 온몸을 내던지는, 강대국 굴종이 아닌 강대국을 활용해서 평화통일을 이룩할 날은 언제일까.

북한은 굶주림과 핵무기 개발로 한국은 베트남에서 쓰고 남은 고엽제 수천 톤을 미군기지 지하에 묻었다는 퇴역군인의 증언으로 새로운 갈등과 쟁점이 되고 있어 답답한 노릇이다.

자기 문제를 스스로 해결하지 못하고 남의 힘에 항상 의존하는 약육강식과 게임의 법칙에 길들여진 인과업보가 아니겠는가.

임진년 흑룡 새해 새 희망
새 정권을 기원하며
변화무쌍한 국제정세, 미륵 사상으로 융합의 지혜를

임진년 새해 새 희망을 기원하며

임진년 새해가 밝았다!
장엄한 새해가 떠올랐다!
새해 새 희망의 새 기운이 천지에 충만하다!

새해도 지난해와 다름없이 수평선 위로 불끈 떠올랐다.

다 같은 해이지만 새롭게 맞이하는 새해의 마음가짐과 기원 소망이 남다르게 느껴지는 까닭은 무엇인가. 지난해에 못다 이룬 꿈과 새롭게 시작하는 일이고 새로운 각오로 임하는 것이다. 마치 새 달력과 새 일기장과 같은 것이다.

제야의 보신각 종소리를 듣고 이어서 새해 잔치가 올해의 축복을 예고하는 것 같아 흥겹고 신명이 났다. TV에서는 몇 번 내한한 적이 있는 베네수엘라 빈민가 출신들이 연주하는 카라카스유스 오케스트라의 쥬페 경기병서곡과 운명이 경쾌하고 장엄하게 울려 퍼졌다. 새해 첫날에 어울리는 아름다운 연주였다.

올해의 십이지로는 임진년이고 북쪽의 흑룡이다. 용은 동양에서는 신령스럽고 신통이 자재해서 비바람을 부르는 하늘의 신이며 절대권력을 상징하므로 왕을 의미한다. 용안 용상 용포 용수 용종 등 왕 이외는 용이 들어가는 이름이나 문양을 쓰지 못했다.

큰 인물을 잉태하는 용꿈을 누구나 꿀 수 있지만 옛날에는 금지되었고 일반 백성이 용꿈을 꾸었다고 발설하면 그것은 반역에 해당되었을 만큼 큰일날 일이었다. 용은 비와 구름을 부르는 농경사회의 토템이었고 동양의 모든 남방지역에서 용왕신앙이 전통문화로 자리잡았다.

물이 없거나 가물면 용왕에게 빌었고 홍수가 나면 용왕이 노해서 그렇다고 했다. 가뭄이 계속되면 농사를 지을 수 없고 먹을 물도 말라 기근과 질병이 생기고 사람과 가축 자연에까지 재앙이 미쳤다.

농경사회에서는 물을 관장하는 용이 절대적인 존재였고 왕의 지배권력을 용에 비유했다.

과학만능시대인 지금도 아프리카나 중동지방에서는 먹을 물조차 없어서 기아와 질병에 시달려 수많은 난민이 발생하는데 세계적인 구호지역이 거의 물이 메마른 그쪽 지역이다.

'울지마 톤즈'로 유명해진 한국의 어떤 천주교 사제가 그 지역에서 오랫동안 헌신한 보살행이 거룩한 것은 맞지만 만약 그들이 믿는 신이 있다면 왜 비를 내려주지 않는지 불공정한 일이다.

용에 관한 이야기를 더해 보자. 물은 우리 말로 '미르'라 하고 은하수를 '미리내'라 한다. 민중불교신앙의 원조격인 미륵은 메시아로 미래의 구세주이다. 한국불교의 미륵신앙은 천년이 넘은 민간신앙으로 호남에서는 전주 금산사가 근본도량이다. 특이한 것은 미륵불이 서 있는 밑에 무쇠솥이 안치되어 있다.

불을 때서 물을 끓이는 무쇠솥은 곧 물과 불의 조화를 의미한다. 역사학자 민희식 교수에 의하면 미륵은 관세음보살과 같이 중앙아시아의 건조한 사막지대 물의 여신이었는데 대승불교를 만나 세상을 구제하는 구세주신앙이 되었다고 한다.

또 다른 자료에 의하면 3천 년 전 고대 이란의 조로아스터교의 영향으로 선과 악, 천국과 지옥, 신과 악마라는 2분법의 종교가 오늘날의 기독교 구원사상이 되었고, 북인도에 가서 세상을 구제하는 보살사상이 생겼다고 한다.

인류역사와 문화는 오늘날의 첨단문명과 같이 서로 주고받으면서 영향을 미치고 발전하는 것이라 보면 정치와 종교 문화의 뿌리도 비슷한 양상을 띤다고 할 수 있다.

필자는 다른 사람과 마찬가지로 평생을 살면서 연구하고 탐구하는 편인데 아직 모르는 세계가 많다.

작년 늦가을에 어느 전시장에서 어떤 작품을 보고 깜짝 놀랐던 적이 있다. 우리가 흔히 아는, 나이 먹은 세대들이 즐겨 썼던 '천우신조'가 전혀 다른 뜻이었으니 말이다. '하늘이 돕고 신이 돕는' 형용사가 아니라 새의 이름인 명사였다.(天佑神鳥) 하늘에서 도와주는 신령스러운 새(일명 금시조), 김동리의 소설로 유명한 인도 힌두신앙의 '가루라'이다. 용을 잡아먹고 사는 새로 아침에 날개를 펴면 길이가 3백리에 이른다.

필자는 문화인류학 연구로 오랫동안 금시조, 가루라를 찾아 헤맸다. 태국왕궁을 지키는 사람의 얼굴에 새의 몸을 한 조각물과 미얀마의 대사찰에서 구리로 된 거대한 기둥 위의 가루라가 몽고 티베트 한국에서 흔히 보는 솟대신앙의 원형이었다.

우리의 민간신앙에서는 흔히 솟대를 나무기둥 위의 까마귀 오리형상으로 마을의 수호신으로 삼았다.

근대화가 진행되면서 마을 앞의 장승과 솟대, 성황당, 당산목이 미신이라는 오해와 기독교의 정복적인 선교로 거의 사라졌지만, 한국인들의 마음속에는 문화의 원형이 살아있다고 본다.

변화무쌍한 국제정세, 미륵 사상으로 융합의 지혜를

천우신조라는 불사조는 삼족오와 같이 태양을 상징하고 고대에는
태양숭배 신앙이었다. 그러니까 남방의 토템이 물, 용이라면 북방지
역은 전부 불, 태양숭배문화의 산물이다.

고대 이집트와 메소포타미아지역에서 발생한 태양문화는 종교와
결합해서 창조신, 빛, 지혜를 만들고 인도 및 동남아 태평양의 남방
지역은 물, 양식, 감로수, 자비신앙을 낳았다.

이집트 로마 그리스의 태양신앙 미트라신, 불교의 대세지보살(태양
상징) 유대교 · 이슬람 · 기독교 · 힌두교의 유일신 야훼, 알라, 브라흐
만 등이다.

고대 원시시대에서는 불이 신령스러운 존재였고 물도 제일 귀한
자원이었기에 각종 신의 이름으로 숭배했다고 본다. 지금도 인도 바
라나시의 갠지스 강은 관광객이 보기에는 탁한 물이지만 전 인도인
들이 일생 한 번씩은 반드시 갠지스의 물로 목욕해야 죄가 정화된다
는 믿음이 있다.

유일신종교에서는 세례가 필수적이고 불교 역시 이마에 물을 뿌리
는 관정의식이 있다. 조선시대 이후로 없어졌지만 모든 불교국가의
오랜 전통이다.

조계종 종정 법전대종사는 신년법어에서 "마음을 비워야 포용할 수 있고 몸을 낮추어야 귀가 열린다."는 시의 적절한 메시지를 내렸다. 빈 잔처럼 텅 비워야 채울 수 있고 낮은 곳에서 경청이 이루어지는 것은 평범한 진리이지만, 우리 역대의 대통령과 권력자들은 실천하지 못했다.

MB정권의 소통문제도 역시 흐르는 물처럼 몸과 마음을 낮추지 않고 교만과 탐욕으로 자신을 높이다보니 소통이 불가능하게 된 것이다.

요 몇 해 동안 출판과 영화제작으로 세계 어린이와 어른들의 우상이 된 해리포터와 반지의 제왕, 예전에 나온 지그프리드류는 사실 기독교 이전의 유럽신화로서 용이 불과물의 수호신이었으나 기독교가 각색해서 사탄악마로 만들었다.

용으로 상징된 전통문화를 없애고 그 불사조인 용을 죽인 주인공 곧 기독교의 승리를 그린 할리우드 영화가 대부분이었으나 신화세계작품이 힛트하는 것은 천년왕국 서구기독교의 몰락을 의미한다고 본다.

올해는 기운과 패기가 강한 흑룡의 해이나. 바라건내 나쁜 기운인 삼재팔란을 피하고 좋은 기운인 풍운조화와 변화무쌍한 총선대선 남북관계 국제정세에 상생과 융합 그리고 상서로운 기운이 우리 사회에 골고루 퍼지기를 기원해 본다. 그리고 여의주를 문 용이 출현해서 모든 국민이 만사형통하는 한해가 되기를 바란다.

유아독존 박원순,
자가당착 나경원 OK목장의 결투
박원순 · 나경원 서울시장 후보 문제점과 대안

서울시장 후보의 선거운동이 1주일도 안 남은 막바지에 들어섰다. 필자의 경험에 의하면 작년 봄, 오세훈 한명숙 후보 운동 때의 치열함에 비해 이번 보궐선거는 냉랭하기 그지없다. 시민들의 반응도 그리 신통치 않다.

왜 그럴까, 우선 전임시장의 잔여 임기를 채우는 이번 선거는 2년 반밖에 안 되는 단거리 시장이 그 이유이고 전통적 보수층 지지자들도 개탄해 마지않는 MB정권의 부도덕성과 한나라당의 분열이 둘째이고 과거 10년 동안 한나라당이 서울시장을 맡아서 대권까지 차지했지만 오세훈 전시장의 낙마 때문에 명분과 실리를 챙길 마음이 식었다.

그렇다고 안철수 신드롬에서 비롯된 박원순 후보가 몇 일 전까지만 해도 나경원 후보보다 10% 정도를 앞섰다가 박근혜의원의 지원에 힘입어 근소한 차이로 격차가 좁혀졌다고 각종 여론조사가 말해 주듯 야권후보 역시 시민들의 기대치에 못 미치는 것 같아 안타깝다.

당초에 큰 차로 이길 것 같은 박원순 후보의 인기가 점점 시들해지는 것은 무엇 때문인가.

첫째, 1개월 전 박원순 후보가 수염을 기른 채로 안철수 교수와 만나던 날 필자는 여러 인터넷에 '안철수와 박원순이 국민의 새 희망이 되라' 는 강력한 메시지의 칼럼을 수백만 명 독자에게 띄울 정도로 열렬한 지지자였으나 1개월이 지난 현재 박원순 후보에 대한 지지가 허구였는지 회의감이 든다. 측근들과 여러 번 통화와 안국동 캠프 실무자, 자원봉사자들과 이야기를 나눴으나 한 번도 소통이 되지 않았다. 어떤 열정과 비전도 없이 그저 사무적인 분위기로 심하게 말하면 나홀로 캠프라는 인상이 들고 광화문 유세현장에서도 마찬가지 느낌이 들었다.

분명히 MB정권을 심판하는 당위성이 있고 시민들도 현 정권의 부정부패 의혹을 잘 알고 있음에도 열기가 없이 냉담한 것은 늦가을의 친 공기 때문일까.

시장선거에 흥미를 잃고 있는 유권자들

누가 말했던가. "이번 선거처럼 더러운 선거가 없다."고 정책과 비전, 또는 인물론과 조직의 힘으로 선거를 치른 것이 대부분이나 이번은 상호비방의 네거티브, 본질보다는 지엽말단에 치우쳐 입씨름만 하다 보니 시민들은 식상하고 누가 암까마귀고 숫까마귀인지 갈피를 잡지 못한다.

선거운동 초기 민주당과 박 후보가 월등한 지지로 기세를 올려 지나치게 낙관적이었다가 상대방의 끈질기고 비열한 공세에 강력한 방어를 하지 못한 것이 이유이고 박근혜 의원의 지원에 힘입은 보수층 결집을 너무 안이하게 본 실책이다.

다른 한 가지는 야권과 박 후보가 과거 노무현 때처럼 운동권 논리를 내세워 선악의 대결을 펼치고 좌파진보 쪽만 선이고 우파 보수 쪽은 모조리 타도의 대상인 악의 무리로 보는, 그래서 얻는 것은 중도 시민들마저 내치고 기권하게 만드는 전략의 잘못을 범할 수 있다.

내 생각으로는 보수층이지만 깨끗한 인사들은 MB와 한나라당을 경멸하고 강력 비판하므로 이들을 자기편으로 끌어들이는 노력이 아주 없다는 것이 문제점이다.

깨끗하고 합리적인 중도보수 인사들이 야권, 캠프 유세현장에서 별로 보이지 않는 것은 아마추어 선거 전략의 수준이다.

반대로 나경원 후보는 전임시장의 실패한 무상 복지론에 변화가 없고 정책과 비전에 박 후보와 크게 차이가 없으면서도 자기가 시장이 되면 만능인 것처럼 자기 피알에만 열성이다. 한평생 고생없이 사학재벌의 딸로서 서울법대 출신의 엘리트를 자랑만 하는 그가 과연 서민들의 눈물과 고통을 이해할 수 있을까 의문이 든다.

그리고 나 후보는 한나라당의 오랜 고질병인 색깔론 학벌론에서 자유롭지 못하다. 핵심은 서울시민들의 행복한 삶과 쾌적한 환경, 공정한 정책 실행일 텐데 시민들을 위한 목소리는 들리지 않고 온통 자화자찬, 상대방의 흠집 내기 일색에 시민들은 기대보다 실망감이 높다. 나 후보 역시 박 후보와 마찬가지로 보수일색으로 도배할 것이 아니라 과감히 진보적인 정책도 도입하고 진보적인 인물도 영입해서 함께 한다면 시민들의 지지와 감동이 깊을 것이다.

날씨 탓인지 유권자들의 감성이 무척 메마르다. 박, 나 후보의 격차가 비슷해졌지만 시민들의 반응이 엇갈린다. 지지하는 후보에게는 1백점 상대편 후보는 0점하는 식으로 극과 극이다. 선거도 축제인 만큼 상대방 후보의 장점도 거론해주고 유머도 섞어가면서 유세와 토론회를 했으면 좋겠는데 도무지 그럴 기미가 보이지 않는다.

MB정권이 죽을 쑤고 있는데도 크게 성적을 내지 못히는 야권괴 박 후보, 시민들에게 축복과 따뜻함을 선사해야 될 나 후보와 한나라당의 비겁하고 탐욕적인 선거운동을 지켜보면서 대한민국 국민으로서 보통시민으로 살아가는 것이 이렇게 힘들다는 것을 절감하게 된다.

며칠 전 대만정부의 초청으로 갔다 온 브레이크 뉴스의 문일석 대표가 전해주는 뉴스에 의하면 대만은 얼마 전 외채 제로의 나라가 될 만큼 경제와 사회가 무척 안정적이라고 한다. 중국과 통일은 반대하지만 경제협력, 자유왕래, 상호신뢰를 통해 수준 높은 국가가 되었으나 우리는 아직도 자유로운 남북교류, 왕래, 협력은 꿈도 꾸지 못하고 온통 권력투쟁에 나라 전체가 에너지를 쏟아 붓고 있다.

여야를 막론하고 서로가 나라의 주인이라고 외치지만 국민들의 신뢰가 그리 높지 못하다. 호랑이가 없는 산중에 여우 멧돼지가 산중왕 노릇하는 격인가. 똑똑한 인물이 부지기수인 나라에서 진짜 큰 인물은 나오지 않는지 한숨만 나온다.

박원순, 안철수 국민의 새 희망이 되라

**다 함께 잘 사는 세상,
평화롭고 정의와 인권이 존중되는 세상 만들어야**

오세훈 서울시장 사퇴에 이어 불거진 곽노현 서울시 교육감의 금품수수 의혹 때문인지 서울시민들은 과연 누구를 믿으면 좋을지 모르겠다고 생각한다. 여야당 진보보수를 떠나서 그것이 아마 보통시민들의 일반여론으로 보인다. 생각하면 국민들은 오랜 세월 동안 보수여당의 부패와 이념왜곡 진보야당의 분열과 운동권 독선에 염증을 느꼈을 터이다.

국민 80%가 대학을 가고 OECD경제대국이라는 찬란한 문화와 장구한 역사를 갖고 있는 대한민국이 어찌하여 정치 및 행정 지도자는 형편무인 지경인가 탄식하는 사람들이 많다.

정치가 무엇이 관대 국민의 눈높이에 맞는 탁월하고 헌신적인 지도자가 보이지 않는가. 선거 때만 되면 온갖 화려한 수식어와 지키지도 못할 공약을 남발하면서 당선이 되고 권력을 잡으면 언제 그랬느냐 하듯이 국민을 헌신짝처럼 무시하고 국고를 탕진하든지 부정부패에 연루되든지 망국적인 조선조의 사색당쟁이 무색한 듯 여야 간, 이념 간, 지역 간, 계층 간의 정쟁과 투쟁에 국력을 소모하는가.

언제까지나 이 사회가 정치적 갈등과 사회적 차별에 시달려야 하는지 국민들은 고뇌하고 회의하며 또 집단행동에 나서기도 한다. 시대가 흘러도 권력을 잡은 힘 있는 집단은 늘 그렇게 체제에 불복종하고 저항하거나 비판하는 사람을 불순분자 좌익세력으로 몰고 한순간 양심세력이 권력을 잡았지만 여전히 반대, 비판세력을 보수꼴통이나 적으로 몰아 국민들을 이간질해서 사분오열시키는 어리석음을 범한다.

하기야 동서고금의 역사가 온갖 힘과 권력을 잡기 위한 수단이라 해도 과언이 아니다. 산에서 도를 닦는 사람을 제하면 낙향한 선비라도 중앙의 권력과 관계를 끊을 수 없었고 세상을 구제하고 사랑을 베푼다는 종교도 따지고 보면 권력과 늘 가까이 있으면서 종교의 탈을 쓴 권력자 행세를 했다.

경제대국의 747공약으로 대한민국을 업그레이 한다던 한나라당과 이명박 대통령은 집권 4년 만에 최악의 실패로 국민들에게 분노와 실망, 고통과 한을 남기고 철수할 날도 얼마 남지 않았다. 무슨 대통령이라는 사람이 국민의 고통은 아랑곳없이 백주대낮에 축구장에서 부인과 키스하는 장면을 연출해서 자랑하듯이 언론마다 영상을 중계하는지 그 속내를 알다가 모를 일이다.

물가폭등과 전세난에 힘든 서민들 곁에서 재래시장, 장애인공동체에 가서 위안과 사랑을 베푸는 것이 정상이 아닌가. 아무래도 대통령 이명박은 지도자보다 개그맨, 연극배우가 제격일 것 같다.

한국정치를 흔드는 신예 안철수의 등장

안철수 서울대 융합과학기술대학원장의 서울시장 출마설로 기존 정치판이 요동을 치고 있다. 언론은 며칠 사이 안철수 신드롬으로 지면을 장식하고 네티즌들은 열광적일 만큼 관심이 높다.

처음에는 강 건너 불구경하던 여야 정치권이 시간이 지남에 따라 정치인들을 압도하는 지지도를 보면서 당황하고 넋을 잃었다. 대체적으로 보수언론과 보수진영의 학자 정치인들은 안철수의 정치등장이 가져다줄 일대파란의 변화를 걱정하면서 IT국민 영웅으로 남아줄 것을 바라고 행여 정치판에 오염된 안철수의 타락을 점치듯이 냉소적인 비판을 퍼부었다.

결론적으로 말하면 안철수의 등장은 개인의 권력욕이나 욕심 때문이 아니라 시대가 그를 부른 것이다.
불과 얼마 안 남은 내년 총선대선, 그리고 당장 치러야 될 서울시장 재보선에 정치권은 주권자인 국민은 안중에 없고 오직 자리 나눠먹을 궁리밖에 하지 않는다.

마치 따 놓은 당상처럼 여당은 자기들끼리 유리한대로 야당은 손바닥의 떡처럼 서로 먹겠다고 아우성치는 꼴이다. 서울시장이 이러하다면 내년 선거는 불을 보듯 뻔하지 않은가.

수십 년 묵은 관행처럼 국민들은 들러리서서 손뼉이나 치고 정치인들은 부와 권력을 전리품으로 챙길 전략만 짜고 있으니 말이다. 일자리는 실종되고 서민경제는 돌파구가 없으며 정부와 정치권에 대한 불신에 더하여 국정마저 표류하고 있는 터에 다가올 중요한 선거에 국민들은 구경꾼으로 바라만 봐야 하는가. 아니면 권력을 감시하고 정치를 견제해서 올바른 민주정치를 구현할 책임을 다해야 하는가.

안철수는 며칠 전 인터뷰에서 "역사의 물결을 거스르는 것은 현 집권세력이며 현 집권세력이 한국 사회에서 그 어떤 정치적 확장성을 가지는 것에 반대한다."며 현 집권세력의 차별성과 아울러 실패한 한나라당의 응징을 시사하고 있다.

안철수의 아름다운 양보와 사명감

올바른 방향이다. 국민과 역사의 준엄한 심판을 무시하고 부정부패와 권력남용으로 국정을 수십 년 후퇴시킨 한나라당을 아웃시키는 일은 컴퓨터 바이러스 백신의 최고권의자 안철수와 그를 지지하는 개혁적이고 깨끗한 유권자들의 몫이다.

그리고 소수야당으로 국정난맥에 제대로 대처하지 못한 채 의석과 권력의 잿밥에 눈이 어두운 민주당의 분열, 파벌정치에도 일대 경종을 울려야 한다.

가능하면 국민들은 대안세력으로 남아있는 희망제작소 박원순대표 등과 힘을 합쳐 제3의 정치세력으로 성공해줄 것을 바라고 있다. 물론 여야구도의 양분된 한국의 보수정치권에서 또 하나의 대안세력이 뿌리 내리는 것은 무척 힘든 일이다.

어제 오후 산에서 내려온 박원순에게 서울시장 후보를 양보하고 민주당 인사들과 힘을 합하겠다고 극적인 합의를 보았다. 해방 이후 여야 간 지역 간 이념 간 계층 간 또는 혼재된 정당의 대립이 늘 존재했고 갈등이 표출됨으로써 문제해결에 도움이 되지 않았다.

국민들은 이제 좌우편향 여야대결 보수진보의 틀을 넘어서서 큰 바다와 같은 중도의 정치를 보고 싶어한다. 중도의 개념을 잘 이해 못하는 사람이 많지만 중도는 관용, 적중이며 정의 통합이고 지혜와 공정을 의미하는 중심사상이다.

비리건대 박원순, 안철수 같은 중도적 지도자가 정치를 비롯하여 많은 분야에 진출해서 다함께 잘사는 세상, 평화롭고 정의와 인권이 존중되는 세상을 만들어야한다. 그것이 모든 국민들의 책무이다. 일찍이 등소평도 세상의 흥망성쇠는 인민들의 책임이라 하지 않았는가.

제4장

대통령의 권력은 살인 검인가 활인 검인가

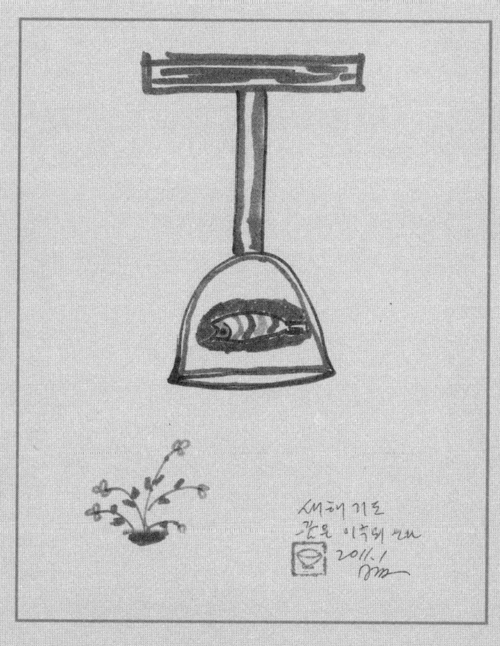

부시와 이명박, 강자와 약자의 전쟁논리
반공정치와 친미기독교가 뿌린 증오와 분열
– 불교와 기독교

지난 6월2일 토요일 저녁 광화문 네거리를 지나오다가 비각 앞에서 현수막을 펼치고 시위하는 기독교인들 5,6명을 만났다.

현수막에는 종북세력 척결이라 붉은 글씨로 써놓고 그 옆에는 불교비방의 글이 보였다. 마이크를 잡고 종북좌빨의 구호를 외치고 불교를 그냥 내버려 두면 나라가 망한다는 극우적 발상을 무슨 애국선교처럼 소리치고 있었다.

불과 하루 전에는 동이일보 앞에서 보수단체가 예의 친북세력 국회의원을 몰아내자는 수백 명의 시위꾼들이 몰려 있었는데 그 다음날 네거리에서 도로교통법이나 공공질서 법을 어겨가면서 불법시위를 하는 것은 무엇 때문인가?

이 나라를 과거 우익 독재시절로 되돌리고 기독교 식민지 국가로 만들자는 것 외에는 다른 이유가 있는지 의문이다. 표현과 집회의 자유가 있는 민주주의 국가에서는 가능한 일이지만 찬반의 자유가 민주주의의 척도이나 현실은 그렇지 못하다.

가령 광화문 KT건물 앞에서 김정일 동조 친북세력이라는 인권운동가들의 비난설치물이 장기간 방치되어도 괜찮은가. 만약 어떤 사람이 이런 설치물을 치우거나 북한 인민공화국 찬양이라는 구호를 광신적 기독교인들처럼 장시간 외쳤으면 어떻게 될까?

그런 일이 발생한다면 개인과 단체는 국가보안법과 여러 가지 법률조항에 더해 몇 년간 감옥에 가서 지옥을 체험해야 할 것이나 그러나 불행 중 다행인지 그런 일이 발생한다는 자체가 어불성설이다. 정신이상자나 테러분자가 아닌 이상 그런 일을 감행할 사람이 없고 대한민국법과 권력기관이 결코 방관하거나 용서하지 않을 것이다.

광화문 시청을 중심으로 경찰병력이 24시간 철통같이 지키고 있고 미국대사관을 비롯하여 중요 정부기관들이 모여 있는 곳에 극단적인 반정부 시위와 구호를 장시간 벌인다는 것은 불가능한 일이다. 그러면 본론으로 돌아가서 이상하지 않은가.

표현·집회·사상의 자유가 있고 인권이 보장되어 있다는 한국이 친정부 친정권적인 시위와 구호는 괜찮고 비판적이고 반정부적인 것은 불법이라는 것이 합당한 일인가. 그러니까 결국 우리는 아직 반쪽 민주국가 내지 준 독재국가에 살고 있다고 해야 맞는 것이다.

만약에 그러함에도 광화문 네거리에서 불상사가 발생한다면 우익이나 종교단체의 범죄라 해도 당국은 좌파 종북세력으로 둔갑시키고말 것이다. 그것이 현재 우리가 처한 현실이고 운명이다.

한미 군사훈련이 한창이던 몇 해 전의 천안함 사건에서 보듯이 똑같은 일이 재연될 수 있다. 막강한 정찰력과 파괴력을 자랑하는 이지스 함대와 한미 해군함정의 물샐틈 없는 곳에서 북한군 1명이 소형잠수정을 몰고 와 천안함을 폭격했다고 발표한 한국정부의(미국은 묵시적 동조, 러시아 중국은 반대함) 정치적 수사학이 다수 반공애국시민들을 안심시켰다.

이 정권과 우익 반공시민들이 모르는 것인지 알고도 왜곡하는지 모른다. 안보는 완벽하게 해야 되고 민족문제는 유연하게 소통전략으로 가야 정답인데 정반대로 갔다.

지난 DJ, 노무현 10년 정권을 실패한 정권으로 규정한 이 정권 세력, 애국반공단체, 보수언론, 극우기독교 단체는 회개하고 반성해야한다.

지난 10년의 정권은 북한에 쌀과 비료·돈을 줬어도 평화를 유지했고 안보는 튼튼했다.

정치 경제 역시 안정되었고 사회불안 요소도 적었다. 이 정권 들어 제대로 된 것이 하나도 없다고 한다. 측근들의 극심한 부정부패 과반

수 의석을 갖고도 식물정치를 했으며 안보와 경제는 물론 사회범죄 자살 타살이 두 배나 늘었다.

거기다가 기독교 권력의 종교 편향으로 국민들을 갈갈이 찢어놓았다. 기독교 이전의 옛 신화에 불과한 구약성경의 배타적인 흑백논리를 그대로 실현하겠다는 탐욕과 혹세무민의 결과이다.

인간은 약육강식의 동물인가

생물의 오래된 진화와 인류의 진보적 문명에도 불구하고 아직도 이 세계는 약육강식의 논리가 팽배하다. 예수의 사랑실천이 목적이라는 바티칸은 마피아의 검은 범죄조직과 깊이 연관되어 있다.

돈과 권력 암투 때문에 고위 성직자와 상대 세력을 암살하는 것이 예사다. 70년대 어떤 교황은 취임 1달을 겨우 넘기고 의문의 죽음을 당했다. 무슨 영화장면 같은 일들이 일어나는 곳이 가톨릭의 심장부 바티칸이다.

몇 해 전, 전 미국·유럽에서 수천 명의 사제들에 의한 아동 성폭행이 수십 년간 지속되었으나 오랫동안 은폐되었다. 법원으로부터 천문학적인 금액의 배상판결이 내려짐으로써 비로소 세상에 알려지게 된 일이다.

1, 2차 세계대전이 개신교 가톨릭 국가 간에 일어난 전쟁이라든지 중세기 흑사병으로 전 유럽 인구 절반이 죽었으나 흑사병이 기독교를 반대하는 사탄의 무리 때문이라 해서 또 한 번 약자들을 살상하는 만행이 벌어졌다. 전쟁 때나 사회 혼란시기 또는 독재정권의 공통점은 약자를 희생시켜서 강자의 지배를 정당화시키고 지배 권력을 강화한다는 점이다.

구약성경에도 절대강자인 하나님을 위해 절대약자인 어린애를 죽여 바쳤고 기독교는 1천 년 이상을 유일신의 이름으로 약소국과 약자들을 사냥했다. 신약성경 역시 강자의 논리를 합리화시켰다. 예수 1인을 위해 수많은 어린애와 성인 남녀가 죽었다.

가톨릭 역사에서 예수 1인의 십자가형으로 유대인은 영원히 유럽에서 공공의 적이 되었고 기독교의 사형 집행인 히틀러는 6백만 명의 유대인을 학살했다.

반대로 스탈린은 러시아와 동구권에서 2천만 명의 죄 없는 인민들을 전쟁으로 희생시켰다. 좌파우파 기독교가 들어간 나라는 예외없이 전쟁과 학살 갈등과 분열이 발생했다.

한국도 예외가 아니다. 기독교 전래 1백 년 동안 식민지 전쟁, 독재정권을 경험했고 민주화와 남북문제에 깊이 개입하고 있는 것은 친미기독교와 유럽기독교 세력이다. 해방 전 일제강점기 때 평양과 원산은 이스라엘과 바티칸이었으나 4강과 남북전쟁으로 실패하고 남쪽에 내려와 대성공을 거둔 것 같이 보인다.

기독교 세력에 대항할 세력은 군부와 불교세력 뿐이다. 군의 목적은 국가보위이므로 강력한 군사력을 가지고 있으나 불교는 한낱 전통 종교집단인데 무슨 힘이 있는가 반문할 사람들이 많을 것이다. 신구 기독교의 힘은 외세의 힘이 하나이고 이 땅에 뿌리내린 다수 기득권 세력이 둘이다.

불교의 힘은 무엇인가. 간단하지 않다. 눈에 안 보이는 힘이다. 일부 기득권 세력에서 민중에 이르는 다양한 계층이 있고 가야시대부터 2천 년간 뿌리 깊은 역사와 문화의 힘이며 삼천리 강산을 지켜온 힘이다. 명산대천을 1천 년 이상 지키고 가꾸어온 불교의 힘이며, 천년문화를 수호한 힘이다.

삼국시대를 거치면서 세계 최강의 당나라와 몽골을 상대로 국토와 민족을 지킨 힘이다. 일반적으로 기독교인은 누구를 막론하고 성경이 맹목적으로 가르치는 대로 믿고 행한다. 강자의 역사, 승자의 역사에만 관심이 있고 약자와 패자의 역사는 부정적이다.

고려 무신정권 1백 년은 사실상 내각책임제 정치(한국은 아직도 못함)를 하면서 문무의 통합정치이고 호국정신의 산물이며 완벽한 종교예술품이자 국가안보 상징물이었던 대장경을 조성하면서 강대한 북방민족을 막아내었고 민중을 국가 위기에서 구했다.

기독교는 이 나라 역사를 송두리째 부정한다. 이른바 세뇌교육 효과다. 불교가 부패해서 고려가 망했고 유교가 병 들어서 조선이 망했다. 딱 2줄의 역사관이다. 기독교 1백 년 역사는 망국의 한국을 살린 역사라고 선전한다. 이승만과 미군정 박정희 전두환 시대의 반공정치인과 친미 기독교지도자가 심은 극우식민 역사관이다.

반공정치와 친미기독교가 뿌린 증오와 분열

6공 노태우 정권이 출범하면서 직선제 민주주의와 남북문제가 소통과 화합의 시대로 들어섰다. 사회주의 강대국인 중국과 구소련을 상대로 외교관계를 맺게 되었고 양국의 지원으로 유엔에 가입해서 한국을 세계에 알린 계기가 되었다.

그때의 북방외교가 아니었으면 아직도 우리는 미국 일본의 보호막 속에 갇혀 있는 은둔국가로 발전이 되지 않았을 것이다. 중국과의 교역이 미국을 능가했고 흑자폭이 큰 것도 우리에게 큰 이득이고 중국은 2백만 조선동포가 있어 현재와 미래에 활용가치가 있으며 남북문제에도 지렛대 역할을 하는 것이 힌빈도 전체의 인정과 이익을 가져다준다.

엠비정권이 국민과 민족전체의 미래는 보지 못하고 친인척과 측근들의 사리사욕에 눈이 멀고 4강대국에는 굴신외교로 일관해서 나라 안팎의 비웃음을 사고 있다.

사정이 이러함에도 보수언론과 꼴통 기독교단체 기득권 세력들은 배부른 승려 몇 명과 길거리 커피 한 잔 값밖에 안 되는 사찰입장료 1천 6백 원 받은 것을 무슨 국가범죄나 되는 듯이 또 날강도짓이라며 한심한 공격과 민심혼란을 부추기고 있다. 공직자나 지도급 승려가 잘못하면 책임을 지면 끝날 일인데 마치 전쟁이나 간첩사건이 터진 것처럼 연일 대서특필 해대는 것은 무슨 까닭인가.

혹시 현 정권의 실패와 신구기독교의 추문을 은폐하기 위해서, 또는 복잡하게 얽힌 6월 대선경선의 어떤 정치적 책략을 위해 상대적 약자인 진보당사건과 승려도박 문제를 과장 왜곡해서 강자를 위해 약자를 희생시키려는 음모를 꾸미는 것은 아닐까.

아니라면 현 정권과 보수 · 기독교 · 보수언론 · 극우세력의 범죄와 무능은 태산 같아도 덮어버리고 약자의 잘못이 티끌만큼이라도 드러나면 티끌을 침소봉대시켜 마치 손오공 여의봉처럼 부풀려서 자기네의 허물을 일시에 무너뜨리는 간교한 정치적으로 인류 정복자들이 수천 년 써 먹었던 약자는 죽이고 강자만 살리는 야비한 수법이다.

21세기 대명천지에도 원시적인 주술과 혹세무민이 존재한다는 것이 그저 놀랍기만 하다. 하기야 몇 년 전 부시가 써 먹었던 방법 하나님의 계시를 받아 아프간과 이라크를 쳐부수라는 명령은 미국의 최고 깡패였던 부시다운 발상이었지만 한국의 부시 엠비는 그저 대한민국을 하나님에게 바친 것으로 그쳤다. 부시처럼 북한을 쳐부수었다면 대한민국은 과연 온전했을까 모골이 송연하다.

이명박 정권의 붕괴조짐 해법이 없다
정치권의 혼란과 총체적 난국

엄동설한의 추위에도 아랑곳 하지 않고 3주째 한미 FTA반대 시위가 계속되고 있다.

광화문과 여의도 국회의사당 앞에서 부산 광주 대전 등 주요도시에서 수천 수만 명이 날치기 처리된 FTA재협상을 요구하지만 원천봉쇄된 경찰의 방어벽이 상징하듯 MB정권은 요지부동이다.

식량식품 문제와 의료 문제 등 한국에 매우 불리한 독소조항이 몇 개들어 있나고 야권과 전문가들이 시적해도 내동링은 자기 갈 길을 가겠다며 고집을 꺾지 않는 독선과 오만을 보인다. 며칠 전, 불과 5개월 만에 물러난 홍준표 대표의 퇴진은 집권당으로서 수치스러운 일이었다.

무상급식 투표와 서울시장 보선의 실패에 연이어 한미 FTA비준안

날치기 선관위를 공격한 디도스사건이 터져 한나라당이 혼란에 빠짐
으로서 당대표의 퇴진은 불가피했다.

홍대표는 6공 때 범죄와의 전쟁을 벌인 모래시계 검사로 유명했고
그 후 정계에 입문했다. 약간 반골기질이 있어서 윗사람에게 고분고
분 하는 맹종형이 아니었고 어릴 때 고학해서 성공했다. 자신은 기독
교이나 불심이 깊은 고향의 어머니를 잊지 않는 정치인이었다. 다만
때와 주군을 잘못 만나서 조기 낙마한 것은 여야를 떠나 인재의 손실
이다.

이념 편향이나 지역 차별 부패 의혹이 없이 까칠한 성격인 홍대
표 정치수명은 아직 남아있고 할 일이 더 있을 것이므로 낙심할 필
요가 없다.

한나라당 쇄신파들은 당해체와 신당을 주장하고 있으나 청와대와
친박계는 이대로 문제가 없다는 것인지 용기와 결단력이 없는 것인
지 반응이 없다.

대통령 역시 아무 비리가 없다던 최측근들과 인척들의 뇌물수수가
계속 드러나면서 며칠이 멀다 하지 않고 사법 처리되는 것을 보고도
침묵을 지키는 것에 대해 국민들은 어떻게 생각할까 고민이 없다.

명박산성에 이어 또 하나의 권력 철옹성 같은 영일대군 이상득 의
원의 최측근 보좌관이 구속되었다. 대통령 친형이며 6선의원인 이상

득이 내년총선에 불출마 선언했으나 당내 개혁파들과 국민들은 차제에 정계 은퇴를 해야 된다고 목소리를 높인다.

그만큼 이정권 들어서 이상득의 권력남용은 도가 지나쳤고 원성의 대상이었는데 그들만 모른다는 것이다. 뿐만 아니라 이상득 의원의 수많은 측근 인맥들의 비리는 몸통을 수사해야 한다고 믿는 것이 민심이다.

한나라당과 민주당의 혼란과 불신

얼마 전 한나라 원내대표였던 김무성 의원은 "MB형제 이재오 박근혜 홍준표 등 5인이 나라를 망친 주역이라."고 질타했다. 자신도 책임이 있지만 최고 권력자들을 지칭한 것이다.

그런가 하면 독설과 바른말 잘 하기로 유명한 전 봉은사 주지 명진 스님은 엊그제 백범 김구기념관의 출판기념회에서 "MB는 독사 같은 사람으로 사기꾼이라."고 예의 독설을 퍼부어 대었다. 옛날 같으면 국기 원수 모독죄로 감옥에 갈 시안인데 명예훼손이든지 뭐든 청와대의 말쟁이들이 반응이 있어야 정상인데 침묵을 지킨다. 레임덕 현상인가 무언가 약점이 있어서인가 궁금하다.

한편 민주당 통합전당대회에서 혁신과 통합파와 통합을 가결하면서 반대파들이 격렬하게 난장판을 만들었다. 욕설과 멱살잡이 오물

투척이 오가는 험악한 의결이어서 앞으로 손학규 대표가 사퇴하더라
도 후유증은 오래 갈 것이다. 내년 총선의 공천이 코앞에 닥쳤는데
국민들의 시선보다 자신들의 권력투쟁 당리당략의 싸움은 볼썽사납
고 그 또한 정치 불신의 한 장면이다.

친박 중심의 박근혜 비대위 출범으로 한나라당의 위기가 수습된다
고 해도 총선 대선은 쉽지 않을 전망이다. 워낙 MB정권의 불신이 깊
고 공천을 앞두고서 온갖 다툼과 잡음이 발생하면 상처가 회복불능
이 될지 모른다. MB와 당이 혁신해서 재창당하면 모를까 현실적으
로 불가능해 보인다.

돈과 권력 가족과 종교에 대한 탐욕과 애착이 유달리 강한 MB가
하늘이 두 쪽 나도 어려운 일이지만 정권붕괴를 예감한다면 가능한
마지막 기회가 있다. 내년 연초, "나 이명박은 일체의 공직 등 내정은
총리에게 위임하고(책임총리) 외정 곧, 국방 외교문제만 책임지겠다.
그리고 한나라당을 탈당해 박근혜 의원과 쇄신파들이 당을 혁신해서
차기 총선대선을 승리로 이끌어 주기를 진심으로 바란다."며 연말 안
에 선언하는 것이다.

그리고 4년 동안의 실정과 부패 무능을 국민들에게 사과하고 책임
총리에 깨끗한 인품과 경륜이 풍부한 지도자를 추천 위임해서 내각
과 정부조직을 총괄하게 만들면 집권세력과 국민들의 불행과 고통을
방지할 수 있고 인생의 아름다운 퇴장이 될 것이다.

최소한 비극적인 대통령은 면할 것이 아닌가.

그러나 자기 중심적 사고의 아집이 매우 강한 MB에게는 꿈과 같은 일이고 자신은 물론 측근세력, 내년 총선대선의 몰락과 국민적 심판이 이미 예정되어 있다. 불을 보고 덤비는 불나방 같은 신세가 현재 MB정권의 현주소임을 아는가 모르는가.

내년 총선에 민주통합당이 과반수를 차지하겠지만 대선은 미지수다. 권력투쟁 상호비방이 아닌 국민 대통합으로 가야 하고 그에 걸맞은 최선의 지도자가 나와야 가능한데 아직 보이지 않는 것이 문제이다.

여야 보수진보를 막론하고 대혼란의 양상을 보이고 있다. 국민들은 경기침체와 실업, 정치 사회 불신으로 힘든 삶을 보내고 있다. 아마 새로운 신당들이 많이 나올 것이고 진보통합당이 약진할 것 같다. 거대 여야당에 식상한 국민들은 작은 당이지만 신뢰할 수 있는 정당을 선호할 것이다. 이래저래 올 겨울은 혼돈과 혼란의 연속이고 그런 연후에 봄의 희망이 싹틀 것이다.

독재정권으로 회귀한 MB정부의 인권정책
연아만 소중한가, 진숙이도 소중하다.

MB정부 3년 6개월, 인권정책이 후퇴하고 있어 국민들은 불안하다. 중요한 국가시책이 크게 열 가지라면 인권정책도 그중 하나가 될 만큼 중차대한 사안이다. 국민소득이 2만 달러나 되고 3만 달러를 바라본다는 경제대국이 인권지수는 형편없이 낮다는 것은 무엇을 의미하는가.

인권은 경제발전과 더불어 중요한 국격과 국민의 행복을 결정짓는 바로미터로 불가결의 요소이다.

최근 빈번하게 발생하고 있는 군인권문제가 국민인권을 경시하는 MB정부에 와서 급증하는 것과 관련이 있다. 오직 경제만을 중시하다보니 다른 정책은 소홀히 여기고 눈에 안 보이는 것은 아닐까. 혹시 2만 달러 수준의 국민을 60년대 초 몇 백 달러로 연명하던 수준으로 착각하는 것은 아닐까 싶다.

너무 빈곤해서 민주주의를 말하기조차 부끄러웠던 시절에 비해 넉넉한 경제와 성숙한 민주주의시대를 맞고 있는 지금 반인권정책이라니 역사의 수레바퀴가 거꾸로 돌아가고 있는 느낌이다.

경제수준이 높은 만큼 부익부 빈익빈의 양극화가 심해져 사회적 갈등의 골이 깊어져가고 있지만 인권마저 실종해 버리면 독재정권과 다름없고 MB정권에 대한 국민적 저항이 더 심해질 것은 불을 보듯 뻔하다.

나는 노무현 정부가 이상정치에 치우친 나머지 운동권 논리로 국정을 운영한 결과 현실정치에 실패한 것과 마찬가지로 MB정부가 현실정치에 집착한 채 숲을 보지는 못하고 나무 한 그루의 안목으로 국정을 표류시키는 것 모두가 국정 실패의 원인이라 본다.

균형 감각을 상실한 채 한쪽의 논리에만 치우치는 것은 마치 화물과 사람을 태우는 수만 톤의 배에 전후좌우 고르게 짐을 싣지 않고 한쪽에만 짐을 실어 항해하는 것과 같아 몹시 불안하다. 침몰 가능성이 있고 그것을 지적하는 사람을 반대파로 모는 우익 포퓰리즘 때문이다.

대통령의 자리에 오르고도 기득권의 공세에 잘 대응하지 못해 늘 불안하던 민주화 동지이자 친구인 노무현 대통령의 비극적 죽음이 안타깝고 연민의 감정을 불러일으키듯 MB정부도 이제 분노와 체념을 넘어서 불쌍해 보이기까지 한다. 인생무상의 절대 진리에 눈 감고 있는 그들이 가엾지 아니한가.

열정과 분별은 지도자의 필수 덕목

진보보수의 차이가 뚜렷하지만 노무현과 MB의 공통점이 있다면 두 분이 열정적이나 사리분별은 부족하다는 점이다. 양 지도자를 따르는 사람이거나 혜택을 본 측근들은 흠잡을 데 없는 훌륭한 지도자로 추켜세우지만 객관적인 일반시민의 눈으로 보면 추진력의 동력인 열정이 강한 사람일수록 냉철한 지혜의 산물인 분별력은 떨어지는 것이 상례에 속한다.

일반적으로 한국인은 무엇을 하고자 하는 성취욕구가 강하고 열정이 강하다. 일본인이 열정보다 냉정한 지혜가 앞서는 것과 대조적이다. 어떻게 보면 원초적 본능이 강한 것은 열정이고 지혜는 높은 지성과 문화적 사회의 산물이다. 사리분별은 본래 불교용어로 범속한 인간이 깨달음을 얻은 후 세상을 판단하는 지혜를 일컫는다.

머리는 차가워야 하고 가슴은 뜨거워야 건강을 잘 유지할 수 있고 몸과 마음을 잘 다스릴 수 있다. 무속신앙과 유일신 신앙에서 보는 뜨거운 종교와 좌우이념이 충돌해서 발생하는 격렬한 싸움, 민족주의 무정부주의에서 흔히 보는 불꽃 튀기는 갈등과 독선의 양상들은 전쟁과 폭력의 광기로 흐른다.

역동성이 중요하지만 그에 못지 않게 안목과 지혜가 열린 통찰력인 예지가 중요하다. 근대정치인 중 YS가 지혜보다 열정이 강한 분이라면 DJ는 열정보다는 지혜가 뛰어난 분이다. 안타까운 것은 두 분이 평생민주화 투쟁의 동지로 화합과 조화, 상생을 이뤘다면 오늘 같은 민주주의 역주행은 없었을 것이다.

인권은 인간의 권리와 의무

자유와 민주주의 인권은 인간의 기본 권리이며 생명권이다. 국가가 필요한 것은 이것들의 가치를 지켜주기 때문이며 만일 이런 필수적 가치를 지켜주지 못하는 국가는 국가가 아니다.

역사에서 보듯이 자유와 인권없이 남의 나라 식민지가 되거나 노예로 산 민족사가 수없이 많지 않은가. 기독교인이 무오류의 금과옥조로 삼고 있는 구약성경도 알고 보면 히브리 민족의 노예역사이고 이집트를 탈출해서 원주민을 전멸시키고 이스라엘을 건설한 극우민족사일 뿐이다.

타민족과 반대파를 모조리 죽이는 만행을 저지르고 정의와 인권을 운운하는 게 사실상 서양의 인권역사이다. 동양과 불교의 인권은 평등이고 공존이다. 빈부계급 종교 이념 인종에 따라 인권이 다르게 해석되는 것이 아니라 인간자체 생명자체의 존엄성과 가치를 깨달아야 진정한 인권이 보장될 수 있다.

국가인권위원장인 현병철 씨가 들어선 이후로 인권정책이 현저하게 후퇴하고 유엔을 비롯한 국제인권단체로부터 우려와 경고가 있었고 인권지수가 훨씬 낮은 단계로 떨어졌다. 국가적 망신이다.

인권에 대한 전문지식이나 경력이 없던 현병철 위원장을 임명한 것은 MB정부의 거수기 역할에 적합한 인물이기 때문이라는 것은 알려진 사실이다.

인권탄압으로 세계적 지탄과 국민적 공분을 사는 것은 아무렇지도 않게 생각하는 오직 경제와 오직 미국 하나님만 맹신하는 MB정부의 외눈박이 정책이 인권후진국, 인권탄압의 주범이다.

정권의 안보를 위해 헌법에 명시되어 있는 국민인권을 위한 집회와 결사, 표현의 자유 사생활 등이 심하게 침해당하고 탄압을 받을 때 우리는 독재정권이라 부른다. 언론악법을 만들어 정의로운 언론인을 내쫓고 민간인을 불법사찰하며 급기야 한나라당의 소장 개혁파 의원들까지 불법도청 감시하는 일까지 벌어졌다.

부자감세정책으로 부자는 더 큰 부자로 중서민은 더욱더 가난하게 만드는 것이 MB정권의 성과이고 친서민정책이라고 홍보하는 것은 소가 웃을 일이다.

일방적으로 몰아치기만 한 남북대결 관계를 대화로 정책 전환하는 움직임처럼 부자감세를 취소해서 제대로 된 정책으로 중서민에게 혜택이 돌아가는 공존과 국민상생정책을 펴야한다.

그리고 MB정권이 죽인 인권정책을 다시 살려서 사회적 약자를 도와 국제적 망신에서 벗어나라. 상대적 약자인 노조활동을 탄압하지 말고 보호하라.

120일 동안 흑자경영의 한진중공업 고공 크레인에서 죽음과 맞서 농성하고 있는 국민의 딸 김진숙 지도위원이 흘리는 피눈물을 닦아주고 복귀시키는 용단을 보여라!

대통령의 권력은 살인 검인가
활인 검인가
MB정권의 각종 비리 게이트는 이제 시작일 뿐이다.

엊그제 이명박 대통령은 퇴임하는 장관을 위로하는 만찬에서 "나도 행복한 퇴임을 위해서 혼신의 힘을 다하겠다."고 했다. 퇴임 때까지 맡은 직무를 위해 최선을 다하겠다는 다짐은 최고 권력자로서 당연하고 국민의 기대에 부응하는 말이다.

그러나 문제는 MB의 말씀처럼 행복한 퇴임이 될지는 미지수이고 다수 국민의 여론은 회의적이다. 사실상 국민들은 수많은 대통령들이 퇴임 후에 불행한 전직 대통령이 되었고 국민의 신망과 존경을 잃은 채 쓸쓸히 노년을 보내거나 추방 징벌 자살 타살로 생을 마감한 분들이 적지 않아 이제는 행복한 퇴임을 즐기는 국민의 대통령을 진심으로 바라고 있다.

필자 역시 몇 해 전 부산에서 80년대 민주화동지로 고락을 같이했던 노무현 전 대통령과 견해 차이로 갈등이 있었으나 퇴임 후 노무현

동지가 고향 봉하마을에서 황토 집을 짓고 오리 쌀농사와 김해장군 차를 만들며 젊은 청년들을 위해 나라의 일꾼으로서의 정신 지도자 역할을 자임하는데 안도감을 느꼈다. 그가 행복한 퇴임을 오래 지속할 줄 알았고 무척 기뻐했던 기억이 새롭다.

불행한 대통령이었지만 노무현은 장점이 많은 사람이었다. 직선적이었으나 감정에 솔직했고 서툴렀지만 올곧았으며 비기득권 출신으로서의 개혁을 열망했지만 현실은 정반대여서 고민과 좌절의 고통을 온몸으로 겪었다.

그러나 노무현의 매력은 무엇보다 세상과 약자에 대한 따뜻한 시선과 성찰일 것이다. 비록 성공한 대통령은 못되었지만 그의 뜻을 이어받은 후계자들이 많이 나온다면 그의 죽음이 마냥 헛되지는 않을 것이다.

MB와 노무현을 비교한다면

진문가들은 가끔 MB를 이승만과 박정희. 정주영과 비교하기를 즐긴다. MB가 그들과 공통점이 있다는 것이다. 기독교 장로, 친미반공주의자, 개발독재의 유능한 정치인과 토건재벌 등이 아닐까.

1세기 동안 일본식민지와 미국체재의 지배를 벗어나지 못하고 있는 한국인으로서는 정치 경제 안보의 보수적 성향이 필요악일 수도 필요선일 수도 있다. 그것이 우리의 현실이기 때문에 그렇다고 언제까지나 우리의 문제를 강대국에 의존해서 해결할 수는 없지 않은가.

남북문제를 비롯 세계경제와 환경문제 IT산업 등이 지구 온난화만큼이나 급변하는 현실에서 과거지향적 가치보다는 현재에 충실하면서 다가올 미래에 대비할 정책과 전략이 필요하지 않을까.

4년차의 MB정권은 레임덕과 정권 위기를 맞고 있다. 정권지지와 충성을 다하던 보수언론과 교회지도자 측근정치인과 참모들은 하나둘 떠나기 시작하고 비판의 대열에 동참하고 있으며 지지여론조차 20%대로 급락했다.

레임덕과 부패 게이트가 있을 수 없다던 MB의 호언장담은 물거품이 되고 국민들은 더 이상 대통령의 말을 신뢰하지 않는다. 입만 열면 거짓말이라는 시중의 조롱꺼리가 인구에 회자되는 줄 모르는가.

몇 개월 전 대통령과 친구인 천신일 회장이 구속된 이후 부산저축은행 비리가 터지면서 대선 때 BBK대책 팀장이라는 일등공신 은진수 감사의원의 뇌물비리가 또 터졌고 다른 감사위원과 정관계 핵심인물 연루설 등 사태는 걷잡을 수 없게 되었다.

MB정권의 각종 비리 게이트는 이제 시작일 뿐이다.

국민 대다수가 그렇게 반대한 4대강사업의 국고낭비와 개발부정은 없을까. 혹시 이번 여름의 혹서와 홍수에 부실한 4대강 정비 때문에 대형사고가 터진다면 MB정권이 퇴임 때까지 안전하게 운항할 수 있을까.

퇴임한 장관에게 4대강사업과 구제역 공로를 박수와 폭소로 환호했다지만 국민들이 안중에도 없는 자화자찬식 그들만의 잔치가 아니기를 바란다.

부익부 빈익빈의 격차가 높아지고 고성장 고환율의 정책을 고수하면서 서민 중산층의 삶이 나락으로 떨어지는 내수경기침체, 고물가, 일자리 실종의 고통을 체감하지 못하고 있다.

같은 칼이라도 의사의 칼은 사람을 능히 살리지만 범법자의 칼은 사람을 능히 죽인다. MB정권의 권력의 칼은 국민을 죽이는 칼인가. 국민을 살리는 칼인가. 대통령과 측근들의 깊은 성찰과 진실된 심사숙고가 필요하다.

이재오의 국민배신과 기독교정권의 몰락
이재오는 공직에서 사퇴해서 백의종군 하라

한나라당이 7월 전당대회를 앞두고 크게 요동치고 있다. 4 · 29재
보선 패배에 따른 당지도부 교체가 되긴 했지만 내년 4월 총선, 12월
대선을 총지휘할 당대표의 선출이 남아있는 데다 어느 계파가 장악
하기에 따라 당권의 무게 중심이 한쪽으로 쏠리기 때문이다.

특히 이번의 당대표는 사실상 마지막 대표로서 총선 대선의 책임
을 져야 하고 레임덕이 가속화되고 있는 대통령과 청와대의 거수기
노릇을 하지 않는 소신이 뚜렷한 대표야 하므로 훨씬 경쟁력이 치열
하다.

그러나 얼마 남지 않은 전당대회전에 주도권 장악을 위한 막후협상
은 이해할 수 있는데 반해 이전투구의 양상을 보이고 있어 실망스럽
기 짝이 없다. 유권자인 국민을 의식하지 않은 채 3년간 무원칙한 폭
정을 일삼은 정권의 집권당이 패거리 정치를 벌리는 것은 여전하다.

당헌에 규정된 당권 대권분리냐, 당권 대권 일원화해서 당대표가 대선후보가 된다는 것인데 여기에는 계파의 이익과 정치적 음모가 숨어있다.

먼저 당권 대권 분리원칙을 말하는 친박계와 소장개혁파의 논지는 당헌을 바꾸면 혼란이 생기며 당대표는 내년 총선과 대통령 후보경선, 대선을 차질없이 관리해야 하므로 당대표의 역할이 막중하며 당권 대권을 모두 거머쥐는 제왕적 총재와 제왕적대통령의 폐단을 막기 위해서라도 당권 대권의 분리원칙은 타당하다는 것이다.

반면에 당권 대권 일체를 주장하는 사람들은 사분오열된 한나라당을 이끌어갈 강력한 리더십을 위해 일체를 주장한다.

여야 가릴 것없이 과거 권위적인 총재와 대통령의 폐단에서 벗어나 분권원칙으로 삼았던 것이나 한 사람이 당총재와 대통령까지 맡을 경우 당은 거수기에 불과할 것이며 정치는 퇴행의 과거를 답습하게 된다.

그렇지 않아도 당정 이원회기 규정되어 있는 미당에 대통령과 청와대의 권위주의와 당권침해는 권력남용의 횡포에 가까워 정치권은 물론 국민들의 원성을 사고 있는 근본 원인으로 작용하고 있다.

그리고 내년 대선까지 1년 6개월을 앞두고 대선후보겸 당대표가 당을 제대로 통솔하지 못하거나 야당에 비해 온갖 약점과 전략이 노출될 경우 총선과 대선에 실패하기 쉬우며 반대 계파에서 후보 낙마를 강요하는 등 정치적 혼란은 이루 말할 수 없을 것이다.

이재오는 공직에서 사퇴해서 백의종군하라

친 이명박계 수장인 정권 실세 이재오는 MB정권의 실정 책임을 지고 공직에서 사퇴해야 마땅하다.

지난 3년간 보여준 그의 정치력은 낙제점이다. 국민의 눈높이에 맞춰 정치력을 발휘하고 당정청간 의사결정의 중대역할을 지혜롭고 정직하게 수행해야 될 그는 오직 대통령 권력에 끌려 다니는 하수인이며 정치판을 혼탁하게 만든 모사꾼에 불과하다.

필자는 이재오와 80년대 민주화 동지로 만나 어려운 세월을 이겨내고 이재오 정의화 등의 천거로 MB정권을 적극 지지했으나 권력 실세가 된 그들의 추악상에 국민적 배신과 타락을 새삼 목도하게 되었다.

MB와 이재오 한나라당 친이계는 민주정당구성원이 아니라 광신적 종교집단을 연상케 한다. 고소영 강부자 정권이라는 말을 들을 만큼 국민적 지탄이 높은데도 수치심없이 어제도 오늘도 고소영 강부자 출신들이 앞을 다투어 고위공직을 차지하는 현상은 광신 외에는 설명할 길이 없다.

기독교 철학자 김용옥은 충남도청 특강에서 "한국교회가 나라를 망치고 있다. 기독교가 성할수록 민주주의의 가능성이 없다."고 MB 정권과 유착한 한국기독교를 질타했으며 진보학자인 김민웅 목사는 존 그레이의 '추악한 동맹'을 소개하면서 기독교와 정치권력의 역사적 폐단을 말했다.

필자가 알고 있는 한나라당 소장파 정두언·원희룡·이성헌·남경필 등은 기독교인이면서 양심적인 개혁정치인이다. 그러나 다수인 친이계 이재오·공성진·진수희·정의화·안경률·안상수·이군현 등은 기독교 정치인으로 기득권에 찌든 반개혁 정치인으로 내년 총선에는 반드시 국민의 심판을 받아야 한다.

우연의 일치인가. 이들은 MB정권의 폭정과 비리에는 눈을 감고 아부형 반개혁 정치인들의 대표격이다.

그밖에 김진홍 목사를 비롯해 뉴라이트 출신 정치인들은 모두 퇴출되어야 한다. 국민과 세상을 볼모로 잡고 종교·이념·지역주의에 기생하는 정치인들의 부패와 정권맹종은 필연적으로 민주주의 퇴행과 정치 혼란만 야기할 뿐이다.

내년 총선대선은 국민들의 뜻을 존중해서 정직하고 겸허하며 공정한 정치인과 이념 종교 계층에 편향되지 않는 지혜롭고 헌신적인 큰 그릇의 지도자가 국정을 이끌어야 한다.

레임덕에 빠진 이명박 대통령의 운명

**조기 레임덕에 빠지면
대통령과 국민이 다함께 불행해질 수 있다.**

원로 정치인 이만섭 전 국회의장은 얼마 전 이명박 대통령에게 레임덕이 왔다며 새로운 일을 벌이지 말고 남은 일을 마무리 짓는데 노력하라고 충고했다. 가끔 쓴 소리 잘하는 한나라당 최고위원 홍준표도 이번의 예산 날치기 이후 대통령의 레임덕이 본격적으로 가동될 것이라 말했다.

지식인이나 국민들의 시각 역시 다르지 않다. 집단행동에 나서지 않고 침묵을 지키지만 폭력적인 예산 날치기 정국을 보면서 대통령과 집권당에 대한 한 가닥 희망마저 날려 버렸다. 지지도가 추락하고 여론조사에서 대부분 부정적이니 말이다.

국민여론이 싸늘하게 식었고 각종 정치 경제 남북문제에서 해법을 찾지 못해 전전긍긍한다면 계속 밀어붙이는 전략을 피하고 한번쯤 자신을 돌아보거나 초심으로 돌아가 문제의 근본적인 처방을 찾는 것이 순리이나 MB정권은 불행하게도 민심과는 동떨어진 역주행만 고집하고 있다.

지도자가 현명하고 신하는 정직해야 나라의 안위를 도모할 수 있다는 군명신직(君明臣直)의 옛 가르침이 있음에도 이 정권은 어찌된 영문인지 대통령이 명철하지 못하면 참모라도 올바르야 하는데 지혜롭지도 바르지도 못하면서 자기들끼리 자화자찬 일색이다.

관중들이 박수를 안 치니까 무대 위에서 배우들이 서로 박수를 주고받는, 국정을 동네 푸닥거리로 전락시켜버린 몰염치 몰상식 몰인정의 극치다.

수천 년을 지켜온 이 나라 역사, 문화, 자연의 보고인 전통문화 사찰예산을 특정종교에 대한 특혜라고 미국종교 무당집단들이 주문을 외어 둔갑술을 부려 없애고 쥐꼬리만 한 사회적 약자를 위한 무상급식 예산마저 삭감하였다.

절대권력 형님예산은 수천 억에 쪽지 한 장으로 더 얹어주는가 하면 이닌 밤중에 홍두깨처럼 뉴욕에 정부직영의 한식식당을 운영하겠다는 대통령 영부인 예산은 통과시키는 후안무치의 정치를 연출하고 있다.

대통령이 개그맨 같다면

대통령 집권 3년이 지나가면서 국민들은 지금 대통령과 참모들이 벌이는 무대 위의 연극을 지겹도록 지켜보고 있다. 명배우의 빛나는 연기나 휴머니즘이 물씬한 명화의 감동도 아니고 개그맨들의 재치 있는 웃음도 아닌 관객들을 짜증스럽게 하는 삼류저질 영화와 연극 무대를 보는 듯한 느낌이다.

문제는 작품과 연출, 연기가 모두 낙제점인데 관객들이 다 떠나가도 자기들이 최고라고 착각하면서 무대에서 떠날 줄을 모른다는 것이다. 국민들이 시한부로 빌려줬을 뿐인데도.

얼마 전 대통령은 슈퍼스타에 성공한 가수 허각을 청와대로 초청하면서 허각을 빗대어 자신도 공정한 대통령이라고 몸에 배인 자화자찬을 늘어놓았다. 이 말을 들은 사람들은 또 한 번 폭소와 더불어 실소하지 않을 수 없었다.

허각의 성공이 공정한 게 아니라 갖은 고생과 좌절 끝에 성공한 출세담을 공정과 연관시키는 것도 우습지만 공정보다 불공정한 일만 찾아 하는 대통령이 공정한 대통령이라고 국민과 여론이 인정하는 것이 아닌, 스스로 입에 담는 것은 개그맨이나 할 짓이다.

나는 가끔 이명박 대통령이 붉은 십자가의 주인처럼 변신술, 최면술, 둔갑술에 본래부터 능한 사람이 아니라 연극배우나 개그맨이 되어야 할 사람이 아니었는지 요즘 부쩍 그런 의심이 든다.

그렇다고 MB가 김승호나 캐리쿠퍼 같은 위대한 배우나 채플린, 배삼룡 같은 최고의 희극배우는 아니고 약방의 감초 같은 바람잡이 역이 맞을 것 같다. 오래 전 박중훈이 열연한 영화 '할렐루야'의 자칭 구세주 역할도 딱이다. 세계 최고 최대 신도를 자랑하는 여의도 무슨 교회목사와 쌍둥이 같은 분이 대통령이 아닐까. 그렇게 보는 사람이 나뿐이 아닌 전문가. 지식인 집단에서도 흔히 볼 수 있다.

신의 계시를 받았다는 대통령과 목사들

현재 청와대와 대통령을 움직이는 사람은 고문관 정치목사들과 대원군 형님, 당대표 이재오 특임뿐이다. 수많은 수석비서 등과 집권당 중진의원, 최고지식인, 여론기관이 있지만 어머니가 믿은 종교, 절대 거역할 수 없는 대원군 형님의 위세, 토건건설로 출세성공의 길로 이끈 고 정주영 회장, 그리고 그 시대 가장 강력한 영웅 박정희, 이승만 대통령의 삶이 MB인생의 키워드이고 하나님 같은 존재들이었다.

전문가들과 국민대중이 그렇게 반대하는 4대강사업을 하나님 계시라고 절대 신앙으로 여기는 것이나 수입 쇠고기의 위험을 막은 대다수 국민들을 사탄이고 좌파로 몰던 사람들이 어느덧 하나둘 정부 요직에 복귀하는 현상과 예산 날치기 정국을 정의로운 일이라고 강변하는 집권당 원내대표, 특임장관을 보면서 국민들은 코미디가 따로 없다고 여긴다.

대통령과 참모들, 여당과 야당이 모두 한바탕 희극무대에서 소동을 벌이는 동안 국민들은 관중석을 떠나 더 이상 정치무대를 보지 않게 되었다. 희망도 절망도 버리고 흥미와 기쁨도 없이 행불행에 관계없이 하루하루를 보내고 있다.

추운 겨울이 지나면 봄이 올 것을 믿으면서 좋은 것과 나쁜 것도 고통과 슬픔도 사랑과 미움도 한순간이라는 도통한 사람들처럼 담담하다. 매시간 매일 옆 사람들이 죽어나가고 자식이 부모를 죽이며 성폭행이 다반사로 벌어지는 참혹한 이 사회에서 말이다.

연평도 포격훈련이 시작되면서 국민들은 남의 일로 생각하듯 우익집단 외에는 별 관심을 두지 않는데 비해 한반도를 둘러싼 4강대국은 이해관계에 따라 지지 혹은 반대로 해방 후 늘 그래왔듯이 갈라졌다. 국민들 역시 찬반으로 나눠질 것이다.

최고지식인들은 올해의 사자성어로 장두노미(藏頭露尾)로 정했다. 머리는 숨기고 꼬리만 드러났다는 뜻의 진실은 숨기고 거짓만 일부 드러내어 국민의 공분을 대변한 뜻이다.

대통령 형제와 측근 참모에 의해 저질러진 천안함 침몰 의혹사건, 4대강사업, 민간인 사찰, 검찰의 편파수사, 날치기 정국 등 진실을 은폐한 거짓정치를 말함이다.

이 세상에 영원한 것은 없고 권력은 얼마 안 가서 바뀔 텐데 이 정부사람들은 해가 지지 않을 것처럼 기고만장으로 진실과 사실을 왜곡 은폐해서 부귀영화를 누리고저 하는가. 혹시 대통령의 굳센 신앙심에 근거한 하나님의 계시를 믿어서 맹신주의에 감염된 탓은 아닐까.

대명천지 첨단 우주시대에 대통령과 참모들은 혹세무민하는 제사장의 말을 듣고 나랏일을 결정하는 원시사회의 꿈을 꾸는 것 같다. 만약 조기 레임덕에 빠지면 대통령과 국민이 다 함께 불행해질 수 있음을 깨달아야 한다.

국정능력을 상실한 MB정권의
무능과 부패

한나라당 의원들 재산 많이 늘어났다고? 부끄러워하라.

46명의 귀중한 호국영령들이 바다 밑에서 숨진 지 열흘이 지났어도 침몰한 천안함의 사고규명 소식이나 시신들의 인양이 순조롭지 못하다.

대통령을 비롯한 국방부 발표를 믿기에는 국민들은 물론이고 통곡하는 유가족들조차 이해 불가능한 상황이다. 우발적 사고인가, 정비 불량인가, 기뢰에 의한 침몰인가, 아니면 보수언론이 주장하는 북한군의 공격인가, 서해 백령도는 물살이 센 지역으로 남북의 군사경계선으로 긴장이 높은 곳이다.

그렇지 않아도 대통령, 국무총리, 국정원장, 주요장관, 안상수 원내대표, 한나라당 의원 절반이 군복무 기피 면제자라는 세간의 조롱거리로 회자되는 마당에 안보를 위협하는 큰 사건이 터졌으니 국민들은 불안하기만 하다.

MB는 기회있을 때마다 자신은 경제대통령이지 정치를 모른다고 했다. 그러면서 자신이 국회의원으로 몸담은 적이 있는 여의도 국회를 무시, 폄하하는 발언을 많이 했다. 말은 그렇지만 MB의 통치행위는 매우 정치적이라는 평가가 따른다.

취임 후 얼마 안 되어 부시 미국대통령에게 달려가서 골프카를 몰고 아부하는 인상을 주고 노무현 대통령이 엄격하게 다루어온 쇠고기 통상무역을 성급하게 개방했고 100일 동안 촛불 시위가 벌어졌을 때 청와대 홍보기획관 추부길 목사는 국민들을 악마라 불렀으나 얼마 안 가 그는 뇌물수수로 구속되었다.

명박산성이라는 신조어가 생길 정도로 컨테이너로 겹겹이 시위 군중들의 길을 막음으로 사태의 심각성을 뒤늦게 깨달은 MB는 청와대 뒷길에서 아침이슬을 읊조리며 굴욕적인 미국 쇠고기 협상을 수정했다.

그러나 MB정권은 이를 계기로 국민들과의 소통과 통합을 내세우면서도 계속 밀어붙이는 정책을 폈다. 말과 행이 다른 위선, 부자국민은 선호하되 돈 없는 국민은 무시하는 차별정책, 특성종교에 치우쳐 다른 가치에는 편향적인 사회 갈등을 불러일으켰다.

과거 권위주의로 후퇴한 인권정책, 용산참사의 외면, 남북대화가 아닌 대결노선으로 경색된 남북관계, 지역이념, 계층, 세대 간의 상처를 치유하기보다 갈등을 증폭시키고 분열을 심화시켰다.

경제대통령이 무색한 최악의 지도자

국방안보에 대한 불감증과 비전문성, 공정택 서울시 교육의 구속에 이은 교육계 뇌물수수의 전국적 부패, 나라가 발전하려면 정치와 경제가 정도를 걷고 문화와 복지정책이 높아져야 하는데 훨씬 후퇴하고 말았다.

MB와 한나라당의 가치는 무엇이며 추구하고자 하는 목적이 무엇인지 국민들은 납득하지 못한다. 한나라당의 슬로건처럼 잃어버린 십 년을, 그러니까 단지 권력을 되찾는 것이 목적이었나, 주요 당직자들의 말처럼 좌파를 제거하고 우파가 득세하는 나라를 만들기 위함인가, 아니면 MB와 고문관 목사들의 말처럼 개신교 국가를 만들어 제2의 미국을 만들기 위함인가 기득권 지지자들을 우대하고 반대하는 국민들을 좌파로 몰아 철저히 통제하고 압박한다면 이것은 실용주의도 통합 소통도 아니며 민주주의도 아니다. 독선이고 악정이며 독재로 가는 길일 뿐이다.

대통령 취임 26개월을 넘긴 MB정부는 글로벌 금융위기를 겨우 넘긴 공로가 있지만 고용 없는 성장으로 일자리 부족의 실업자 양산과 사회동력의 침체가 위기로 치닫는 줄 알지 못한다.

소인배 정치와 측근들의 횡포

용산참사와 같은 대형사고, 공권력의 횡포, 46명의 피 끓는 젊음들이 서해 바다 속에 수장된 것을 지켜보면서 국민들은 피눈물을 흘리고 있는데 정부 주요 공직자, 한나라당 의원들의 재산이 많이 늘어났다고 한다. 부끄러워해야 한다.

양심이 있고 뜨거운 피가 흐른다면 국민들 앞에 석고대죄라도 해야 한다. 그런데 MB정권의 고위공직자나 정치인들 중에 그런 사람을 보기 힘들다. 주인인 국민을 위해서 헌신해야 될 사람들이 대통령과 힘 있는 권력자에게 아첨하고 아부하는 까닭이다.

대표적인 것이 세종시 수정안과 4대강사업이다. 법으로 정한 세종시 원안을 뒤엎고 천문학적인 예산을 들여 환경 파괴와 토목업자 배 불리기라는 비판에 직면해 있으면서도 여전히 MB가 최고라는 MB어천가를 복창한다.

국정현안에 대한 활발한 토론과 공청회, 여론과 비판을 허용하지 않는 MB정권의 앞날은 어찌될 것인가. 꿈과 희망을 잃고 국민들의 고통이 먹구름처럼 밀려드는 잔인한 사월이다.

부정부패 금메달감
이명박과 권력실세 대몰락
한나라당 박근혜와 비대위, 성공할 것인가?

임진년 새해가 되기 무섭게 정치권의 대형사고가 터졌다. 박희태 국회의장이 2008년 대표 경선 때 거액의 불법자금을 살포했다는 것이다. 폭풍의 진원지는 고시 3관왕의 엘리트 고승덕 의원이다. 수개월 전 고의원이 우연히 지나가는 말로 언급한 것이 빌미가 되어 검찰이 박의장의 비서들을 소환해 구속하고 계좌를 추적하면서 일파만파로 번지고 있다.

문제는 최소한 수억의 불법자금이 어디에서 나와 누가 전달했으며 관련된 이들은 누구누구인가. 언론과 검찰이 연일 조사와 보도를 통해 진상규명을 하고 있지만 당사자인 박의장은 예정된 외국 순방차 출국하면서 자기는 모르는 일이라 부정하고 돈 심부름을 한 관련 당사자들은 모르쇠로 일관하고 있다.

한술 더 떠서 돈 봉투의 열쇠를 쥐고 있는 박의장의 오랜 측근인

정책수석은 잠적해 버렸고 안병용 은평구당협위원장과 그의 배후인 이재오 의원은 생뚱맞게도 박근혜와 비대위 위원을 겨냥해서 이재오를 죽이기 위한 음모라고 반발하고 있다. 고승덕 의원은 친박계가 아닌 친이계 인물이고 불법자금을 기획하고 집행한 것으로 추측되는 의원들이 전부 친이계인데 아닌 말로 도둑은 집안에 있는데 이웃에 책임과 누명을 뒤집어 씌우는 격이다.

떳떳하다면 검찰조사를 더 지켜보면 될 일이고 대통령과 측근실세들의 정책오류와 권력부패로 한나라당이 붕괴직전으로 놓여 비대위에 권한을 일임해 놓은 터에 부패 의혹과 4월 공천에 탈락 기미가 보이니까 계속 당을 흔들고 못 먹는 밥에 재를 뿌리는 속셈으로 비대위 위원과 박근혜 위원장의 사퇴를 압박하고 있다. 참으로 옹졸하고 야비한 짓거리다.

권력의 단맛에 취해 있을 때는 세상을 모르고 천국에 가 있다가 그 권력이 운명을 다하고 무너질 조짐을 보이니까 온통 난리를 치고 있는 그들의 추악한 몰골은 가히 3류 연극배우와 다를 것이 없다. 돈과 권력을 한 손에 움켜쥐고 부귀영화를 누리다가 어느 날 운이 다하면 지옥에 떨이질 것은 당연한 순리가 아닌가.

옛 말에 복이 다하면 타락(복진타락)한다는 말도 있으니 권력 실세들이 공금을 유용하거나 불법 정치자금을 취하지 않고 깨끗하고 공명정대한 길을 걸었다면, 최고 공직자의 위치에 있을 때 탐욕과 교만으로 성을 쌓지 말고 덕과 지혜로 국민들과 소통했더라면 '그 날이' (천

벌 받을) 오지 않았을 것이다.

대통령과 측근실세들의 부패, 탐욕, 거짓

그토록 깨끗하고 도덕적이라고 강변하던 대통령의 말은 이제 국민들이 콩으로 메주를 쑨다고 해도 믿지 않는다. 오죽하면 "대통령과 측근들이 입만 열면 거짓말."이라는 세간의 조롱어린 민심을 아는지, 알면서도 회피하는 건지 모를 일이다. 국민을 먹여 살린다는 토건업의 결정판, 4대강은 국민혈세 30조를 쏟아 부었으나 절반 이상이 부실공사로 물이 새고 낙동강 유역에 녹조가 발생해서 오히려 수질오염이 가속화되고 올여름의 홍수에 큰 재앙을 초래할 것이라는 보도가 계속 나오고 있다.

FTA날치기 통과는 결국 농민들을 더 나락으로 떨어지게 만들고 식품, 의료, 법률 분야 등에 큰 손해를 야기할 수 있다는 전문가들의 지적이 있다. 천안함 침몰사건도 다른 사람이 아닌 전 주한미국대사이며 CIA출신인 그레그가 러시아 전문가들의 말을 빌려 북한의 소행이 아닌 한미 양국의 조작 의혹을 제기하는 형편이다.

특히 천안함 사건은 정부와 미국이 몇 번 말을 바꿨고 러시아 중국 전문가들은 합의하지 않았다. 당시 보궐선거를 앞두고 사건을 회피하기 위한 정치적 음모일 수 있으나 정부 발표를 안 믿으면 무조건 친북 종북세력으로 몰았다. 한국은 아직도 이념문제에서 60년대의 수구 반공주의 그대로인데 문제는 언론과 국민의 표현 자유를 봉쇄하고 억압하고 있어 독재국가에 버금가지 않는가 묻고 싶다.

지난 가을에 터진 선관위 디도스 사건도 아직 미해결의 사건으로 하수인 몇 명만 잡아넣어 몸통은 드러나지 않았고 최시중 방통위원장의 최측근에 의한 뇌물비리 역시 당사자가 해외도피로 사건이 규명되지 않고 있다. 상왕 이상득 의원과 측근비서들이 또한 거액의 정치자금에서 자유롭지 못하고 대통령 자신도 내곡동 사저에 국가공금을 유용한 잘못이 큰 쟁점이다.

BBK 문제가 아직도 규명되지 않은 마당에 대통령 형제, 측근, 친인척, 정권실세들 모두가 비리와 부패 뇌물과 국고 횡령에 연루된 일은 역대정권에서도 부정부패의 금메달감이다. 국민이 분노하고 하늘이 징벌을 내려야 마땅하다.

박근혜 지역구 불출마의 효과

박근혜 비내위위원장이 지역구의 불출마 신언을 할 것이라는 보도가 나온다. 총선은 야권에 내어주더라도 대선에 올인하겠다는 전략으로 옳은 선택이다. 비대위의 김종인 위원은 6공 때부터 당정청의 오랜 경험과 경륜을 가진 경제학자 출신으로 난관을 돌파할 강력한 의지를 갖고 있는 분이다.

보수언론과 친이계가 과거 비리의 전력을 문제 삼아 사퇴를 거론하지만 사건자체가 오래되었고 사리사욕이 아닌 선거지원금이었으며 YS정권의 정치적 보복이 짙은 사건이라 해명했다.

그리고 정치자금 수수 2억에 대한 실형을 살았으니 법적으로 아무 문제가 없다. 또 한 분의 핵심인 이상돈 위원은 법학의 최고권위자로 깨끗하고 합리적인 보수이론가로 손꼽힌다. 앞서 천안함 문제는 현재 진행형이며 색깔론으로 공격하는 것은 사건을 은폐하는 정치적 계략이다. 정권 교체 후 청문회와 국정조사로 진실을 밝혀야 한다.

과거 권위주의 시절처럼 정부의 의사에 반대하는 사람을 무조건 반정부 반국가주의로 처벌하고 억압하려드는 것은 시대착오적이며 부패와 비리를 은폐하기 위한 술책으로 국민들과 국제여론의 비웃음만 살 뿐이다.

그러나 박근혜와 비대위의 앞날이 순탄하지 않다. 비우호적인 권력실세와 친이계, 다수가 음모와 술수, 거짓과 권력남용으로 방해공작을 펼치기 때문이다. 비대한 권력층과 파렴치한 친이계를 다스리기 위한 비대위의 구성이 약하고 최고전문가들을 더 보강해야 할 것이다.

박의장 역시 귀국하면 사퇴하고 양심선언과 검찰조사에 임하는 것이 원로 정치인의 도리가 될 것이다. 민주당 또한 유시민 대표의 폭로에서 자유로울 수 없으므로 정치자금의 잘못된 관행을 국민들에게 솔직하게 털어놓아야 한다. 4월총선을 앞두고 혹한의 끝자락 정치권 빅뱅의 신호탄이 기다리고 있다.

엊그제 민주당 대표로 선출된 한명숙 대표는 민주화 대모격인 투사정치인이다. 검찰이 2년 여에 걸쳐 수사했으나 대법원에서 끝내 무죄로 확정되었다. 이 정권이 한 대표를 더 강하게 만들어 주었다. 한 대표의 당선 직후 일성은 총선대선을 승리로 이끌겠다는 굳은 다짐이다.

올해는 물의 수호신 용의 해이고 여성의 기운이 강한 한해이다. 한명숙 · 박근혜 · 이정희 · 심상정 등 최고의 기찬 여성이 벌이는 대결이 흥미진진한 한판의 승부를 결정할 것이다.

제5장

중도사상이 평화통일의 핵심이다

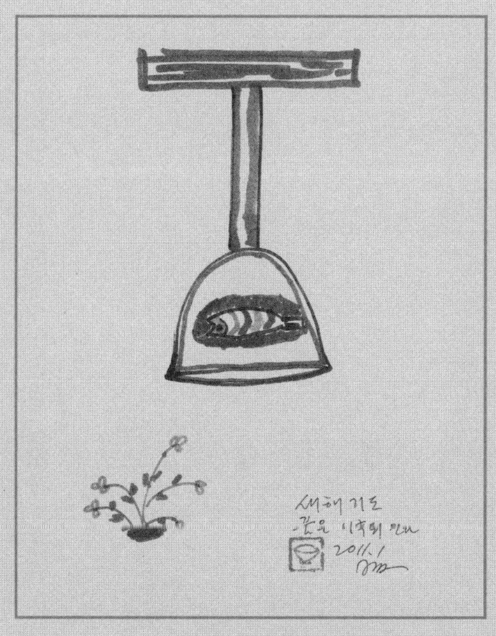

중도사상이 평화통일의 핵심이다
쌍방통행의 평화통일은
중도화쟁사상이 유일한 해결책이다

선진화이론의 대표적인 학자 박세일 교수는 오래 전부터 우리 사회가 산업화 민주화를 거쳐 이제는 선진화로 가야 된다고 주장했고 선진국가가 되려면 남북통일시대를 열어야 한다고 말했다. 박 교수의 말은 너무 당연한 시대적인 요청이고 우리 시대 현재와 미래를 위한 화두이며 사명이 아닐 수 없다.

문제는 우리가 어떻게 통일을 이룰 수 있는지 정부정책이나 전문가 견해, 국민여론을 한데 묶는 컨센서스가 없다는 것이고 지금처럼 나라 안팎이 분열되어 있는 상대에서 통일이란 요원한 꿈과 같을 수 있다.

그러나 통일의 꿈이 오래 걸릴지라도 미리 대비하고 준비하는 것은 대단히 중요한 일로써 부작용을 최소한 줄이는 일이므로 지식인이나 지도층이 고민해야 될 몫이다.

먼저 통일의 당위성은 공감하지만 어떤 통일을 어떻게 이룩할 것인가, 남한의 보수세력이 주장하는 무력통일인가, 친북 좌파세력이 동경하는 이념통일인가, 그렇지 않으면 중도우파 친정부 세력이 말하는 흡수통일인가.

첫째, 초대 대통령 이승만이 주장했던 무력에 의한 북진통일이다. 극우세력이 걸핏하면 들고 일어나는 무찌르자 오랑캐류의 맹목전쟁론은 위험하기 짝이 없는 남북 간의 공멸을 의미한다. 쉬운 말로 너 죽고 나 죽자는 광기에 불과하다. 극우세력은 어느 사회에서 존재하지만 우리처럼 남북이 분단되고 정치가 분열된 사회에서는 언제나 볼 수 있는 비극적 현실이다.

둘째, 북에 의한 제2의 6·25 한국전쟁과 친북좌파에 의한 이념통일이 가능한가. 그것은 극소수 극좌파의 주장이며 북한의 호전적인 일부 강경세력의 선전구호일뿐 현실적으로 불가능한 일이다. 그럼에도 불구하고 보수언론과 보수세력, 보수정권에서는 기회있을 때마다 국민을 압박하고 사회혼란을 조성한다. 우리는 작년에 천안함, 연평도 사건을 겪으면서 충분히 경험했다. 이러다가 남북전쟁이 일어나지 않을까 국민들은 불안에 떨었고 노심초사했다.

무능하고 부패한 정권의 인과업보

보수계층의 압도적인 지지를 받고 탄생한 MB정권은 작년부터 안

보무능 정권이란 사실이 확인되었고 국민들로부터 낙인찍힌 바 있다. 그것도 보수진보, 좌우파 양쪽에서 협공을 당할 정도로 형편 무인지경이었다. 군대도 안 갔다 온 핵심참모들이 무슨 일만 터지면 지하벙커에 가죽잠바 입고 들어간 것이 전부라는 시중의 야유와 조소가 빗발 치듯한 것을 알기는 하는지 모르겠다.

셋째, 흡수통일의 모델인 동서독 통일이 우리에게 가능할까. 다른 말로 하면 통일비용이 엄청나서 2천만 명의 북한주민을 책임지고 먹여 살려야 하는데 그럴 힘이 없는 것이 문제이다. 흡수통일이 가능하려면 반대로 경제소득이 1만 불 이하로 떨어져서 역사의 수레바퀴를 수십 년 전으로 후퇴시켜야 한다. 이에 대한 정치권과 국민들의 합의가 가능한 지 묻고 싶다.

전쟁불사론을 지금 시대가 수백 년 전의 총칼 시대인줄 착각해서 상호간 첨단무기와 화학전쟁을 벌인다면 민족이 공멸한다는 것과 세계전쟁으로까지 확전될 수 있음을 간과한 용감하지만 무식한 소치다.

이념전쟁은 이미 80년대 말에 구소련이 무너지고 동구권의 도미노 현상이 일어나면서 사실상 끝났다고 봐야 한다.

중국이 사회주의국가이지만 사실상 수많은 소수민족을 통제하고, 분출하는 10억 인구의 자유와 인권을 지배하기 위한 방편에 불과하며 북한은 머지않아 실용주의 노선으로 선회할 가능성이 많다고 본다. 핵무기 개발만 가지고 수많은 인민을 먹여 살리고 언제까지나 봉건영주국으로 남아 있을 수 없음을 자각하기 시작했기 때문이다.

평화통일이 최선인 까닭

현재 북한이 헐벗고 굶주리지만 미개발 지하자원이 7천조에 달한
다고 한다. 북한이 중국식 실용정책으로 개방되고 남한을 비롯한 다
국적 기업이 동참해서 자금과 기술을 제공한다면 상호간 원원정책이
성공할 것이다.

한국도 북한의 자원개발로 얻은 이익이 막대하고 시베리아. 유럽
으로 뻗어나가는 신 실크로드를 바란다면 반드시 북한과 중국, 러시
아와 손잡아야 하고 그 1단계가 북한이다.

앉아서 북한이 붕괴되기를 기다리는 것이나 미국과 중국 카드를
이용해 북한을 압박하는 것은 무모하기 짝이 없는 웃기는 짜장이다.
한국이 미국, 일본의 보호대가 있어 쉽게 무너지지 않듯이 북한 역시
중국, 러시아 등이 있어 붕괴된다는 것은 망상일 뿐이다. 설사 붕괴
된다 가정해도 미국과 중국이 그 이익을 나눠가질 가능성이 많고 발
빠른 중국의 동북군대가 휴전선까지 내려오면 한국은 역사상 가장
위험한 처지에 놓이게 된다. 티베트와 신장지역의 악몽이 재현될 수
있다.

중국이 말로만 평화를 주문하지만 55개 소수민족을 정복한 제국

주의이며 역사상 중국은 한반도를 언제나 호시탐탐 노리고 있는 양의 탈을 쓴 이리일 뿐이다. 수천만 원주민 학살과 광대한 영토를 정복한 미국의 역사도 다르지 않다. 제국주의란 원래 좌파우파가 없는 힘의 논리일 뿐이라는 것을 최근의 중동, 팔레스타인, 이집트, 리비아에서 보고 있지 않는가.

중도사상은 원효대사의 고구려 신라 백제의 삼국통일시대, 민족을 하나로 묶고 민화안국(民和安國)을 이끌어낸 화쟁(和諍)철학이다. 편견과 차별을 넘어 큰사랑으로 민족공동체를 이룰 수 있는 최선의 전략이다. 전쟁을 선택하지 않고 파키스탄 무슬림정권을 독립시켜준 간디의 비폭력 평화주의도 같은 맥락이다.

무력이냐 흡수냐, 좌파진보냐 우파진보냐와 같은 차이를 인정하지 않는 일방적 통일이 아니라 상생하고 공존하며 차이를 인정하는 쌍방통행의 평화통일은 중도화쟁사상이 유일한 해결책이다.

박근혜의 진퇴양난, 대세론은 끝났는가

MB의 기득권 보수정책과 파탄난 민심에 대응하지 못한 채 그리 바라만 보다가 주저앉았다. 박근혜 의원에 대한 전문가들의 판단과 이번 추석 민심의 결론이다.

어떤 사나운 필봉의 언론인은 MB가 컨테이너로 명박산성을 쌓았다면 "박 의원은 무쇠로 된 철옹성으로 민심과 소통을 막고 있다."고 한탄한다.

정치인 가운데 대선 지지도가 30%대를 몇 년째 유지하던 박 의원은 오세훈 서울 시장사퇴와 안철수 돌풍으로 20%대로 급락하고 말았다.

며칠 전 SBS가 집권화로 여론조사를 벌인 결과 박근혜가 45.9% 안철수가 38.8%로 나타났고 MBC가 휴대전화로 여론조사를 해보니 반대로 박근혜가 32.6% 안철수가 59%라는 압도적인 차이를 보였다.

더욱 심각한 문제는 집전화의 지지층이 주로 5~60대 노년층인데 반해 휴대폰 지지층은 20대부터 3, 40대의 청장년층이고 고학력, 자영업자가 대부분이다.

정치권 1위를 달리던 박 의원의 지지 이유는 무엇일까?

첫째는 부친 박정희 대통령의 근대화 업적에 대한 후광과 향수 효과이며, 둘째 천막당사의 쓰러진 한나라당을 다시 일으켜 세운 잔 다르크 효과이고 마지막으로 MB정권의 부패와 무능이 민심이반으로 이어지면서 박근혜에 대한 기대심리 때문이라 본다.

그러면 박 의원에 대한 여론이 나빠지고 추락하는 현상은 또 무엇 때문인가.

첫째, 가장 큰 이유는 MB와 경쟁적이며 때로는 적대적 관계에 있는 박 의원이 MB가 만들어 놓은 명박산성의 울타리를 뛰어넘지 못한 탓이다. 심하게 말하면 MB의 새장과 쇠창살을 부수고 하늘로 날던지 넓은 바깥세상으로 나가야 하는데 여전히 갇혀 있는 것이다. 본인이나 측근들은 아니라고 하겠지만 밖에서 볼 때는 그러하다.

둘째, 박 의원과 측근들은 긴장감이 없고 무사안일에 빠져서 곧 치러질 서울시장선거와 내년 총선 대선에 성공하려면 전쟁터에 나가는 장수들의 충천한 사기와 전략, 기상이 느껴져야 하는데 국민들의 눈에는 지나치게 느슨하고 맥이 없다. 도대체 무슨 생각을 하고 있는지 모른다. 역대정권은 물론 MB가 대통령 후보로 떠오를 때 얼마나 팽팽한 긴장감과 뜨거운 관심사로 레임덕에 빠진 정권을 압도하지 않았는가.

셋째, 비전과 정책, 전략이 없다.

박 의원의 복지정책과 경선시절 줄푸세로 요약되는 것만으로 크게 부족하다. 무엇보다 과거정권과 MB정권과 확연히 구분되는 박근혜 정책과 비전이 필요하다.

지식인들과 일반대중들은 박 의원이 유력한 대권주자요, 첫 여성 대통령 후보라는 것만 알뿐 구체적으로 가슴에 와 닿는 정책과 비전을 모른다.

그래서인지 필자가 아는 친박 성향의 지식인들이 하나둘 떠나고 있다. 예를 들면 중도보수의 최고 대변인이자 이론과 경륜을 겸한 윤여준, 김종인, 이상돈 교수 등이다. 진보보수를 떠나서 깨끗한 양심과 높은 경륜, 합리적인 인격을 갖춘 이만한 인물이 없지만 박 의원은 여전히 구태의연한 원로들과 구시대 정치인들에게 마음을 주고 둘러싸여 있다.

오죽하면 중진 다선의원인 홍사덕마저 "박 의원은 대통령직에 대한 존경심 때문에 MB와 등을 돌리지 못한다."고 했겠는가. 그것이 박근혜의 한계이다.

박근혜의 최대 적은 이명박 정부

박 의원과 측근들의 생각은 바뀌지 않을 것 같다. 현 정권의 감정을 상하게 하거나 등을 돌리면 보수층이 달아나고 그대로 있자니 진보층과 수도권은 물론 중도층 마음을 잡지 못할 것이다. 진퇴양난이다.

그래서 박 의원 본인부터 마음을 비워야 용기와 결단력이 생기고 시대착오적인 기득권주의의 인사들보다 참신하고 공명정대한 한국사회를 통찰하고 국정의 청사진을 제시할 최고의 전략가인 제갈공명과 장자방 같은 인사들에게 지혜를 구해야 한다.

안철수 돌풍은 MB정부에 등 돌린 민심이 박근혜에게 돌아갈 것을 기대했지만 결과적으로 새로운 사람에게 간 현상이다. 민심은 살아 있는 생물이며 늘 변한다는 것을 머리가 아닌 가슴으로 받아들였다면 박 의원과 측근들의 소극적 대응은 없었을 것이다.

시기를 놓쳤지만 MB정권처럼 적당주의, 보신, 타협주의로는 대권을 쟁취할 수도, 천신만고 끝에 대선에 당선되었다 하더라도 MB의 진칠을 밟을 수 있다.

여든 야든 보수진보 중도이든지 다음 정권은 쇄신과 개혁으로 국민의 변화와 희망을 이끌어 내야 한다.

친박계와 오랜 인연을 가지고 있는 지방의 어떤 예지가 높은 분은

MB정권의 피눈물 없는 검찰 권력이 노무현 전 대통령을 압살한 여파로 생긴 노무현의 후계자 문재인 노무현기념사업회 이사장이 부산 경남은 물론 대권후보로 강력한 힘을 갖고 있다고 하는데, 그렇게 되면 영남권도 두 조각이 나게 되어 박 의원의 지지층이 반으로 줄고 수도권의 청장년들이 등을 돌리면 박 의원은 총선과 대선 모두 필패할 가능성이 있음을 깨달아야 한다.

아니 얼음, 유신, 수첩공주라는 세간의 야유를 불식시키기 위해서라도 여왕으로 등극하려면 지금부터 목숨을 내놓고 최고의 용기와 지혜, 최선의 노력과 불굴의 의지로 무장해야 한다.

그리고 잔 다르크가 조국을 구하듯 부패한 MB세력과 기회주의 복고주의 기득권 보신주의와 난마와 같이 얽힌 정국을 예리한 지혜의 검으로 일도양단해야 한다. 그리고 사령탑인 경선캠프를 가동해서 역량을 총결집하는 작업이 급선무일 것이다.

지금 국민들은 여야 보수진보를 떠나 지역이념, 계층의 특정이익, 가치가 아니라 보편적인 통합적인 가치를 구현할 지도자를 찾고 있다. 그것이 안철수 박원순으로 나타났을 뿐임을 왜 모르는가. 마음을 텅 비우고 열린 눈으로 세상을 크게 봐야 희망이 있다.

이재오 위원장의 강경행보가 위험한 이유
현역 활동 기간이 길지 않은 이재오에게 던지는 충고

19개월 간의 정치 낭인생활을 끝내고 장관급 국민권익위원장에 복귀한 이재오 전 의원은 내가 보기에는 여전히 위험하다. 그 까닭은 무엇인가?

그는 여전히 과신과 과욕이 충만한 강골 사나이다. 강직 청렴 야성이 이재오의 특징으로 여야 정치인을 통틀어서 이런 사람을 찾아보기 힘들다. 은평구의 40년 된 자택이 고작 20여 평이고 수십 년 동안 자전거를 애호하다 못해 이제 정부의 고위 공직자가 된 이후에도 그의 생활습관은 바뀌지 않는다. 출퇴근길의 곡예 같은 도로에서 오토바이보다 위험하다는 자전거를 타고 가는 이재오를 보면서 국민들은 과연 이재오답다라고 느끼면서도 어쩐지 그가 아직도 재야투사 같은 인상을 지우지 못한다.

청렴 정직 강직은 지도자의 최고 덕목이며 그러한 사람들이 지도층에 많을수록 나라가 발전하는 것은 당연지사다. 그러나 현실은 정반대다. 부자와 기득권을 좋아하는 대통령과 집권여당의 파워가 절대영향을 미치는 한국사회에서 한두 명이 청렴하고 강직하다 해서 물이 맑아지지 않는다.

MB(이명박)정권이 출범한 지 20개월, 민심은 갈수록 흉흉해지고 흉악 범죄가 들끓는다. 백주대낮에 어린이가 납치되고 성폭행 당하고 죽어도 공권력은 힘을 쓰지 못할 만큼 국민들은 정부를 신뢰하지 않는다. 교통사고 음주 자살 도박 난치병 발생과 범죄율이 세계 최고 수준으로 돈만 있으면 잘 산다는 종교적 맹신을 비웃고 있다. 수출과 환율이 경제 안정과 회복세로 진행되고 있다하지만 실업자의 대폭증가와 서민들 삶은 더욱 불안하기만 하다.

거기다가 남북문제와 북한 핵폐기의 비핵개방은 말뿐이고 한걸음도 진전하지 못하고 있다. 특히 핵문제는 미국과 유엔 등 국제사회의 문제로서 우리 정부가 해결할 의지와 능력이 없음에도 자극성 발언을 하는 것은 정치적 수사에 다름 아니며 국제사회와 국민들의 신뢰만 떨어뜨리게 만든다.

이재오를 보면 고려 성종 때의 강조대장군과 최형우가 연상된다. 거란의 침입을 막고 나라를 지킨 청백리 강조지만 후세 사가들은 간신으로 기록했다.

최형우는 YS정권의 제2인자로 불렸지만 권력야심을 향한 자신을 극복하지 못해 끝내 주저앉고 말았다.

마음을 비우면 음양관이 보인다.

한의학의 귀재라는 한의사 신농 김홍경은 "사람이 스스로의 몸을 과신하면 반드시 병이 든다며 경직은 큰 병을 부르고 유연하면 건강하다." 라고 했다.

이재오의 병은 바로 경직이며 과신이며 강성이다. 오랜 재야투쟁과 야당을 거쳐 권력실세라 불리고 경우에 따라서 막강한 힘을 행사할 수 있는 권익위원장을 맡았으면 좀 더 유연하고 겸허하며 처신에 삼가해야 하는데, 그는 여전히 야전군사령관이다. 매일 일거수일투족이 언론에 노출되고 보도되면 그것을 즐기는 듯 인터뷰를 마다하지 않는다.

어릴 때부터 워낙 생활고가 심하고 청장년시절의 고난과 절약이 몸에 배인 것은 어쩔 수 없지만 그렇다고 정권을 창출한 일등공신과 실세의 정치인으로서의 처신은 대중의 지지를 받기보다 낙제에 가깝다.

이제는 좀 더 자신감을 가지고 대통령을 비롯한 고위층에게 직언할 수 있는 지혜가 있어야 하며 자신을 따르는 참모들과 지지자들에게 덕을 베푸는 유연한 리더십을 가져야 한다.

내가 보기에는 이재오는 전쟁터의 맹장이지 평화시의 주군이 아니므로 대권의 야심은 단념하는 것이 자신을 살리는 길이다. 그러나 앞으로 당권, 총리까지는 능히 할 수 있으나 그것도 지금처럼 청렴하나 궁색하고 강직하나 덕이 없으면 원망과 시기의 대상이 될뿐 정치생명은 단명해질 것이다.

강한 정의감과 반대편을 제압하는 용맹, 깨끗한 도덕성이 무기인 이재오는 상대적으로 불의와 적을 내편으로 만들고 감동을 줄 수 있는 큰덕, 사람과 세상을 알아보는 통찰력인 지혜, 조직을 이끌어가는 러더로서의 전략은 빈약하다. 물론 자신과 그를 돕는 측근 정치인들의 시각은 다르겠지만, 이재오 자신이 환골탈태하지 못한다면 끝내 실패할 것이다.

토끼사냥이 끝나면 사냥개는 삶아 먹는다.

이재오는 이제 타향을 떠돌고 전쟁터에서 일생을 보낸 떠돌이 장군처럼 고향에 돌아가 안식처를 마련해 편안하고 아름다운 노년을 보내어야 한다. 앞으로 그가 현역에서 활동할 기간은 길지 않다. 권익위원장으로서 조직을 쇄신해서 효율적인 기관을 만들어 공직자 부패방지와 힘없는 국민들을 위해 소리없이 일을 하고 실적을 올린다면 1년 후 그는 당권이나 현역복귀도 바라볼 수 있지만, 지금처럼 언론과 야당, 여론의 비판에도 아랑곳하지 않는 무전략 무감각의 고자세로 일관한다면 그의 장래는 비관적일 것이다.

청렴과 절약을 너무 강조하면 사람들이 따르지 않고 부정한 공직자들은 시기하기 마련이다. 강직과 강성의 자세를 바꾸지 않으면 조직은 물론 고위공직자 사회의 희생양이 될 수 있다. 너무 강하면 부러진다는 속담이 있듯이 그는 토사구팽이 될 가능성이 많으므로 언론과 여론의 표적이 되지 않도록 조용히 처신하고 일을 처리해야 하는데 그의 말대로 야전에서 살아온 그가 오랜 습관을 바꾸기는 불가능해 보인다.

내 생각으로는 일본의 정치지도자나 기업인들처럼 하루 1시간이라도 참선, 명상을 해서 자신을 성찰하고 세상을 새롭게 보는 내면의 힘을 기르면 좋겠으나 그와는 너무나 동떨어진 세계로서 이해하기 힘든 차원이다. 평생 동안 건설현장에서 민주화 정치투쟁의 장에서 보낸 대통령과 실세 이재오가 쓸모없는 정치성 행보를 조금 줄이고 자신을 생각하고 살피는 시간을 가진다면 자신들은 물론 국민들도 신뢰와 안정감이 돈독해질 것이다.

한국 지식인들의 정치술수
또는 혹세무민

한국의 최고 지식인들은 다 어디로 갔는가?
살았는가, 죽었는가?

근대사 100년 내외의 우리 역사에서 볼 때 격동의 역사는 또한 지식인의 수난사였기도 하다. 망국과 일제강점기를 거쳐 해방정국의 혼란기와 전쟁, 독재정권의 출현이 지속되고 민주화 투쟁의 도도한 흐름 속에서 지식인들은 순수와 참여의 양자책임을 선택 받았다. 거기에 더해 보수와 진보로, 체제수호와 체제비판의 반공 용공논쟁으로 날밤을 지새웠고 사회는 그에 따라 양분되거나 사분오열되고 법정싸움, 사상투쟁으로 뜨거웠다.

이념, 사상논쟁은 학문적 연구가 뒷받침되어야 하나 우리의 경우 정치적으로 악용하다보니 감정싸움과 권력투쟁의 수단으로 변질되기 일쑤였으므로 공동체의 발전을 위한 합리적 토론이나 민주적인 대화가 불가능했다. 그러한 악습은 여전해서 세계 열 몇 번째 경제대국이라고 자랑하면서도 상대방의 이념차이와 정치권의 이해관계에 따라 나와 다른 의견과 입장은 없애야 할 적이요, 원수 보듯 하는 극단적 논리가 아직도 건재하다.

　지난 10년 간의 민주화정권이 이룩한 인권과 자유의 함성은 어느 덧 새로운 강경보수정권에 의해 묻혀버리고 이제는 반인권 반자유의 권위주의가 되살아나고 있어도 보수층은 박수를 쳐대고 민주화운동 권은 숨을 죽이고 기를 못 펴고 있는 상황이다. 신보수정권이 온갖 비리를 저지르고 과거 회피를 하고 있음에도 이를 견제하고 통제할 야권세력이나 컨트롤타워가 보이지 않는다. 과거 같으면 정부여당이 막강한 파워를 갖고 있지만 그에 못지않게 비판적인 야권과 시민단 체, 언론이 있어 균형과 조화를 이루었는데 어찌된 셈인지 신보수정 권의 출현 이후 마치 약속이나 한 듯, 야권, 시민단체 언론이 모두 조 용하고 소리가 별로 크지 못해 힘이 없다.

　지식인도 마찬가지 과거정권에서 목소리를 높이고 공공매체에서 사자후를 토하면서 세상을 바꾸겠다는 사람들이 한결같이 침묵 모드 로 가고 있는 것이다. 이상한 현상이 아닐 수 없다. 정치권과 시민사 회에 회오리를 일으키고 열정을 쏟던 사람들 대중들의 인기를 한 몸 에 받던 인기지식인들은 다 어디로 갔는가. 정치적 이슈는 말할 것 없고 경세, 사회, 여성, 인권, 문화 복시 부분의 최고선문가들의 얼굴 은 사라지고 그들의 말과 글은 자취를 감추었다. 도대체 무슨 까닭인 가?

기회주의적 두 얼굴의 지식인

내로라 하는 한국의 최고지식인들은 다 어디로 갔는가. 살았는가. 죽었는가. 지하로 숨었는가 하늘로 올라갔는가. 신보수 정권과 지식인들은 어떤 관계에 있으며 어떠한 입장인가. 지식인들은 그 사회의 거울이며 그 사회를 건강하게도 혹은 병들게도 할 수 있는 상관관계에 있으므로 입장을 솔직하게 밝혀야 할 책무가 있다. 지식인이 침묵할 때는 대략 몇 가지 이유가 있다. 세상이 태평성대가 되어 지식인의 발언이나 비판이 필요 없을 때이다. 그야말로 바람직한 현상이다. 필자 자신도 수십 년째 글을 쓰고 사회참여운동을 했지만 자신이 아닌 세상에 대해 발언하고 글을 쓴다는 것은 고뇌와 고통이 따르고 수없이 잠못 이루는 밤을 반복하는 일이다.

글을 쓸 때 타인들과 세상사를 논할 때 언제나 이런 글을 그만 쓰나 언제쯤이면 인간 세상의 복잡하고 괴로운 스토리에서 졸업하게 되나 탄식이 뒤따른다. 반대로 과거역사와 과거정권에서 보듯이 인권을 억압하고 자유를 말살하려는 암흑의 시대에 지식인들은 침묵할 수가 있다. 물론 소수의 깨어있는 참지식인들만 새벽이 멀지 않았음을 노래한다. 온갖 고통과 핍박이 가해질지라도 기꺼이 감수한다. 왕조시대의 충신들이나 곧은 선비들 국가 위난에 맞서 자신을 희생한 지사 의병들처럼 말이다.

근대화 백년사에서 일제강점기와 해방 이후로 나눈다면 대표적 친일지식인들은 이광수 · 최남선 · 백낙준 · 김활란 · 노기남 · 한경직 ·

홍난파·모윤숙·서정주 등 고등교육을 받고 자발적인 또는 타의에 의해 변절한 지식인들이었다. 물론 한일병합 이전에 이완용·윤치호·송병준 등 이 나라 최고 명문귀족이자 대표 지식인들의 철저한 친일행각과 민족배신을 필두로 3.1독립운동 민족대표 대부분이 항일에서 친일로 지조를 꺾었고 친일 반역자로 훼절한 것은 민족사의 치욕이요 후퇴이다. 역사는 일회로 끝나는 것이 아니라 지속 계승 순환 발전하기 마련인 바 잘못된 역사는 현재와 미래로 인과법칙에 따라 재생 부활 윤회한다.

민주화정권 10년 동안 100년사 역사청산과 과거사 진실 화해 작업을 시도했지만 가시적인 성과가 크지 않고 현실장벽에 부딪혀 진전 못하고 있다.

지식인들의 사회적 책무

법적시효의 한계가 있겠지만, 예나 지금이나 기득권 세력과 보수 지식인들은 일신의 안위와 눈앞의 이익에만 집착할 뿐 역사 청산에 관심이 있나서나 불의한 세상을 바로 잡는데 에는 냉소적이다. 그들은 세월이 흐르고 정권이 바뀌어도 권력저항이나 비판은 절대 못한다. 그러나 사회정의를 위한 운동권 인사와 사회적 약자들의 반정부 반권력 비판세력에는 입에 거품을 물고 이념의 색깔을 입히고 증오와 적대감으로 무장한다.

보수지식인들이 압도적인 현실에서 그 대표선수는 조갑제 이문열 이어령 김용옥 등이다. 이분들은 수십 년째 강산이 변하고 정권이 바뀌어도 기득권의 최고자리에서 요지부동이다. 조갑제는 조선일보 출신답게 국민들을 좌우파로 나누는 최고 심판관이며 이문열은 대표적 진보지식인 고은을 가리켜 그의 단편집에서 사로잡힌 악령, 곧 사탄이라 명명했으며, 이어령은 젊은 시절 베스트셀러 작품집에서 '소나무 망국론'을 써서 국민들을 현혹시켰다.

박정희의 개발독재에 맞춰 민족의 상징인 소나무 때문에 나라가 망하므로 오리목 버드나무 등 속성수를 심어야 한다고 선동한 대표적 포퓰리즘 지식인으로 성공했다. 문제는 한 번도 자신의 언동에 대해 반성과 참회를 볼 수 없고 군사정권 때 또 문공부장관을 맡고 한국의 대표석학으로 지식인의 황제자리를 여전히 고수하고 있다는 점이다.

이어령의 처세술은 매우 놀랍다. 조중동과 보수문학 잡지 대학교 등의 논객 이론가 최고학자로 최상의 지위를 누렸고 불교를 인문과학의 뿌리라고 칭송하던 분이 어느 날 갑자기 친딸이 난치병을 고칠 수 있다는 이유 하나 때문에 요란하게 동경에 가서 기독교인으로 개종 선언했다.

부패한 권력과 추악한 지식인

말하자면 평생 인문과학으로 성공한 사람이 말년에 신본주의와 무속신앙으로 후퇴한 것은 어떻게 이해되는가. 하지만 그의 수많은 작품을 분석해 보면 답이 나온다. 강자의 논리 수구적 이론 기회적 정치적 수사학의 천재답게 그는 교묘한 논리와 매끄러운 처신술로 대중의 우상이 되었다.

예컨대 그의 출세작인 '축소지향의 일본'을 읽어보면 일본의 역사 문화에는 조예가 없고 정치적으로 왜곡시켜 한국인의 감정을 대변한 것에 불과하다. 문화 역사와 근대화 과정의 일본이 보여준 것은 세계 최고의 문화와 역사 편협한 민족주의가 아닌 세계정복의 야심을 가졌던 일본이 축소지향이 아니라 확대지향이라고 해야 맞지 않겠는가.

어떤 지식인은 "한국인은 멀리 있는 미국은 잘 알지만 가까이 있는 천년 역사의 중국 일본은 모른다."고 비판했다. 아는 것만 보일 뿐이고 보는 것만 안다는 외눈박이 편견의 안목이 아닐 수 없다.

김용옥은 고려대 교수를 박차고 삭발하면서 대중 곁에 다가간 최고의 인기지식인이다. 역대정권에 쓴 소리를 하고 구약성경의 지주와 심판 배타와 독선에 실망한 나머지 구약을 폐기해야 된다고 목소리를 높였으나 극우가톨릭 신부 박홍 서강대 총장의 "개소리 말아라." 하는 한마디에 항복하고 말았다. 그는 강력한 논리가 있으나 실천운동은 없는 나약한 기회주의 지식인의 표상으로서 보수정권은 물론 10년의 진보정권에도 줄을 대어 평양축전 체조행사에 참석 극찬을 보내고 보수인사들의 분노를 샀다.

대통령의 자문 고문대접 등 최고의 영광을 누리던 사람이 MB의 신보수 정권에서는 자취를 감추어 버렸다. 그는 또 캄보디아에 가서 동포 수백만을 학살한 극좌파 폴포트 정권을 가리켜 프랑스 유학파 요, 명문가 출신인 폴포트가 겨우 수십만을 죽였을 뿐이라는 모독과 망발을 서슴치 않았다.

그 자신 대표적 동양철학자요 친미기독교의 국내 최고 영어학자라 침이 마르던 슈퍼스타는 어디로 갔는가. 혹시 보수 기독교정권에 바른 말했다가는 집단 돌팔매를 맞을까 몸보신하는 중인지 모르겠다.

진보적 한일지식인들의 양심선언

지난 5월 10일 프레스센터에서 한일 양국의 진보지식인 109명이 모여 1910년 한일병합조약무효의 성명서를 발표했다. 무력으로 남의 주권을 짓밟고 병합한 조약이 원천무효라는 것인데 한일강제병합 100주년을 맞아 만시지탄이 있지만 역사적인 의미가 크다. 이로써 한일관계는 진일보의 첫발을 내딛는 것이고 잘못된 역사를 광정(匡 正)하는 일대사건으로 경하할 일이다. 근대세계 식민지 역사에서 볼 때 무력침공이 아닌 자발적 병합이란 있을 수 없으며 제국주의자의 힘의 논리에 저항하면서도 우리 자신이 굴종한 잘못은 없었는지 냉 철한 자기비판과 반성을 역사적 교훈으로 삼아야 할 것이다.

특히 많은 식민지 국가들의 과거청산과 화해가 이루어졌음에도 우리는 아직도 내부갈등이 해소되지 않았고 남북한이 다 같이 과거사 규명과 청산에 실패함으로써 사회불안과 체제위협이 상존하고 동시에 지식인들의 사회적 책임도 소홀해진 불행한 현실을 지적하고자 한다.

총선 승패 가른 자만한 야권,
위기관리 성공 여권
19대 총선, 국민들은 안정을 선택했다.

4·11 총선은 의외의 결과가 많았다. 어떤 저명한 정치학자는 이 번 선거가 기이하고도 기이하다고 했다. 비정상적인 납득할 수 없는 선거라는 것이다. 이명박 정부의 실정과 폭정이 민심이반을 불러일으켰는데 이를 심판할 유권자들이 오히려 이 정권의 동업자인 새누리당을 과반수 의석으로 만들어 주었다는 것이 하나이고, 18대 국회와 보궐선거 등에서 야당을 지지했던 강원도와 충청도 지역이 거의 새누리당의 빨간색으로 도배한 것이 둘째다.

영남의 여권과 호남의 야권당선은 전통적으로 지역주의가 여전하다는 것을 말해주고 있다. 그렇다 하더라도 야성이 강한 부산 경남이 겨우 3석을 차지한 것은 민심을 못 얻은 탓이 크다. 강력한 리더와 전략, 야권의 결속이 매우 허약한 것도 문제점이다.

친노의 고장 부산에서 민주당이 약진할 줄 알았지만 겨우 체면만 세운 것은 참신한 인물 발굴과 전술전략에 태만했다는 지적이 나온다. 도대체 27살 밖에 안 되는 세상의 초년생 여성한테 차기대권 후보인 문재인 같은 거물급 인사가 겨우 턱걸이로 이겼다는 것은 언어도단으로 시사점을 던져준다. 물론 박근혜 비대위원장이 부산 경남에 공을 더 많이 들인 효과도 있을 것이다.

전반적으로 야권연대는 실패했다. 이명박 정권의 온갖 부패와 비리를 심판하고 그 연장 선상에 있는 새누리당의 공격을 막아서 과반수의석을 차지하는 것이 정상인데 역공당해서 정반대가 되어버렸으니 어이가 없는 노릇이다.

민주당으로서는 설마 국민들이 과반수를 만들어 주고 새누리를 압승시켜 이명박 정권을 국정조사와 청문회로 막힌 국민들의 가슴을 뻥 뚫리게 해줄 줄 알았는데 그 반대라니 알다가 모를 일이고 그저 기가 막힐 일이다. 처녀가 애를 낳아도 할 말이 있듯이 아니나 다를까 선거 패배 이후 민주당은 각종 언론을 통해 패배의 변을 늘어놓고 있다.

중도 유권자들이 외면한 총선

18대 총선보다 낮은 54%의 총유권자가 투표한 이번 선거에서 야권이 60% 이상의 투표율을 기대했지만 낮은 것은 야권에 대한 실망감이 작용한 탓이다. MB심판 등 네거티브 전략이 특히 지방에서 먹

혀들지 않았고 공약과 비전이 약했으며 새누리당에 비해 새 인물과
쇄신이 부족했다.

그리고 당내 기득권과 계파갈등에 공천 잡음이 많았고 오만한 자
세로 일관했다. 반대로 새누리당이 승리한 것은 MB정권의 심판이
불리한 판세를 만들어 주면서도 과거 단절과 미래 희망을 호소한 것
이 주효했다.

친 이명박 세력이 거의 무너져 사실상 박근혜 비대위원장 한 사람
이 전국을 돌아다니면서 유세한 것도 국민들의 마음을 울렸다. 그에
비해 야권연대는 수십 명의 최고 선수들이 뛰었지만 결집력이 부족
했다.

또 하나 새누리당은 수개월 전 비대위를 만들고 전통적 좌파 색깔
인 붉은색으로 이미지를 바꾸고 공천혁명을 시도했다. 물론 친이계는
쑥밭이 되었으나 대운하와 사대강 전도사 이재오와 한미 FTA책임자
김종훈과 무상급식 반대론자, 언론탄압 인사들을 대거 당선시켰다.

이들은 MB정권의 최측근 실세들로 정권의 폭정을 상징하는 인물
이었으나 야권의 전략 미스와 소극적인 공격으로 당선시킨 것은 큰
실책이다. 여야를 막론하고 대선에 큰 장애가 될 것이라 본다.

그러나 야권이 공천쇄신 물갈이가 30%인데 비해 여권은 무려
50% 이상의 정치신인이 들어섰지만 국민들에게 별로 알려지지 않는

인물로 채워졌다. 과거 같으면 지명도가 높은 사람들이 많았지만 이번은 예외다 할 만큼 기형적이다.

국민들은 걱정이 많다. 총선이 무난하게 끝났으나 19대 국회가 잘 굴러갈는지 혹은 대선까지 여야 양 진영이 최고의 정책과 비전으로 국민에게 고통을 줄이고 희망을 줄 것인지 대선 후보는 어떤 사람이 나와 국민을 잘 이끌어갈는지 미래에 대한 불안이 앞선다. 총선 전후를 통해서 물가폭등과 경기침체가 계속되고 있는 것도 불안요소다.

그러나 분명한 것은 4·11총선이 세대 지역 이념으로 표가 갈라졌지만 대선은 그 모두를 아울러야 승리한다는 점이다. 대통령은 지역민의에 따른 국회의원과는 다르게 국민 전체의 균형발전을 위해서 헌신하는 사람이어야 하므로 변화와 개혁의 화두를 가지고 있어야 한다.

MB정권이 최악이라는 말을 듣는 것도 이 정권이 4년 전 대선 때와는 다르게 온갖 차별정책과 기만 억압과 언론탄압·민간사찰과 부정부패로 일관해 온 탓이다. 과거정권 같았으면 또는 이번에 여소야대로 바뀌었으면 정권탄핵이 성사되었을 것이다.

국민을 무시워하지 않는 정권은 시대를 막론하고 반민주주이저인 폭정을 단행하면서도 수치를 모른다. 보수여권이 결속되고 반대로 진보야권이 분열되어 정권탄핵의 기회를 잃었다. 야권이 국민들에게 깊이 사과하고 반성하는 모습을 보여야 한다.

한명숙 대표가 물러났지만 어떻게 거대여당을 상대로 국민들의 마음을 모아서 연말 대선에 임할 것인지 통찰하고 숙고하면서 겸허한 자세와 최고의 전략으로 통합을 이루어 내야 할 것이고, 여권 역시 국민의 눈높이에 맞는 정치혁신과 MB정권의 실패를 극복할 뚜렷한 차별정책이 있어야 대선에 성공할 것이다.

과거보수 미래진보 중도융합, 사회적 가치

민주화운동의 큰 별 김근태를 추모하며

지난해 연말, 승천한 김근태 선생은 이 땅의 민주화와 자유를 위해서 투쟁하고 헌신한 민주화운동의 산 증인이었다. 지난 봄, 광화문에 연락사무실을 둔다고 해서 그를 만나 허심탄회한 지난 이야기를 나눌 생각으로 여러 번 연락했지만 끝내 불통이었다. 소문에 건강이 좋아졌다고, 그 후 건강이 나빠졌다고도 해서 수소문했으나 정확하게 아는 사람이 없었다.

1960-70년대의 박정희 정권의 엄혹한 시절 그는 대학생으로 온몸을 바쳐 불의에 저항했고 민청련을 만들어 청년들을 각성시켰다. 5년여 징역에 수십 차례 피신을 다니는 등 혹독한 시련과 고난을 겪었다.

특히 인구에 회자된 목사로 변신한 이근안 경감의 남영동 고문은 독재정치가 얼마나 세상을 황폐화하고 인권을 억압하는지 그리고 정의와 자유에 대한 가치가 얼마나 또한 소중한지 우리 자신을 성찰하게 만든다. 당해 보지 않는 사람은 모를 수 있는 인간의 신체와 정신에 대한 고문은 민주주의와 자유, 인권에 반하는 일로서 권위주의 시대의 산물이다.

박정희 정권이 개발독재와 산업화로 한국 사회를 근대화시키고 경제를 발전시켜 빈곤을 벗어난 공은 크지만 정권을 유지하기 위해 인권을 억압하고 국민의 자유를 침해한 것은 분명 잘못한 일로 역사적인 과오가 또한 크다.

몇 해 전부터 우리 사회와 국제사회가 크게 깨달은 것이 하나있다. 물론 오래 전부터 "인간도 빵만으로 살 수 없다."는 철학적 명제가 있지만 물질적 욕구가 크다보니 "경제성장만으로 사회가 안정되고 국민이 행복해질 수 없다."는 것이다.

발전, 성장만의 가치가 아니라 분배복지 같은 삶의 질이 향상되어야 행복을 누릴 수 있다는 깨달음이다.

동서양 할 것없이 인간의 가장 오래된 욕망은 돈과 권력에 대한 것이다. 돈과 권력만 있으면 신도 만들 수 있다는 인간과 세상을 지배할 수 있는 믿음이 오랫동안 서양역사의 흐름이었다.

왕위쟁탈을 위한 권력투쟁, 전쟁을 통해 세력을 확장시키는 일, 그것도 모자라 종교라는 이름으로 세속권력을 탐한 일(기독교 1700년 역사)들이 모두 민족, 국가, 종교라는 이름으로 합리화되었고 고무찬양

되었다. 실로 인간의 역사란 야만과 증오, 정복과 살육이 문명과 발전이라는 위선의 껍질을 쓰고 공공연히 행해졌다.

그러한 약육강식의 논리가 근래에 와서 힘을 잃게 되고 반대로 가고 있는 것은 무엇 때문인지 살펴볼 필요가 있다.

중도가 21세기 최고 가치인 까닭

첫째, 남성우월주의의 붕괴이다. 고대 원시사회와 평화적인 모계사회가 청동기, 철기시대 이후 불과 무기를 사용하면서부터 약탈과 전쟁이 생겨났고 당연히 남성이 권력과 전쟁의 주인공이 되면서 인류역사는 남성에 의한 힘이 무한대로 펼쳐졌다.

청동기 이후 5천 년 동안 인류문명은 갈 데까지 갔다 할 정도로 인간과 세상을 변혁시켰다. 이른바 발전 개발 성장론이다. 그런데 21세기에 들어와서 그러한 생각이 잘못되었다는 것을 느끼기 시작했다. 인간 문명의 최첨단을 상징하는 핵무기, 각종 첨단병기 핵발전소 건설만으로는 한시적으로 자국의 이익을 충족시킬뿐 타국과 세계를 한순간에 초토화 할 수 있는 위험천만한 상황에 직면할 수 있다.

둘째, 지구온난화와 지구자원의 고갈이다. 석탄에너지로 출발한 증기기관차는 석유와 가스, 핵에너지로 바뀌었고 지난 1세기 동안 인간은 일찍이 경험해 보지 못한 최첨단의 문명을 이룩했으나 그 모든

에너지가 지구안의 에너지를 급속하게 탕진하고 낭비해서 모체인 지
구를 스스로 붕괴시킬 수 있다는 때늦은 깨달음이다.

그래서 나온 것이 지구 종말론이고 지진 · 쓰나미 · 화산폭발 · 공
기오염 · 물 부족 등 자연재해에 대한 두려움이다.

지구 나이 45억은 아직 절반의 나이로 50억 년은 더 지속되어야
하나 인간의 초고속 욕망이 지구 자원을 초고속적으로 개발한다면
지구 붕괴는 시간문제라는 것이다. 호킹 박사도 지난 12월 핵전쟁과
지구온난화로 인류가 멸망할 수 있다고 경고했다.

셋째, 종교권력과 이념의 시대가 무너지고 있다. 전통적으로 태양
과 힘을 숭배하고 상징하는 남성, 권력, 기독교 지배를 뜻하는 우파
보수가 아닌 물(달)과 지혜, 평화, 환경, 여성을 상징하는 좌파진보가
힘을 얻고 있다.

물론 필자가 말하는 좌파진보는 사회주의 이념세력을 말하는 것이
아니다. 2500년 전 인류의 가장 오래 전 미래가치인 불교의 평등주
의 본래부터 만물평등사상과 15세기 우파종교권력을 무너뜨린 르네
상스로부터 프랑스 시민혁명, 영국 산업혁명, 러시아와 중국의 사회
주의혁명, 한국의 동학혁명 및 서구식민지와 제국주의에 맞선 약소
국 민주저항운동을 총칭하는 것이다.

지구상 유일한 분단국인 한국도 언젠가는 통일과 통합의 길을 걸

어야 하나 무력을 선호하는 우파보수의 입장은 더 큰 화를 부를 수 있고 시대착오적인 생각이므로 배격되어야 한다. 시간이 걸리더라도 상호주의에 입각한 평화적인 정책이어야 할 것이다.

다만 섣불리 북한체제와 이념에 동조하는 것은 실패할 확률이 크고 국민들이 동조하지 않으며 친북좌파로 낙인 찍히기 쉽다. 그래서 필자는 인류역사와 문명의 발전이 좌우이념과 남성지배주의 문화로 지속되었으나 이제 그 명운이 다했다 보며 새로운 상생과 융합의 가치를 개발하는 대안사상이 필요하다고 본다.

중도는 과거의 잘못된 가치를 바로잡는 파사현정이며 또한 과거역사의 장점을 융합시키는 정신이고 인간과 자연 모든 생명체의 모체인 지구를 보호하고 아름답게 가꾸는 일이다. 말하자면 하늘 인간 땅의 삼재(三才)가 함께 공존하고 침해를 받지 않는 최고의 가치이다.

그런 뜻에서 민주화운동의 선배인 김근태는 같은 나이의 노무현 대통령보다 엄청난 고통을 겪었으나 오히려 유연침착했고 여성 또는 중도적인 리더십을 가졌던 정치인으로 과거 카리스마의 정치욕망이 상했던 시도사보나 미래형의 지도자로 기억될 것이다. 러셀이니 토인비, 아인슈타인이 지적했던 것처럼 힘과 지배의 기독교가 몰락하고 사랑과 지혜의 상징인 불교문화가 세계적인 대안사상이 되고 있는 것은 결국 중도의 평화가치 때문이다.

손학규대표의 정치철학과 장단점

**국민통합 중도철학과
포용력이 있는 친근한 대중적인 지도자되길**

민주당 손학규 대표는 정치인으로 드물게 보는 정치 행운아다. 물론 그도 피 끓는 학창시절에는 박정희의 유신정권에 반대해서 수배와 투옥생활을 겪었지만, 그 후 그는 투옥과 수배를 밥 먹듯이 한 다른 운동권 인사와 다르게 순풍에 돛을 단 삶을 살았다.

옥스퍼드 박사로서 실력과 명예를 획득했고 명문 대학교수, 3선 국회의원, 장관, 도지사 등 화려한 이력에 한나라당 대통령 경선후보에 올랐고 뜻대로 안 되자 백팔십도 전향해서 민주당 대표를 두 번째 맡고 있는 한마디로 운수대통한 정치인이다.

한나라당에 대선과 총선에 패해서 잘 나가던 시절의 반쪽짜리 야당으로 초라해진 민주당을 작년 10월 인수해서 당대표가 된 손대표는 소수야당으로 차기집권을 꿈꾸는 개혁리더로서 진정성과 의지는 의심할 여지없이 강하다.

손대표가 국민들 눈에 들어오기 시작한 것은 민주당 대표가 되어 집권의지를 불태울 때부터이지만, 그는 경기지사 시절부터 민생과 복지를 염두에 두고 정치력을 공고히 해왔다.

그는 최고지도자로써 갖추어야 할 덕목을 다 갖춘 사람이며 이렇다 할 흠이 발견되지 않는 깨끗하고 모범적인 정치인이라 할 수 있다. 나이마저 6십대 중반인 그는 경륜과 인품, 철학과 능력이 무르녹고 조화된 우리 시대 최고의 인물 중 한 사람임에 틀림없다.

이미 지나간 일이 되고 말았지만 2002년 대선에서 노무현 후보가 양보하거나 패하거나 해서 그 다음 대선에 나와 되었더라면 운동권 특유의 독선과 오만이 많이 희석되었을 것이고 국정운영에 폭넓은 시야와 큰 지도력으로 역사에 성공한 정치가가 되지 않았을까 반추해 본다.

그러나 우리 정치사에서 대통령 권력이란 절대적인 가치를 부여하는 일이므로 시기를 조절한다는 것은 비현실적일 만큼 쉽지 않다. 노무현 대통령과 오랜 세월 민주화운동을 같이한 동지로서 인간적인 안타까움을 표하는 마음에서 부질없는 밀이겠지만 대통령 개인과 국민이 함께 성공하는 정치를 꿈꾸어온 필자의 단상이다.

손학규의 모자라는 2%

가난하고 이념시비에 시달리며 주위 배경마저 없었던 노무현에 비해 손 대표는 엘리트로서 중도우파의 지식인과 정치인의 순탄한 길을 걸었고 일찍이 YS의 문하와 거대한 기독교의 배경에 힘입어 그는 불교식 표현대로 복덕과 지혜를 갖춘 귀공자풍의 지도자였다.

인격적으로 허점이 별로 없고 심신이 모두 건강하고 합리적인 모범답안지가 장점이지만 국민을 상대로 하는 천차만별의 현실정치에 있어서는 오히려 약점으로 작용한다는 것을 그는 모르는 것 같다.

물론 친화력이 무기인 대중정치의 핵심을 꿰뚫고 있는 그가 오랜 칩거와 고민 끝에 현실정치에 나서고 국민과 가까이 하려는 노력은 진정성이 있는 것이지만 웬일인지 대중들은 '그를 어려워한다.' 무엇 때문일까. 내가 보기에는 야당 정치인으로서 갖추어야 할 지성과 덕성은 충분해보이지만 모자라는 것은 야성이다. 최근 노무현의 비서실장 문재인이 인터뷰에서 지적한 손대표가 "야성도 있다."라고 평가했는데 조금 있는 것 가지고는 부족하다.

야성은 야당정치인뿐 아니라 사분오열되어있는 한국의 정치를 이끌어나가고 정책을 집행하며 문제를 해결하는데 아주 중요한 요소일 것이다.

노무현이 오히려 지성과 덕성은 부족했지만 야성이 강한 사람으로서 대통령에 당선되었고 그 야성 때문에 많은 보수세력과 싸움을 벌릴 정도로 강성이었다. 물론 노무현의 야성은 강대국에 둘러싸인 분단국가 지도자로서 보완과 타협이 필요한 것임에도 임기 내내 노출된 것이 화근이었다.

쉬운 말로 순수하다 할까 솔직담백하다 할까 감정을 여과없이 내뱉는 직정(直情)인간 노무현의 비참한 죽음은 국민들에게 비탄과 감동의 눈물을 자아내기에 충분했다.

노무현에게 이렇다 할 조언을 해준 정치적 또는 인생의 스승이 없었던 것이 약점이라면 손대표는 정치적 또는 인간적 동지가 빈약한 것이 단점으로 보인다.

물론 민주당과 과거 운동권, 기독교집단 내에 많은 후원자가 있겠지만 진정으로 고락을 나누고 정치적 이해관계를 넘어 국정을 책임질 국정 동반자가 많이 보이지 않는다.

원만한 인품과 유약한 이미지의 정세균이나 추진력이 강하나 정치 풍운아 같은 성동영, 그 외 최고위원, 동지 가운데 흉금을 털어놓고 자신의 모든 것을 걸고 손대표와 운명을 같이할 사람이 있는지 모르겠다.

손대표는 많은 강점에도 불구하고 차기 대선에 성공하려면 더 인간적으로 변신해야 된다. 깐깐하고 단정하며 엘리트다운 이미지에서 소탈하고 감성이 풍부한 대중적인 지도자로 환골탈태하라.

서민들의 고충을 가슴으로 체험하고 중산층의 아픔을 이해하는 폭넓은, 그리고 불의한 권력에 맞서는 야성과 배짱의 기개를 보여라. 가능하면 냉정한 청교도 같은 이미지를 버리고 조선시대 민중지도자의 역사와 문화를 공부하고 고민해서 역사에 우뚝 솟는 열정적인 지도자 상을 구축하라.

오직 난국에 처한 대한민국을 구한다는 일념으로 국민에게 뜨겁게 다가서고 전국에서 수많은 여러 계층의 국정 동반자들을 모으고 동지를 결속해서 차별이 없는 큰 세상을 만들 계획과 정책, 조직을 만들어야 한다. 다른 말로 하면 선거연합과 정책통합을 통한 단일화가 중요하다.

손대표의 성공모델은 브라질의 룰라라고 본다. 노무현이 룰라와 유사한 면이 있었지만 성급하고 너무 직선적인 성격 때문에 실패했다면 손대표는 침착하고 진중한 성격이므로 국민을 통합하는 중도철학과 포용력이 있는 친근한 대중적인 지도자로 성공할 것을 기대한다.

명의 허준과 돌팔이 정치가들

**국민의 눈높이에 못 미치는
돌팔이 정치인들은 퇴출당해야 마땅하다.**

몇 년 전 소설 동의보감이 베스트셀러가 되고 TV사극으로 방영된 '허준'은 다수 국민들에게 신선한 충격과 감동을 안겨주었다. 드라마와 소설은 실제와 다를 수 있는데 드라마 허준도 그중 하나다. 가령 허준은 선조 때의 명의이나 스승으로 나오는 유의태는 1백년 후의 사람이며 최고의 난치병인 나병을 치료하는 삼적대사는 가상인물이지만, 허준과 동시대의 사암침법 창시자 사암도인으로써 사명대사의 수제자라 전한다.

어쨌든 시대를 앞서거나 뒤서거니 살았던 실제 인물들이 소설과 드라마를 만나 재미있는 역사극 주인공으로 등장해서 국내는 물론 국외까지 알려져 한류 붐을 일으킨 것은 한국역사와 문화의 우수성을 증명하는 것이다.

가까운 일본이나 유럽은 4, 5백 년전만 해도 전쟁과 권력 투쟁의 혼란기였고 문화도 발전하지 못한 야만적 풍습이 지배하던 시절이었으므로 비록 조선조 초기와 중기의 정치적 혼란기였지만 뛰어난 문인 예술가들과 허준 같은 명의가 많았다는 것은 우리 역사가 훨씬 앞선 선진국가임을 알 수 있다.

문제는 수백 년 전이나 지금이나 의사는 명의가 많은데 정치 권력자들은 여전히 돌팔이가 많다는 사실이다.

무엇 때문인가. 한때 의사는 변호사와 마찬가지로 제일 잘 나가는 직업이며 출세의 지름길로 통할 만큼 선망의 대상이었으나 한의, 양의할 것없이 엄청나게 배출되고 병원, 약국이 교회당만큼 많아져 경쟁력이 약해지면서 인기가 시들하게 되었다. 그러나 권위 있는 큰 병원 의사나 명의로 소문 나던지 병원건물을 몇 개씩 가지고 있는 의사들은 여전히 부와 명성을 획득하고 고급관료와 정치로 진출하는데 있어 0순위가 된다.

세 가지 의사와 세 가지 인간

동서양 할 것없이 왕정시대에는 대개 계급사회였다. 왕 귀족 평민 천민으로 대별되고 세분화하면 수십 수백 가지 계급이 나눠진다. 평등사회인 민주국가에서 계급차별이 없어졌지만 직업군에 따라 천차만별로 차별 아닌 차별사회가 존재한다.

우리의 전통사회는 사농공상과 양반 상놈으로 구분되고 직업은 바꿀 수 있어도 신분은 대대로 계승되었다. 특히 유교 성리학에서는 더 엄격히 규제해서 남녀, 출신 성분에 따라 법제도를 다르게 적용해 통치했다.

보통 인간을 5종으로 나눈 국민철학자 안병욱의 에세이가 있고 9종으로 세분한 지조론의 지식인 조지훈 시인이 있다.

중국에서는 인간을 크게 구분해서 상 중 하로 나누었다.

첫째, 상인(上人), 학식과 인격이 높은 학자와 승려들, 또는 최고의 예술가, 고급관료, 정치가이다.

둘째, 중인(中人) 보통사람으로 농민, 상인, 기술자, 군인, 의사, 공무원이다. 현대의 중산층 시민군에 속하는 사람들로 큰 욕심없이 직분에 만족하는 가정형, 직업적인 부류들이다.

셋째, 하인(下人) 아랫사람, 종, 노예, 천민에 속하는 사람들로 피지배계층들이다. 소외되고 억눌리고 한맺힌 힘없고 가난한 사람들이 인구의 3분지 2를 차지했다.

인간의 역사는 교과서대로 정해져 있지 않고 때로는 숨거진 역사의 의미가 더 값어치 있다. 가령 나라를 망치고 반역한 양반귀족들, 폭군 전제군주 같은 악행을 일삼은 왕, 봉건영주들은 상인, 대인이 아니라 하인에 불과하며 중인계급인 허준, 유의태, 탁월한 외교관 연암 박지원이 상인 대인들이다.

천민이지만 논개, 계월향, 매향, 임꺽정, 장길산 같은 민중과 시대의 우상인 사람은 상인, 대인이 아니겠는가.

의사도 세 부류가 있다. 첫째 하의(下醫), 병을 잘 치료하지 못하면서 욕심이 앞서는 사람 중의(中醫), 병을 능히 치료하지만 난치병이나 마음의 병까지는 치료하지 못하는 의사, 상의(上醫), 대의(大醫)는 명의라 할 수 있는 사람으로 난치병치료와 나아가서 병든 세상을 구제하는 사람이다.

불교에서 석가모니를 가리켜 대의왕(大醫王), 대법왕(大法王)이라 부른다. 중생들의 수많은 질병을 구제하므로 의술의 대왕이라 하고 세상의 혼란과 어리석음을 감로법으로 치유함으로 진리의 대왕이라 한다.

마찬가지로 정치인도 당연히 상중하가 있다. 상인, 상급 정치인은 수신제가해서 평천하의 뜻을 품은 사람으로 공명정대하다. 이익보다 정의를 생각하고 정치개혁과 사회공익을 위해 헌신하는 사람이며 중인, 중급정치인은 합리적이고 건전한 가치관으로 부지런히 노력하지만 가끔 실수도 하고 작은 이익을 챙기기도 하나 반성할 줄도 안다.

하인, 하급정치인은 자신과 집안, 정당의 이익을 위해 물불 가리지 않는 탐욕과 권모술수의 대가다. 공과 사를 구분하지 못하고 때와 장소를 가리지 않으며 앉을자리 누울자리도 잘 모르는 소인배 정치인이다. 약자에 강하고 강자에 약한 전형적인 모리배로 언제나 권력만 쥐면 여야를 가리지 않고 표변하는 냉혈한이다.

의사 법률가 성직자 정치가들이 옛날 기준으로 보면 사회 지도층에 틀림없지만 사회가 혼란하고 국민들이 고통을 받는 것은 이들 계층들이 빛과 소금의 역할을 못했기 때문에 일어나는 현상이다.

민주주의 사회라 하지만 특히 대통령 장관 국회의원 도지사 같은 상위그룹의 정치인들은 의사결정에 무한책임이 있어 국민과 사회의 운명을 바꿀 수 있다. 그러나 이들이 모두 성인군자 같은 최상위의 인격자이기를 바랄 수 없어도 최소한 보통사람의 상식에 벗어나지 않는 중인 정치인(中人 政治人) 정도는 되어야 하지 않겠는가 생각해 본다.

그런 의미에서 현재 집권여당인 한나라당과 대통령의 신뢰와 지지도는 2, 30%대로 하인, 소인배 정치 수준으로 전락했다.

정부와 한나라당에서 요즘 심심찮게 자기 반성 자아비판을 하는 사람이 늘고 있다. 청와대와 내각. 여당에서 여전히 실세들이 소통을 막고 문제점을 은폐하기에 급급하지만 이미 거대한 권력의 댐에 작은 틈새가 생겼다는 것이 국민적 여론이다.

어찌 손바닥으로 해를 가릴 수 있겠는가. 이 말은 수십 년 전 독재정권시절에 늘 하던 말이라는 것을 권력실세들은 아는지 모르겠다. 국민들의 평균치에 못 미치는 사람들이 권력을 잡고 국정을 농단하고 아직도 잘못을 모르는 것은 비극이다. 나라의 장래가 심히 우려될 만큼 집권여당은 물론 야당까지 국민의 눈높이에 못 미치는 돌팔이 정치인들은 퇴출당해야 마땅하다.

성공한 사람은 구름 위의 태양을 보고
실패한 사람은 구름 속의 비를 본다

안수복 엮음

"

성공한 사람은 넘어지면 앞을 보고

실패한 사람은 뒤를 본다

"

contents

contents

contens

제1장

장사는 기회를 놓치지 말아야 한다

1 | 인생이란 나쁜 일만 계속되지 않는다

우리 인간은 한 가지 일에 성공을 하게 되면,
자만심에 빠져 또 다른 사업에 도전해 보고
싶은 욕망에 사로 잡힌다.

세상을 살다보면 어느 시점에 이르러 자신의 삶에 대해 깊은 회의에 사로잡힌다.

"어쩌면, 나는 직업을 잘못 선택한 것이 아닌가?"

이는 대체로 인생의 갈림길에 섰을 때이며, 무슨 일을 해봐도 잘 되지 않는다든가, 뜻밖의 손실을 당한다든가, 좋지 못한 일에 말려드는 경우다.

그러한 시기에는 마음도 초조하지만 생각하는 것 모두가 들어맞지 않는다. 그리하여 더 낙심하게 되고, 마침내 나라는 존재는 세상으로부터 버림받은 폐인이 된 것이 아닌가 하는 자괴감에 자신감마저 잃게 된다.

하지만 그러한 인간의 심정과는 달리 시간은 용서 없이 흐르게 마련이다.

그와 같은 어려운 시기를 극복하고 회고해 보면

"정말 그 때는 내 운이 나쁜 시기였지. 운이 나쁠 때는 아무리 애

써 보아도 안 되는 것이니, 꼭 참고 기다려보는 수밖에는 별 도
리가 없지 않은가?"
하고 자신의 어려웠던 한때를 돌이켜 본다.

즉, 경기에 호경기와 불경기가 있듯이 인생에도 운·불운의 사이
클이 있어서 그 때마다 기쁨과 슬픔이 되풀이되지만, 인생은 그렇게
나쁜 일만이 계속되지 않는다는 사실을 깨닫게 된다.

하지만 이렇게 말했다고 해서 나 자신이 아무 것도 하지 않고 느
긋하게 기회만을 기다리며 인생을 달관하고 있다는 것은 아니다.

어느 날 갑자기 천길 벼랑으로 떨어졌다면 그 사람은 다시 벼랑
을 기어오르려고 노력할 것이며, 다음에는 벼랑으로 떨어지는 실수
를 저지르지 않도록 미리 방비를 하는 경험의 지혜를 배운다.

그러나 아무리 노력을 해도 삶의 사이클을 완전히 극복할 수는
없다. 기껏해야 저항력을 몸에 익히는 정도로 불운이란 도대체 어떤
것인가를 자신에게 일깨워 주어서 슬기롭게 극복해 나가도록 할 수
있을 따름이다. 또한 그럴 경우, 어떤 방법으로 노력했느냐에 따라
서 그 타개책이 달라진다는 사실을 알게 되므로 타인보다 다소 노
련해진다는 것 뿐이다.

나 자신은 나이를 더해 가면서 이렇다 할 성공을 모르고 있기 때
문에 감히 다른 사람들에게 교훈을 준다거나 지혜를 가르쳐 줄 자
격이 없다고 생각하는 사람 중의 하나다. 그렇다고 하면, '거짓말
말라'고 누군가가 말할지도 모르겠지만, 나이를 먹어가면서 성공과
실패의 갈림길을 제대로 모르고 있는 인생의 후반임을 고백하지 않
을 수 없다.

우리 인간은 한 가지 일에 성공을 하면, 똑같은 삶의 여정에서 사업을 확대해 나가는데 흥미를 잃고 무분별하게 새로운 시도에 도전해 보고 싶은 쓸데 없는 욕망에 사로잡히는 것 또한 사실이다.

가까운 한 친구는 다니던 증권사에서 정년으로 퇴직한 후 우리나라에서는 처음으로 오피스텔이라는 숙박업을 창업해 보기로 했다. 사업 목표는 업무차로 서울에 출장 온 사람들이 출장비 범위 내에서 숙박할 수 있는 싸고도 기능적인 간이호텔을 세우고, 거기에 '비즈니스 호텔'이란 이름을 붙일 작정이었다. 만약에 그가 진정한 사업가였다면, 새로운 기업의 큰 구멍을 발견했으므로 끝까지 이 외길에 몰두해서 오피스텔 만들기에 온 힘을 쏟았을 것이다. 그렇게 했더라면 지금쯤은 오피스텔의 오너가 되어 비교적 안정된 사업가로 발전되었지 않았을까 하는 마음이 든다.

그러나 그는 오피스텔 경영에 소극적이고 방만한 태도로 안주하였기 때문에 경영자로서 성공할 수 없는 좌절을 맛보아야 했다.

다음으로 그의 마음을 자극한 것은 해외에 공업단지를 만들어서 국내 기업을 이주시키는 일이었지만, 결국은 다시 한 번 초년생으로 돌아가서 쓰라린 경험으로 만족해야 했다.

이러한 그의 애매모호한 결단성 없는 태도는 사업가로서의 자질을 갖추지 못한 증거이며, 아직 사업가가 되지 못한 원인이기도 하다. 하지만 무엇이 인생의 목적이며, 무엇에 즐거움을 느끼는가 하는 가치관이 틀리기 때문에 아쉽지만 별 도리가 없다는 것으로 위안을 삼아야 했을 것이다.

그 대신에 성공이나 실패의 장면을 밟아보았다고 하는 점에서는 타인의 몇 배 정도의 삶을 살아왔다는 아픈 교훈을 얻었으리라.

만약에 나에게 사업의 실패나 불운에 대하여 말할 자격이 다소나마 있다고 한다면, 그것은 내 삶의 모순에서 생긴 것이라고 변명할 수밖에 없다.

▣ 어떻게 50대에 성공했을까?

레이 클록(54세에 햄버거 왕국을 이룩한 사람)은 수많은 아메리칸 드림의 성공담 중에서 그 만큼 특이한 존재는 더 이상 없을 것이다. 그래서인지 미국의 수없이 많은 책에서 그의 성공 비결을 다루고 있다.

클록의 성공 법칙은

① 늦는다는 말은 필요 없다.

② 정상에 오를 찬스는 가지각색임을 알아야 한다.

레이가 시카코에서 맥도널드 점포를 인수하여 시작한 것이 그의 나이 54세 때의 일이다. 레이는 제2의 인생, 진정한 레이 자신의 인생을 시작하여 세계 최고의 햄버거 왕국을 이룩하였다.

"인생에서 늦었다는 말은 없다."

2 | 경기의 흐름을 놓쳐서는 안 된다

다른 사람들이 찾아 내지 못한 기회를
발견한 인간, 또 사회의 상식이나 권위에
사로잡히지 않고 새로운 사업을 추진할 수
있는 사람이 진정한 사업가다.

인간이 자기의 직업이나 삶에 대하여 회의를 품게 되는 경우는 무엇 때문일까? 그것은 그 진로가 잘못되어 있을 때이다. 지금까지 해 오던 일이 제대로 잘 풀리지 않는 시기이거나 주위로부터 극복하기 어려운 상처를 입었을 경우일 것이다.

그런 때는 외부의 정세와 관계없이 자기만 잘 안 되는 경우와 세상 모두가 그런 환경에 놓인 두 가지 형태가 있다. 주위 사람들 모두가 잘 안 되는 경우라면,

"어려운 세상이 됐군요."

하며 서로 위로는 할 수 있지만, 잘 안 되는 환경이나 도산 직전에까지 절박한 상황은 피차 일반이므로 그와 같은 곤경에 어떻게 대처할 것인가 하는 결단에 부심하게 됨은 마찬가지다.

최근의 경제 흐름은 사회 전체의 분위기에 의해 큰 변화가 일어나고 있는 실정이다. IMF 이후 줄곧 운영의 어려움에 직면하여 있

는 기업이나 공장이 속출하여 옆을 봐도 건너편을 둘러보아도 '나는 직업 선택을 잘못하지 않았는가?'라고 고개를 갸웃거리게 되는 시기라고 해도 좋을 것이다.

이러한 사이클의 역사를 돌이켜보면, 5,60년에 한 번씩 정기적으로 되풀이됨을 알 수 있다. 이렇게 역사는 항상 반복되고 있다고는 단정할 수 없지만, 적어도 과거 백 년 사이에 두 번 그러한 시기가 있었음을 확인할 수 있다.

우리 나라의 경우, 지금으로부터 백여 년 전에 조선 왕조의 국권이 일본의 집요한 찬탈에 무너지고 식민지 시대가 도래하였다. 정치적 변동이 일어나면 곧이어 경제적 변동으로 이어진다고는 할 수 없지만, 5백 년 동안이나 계속되어 오던 왕권 체제가 무너지고 새로운 개혁이 도래됨으로써 사족계급은 커다란 타격을 받게 되고, 경제적인 유통은 일변해 버렸다.

이어서 1929년에 세계적으로 경제 공황이 일어났다. 우리 나라는 일본의 통치하에 있었으므로 민족 자본이 형성되어 있지 않아 금융 공황이라는 거센 파도에 직면하지는 않았지만 침울한 사회적인 불행이 차례로 발생하는가 하면, 일본의 침략 정책은 만주사변, 지나사변, 대동아 전쟁으로까지 발전해 갔다. 그 저류에 세계적인 경제의 변화가 있음은 말할 것도 없다.

예컨대, 마르크스(Marx)가 『자본론』을 출판한 것이 1867년으로 런던의 빈민굴에 살고 있는 사람들의 생활 상태를 보고 힌트를 얻어서 쓰게 되었다는 설이 유력하다.

그 당시는 산업혁명의 진행에 의해 종래의 수공업적인 경영에서 공장 생산으로 이행이 시작되고 고용주와 직장인은 자본가와 노동자로 분리되어 바야흐로 자본가가 노동자를 고용해서 생산의 열매를 자신의 수중으로 집중시킨다고 하는 움직임을 보인 시대였다.

그리하여 마르크스는 노동자 계급은 착취 당하여 빈곤화되고, 소득과 부는 모두 자본가에게 집중되어 결국은 불황의 원인으로 자본주의가 붕괴된다고 하는 예언을 한 것이다.

그러나 실제로는 철도·선박 등의 개발에 힘 입어 점차 교통수단이 발달하고 다시 철공업 분야에 기술혁명이 일어나서 자본주의는 다시 반세기 동안에 걸쳐 주로 영국의 주도 하에서 번영하다가 1929년에 세계 대공황을 맞게 되었다.

자본주의는 마르크스의 예언대로 막다른 고비를 겪었지만, 붕괴되지는 않았다. 대공황으로 하여 세계는 극도의 불황에 빠지고, 어느 농가에서는 자기 딸을 팔아먹는 비참한 사건이 일어나기도 했지만, 우리의 국권을 빼앗은 일본은 군사력을 배경으로 대륙 침략에 돌진하게 되었다.

한편, 다른 선진국에서는 경기를 회복시키기 위하여 국가 재정을 바탕으로 해서 국민 경제에 크게 관여하게 되고, 드디어 공공투자와 누진과세를 도입하는 대정부가 탄생하게 되었다. 그 중에서도 케인즈(Keynes:영국의 경제학자)이론을 실시 응용해서 훌륭히 경기를 바로 잡은 루즈벨트 대통령의 미국이 세계 경제의 주도권을 장악하기에 이르러 그 위세를 약 50년 동안 이어왔던 것이다.

그러나 호황의 1970년대가 끝날 무렵 대정부에 의한 경기 받침대가 완전히 그 효능을 상실하게 되었다. 또다시 불황에 빠진 국민 경제에 대하여 정부가 적자 재정을 무릅쓰고 막대한 재정지출을 단행해도 경기는 회복의 기미를 보이지 않을 뿐더러 불황인대로 인플레만이 진행한다고 하는 스타그프레이션(stagflation:불황에서의 물가 상승현상) 상태로 어떤 나라에서나 인플레와 국가 재정의 큰 적자와 복지예산에 대한 국가적 책임과 실업의 증대가 한꺼번에 표면화되어 국민 생활에 타격을 주었다.

그러나 자본주의와 다른 체제를 선택한 공산주의 국가들은 자본주의의 다음에 오는 사회제도를 목표로 해서 탄생한 것이지만, 실제로 경영해 보니까, 국민이 일할 의욕을 저해하는 제도라는 것이 널리 알려지게 되었고, 또 '공산'이란 가난의 대명사가 아닌가? 하고 생각될 정도로 생산성 부진이 계속되었다. 더군다나 공산 국가가 몰락되면서 그 모순이 일거에 노출되었으므로 공산주의 체제를 국가의 기본으로 하려는 분위기는 거의 상실되고 말았다.

요컨대 공산주의 세계에서 지금까지 해 온 생산 양식과 사회 체제로는 도저히 지탱해 나갈 수 없는 한계선까지 도달했던 것이다.

한편 우리 나라는 일본의 패전과 아울러 미·소 두 진영의 힘 겨루기에 6.25동란이라는 민족 수난의 역사를 겪으며 세계 최하위의 빈민국으로 반쪽 정부를 수립할 수 있었다.

결국은 남북한이라는 이념과 체제가 다른 형태로 또다른 민족의 수난을 감당해야만 했다. 자본도 없는 빈곤국에서의 재출발이라고 하는 대변동이 있었지만, 1945년 해방에서부터 약 50여 년간 격동의 시대가 이어졌다. 정확히 말하면 우리 나라의 경제 체제는 이 격동의 30년 사이에 구축되었다고 볼 수 있다.

대체로 한 인간의 일생 중에서 직업을 선택하거나 거기에 종사하는 기간은 20세부터 60세까지이므로 대부분 사람들의 사업에 대한 체험은 1955년 경부터 시작된 일이다.

그 중에서 1945년부터 55년까지 격동기를 체험한 사람은 빈곤, 실업, 기아 등을 뼈저리게 알고 있지만, 그 이후 사회에 나온 사람은 혼란기나 정체기의 고통에 대해서는 다소 둔감하다고 할 수 있다.

그런 사람들에게 있어 이제부터 일어나려고 하는 급격한 사회 변화는 매우 쇼킹한 것이 될 가능성이 있다.

왜냐 하면 1955년부터 4반세기의 우리들이 체험한 사회 현상은 우리 나라는 물론 세계 역사상에 있어서도 또 세계의 경제사에 있어서도 대단히 특이한 변혁의 흐름이므로 그것을 토대로 하여 다음의 변화에 대처한다는 것은 매우 부적절하다고 생각되기 때문이다.

■ 두 재벌의 평범한 대화

그리스 선박왕 니알코스와 오나시스가 만났다.

니알코스가 오나시스에게 말했다.

"롤스로이스 최신형을 사려는데 같이 가겠나?"

"물론이지."

두 사람은 자동차 쇼룸에 도착, 동시에 2대를 주문했다.

니알코스가 종업원에게 말했다.

"시트는 최고급 가죽을 사용하고, 범퍼는 순금으로 하게."

계산서가 나오자 오나시스가 수표장을 꺼냈다.

그러자 니알코스가 황급히 말렸다.

"무슨 짓인가? 아까는 자네가 커피를 샀으니까, 이번에는 내가 낼

차례가 아닌가?"

3 | 성장 경제의 이모저모

해방 후의 우리 나라는 식량도 절대 부족했지만, 자원도
자본도 없고, 민주주의와 공산주의라는 이념의 극심한 갈등
속에서 죽기 아니면 살기라는 최악의 시대였다.

1960년대에 학교를 졸업한 사람들은 무엇보다도 취직의 어려움을 잘 알고 있을 것이다. 1910~40년대 식민지 지배하에서 살아온 사람들의 심정은 오늘날의 우리들에게 있어서는 문학 작품을 통해서만 엿볼 수 있지만, 세계2차대전 종전 후의 사정을 알고 있는 사람이라면, 다소는 그 체험을 되새기고 있을 것이다.

해방 후의 우리 나라는 3천만 인구, 식량도 절대 부족했지만, 자원도 자본도 없고, 민주주의와 공산주의라는 이념의 극심한 갈등 속에서 죽기 아니면 살기라는 최악의 시대였다.

그것이 10년이 지난 1965년 경에는 누구도 생각하지 못한 성장이 시작되고, 박정희 대통령의 군사 정권이 등장하면서부터 조국 근대화라는 기치를 들어 '새마을 운동'이라는 국민적 단합을 전개하면서 한국 경제의 기적적인 성장이 세계의 주목을 끌게 되었다.

이 시대에 취직을 한 사람이나 새 사업을 시작한 사람들은 바로

전 시대의 사람들의 입장에서 본다면, 전혀 상상조차 할 수 없을 정도로 기회의 혜택을 받고 있으며, 구직자나 구인자, 또는 자신이 사업을 시작한 사람들 모두가 노동력의 시장을 활성화시키는 시대에 맞는 대응책을 해 왔다고 볼 수 있다.

무엇보다도 우선 직업을 구한다는 것은 그다지 어려운 일이 아니었다. 단 자기 적성에 맞는 직업을 선택했는가 어떤가에 대해서는 의문점이 있지만, 새로운 사업을 시작한 사람이나 부모의 뒤를 이어 가업을 승계한 사람들도 65년대 이후에는 상당히 보람 있는 사업을 경영할 수 있었다고 생각된다.

이렇듯 경제가 급속히 성장하고 있을 때에는 '파이(π)' 전체가 날이 갈수록 커지므로 국민 한 사람 한 사람이 그 배당의 혜택을 받을 수 있다.

경제가 성장하고 있을 때는 그다지 많은 노력을 하지 않아도 매상은 연 20~30퍼센트 정도는 신장된다. 인플레 영향이 있으므로 가만히 있어도 판매가격이 올라서 임금 인상이나 간접 경비의 상승분을 보충할 수가 있다. 또 은행에서 융자를 얻어서 토지나 부동산을 사 놓으면 세 배, 다섯 배가 뛰므로 대출금 갚기가 용이하고 모르는 사이에 재산이 불어난다.

물론 그 반면에 시대에 뒤져서 도태당하는 사업이 있는가 하면, 생각하는 그 자체가 시대에 낙후되어 도산이라는 불행을 겪어야만 하는 사람도 있다. 그러나 그러한 사람도 성장 경제시대에는 전혀 예기치 않은 곳에서 도움을 받는 경우가 있고, 사업은 망하였으나 다른 방면으로 전업하는 일도 가능하였다.

특히 국민소득이 해마다 늘어날 때는 새 수요가 요구되므로 새로운 사업의 가능성이 있고 직업이나 직장을 바꾼다는 것은 곤란한 일이 아니었다.

1965년대의 사람들은 신규 사업을 하고 싶다는 선택의 폭이 넓었다. 다소 성급하기는 했지만 볼링장을 비롯해서 스포츠 용품점, 골프 도구 전문점, 카페, 보석상, 화랑, 학원 등등 생각해 보면, 그런 시대가 찾아와서 모든 사람들이 착상한 종류의 사업들이며, 그 후 영고성쇠가 뒤따른 업종들이다.

어느 시대이건 신규사업을 시작한다는 것은 쉬운 일이 아니지만, 이 때는 전업을 한다는 것이 비교적 수월했고, 또 전업을 했더라도 정착이 가능했던 시대였다.

그러나 실제로 많은 기업이 단행한 것은 전업이 아니라 경영의 다각화, 회사 업무의 환골탈태(換骨奪胎:형용이 좋은 방향으로 달라짐)였다. 한 업종의 사업을 변화없이 계속하고 있으면 그런 동안에 영업 부진으로 문을 닫게 되는 폐업 사태에 이르게 된다.

예를 들면 연료혁명이 일어나면 연탄가게에서 장작이나 숯을 사가는 고객이 없어진다. 그런가 하면 어느 사이에 프로판 가스 상점으로 바뀌고 있다. 그러나 프로판 가스 장사도 크게 발전할 기미가 안 보이면, 연탄 창고로 사용하던 넓은 토지는 아파트나 맨션을 세워서 수입의 다각화를 도모하게 된다.

영화와 섬유는 이 시대의 대표적인 사양산업이지만, 이런 기업에서 빠져나와 택시나 호텔, 부동산 등 다각 경영에 나서는 업체들이 많다. 그 덕택으로 겨우 살아남은 기업도 있다.

그러나 1975년대에 이르자, 이들 모두가 곤경에 빠지게 되었다. 직접적인 원인은 유류 파동이 계기가 되었지만, 실제로는 유가의 폭등만이 그 원인은 아니다. 유가 폭등에 의하여 세계가 일거에 불황의 밑바닥으로 추락했지만, 가장 영향을 많이 받아야 할 우리 나라는 이상하게도 그 속에서 경제 성장을 하였으나, 미국을 비롯한 유럽 각국은 좀체로 회복하지 못하고 있었다. 이것은 '대정부'로 끌고 온 선진국의 1930년 이래의 제도로는 이미 이렇게도 저렇게도 안 되는 막다른 곳에 도달했다는 결과이며, 에너지 문제가 해결되었다고 하더라도 타개할 전망이 없다는 것을 말해 주고 있다. 그러한 세계적인 불황과 성장 경제의 종말이 어쩌다가 일치된 까닭으로 양쪽의 총결산을 함께 하지 않으면 안 될 지경에 이르렀다고 할 수 있을 것이다.

어떻든 그다지 노력을 하지 않아도 연 20~30퍼센트 매상이 증가하는 환경은 어디로인가 사라져 버렸음이 확실하다. 그러나 코스트의 상승은 용서없이 닥쳐온다. 이대로라면 회사의 경영이 불가능한 기업이 속속 늘어나게 된다.

한편에서는 풀생산을 하고 있는 기업이 있는데, 어째서 자기 회사만 기울어져 가는가 하고 회의를 느끼게 된다. 실은 그러한 변화가 대다수 기업인들의 머리를 짓눌리고 있는 고민이다.

전후 좌우를 둘러봐도 모두 그러하므로 어느 정도 위로는 안 되는 것은 아니지만, 심각하게 대책을 강구해야 할 시기가 닥쳐왔다는 것에는 변함이 없다.

　당신을 성공으로 이끄는 원동력은 바로 당신 마음 속에 잠재해 있는 힘이다. 당신이 지금은 돈이 없고 초라한 모습의 사람일지라도 불 같은 욕망을 간직하고 있는 한 기회는 반드시 찾아올 것이다. 대다수의 사람들은 성공이 자신의 손아귀에 쥐어지기 바로 직전에 포기해 버린다. 이는 목적이 크든 작든 성공에 대한 시금석이다. 자기 일의 중요성에 대해서 생각하는 습관을 길러라. 그러면 불가능하게 보이는 일도 성취할 수 있다.

제2장

적응하지 못하는 자는 망한다

4 | 경기 흐름의 파도를 타라

변화의 흐름을 따른다는 것은 성장을 의미한다.
변화를 받아들여 적응하면서 계속
성장하는 사람은 최후에 승리자가 된다.

옛날에는 전반적으로 불경기라고 하면 모든 사업이 그 영향을 받았다. 경기가 좋아지면 극장의 청소부나 작업장의 인부에 이르기까지 모두 혜택을 입었다. 반대로 불경기가 되면 실업자가 거리에 넘쳐 흘렀다.

산업이 발전하여 고도 성장에 진입하게 되면 일거리가 많아져서 노동력은 날개 돋히게 팔리고 노동조합의 힘이 강해져서 마음대로 종업원을 해고시킬 수도 없다. 또 고용보험제도가 생겨서 실업자가 되어도 기아 선상을 헤매이게 되는 일이 줄어들었다. 경기·불경기는 경영자만이 민감하게 느낄 정도로 되어 버렸지만, 한편 경영자도 고도 성장이 지속되는 동안은 결정적인 실책을 하지 않는 한 도산의 쓰라림은 맛보지 않게 되었다.

그러나 70년 이후의 경기 동향을 보면 업종별의 움직임에 의해 왔음을 알 수 있다. 유류 쇼크로 세계 전체가 불황이라고 해도 유류업을 하고 있는 업자는 호황을 누렸다. 반대로 제조업은 코스트가 너무 상승해서 팔리지 않게 되어 이중 삼중고를 당하게 되었다.

이런 상황이라면 물건을 만드는 제조업보다는 물건을 파는 판매업 쪽이 우위에 서게 된다. 강력한 판매력을 가진 도·소매, 대리점 등이 이 시대의 총아가 아니었겠는가 하고 생각하게 된다. 사실 그러한 기미가 다분히 보였다.

그러나 풍향은 금방 바뀌었다. 우선 철강, 섬유, 식품에 이르기까지 제조업에 위기감이 넘쳐 흘렀다. 텔레비젼이나 냉장고와 같은 전략 상품, 코스트가 오른 만큼을 판매가에 얹어서 판매코자 하면 급속도로 매상 격감 현상이 일어난다. 그래서 제조업은 인력 감원을 단행하여 생산 경비를 낮추고 동시에 하청으로부터의 가격을 대폭 카트다운시켰다.

가격을 다운당한 하청업자는 살아남기 위하여서는 자기들도 코스트 다운에 신경을 쓰지 않으면 안 되게 되었다. 그러한 필요성에 쫓긴 덕택으로 철저한 원료 절약과 노동력의 생산성이 추구되어 결과적으로 우리 나라의 가전 생산업체는 세계에서 가장 현명하게 유류 쇼크를 이겨 내는데 성공한 것이다. 따라서 10년 전과 지금의 사회 계보를 비교해 보면 종업원이 반감되었는데도 매상은 반대로 배가 되었다고 하는 합리적인 사례를 엿볼 수 있다.

그 중에서도 에너지 절약과 무인화라는 신병기를 고안해서 기업의 소생에 힘을 실어준 기계산업과 전자공업에 인기가 집중되어 반도체는 국익을 대변하는 세계적 업종으로 발전하고 있으며, 주가도 전례 없는 고공 행진을 기록하고 있다.

그러나 한편으로 최종 소비의 신장에까지 힘입어 슈퍼나 백화점의 소매업은 사업이 확장되면서 레스토랑이나 바아 같은 물장수까지 호황을 맞게 된다.

예를 들면, 슈퍼체인 조합이나 백화점 회합에 가면 모두가 구매 충동을 끌 수 있는 새 상품 새 물건이 절대적으로 필요하다는 것을 화제로 해서 이야기를 시작한다. 건설업이나 건축 자재업자들도 똑같다.

그런데 공작기계 메이커나 기계판매업 회합을 보면 '금년은 모처럼의 호경기로 당사는 그 덕택으로 당초의 목표를 초과 달성하게 되었다.'는 인사말이 튀어 나온다. 똑같은 시기에 업자에 따라서 이렇게 한 목소리를 낼 수 있다는 경제 구조는 옛날과 크게 변하였다는 흐름을 엿볼 수 있다.

무엇보다도 우리 나라의 경우는 정부 주도하의 새마을 운동에 힘입어 국가 재건이라는 슬로건을 내 걸고 크고 작은 건설붐이 전국적으로 일어났다. 국책사업으로는 경부고속도로가 그 주도적인 역할을 감당해 냈다.

이러한 현상을 도대체 어떻게 규정지어야 할 것인가. 이는 경기의 기복을 성장의 물결로 보는 것보다 신·구 파도가 서로 밀고 밀리는 형세로 보는 것이 옳지 않은가 생각하게 된다. 경과해서 이만큼 풍요로워진 반면에 생활 물자의 소비 성향이 바뀌어감은 너무나 사실적이다.

백 톤의 송유선에서 인스턴트 라면에 이르기까지 수요만 있으면 즉시 공급할 수 있도록 생산 체제가 정비되고 설비 투자는 일순화

되어 있어서 빠른 경기 회복을 그다지 기대할 수 없는 저성장의 길로 들어선다. 그러므로 유류 쇼크와 같은 강렬한 자극이 없었다 하더라도 세계의 경기는 저조되었을 것이며, 세계 시장을 상대로 장사하는 우리 나라 역시 예외는 아니었을 것이다.

즉 국가 재정의 지출을 주축으로 해서 공공투자나 외자 유치로 경기를 자극하는 방식으로 기적적인 발전을 했다고는 하지만, 고도 성장을 지향한 경제 역시 동맥경화와 같은 말기 현상에 이르렀다고 보는 것이 옳지 않을까 생각된다.

거기에 유류 쇼크가 내습했다. 원래 막바지까지 와 있던 케인즈〔영국의 경제학자〕 체제가 여기서 일거에 모순을 노출하게 된다.

이제는 '인플레이', '국가 재정의 적자', '복지정책의 적자', '실업'은 세계 어디를 가든지 예외가 아닌 공통의 병상이며 선진국일수록 중증이므로 기사 회생의 신비약이라도 발견하지 못하는 한 세계적인 불황에 휩쓸릴 것은 불가피하다.

■ 대재벌의 비결

대재벌이 된 카네기에게 어떤 사람이 물었다.

"재벌이 된 비결을 말씀해 주시겠습니까?"

"플래시 덕분이지요."

"플래시라뇨?"

"일생동안 아침 일찍 일어날 때마다, 오늘은 무엇을 해야 할지를 일러주는 플래시가 내 마음 속에서 떠오릅니다. 나는 그 플래시가

시키는 대로만 하면 늘 성공하곤 했지요."

"플래시는 침묵 속의 훈계이자, 지시 같은 것이었습니다. 저는 그것들을 겸허히 받아들였고, 그 결과 성공의 기쁨을 맛보았습니다."

5 | 에너지 절약과 가격 경쟁

오늘날과 같은 저성장, 높은 경쟁의 시대에는
새로운 시장의 창출, 고부가가치의 추구라는
질의 개념으로 승부해야 한다.

그러한 가운데에서 우리 나라의 인플레률이 다른 나라에 비하여 낮은 것은 공업의 생산성이 끊임없이 증대하고 있는 것과 밀접한 관계가 있다.

유류 쇼크에 의하여 침몰할 뻔한 우리 나라가 약체인 공업을 수면 위로 부상시킨 계기가 되었고, 손쉬운 의류와 가전제품을 비롯한 공산품에 경쟁력을 부여하게 된 것이다. 따라서 한국만은 세계적인 경제 쇼크에 빠져 죽지 않고도 소생된다는 것을 체험을 통해 알았지만, 이것을 적극적으로 추진해서 세계시장에 수출 공세를 펴기에는 아직도 갈 길이 먼 형편이다.

인플레에 대항하는 가장 유효 수단이 어떤 것인가는 이미 증명되었으므로, 미국을 비롯한 선진 공업 경영자가 에너지 절약과 무인화 방식을 채택한다는 것은 명확한 일이다. 따라서 이 방면의 산업은 이제부터 꽤 장기간에 걸쳐서 발전할 것은 틀림없을 것이다. 바로

'제3의 물결'이라고 한 것은 그런 의미에서이다. 우리에게는 책을 통해 낯익은 낱말이지만 공업 선진국으로 도약하는 이론적 근거로 언젠가는 우리도 틀림없이 그 물결에 휩싸이게 될 것이다.

그러나 선진 공업국 대열에 합류하게 될 때 대 메이커뿐만 아니라 중소의 하청기업까지 철저하게 자동화에 힘을 쓰게 된다면 어떤 현상이 일어날 것인가?

로보트의 채용은 우선 사람이 기피하는 작업이라든가, 많은 사람의 손을 필요로 하는 공정, 정확을 기하지 않으면 안 될 정밀 산업에서 우선적으로 채택할 것이다. 끝마무리를 사람의 손에 의뢰하지 않으면 안 될 공정에는, 물론 절대적으로 사람의 손을 필요로 하는 작업은 어쩔 수 없겠지만, 소량 다품종 공정, 예를 들면 자동차 생산 공정에서 옵션에 의한 특별한 작업, 각각 틀리는 부품 조립 정도의 작업은 기억 장치가 간단히 해결해 줄 것이다.

그렇게 되면 1백 명을 필요로 하는 공정이 몇 명으로도 되는 일도 있고, 비교적 복잡한 작업이라도 십 명 몫을 한 사람으로 해 낼 수 있게 된다. 따라서 생산이나 제조공정에서 노동력이 대량으로 배제되어 지금까지의 고용인 1만 명을 사용하던 공장이 5백 명만 있으면 충분하다든가, 지금까지 5백 명의 작업 인원이 십오 명으로도 해결된다는 획기적인 경비 절감으로 생산성을 높일 수 있을 것이다.

본래 변동이란 집중 호우처럼 내습하는 것이 아니다. 작은 공장에서 세 명, 다섯 명의 불필요한 인력이 정년이라든가, 정년을 앞당김으로서 인사 이동이 조용히 이루어진다.

마치 강의 상류에서 작은 빗방울이 모여서 시냇물이 되고 그것이 아래로 내려오면서 점차 큰 강이 되어가는 모습과 같다. 그러므로 하나하나를 보면 별것 아니지만, 십 년이란 기간을 두고 전체의 통계를 잡으면 공장에서 몇 백만이라는 인력이 사라지고, 사회 전체가 크게 변해 버린다는 것을 엿볼 수 있다.

어떻게든 얼마 안 되는 인원으로 공장이 가동되고 물건이 끊임없이 생산 제조된다. 저녁 퇴근 때 생산 라인의 기계가 작동하도록 스위치를 넣어두고 다음날 아침에 출근하면 필요한 만큼의 제품이 산적이 되어 출고를 기다리고 있다면 우리들의 통념을 대폭적으로 수정하지 않으면 안 될 것이다.

예를 들면 공장을 일주에 6일간 가동할 것인가, 아니면 5일 동안만 가동할 것인가 하는 논의는 성립되지 않게 된다는 뜻이다. 또 공장이라고 하면 오전 8시에 시작해서 오후 5시에 작업을 끝낸다는 일정도 불필요하게 된다. 사람이 없어도 공장은 생산을 할 수 있으며, 몇 시에 시작하건, 몇 시에 끝나건 간에 생산 목표에는 차질이 없다.

첫째, 매일 가동하면 생산 과잉으로 오히려 곤란한 일이 생기게 된다. 따라서 중요한 것은 공장을 가동하는 것이 아니라,

(1) 무엇을 만들어야 잘 팔릴 것인가.

(2) 어떤 상품을 얼마만큼 만들면 좋을까.

(3) 상품을 파는 데는 어떻게 해야 좋은가.

하는 결정이 주업무가 되며 상품 기획이나 시장 분석, 판매촉진이 생산 그 자체보다 훨씬 중요한 목표가 된다.

따라서 공장의 중요한 목표는 일단 만들기로 결정한 상품의 생산

공정을 어떤 형태로 추진시키면 보다 효율적으로 할 수 있는가를 연구하는 일이며, 그것이 결정되면 다음은 필요한 만큼의 수량을 만들어 내는데 공장을 얼마 동안 가동시키면 되는가를 결정하면 된다.

즉 공장이란 주 5일 근무를 하는 동안에 수요에 따라 주 몇 시간을 가동시킬 것인가로 전환되고, "이 정도의 보수를 주지 않으면, 나는 근무하지 않겠다."고 큰 소리를 치는 고용자의 요구는 실정에 맞지 않는 것이 되어 버린다는 뜻이다.

◼ 성공한 사람은 시간을 경영한다

영국의 사상가 아놀드 베네트는 아침 경영을 가능하게 하려면 이를 실행하는 사람으로부터 정신적인 충격을 받아야 한다며, 모든 것을 하루 아침에 이루려고 하지 말라는 충고를 한다. 아침을 경영하는 방법에 특별한 것은 없다. 건강한 육체와 정신을 만드는 토대를 아침에 다지는 것, 단 몇 분만이라도 자신만의 시간을 만들어 경영에 필요한 지적 소양과 전문성을 키우면서 사생활의 절도와 건강을 살려 나가는 것이다. 이러한 자세가 하루를 경영하는데 큰 자신감이 되고, 이런 아침이 모이면 달라진 자기의 인생을 발견할 수 있다는 것이다.

6 | 고속도로와 고속철도가 주는 교훈

새로운 생산 수단이 점차 발달하게 되면
제아무리 강력한 저항이 있더라도 인류는
그것을 받아들여 현명하게 이용한다.

그러면 왜 아무 저항도 없이 많은 노동자가 공장 현장에서 쫓겨나게 되는 것일까. 또한 쫓겨난 노동자는 실직자가 되어 집안에 침거해 버리는 것일까. 만약 우리의 사회제도가 지난날의 영국이나 현재의 미국과 같은 구조로 되어 있다면

"너는 내일부터 출근하지 않아도 된다."

고 한 마디로 끝내 버릴지도 모른다.

그렇게 되면 산업혁명이 일어나자 영국 노동자가 기계를 때려 부순 것과 같은 광경이 재현된다는 것도 충분히 생각할 수 있을 것이다. 한편 유럽 선진국에서 무인화 공장을 채용하는 과정에서 꽤나 심각한 사회 문제가 발생하고 정치적으로도 논란이 될 가능성이 농후하다고 예견할 수 있다.

그러나 새로운 생산 수단이 나타나고 발달되면 제아무리 강력한 저항이 있더라도 인류는 그것을 받아들여 현명하게 이용한 사람들

은 부를 이루고, 동시에 국가가 번영하고 있다는 사실을 알 수 있다.

우리 나라에 처음으로 고속도로가 도입되었을 때 도로의 간선이 통과하는 지점에 대해서 찬성한 지방과 반대한 지방이 있어 국가적으로 국론을 분열시키도 하였다. 반대한 지방은 산업화의 기반을 잃게 되어 낙후된 마을이나 소읍으로 남게 되었고 고속도로가 통과하는 작은 부락에 인구가 집중되어 새로운 도시로 발전할 수 있는 전환기를 맞았다.

이러한 현실을 우리들은 이미 전에 체험한 바 있고, 지금도 진행 중이다. 그럼에도 불구하고 고속철도라는 새로운 교통 수단이 출현하자, 역시 똑같이 반대하는 자가 나타났다. 반대하는 쪽은 대체로 현상 유지에서 출발하고 있음을 알 수 있다.

미래를 생각하지 않고 단지 현상에서 머물고 있으므로 본질적으로 보수적 성격을 가지고 있지만, 이상하게도 그런 사람의 태도란 늘 역설적이다. 비행장의 폭음 때문에 교실에서 선생님의 말소리가 안 들리게 된다던가, 닭이 놀라서 산란이 줄어든다든가 하는 마이너스면을 강조할 뿐이고, 한편 비행장이 확장됨으로써 사람이 모여들고 상업이 번창하는 매력은 눈을 가리고 귀를 막아 버린다.

그러므로 좁은 토지의 태반을 점유하고 있는 산을 깎아서라도 콘테이너 야드를 만들고 화물은 배로 입항하지만 사람은 비행기로 들어오고 있다. 그러한 여행자를 세계 속에서 집합시키지 않으면 나라의 경제 발전과 번영은 기대할 수 없으므로 비행장을 늘리자고 하면, 제발 그렇게 하라고 찬성하는 해당 지역 주민들 보다 이를 이용하여 자신의 입지를 높이려는 일부 정치가들의 반대에 힘입어 친환경론자들은 극렬한 투쟁을 일삼는다.

그런 점에서 실리주의의 작은 도시 국가인 싱가포르에서는 비행장의 확장에 반대하는 사람은 한 사람도 없다. 땅이 좁아서 다른 곳에 대체지가 없다는 곤란한 사정도 있지만, 비행기가 착륙할 장소가 없다면 지방이 번영할 수가 없다는 사실을 아이들도 알고 있다. 본래 중계무역으로 번영한 항구이며, 지금도 대륙 무역과 동남아 무역의 핵심적인 위치에 있다.

몇 년 전 신문지상에서 떠들고 있는 음반 복제에 대한 찬반에 대해서도 거의 같은 결과가 예상되었다. 음반 복제에 반대하는 쪽은 테이프에 녹음되므로 매상이 줄고 있는 레코드 회사이고, 거기에 수반하여 인세가 감소되는 작사가이거나 작곡가들이다. 레코드 회사가 작사가와 작곡가들을 표면에 내세워 저작권의 침해라고 항의하고 있지만, 세상의 반응은 반드시 그쪽에 동정을 보내지 않는다.

우선 첫째로 시디(CD) 한 장에 1만 원은 너무 비싸다고 누구나 생각하고 있기 때문이다.

둘째, 도서 대여점이 있듯이 PC를 이용하여 복제하는 것 역시 당연하다는 생각이며, 셋째로 노래나 음반을 카피하기 위해서 PC방을 임대하여도 테이프나 시디를 사는 것보다 싸게 먹히는 이상, 그것을 이용하는 것은 부득이한 일이라고 생각하고 있다.

새로운 생산 수단이 생겨났는데, 그것을 무조건 부정하려고 드는 것은 일종의 시대 착오다. 좋건 싫건 사회가 현실 그대로를 받아들이는 것은 명확하므로 오히려 그것을 전제로 하여 새로운 생산 과정이나 유통 시스템을 인출해 내는 방법이 실제적인 대책일 것이다.

이렇듯 새 정서에 적응할 수 없게 된 기업이나 국가는 모두 경제 위기에 처하게 되었다고 해야 옳을 것이다.

◼ 인생이란 고통의 댓가를 지불하는 공연장이다

인생은 댓가이다. 당신은 인생으로부터 원하는 거의 모든 것을 노력으로 얻을 수 있다. 만약 당신 자신에게 주어지는 몫을 모두 다 차지하지 못한다면 무능하다는 말을 듣게 될 것이다. 아직 성공을 하지 못한 사람에게는 늘 역경이 닥치게 마련이다. 당신은 그 역경을 디딤돌로 삼아 성공을 쟁취해야 한다. 그러므로 당신 역시도 댓가를 지불할 마음가짐을 갖지 않으면 안 된다.

제3장

폐업하고 싶지만 폐업할 수 없다

7 | 상품 교체의 시기를 살펴라

기업이란 시대의 변화에 좌우되는 생명체이다.
시대의 상황이 존재 가치를 결정하며 시대의
변화에 뒤지는 기업은 소멸할 수 밖에 없다.
그래서 기업은 인생적이다.

도서대여점이라는 업종이 번성하게 된 것은 한마디로 말해서 책값이 너무 비싸기 때문이다. 8천 원의 책을 2일간 2천 원으로 빌리면 2권 내지 3권 정도를 대여해 읽을 수 있다.

한편 도서대여점은 도매값으로 필요한 책을 매입하였으므로 세 명이나 네 명에게 임대해 주면 본전이 되므로, 다음은 대여한 만큼 모두 이윤이 된다는 것이다.

이와 같은 이치는 희귀본에 대해서는 옛날과 같은 사본(寫本) 대신에 카피한 영인본이 행하여지고 있지만, 일반 서적에 그와 같은 방법이 응용되지 않고 있는 것은 지금으로서는 카피하는 것이 비싸게 먹히기 때문이다.

한편 음반 테이프의 경우에도 당연 저작권이 있어서 무단 카피해서 파는 것은 타인의 저작권을 침해하는 것이 되지만, 카피한 것을 가지고 자기 혼자서 즐기고 있다고 하면 이야기가 미묘해진다.

누가 카피를 했나 일일이 추적할 수가 없으므로 누구든지 타인의 저작권을 침해할 수 있는 입장에 있으므로 테이프 발매를 금지하는 것 외에 사실상 방지할 방법이 없는 것이다. 더구나 테이프를 팔 수 있고 펙(Peck)을 파는 음향기기 메이커가 레코드회사의 오너를 겸임하고 있으므로 자기의 손으로 자신의 신체를 묶는 행위를 할 리가 없다.

그렇다고 하면 레코드회사가 새로운 사태에 대비해서 스스로 변모하는 이외엔 방법이 없을 것이다.

레코드회사라고 하면 훌륭한 듯이 보이지만, 사실은 출판사와 흡사한데 무엇보다도 기획이 중요하다. 즉, 어떤 노래를 어느 가수에게 부르게 하느냐의 기획을 세워서 테이프에 싣는 것으로 태반의 작업은 끝나며, 그 뒤의 레코드 음반을 만드는 일은 하청을 준다. 더 극단적인 말로 하면 테이프에 싣는 일까지도 사람을 고용해서 하는데, 그것을 채용하는가 어떤가를 결정하는 것이 프로듀서가 하는 일인 경우도 있고, 다음은 어떤 방법으로 히트시켜 베스트 셀러로 만들어 내느냐 하는 일만 남아 있는 것이다.

그렇다면 프로들이 모여서 작업한 것이므로 출간 즉시 베스트 셀러가 되느냐 하면, 어디서 어떻게 대유행을 하는 것인지 본인들조차도 전혀 알 수 없는 현상이므로 조직도 경험도 실제로는 그다지 기대할 수 없는 것이다. 그러면서도 무의식 중에 조직과 경험에 의뢰하게 되어 전국적인 판매를 서점이나 지사를 통해 공급하게 되므로 제조 원가는 낮지만, 높은 가격을 책정하지 않으면 채산이 맞지 않는 사업이 되고 만다.

그러므로 도매점으로부터 공급 중단과 같은 도전을 받았다고 하면, 거기에 대응할 방법을 스스로 결정하지 않으면 영업의 위기를 느껴야 한다.

(1) 우선, 판매가를 채산이 안 맞을 정도로 인하한다.

(2) 자사 스스로가 직접 도서대여점을 개점해서 경쟁한다.

(3) 자연의 움직임에 맡기고 책의 매상 감소에 인내심을 가지고 견디어 내며 경비를 절약하고 규모를 축소한다.

이상의 대책 정도 밖에 생각할 수 없고, 그중 어느 것도 용납이 안 되면, 그 다음에는 도산의 시기가 닥쳐오기를 기다리는 도리밖에 없다. 아마도 기존 출판사는 그 체질로 봐서 (3)의 길을 택하게 되겠지만, 신규 출판사는 (1)의 길을 택할 것이다.

그것은 많은 출판사들 가운데 책상 하나에 전화 한 대, 직원은 사장 혼자인 출판사가 있는 것과 같은 이치로 기획을 파는 것 뿐이라면 대단한 자본도 들지 않을 것이며 경비도 극소로 절감할 수 있다.

단지 출판계에는 군소출판사를 성립시켜 주는 도매점이라는 유통 업체가 역할을 담당하고 있지만, 레코드계에는 그것에 해당되는 중간 업체가 없다는 점이 다르다.

큰 레코드회사는 자체에서 각 시도 군별로 판매를 위한 지점망을 가지고 있으며, 군소 회사 중에는 그러한 레코드회사에 위탁 판매를 맡기고 있는 경우도 있지만, 동업자에게 위탁하는 것과 전문적 유통 업자가 있어서 위탁하는 것과는 당연히 차이가 있다. 따라서 전국적으로 판매망을 가진 레코드회사가 배급회사로 전향하여 판매 경비

를 들이지 않게 되면, 더불어 가요계는 지금보다 훨씬 번창해질 것
으로 생각된다.

그러나 이러한 예상은 이해 관계가 없는 제3자에게는 가능하지
만, 그 와중에 있는 사람들은 어림도 없는 소리라고 할 것이다. 즉,
레코드업계나 군소출판사도 선수 교체의 시기가 도달했다고 단정할
수 있다.

■ 우리는 성공으로 가는 여행자이다

자, 이제 우리의 길을 떠나자. 성공의 여행이 시작되는 것이다.
나는 당신을 밝은 인생의 여정으로 인도하는 안내자다. 모든 아름다
운 여행은 가볍게 출발하는 것으로부터 시작한다. 우리의 출발도 그
렇다. 우리의 행장은 가볍고 기분은 유쾌하다. 발걸음은 탄력이 넘
치고 있으며 미지의 산봉우리와 계곡에 대한 기대와 예감으로 가벼
운 흥분마저 느낀다. 우리의 목표는 성공이기 때문이다.

8 | 노동 인구의 이동과 새로운 직업

출판사와 레코드회사를 예로 들게 되었지만, 이것은 한 가지 본보기에 불과하다. 앞으로 제조업에 종사하고 있는 회사의 생산 공정에서 로보트가 대규모로 채용되어 몇 백만 명 이상의 인력이 불필요하게 된다면 사회 전체에 미치는 영향은 헤아릴 수 없게 될 것이다.

앞에서도 언급했듯이 생산 공정에서 일하는 사람이 불필요하게 되고, ① 무엇을 만들 것인가 하는 상품 기획과, ② 만든 물건을 어떻게 팔 것인가 하는 판매의 증강이 더 중요한 사항이 된다고 한다면, 거기에 따라서 발본적으로 인력 배치의 전환이 수행되어야 할 것이다.

한마디로 상품 기획이라고 하더라도 다음과 같은 제반 사항이 고려된다.

(1) 금후 어떤 상품이 팔릴 것인가.

이러한 일은 치밀한 두뇌와 판단력을 필요로 하므로 공장에서 일하고 있는 자를 당장 사무직으로 배치 전환할 수는 없다. 따라서 공장에서 일하고 있는 사람들을 같은 회사 안에서 다른 부문으로 자리를 바꾸든가, 혹은 방계회사로 이동, 또는 재취직을 하게 되지만, 어떻든지 생산 분야에서 유통 및 서비스 분야로의 분산, 대이동이 전개될 것이다.

이미 제1차 유류 쇼크 직후에 기업은 감량 경영으로 인원 삭감에 착수했다. 그 때문에 메이커 부분에서 서비스 쪽으로 이동한 사람은 몇 년 사이에 수십만 명에 달한 것으로 추정되고 있다. 이것이 다시 백만 명의 대이동을 하게 된다면 산업 구조에 혁명적인 대변동이 일어나지 않고 넘어갈 리가 없다.

예컨대, 제1차 유류 쇼크로 전국을 풍미하기 시작했다. 대기업에 취직을 선호하던 젊은이들이 호텔 종업원이나 레스토랑에 취업하게 되고 대학 출신자가 접시 나르는 일은 흔히 볼 수 있게 되었다.

무엇이든 붐이 일면 자기 페이스가 아니라 세상의 분위기에 부응하게 되는 경향이 있다. 교외에 대형 전문음식점이 번성하게 된 것은 그 지역에 신흥 주택이 들어서자 부근에 마땅한 먹거리가 없었던 것과 마이카 시대에 접어들면서부터 시골 구석에까지 러브호텔이 들어서게 된 것은 그다지 불편을 느끼지 않고 찾을 수 있다는 상업의 진공지대에 들어맞았기 때문이다.

그런데 그것이 두세 곳 잘 된다고 해서 눈사태 현상으로 불어났는데, 이는 아직도 업종의 다양한 선택이 창업으로 이어지지 못한 탓일 것이다.

고도 경제 성장의 휴유증으로 IMF라는 직격탄을 맞은 우리 경제에 있어서의 서비스업은 전체적으로 부진을 면치 못하고 침체되어 주위를 돌아봐도 모두 울상을 짓고 있다. 그런 가운데 또다시 몇 십만 명의 실업 인구가 생긴다고 하면, 보통의 상식밖에 없는 사람들은 아연해질 것이다.

그러나 경제 전체의 동향을 보고 있으면 제조 분야에서 시작하여 유통, 서비스 부문으로의 노동력 이동은 불가피한 현상이다.

이런 현상은 이미 포화 상태인 분야에 새로운 업종이 생겨서 과당 경쟁이 전개된다는 뜻은 아니다. 그것이 가능하기 위해서는 형식적인 상법이나 상품을 끌어올 필요가 있으므로 기성 질서에 파괴적인 영향을 주어 정리를 강요하게 되는 것이다.

예를 들어 전후의 우리 나라는 한마디로 법인사회였다. 법인사회란 누진 과세제도가 적용되어 개인소득에 대하여 벌금과 같은 높은 세율을 적용하므로 그것을 회피하기 위해 사업하는 사람들이 방계회사라는 방파제를 만들어 세금을 피하는 편법을 말하는 것이다.

대기업은 물론이고 생선가게도, 잡화점도 세금을 적게 물기 위해서 회사조직으로 탈바꿈하여, 먹고 마시는 것, 관광여행, 해수욕장을 찾는 기름값도 모두 회사의 경비로 떠넘기게 되었다. 이런 사회에서는 개인 소비보다도 법인 소비를 목표로 하는 장사가 번성한다.

또한 카바레나 클럽 또는 고급 요정에서도 회사명으로 사인을 하고 계산은 회사에서 지불한다는 것으로 유지된다. '먹고 마시는 낭비'라고 신문은 대서특필하고 있으나 이러한 교제비의 명목이 있음으로 해서 유지해 나가는 장사가 오히려 곳곳에 있다는 사실을 알아야 한다.

그러나 고도성장의 경제도 내리막으로 기울고 다시 유류 쇼크가 내습했을 때부터 법인사회에 조금씩 변화가 나타났다.

우선 돈 못 버는 기업이 교제비를 억제하기 시작했다. 이어서 재정 수입이 감소된 재무에서 교제비 과세 강화에 힘을 가해 왔다.

유흥업소를 대표하는 카바레가 적자 경영으로 전락하면서 고급클럽이 쓰러지기 시작했다. 그런 상태에서 메이커가 서비스업으로 전환할 기회가 생겼다고 해서 신규 카바레나 고급클럽이 탄생할 리가 없다. 그 다음에 생김직한 요식업은 카바레나 클럽을 찾는 손님을 유치할 것은 틀림없지만 기존의 카바레나 클럽과는 차별화된 서비스 없이는 고객을 빼앗을 수 없다.

돌아보면 최근의 밤업체는 핵분열이 심하여 한마디로 말하면 월수입 5백만 원 정도의 호스테스들의 독립이 가장 성행한다는 것이다. 즉 고급클럽에 와서 몇 백만 원씩 지불하는 사장족이 훨씬 줄어들었다는 것이다. 매상고에 의한 배당을 받고 있는 호스테스가 위기에 처하게 되었다. 어떻게 해서든 업주가 요구하고 있는 그 선을 유지할 수 없을까 하고 노력하지만, 줄어만 가는 매상을 끌어올린다는 것은 용이한 일이 아니다.

단 한 가지 생각할 수 있는 것은 자기 자신이 점포를 열어서 업체에서 얻은 수입도 자기 수입에 가산하는 방법이다.

가령 매상의 20퍼센트를 배당 받는다고 하면 최소한 월 2천만 원 매상을 올려야만 비로소 4백만 원의 수입이 된다. 자기의 손님만으로 매월 2천만 원을 올리는 것은 어렵지만, 가령 그 정도의 매상을 올릴 능력이 있다면 독립하여 자신이 경영하는 점포에서 5백만 원이 아니라 그 이상의 수입도 얻을 수 있다는 계산이다. 그러기 위해서는 백 평이 넘는 비싼 점포에서 호스테스로 있는 것보다는 십 평이나 이십 평 정도의 공간을 확보하여 자기 점포를 가지는 쪽이 훨씬 유리하다.

그래서 단골 손님을 가진 호스테스들의 독립이 밤거리의 풍조가 되어 대도시에는 북에서 남으로 싼 곳을 찾아서 점포를 가지는 사람이 늘어나 밤의 인구가 이동한다. 점포 규모는 물론 스케일이 작은 업소가 잘 된다고 한다.

▣ 가난은 계획이 필요없다

가난과 부는 흐름이 바뀌는 물줄기와 같다. 그러므로 모든 사람들은 이 인생의 물줄기의 존재를 알려고 매달린다. 때로 그것은 인간의 사고력을 통해 이루어질 수 있다. 그 사고력의 적극적인 감성은 행운을 수반하는 물줄기의 한부분으로 나타난다. 소극적인 감정은 가난으로 떨어지게 하는 지류를 이룬다. 그러므로 부가 가난을 대신할 때, 그 변화는 계획을 잘 세워 주의 깊게 수행함으로써 일어난다. 하지만 가난은 아무런 계획도 필요하지 않는다.

9 | 정리되는 운명업체

이와 같은 풍조가 물건을 파는 분야에서도 일어나고 있다.

흔히 신문이나 잡지에서 '경영고문(consultant)'이라는 직함으로 경영 진단을 하고 있는 기사를 접하게 되지만, 상점 중에서 진단을 받고 있는 업체에는 의류상이 많다. 지방도시에서 오랜 동안 의류상을 해 왔지만, 최근 두드러지게 매상이 줄어들었는데 어떻게 하면 실지회복을 할 수 있을까 하는 질문에 대하여 경영고문 측에서는,

① 상품 구성을 바꾼다.

② 상품의 진열을 바꾼다.

③ 선전 광고의 방법을 바꾸어 본다.

고 하는 지도를 한다.

그 내용은 지도하는 사람에 따라서 방법이 다르다. 예컨대 진열을 바꾼다고 해도 백화점과 같이 하라든가, 전시장과 같은 세련된 방법을 권하는데 한하지 않고 도리어 상품 위에 또 상품을 쌓는다

든가, 천장에 매단다든가 하여 혼잡한 감을 느끼게 하는 편이 더 안정감을 주게 되므로 손님이 쉽게 매장을 출입할 수 있게 되어 업주는 고마워한다고도 써 있지만, 그런 기사를 읽을 때마다 과연 그럴까 하는 의문을 가지게 된다.

왜냐 하면 의류 상품이 가장 많이 등장한다는 사실은 말할 것도 없이 문제가 있는 상점이 많다는 것을 뜻하며, 구조 변화에 의하여 정리될 운명에 놓여 있는데, 그렇게 간단히 회복할 것인가 하는 문제점을 생각해 볼 일이다.

내가 알고 있는 어떤 의류 상인은 인구가 증가하고 있는 지방도시의 상점가에서 이미 이십 년 동안이나 장사를 하고 있다. 물건이 부족한 시절, 위성도시에 인구가 집중되던 시절에는 다른 사업과 마찬가지로 재미를 보아왔다. 장사가 잘 될 때에 주위 사람들의 권고를 듣고 인근의 땅도 사고, 아파트를 사기도 했으므로 전체적으로는 수지 상태가 좋았지만, 이미 십 년 전부터 의류상의 매상이 줄기 시작했다.

그 이유는

(1) 부근에 대형 할인매장이 생겨서 와이셔츠나 내의, 양말과 같은 일용품의 고객을 빼앗기게 되었다는 것.

(2) 고객의 기호가 갈수록 고급화되어 대도시 백화점에까지 먼 거리 쇼핑을 하는 사람이 늘었다는 것.

(3) 점포가 좁아서 실용품을 대대적으로 파는 가게로 전환할 수가 없고, 외국의 유명 제품만을 파는 전문점으로 바꾸기에는 지방도시에는 그럴만한 수요가 발생할 기미가 보이지 않는다.

(4) 지금과 같은 어중간한 장사를 하고 있으면, 종업원의 월급도 줄 수 없게 되고, 자신의 수입도 제대로 챙기지 못하게 될 것이다.

왜 그렇게 되는 것인가 하는 상담이 있었지만, 그 대답은 장사를 계속할 것이 아니라,

(1) 폐업을 하고 점포를 타인에게 임대한다.

(2) 전업해서 제과점이나 간이분식점을 경영하라고 권고했다.

의류상이 전혀 안 된다는 것이 아니라. 계속하려면 할인점이나 백화점도 생각하지 못하는 참신한 아이디어로 경영할 것, 그런 경우에도 장소를 다른 곳으로 옮기지 않으면 안 된다는 이유에서였다.

그러나 나에게 경영을 의논한 사람은 말뜻을 잘 이해했다고는 하지만, 어느 것 하나 실행하려고 하지 않았다. 가장 큰 이유는 오랜 동안 해 온 장사를 폐업하는 것에 부인이 적극 반대하기 때문이라고 말했다. 결국은 그것 때문에 생활비는 물론 자신의 수고비조차도 나오지 못하게 되어버렸다.

그래도 아직 장사를 계속하고 있는 것은 집세가 나가지 않기 때문일 것이다.

세련된 유머를 잘 구사했던 루즈벨트 대통령은 재임 시절에 단 한 번도 초조해 하거나 낙담하지 않은 것으로 유명하다.

다음은 어느 신문기자와의 대화 내용이다.

"걱정스럽다든가 마음이 초조할 때는 어떻게 마음을 가라앉히십니까?"

"휘파람을 붑니다."

"그렇지만 대통령께서 휘파람을 부는 것을 들었다는 사람이 없던데요?"

"당연하지요. 아직 휘파람을 불지 않았으니까요."

10 | 소매업 수난의 세월

장사가 잘 안 되므로 폐업하고 싶다고 생각하면서도 폐업하지 못하고 있는 사람이 얼마나 되는 지 알 수 없다.

폐업하고자 하는 이유는 경우에 따라 다르다. 개인적인 사정에 의한 경우도 있지만, 사회 전체의 변화가 그 장사를 더 이상 유지 못하게 하는 형편도 있다. 양자 모두 관계가 없는 듯이 보이지만, 실제로는 서로 복잡하게 얽혀져 있다.

장사를 시작한 동기가 가업을 승계한 것이거나, 자기가 선택했거나 간에 영업이 잘 될 경우에는 의욕도 왕성하고 신체도 건강해서 더욱 잘 하려고 노력하기 때문에 일의 능률이 향상된다. 그런데 풍향이 바뀌어서 순풍이 역풍으로 갑자기 상태가 난조를 보이면 일뿐만 아니라 몸의 건강 상태도 이상하게 되어 버린다.

소매업자뿐만 아니라 도매업자, 생산업자에까지 큰 충격을 주고 유통 경로에 변화를 가져 오게 한 것은 뭐니뭐니해도 대형 할인매장의 출현일 것이다.

지금까지 슈퍼는 소매업으로 정착해서 일정한 형태를 가지고 유지하고 있지만 더 이상의 확대를 억제 당하는 형편에 놓여 있다. 대형 소매업의 경영자들은 '경쟁의 자유'를 방패로 삼아 반격에 나서고 있으나 내실은 대형 슈퍼에 이르기까지 거의 포화점에 도달했다고 봐야 하며, 대형 점포 끼리의 난립 난전이 방지된다는 의미에서 겨우 안심하고 있는 것이 아닌가 하는 속마음도 없는 것은 아니다.

따라서 이 기간 동안 계속된 대형 점포의 약육강식도 점차 종막에 이르렀지만, 여기까지의 나날은 소매업자에게 있어서는 그야말로 수난의 시대였다.

다만 수난의 시대라고 하지만 전업의 자유가 있으므로 누구든지 소매점 주인을 내놓고 대형 할인매장의 경영자가 될 수가 있었다.

슈퍼라는 유형은 원래 우리 나라에는 없었으므로 모두 타업종에서의 전업자였다는 것은 당연하지만, 재미있는 사실은 성공시켰다는 실례는 손가락으로 꼽을 정도 밖에 안 된다. 겨우 종래의 백화점이 자회사를 만들어서 슈퍼 부문을 담당시킨 것 정도이며, 세상의 변화에 따라서 할인매장을 비롯한 유통업체가 커져서 성장은 했지만, 아직도 업계의 1,2위가 못 되고 있는 실정이다.

그러므로 '자본이 없으면' 하는 말은 무능력자의 변명이라고 하겠지만, 아무리 능력이 있는 자라도 사회에 큰 변혁이 일어나는 시기가 아니면, 도저히 단기간 내에 대기업의 창업자로 오를 수 없다.

공업이 발전하면 인구가 공업단지로 집중한다. 메이커는 수요에 따라 공장을 건설하는 한편, 전국에 사람을 파견하거나 광고를 통해 종업원을 모집한다.

젊은 사람들은 학교를 졸업함과 동시에 대도시 혹은 주변의 공업 단지에 집단 취직을 하는 경향이고, 공업이 발전하는 지역에 사람이 이동하므로 같은 나라 안에서도 인구 과밀지대와 과소지대가 출현한다.

한편 공업은 높은 임금으로 타업종에 종사하고 사람을 빼내려고 하기 때문에 농업과 상업에 이르기까지 일손 부족이 점차 현저하게 확대되어 농촌에서는 노인과 부녀자의 농업이, 상업에서는 소규모의 할인매장, 즉 슈퍼의 발흥이 시작되었다.

물론 그 동안 슈퍼가 일손 부족이 원인이 되어 번창하게 된 것은 아니지만, 사회 전체로 인력 부족 현상이 일어나지 않았다면 저 정도로 급작스럽게 확대되지는 못했을 것이 아니겠는가 하는 생각은 슈퍼의 시작이 싸구려 가게였지만, 이들 가게가 출발하게 된 시점에서 다른 소매점과의 마찰은 끊이질 않았다.

예컨대 서울 청계천 뒷골목에 싸구려 전기제품 점포가 있었지만, 이곳 주인은 단 4평의 점포에서 연간 20억 원의 매상을 올리고 있었다. 그 과정에서 몇 차례나 다른 지역의 전기 상회들로부터 협박을 받았다.

또 집단적으로 메이커에 압력을 넣어 출하를 정지시킨 기록도 남아 있다. 할인 판매가 같은 지역의 상권을 빼앗아 생존을 위협한다고 생각했기 때문이다.

이와 같은 사례의 할인점 진출이 지방 도시에서도 발생하였다. 만약 같은 시기에 상업에서 공업으로 인구 이동이 일어나지 않았다고 하면, 상업으로 밥을 먹고 있는 사람들은 자기들의 생존권을 지키기 위하여 죽을 힘을 다해 슈퍼와 싸웠을 것이다.

1) 손님의 요구를 미리 충족시킨다.
2) 다른 사람이 뒤로 물러날 때는 밀어붙이고, 상대가 밀어붙일 때는 물러난다.
3) 남들이 하지 않는 것을 한다.
4) 어둠 다음에 오는 새벽을 생각한다.

11 | 덤핑판매와 대량판매의 성공

성공한 사장들은 제품개발, 판매 이익 등 모든 것이 직원들의 노력과 마음이라는 사실을 잘 알고 있는 사람들이다.

또 하나의 예로 슈퍼의 전국 석권을 용이하게 한 것은 공업의 급속한 발전에 의한 유통 구조의 변화일 것이다. 지금도 메이커에서 나오는 가격과 소매 가격 사이에 폭이 너무 크다는 말을 듣고 있지만, 산업계에 이렇다 할 변화가 없을 때는 농업이나 공업, 상업에서 일하는 사람들의 비율이 거의 일치하고 있어서 그들을 교육시키기 위하여 분배되는 자금도 거의 한정되어 있다.

예를 들면 물건의 값이 소매값으로 1만원이라고 한다면, 대체로 메이커의 생산 원가는 3분의 1이며, 만들어 낸 제품에 모든 경비를 얹어 판매회사에 건너가는 가격이 5천 원에서 5천 5백 원이 된다. 또한 판매회사에서 도매상으로 건너가는 값이 6천 원이라고 하면, 도매상에서 소매상으로 넘어가는 값은 6천 5백 원에서 7천 원 정도가 될 것이다.

메이커에서 비교적 마진이 높은 물건을 만들기까지 많은 경비가

들기 때문이며 또 팔리지 않을 경우 재고 비용까지 생산비에 포함시킨다. 도매상의 마진이 비교적 낮은 것은 팔리는 상품을 필요한 만큼만 사입하면 되고, 또 소매점을 몇 백 개나 거래하고 있기 때문에 제품 한 개당의 마진이 적다고 하더라도 양으로 충분히 커버할 수 있다. 반대로 소매점의 마진이 비교적 높은 것은 점포의 매상에 한계가 있고, 제품의 마진이 크더라도 결국은 대단한 수입이 되지 못하기 때문이다.

이러한 원칙이 작용하고 있기 때문에 물건의 가치에 좌우되지만, 메이커, 도매상, 소매점의 마진율은 대체로 정해져 있다. 대량으로 소비되는 식품 등의 마진은 낮고, 돈의 부피는 높아도 좀처럼 팔리지 않는 사치품의 마진은 큰 것이 보통이다.

그러나 기술 혁신에 의하여 양산이 가능해지고, 다른 쪽에서 매년 소득 수준이 높아지면서 기존의 마진 비율을 파괴하려는 작용이 생긴다. 가격 1만 원짜리 상품을 3천 3백 원으로 만들어서 5천 5백 원에 출하하고 있는 메이커로 보면, 3천 3백 원을 십 퍼센트 다운하면 3천 원이지만, 이 3백 원을 코스트다운 하기란 그야말로 피나는 공정이 뒤따른다.

한편 유통 과정에서는 4천 5백 원이라는 마진이 있다. 만약 도매상을 없애 버리면 1천 원이나 1천 5백 원의 차이가 생기고, 소매점을 없애고 도매상에게 소매를 시키면 1만 원짜리 물건을 6천 5백 원이 아닌, 7천 원이나 8천 원에 팔 수 있다.

값이 1만 원이라면 쳐다보지도 않을 소비자라도 같은 상품이 이십 퍼센트 이상 이십오 퍼센트 싸다면 사고싶다고 생각할 고객이 훨씬 많을 것이 아니겠는가. 메이커로서도 유통 마진의 절약은 최대의 관심사인 판매 전략이다.

한편 그와 같은 유통 과정을 통해 장사를 하고 있는 사람의 생각도 마찬가지이다. 소매업자는 상품의 마진이 많을 지 모르지만, 1만 원이라면 팔리는 양은 뻔하다. 만약 가격을 낮춰 8천 원에 팔면 상품의 마진은 3천 5백 원에서 1천 5백 원으로 줄지만, 그 대신 5배를 팔면 7천 5백 원이 되므로 배 이상의 이익이 오른 것이 된다. 더 많은 양을 팔 수 있다면 도매상은 도매가를 5백 원 더 내려줄지도 모른다. 그렇다면 5배의 판매 이익은 7천 5백 원이 아니라, 1만 원으로 불어난다.

소매점으로서의 매상이 적음으로 도매상과 거래하지만, 만약 다량 판매가 실현된다면 메이커와 직거래하는 것도 불가능한 조건은 아니다. 판매회사가 도매상에 내는 5천 5백 원으로 직접 사입할 수가 있다면 제품 한 개의 마진은 더욱 많아질 것이므로 중간 도매상 따위는 없애 버리라고 큰 소리치게 될 것이다. 현재 유통 구조 혁신의 일환으로 '중간 도매상의 무용론'이 대두되어 도매인들의 간담을 서늘케 하고 있어 앞으로의 방향이 예사롭지 않다.

또 한편 도매상 쪽에서도 같은 생각을 할 수 있다. 유통혁명이 일어난다면, 도매상의 존재가 불필요하게 되어 직접 소매상 역할을 하면 될 것이 아닌가. 도매상이 소매로 1만 원짜리 물건을 8천 원이나 7천 5백 원에 팔면 고객이 모여들 것이다.

즉 소매점에서 대량 판매점으로 전환된다고 하여 이상한 것은 없지 않은가.

사실 미국에서의 슈퍼 발전의 역사를 더듬어 보면 도매상에서 슈퍼로 변신한 예가 많이 있다. 단지 도매상은 소매점을 상대로 하고 있고, 같은 지역에서 소매점을 시작하면 거래선으로부터 맹렬한 저항을 받기 때문에 그 상권 밖으로 나가서 슈퍼를 개설한다는 것이 미국 도매상의 상법이었다.

우리 나라에서도 도매상이 싸구려 매점이 된 예가 중소 도시에서 나타났다. 그러나 도매상이 할인매장으로 진출해서 성공을 거둔 예는 극히 드물다. 왜 그런가 하면 도매상의 거래 특정상 소매점으로부터의 저항이 많은 것과 도매상이라고 하는 가업을 현재 가지고 있는 사람은 그 하류로 진출한다는 것은 실제 문제로서 곤란하기 때문이다.

도매상이 슈퍼로 진출하는 것이 곤란하다는 것이 아니라, 한 가지 직업에 종사해 온 사람이 다른 데로 전환하는 것이 어렵다고 하는 일반 원칙이 작용하고 있다는 점이다.

▣ 인내력을 기르는 4가지 단계

1) 명확하게 구체적인 목적 의식을 가지고, 그 달성을 위해 불타는 욕망을 가질 것.
2) 목표 달성을 위해 보다 현실적인 계획을 세워 끊임없이 실천에 옮길 것.
3) 실천에 있어 소극적인 자세, 용기를 잃는 그러한 불필요한 부작용에 대해서는 굳게 마음의 문을 닫고 뒤를 돌아보지 말 것. 친

척이나 친구들의 반대하는 충고도 예외는 아니다.

4) 자기의 성공 계획이나 목표를 수행하는데 있어서 격려해 주는
   사람들과 우호적인 관계를 갖는다.

12 | 슈퍼가 거리를 변화시켰다

그렇다면 어떻게 소매점은 슈퍼로 변신할 수 있었을까. 우선 생각되는 점은 소매상이 바뀐 것이 아니라, 사람들이 군대에서 돌아와서 이것저것 장사를 해 본 결과 '시대의 변화'에 잘 적응한 것이며, 본인들이 소매상 출신일런지 모르지만 처음부터 소매점 주인은 아니었다.

개념상 소매상이라고 하지만 슈퍼의 원형은 거리의 작은 잡화점이었다. 그러나 동네 술집이나 잡화점 출신이 슈퍼의 사장이 된 사람은 없다. 그러므로 대부분 동네 잡화상을 하고 있었다든가 양품점을 하던 사람이 새 업종에 진출한 것이며, 아직은 본인으로서도 미숙한 상인이었다.

그러므로 장사를 새로운 지역에서 시작하기 때문에 기존의 소매상으로부터 저항도 없고 자기가 태어난 고장에서 슈퍼를 개점하라는 압력도 없었다. 소위 본바닥 슈퍼라고 하는 점포도 있지만, 문자

그대로 본토박이 슈퍼로 성공을 거둔 사람은 드물다. 본토박이 슈퍼라 하지만 경영자가 출신지에서 영업을 하고 있는 것은 조금 입지 조건이 나은 정도에 불과하지, 같은 지방이라 하더라도 점차적으로 점포를 확산해서 중간 유통업체로 육성된 것이다.

그러므로 슈퍼의 발전은 경제 발전 역사의 한 측면을 대변해 주고 있는 것이라고 해도 과언은 아니다. 그 때문에 소매업은 물론 도매업도 재편성이 부득이 이루어지게 되었지만, 그렇다고 해서 소매업이나 도매업이 없어져 버리지는 않았다. 다만 방법만 바뀐 것이고, 현재에도 슈퍼와 공존 공영하고 있는 도·소매업이 많음을 엿볼 수 있다.

슈퍼가 출현했을 때 기존의 소매상, 도매상, 백화점에 이르기까지 격심한 영향을 받게 될 것이라고 직감했다. 하나의 새로운 장사가 크게 성장할 때는 반드시 거기에 먹혀서 망하는 장사가 생겨나게 마련이다. 이와 같이 어느 거리에 대형 슈퍼가 진출하면 상점가에서 같은 상품을 팔고 있는 소매점은 매상이 반감된다고 한다. 그러므로 슈퍼가 진출한다는 소문이 돌면, 그 주변의 상점가 주인들은 선두에 나서서 슈퍼 진출의 반대 동맹을 구축하여 기세를 올린다.

“왜 반대하는 겁니까?”
하고 반대편 선두에 서 있는 사람에게 물어보면 한결같은 대답이다.
“우리들의 장사에 방해가 되니까요.”
“그렇다면, 당신 상점에서 팔지 않는 물건을 사려고 할 때는 어디로 가면 됩니까?”
“그야 슈퍼로 가면 되지요”

하고 천연덕스럽게 대답하는 것이다.

장사를 하고 있는 상인일지라도 소비자라는 또다른 면이 있다. 소비자로서 자기 점포에서 팔지 않는 것을 사려고 할 때는 슈퍼에 가면 된다는 생각은 다른 사람에게, 이웃 사람들도 모두 슈퍼에 가게 될 것이므로 같은 지역에서 슈퍼와 같은 종류의 물건을 팔고 있는 가게는 유지할 수 없게 된다.

술집, 잡화점, 식육점, 생선가게, 과일가게, 체소가게, 제과점, 다방, 의류점, 철물점, 화장품점, 전기기구점, 수예점 등등 거리의 상점 대부분이 경기가 침체되어 문을 닫는 광경이 눈에 선하다. 만약 이들 상점이 한꺼번에 문을 닫아 버리면 거리 전체가 시들어 버리지 않을까.

사실 지방도시의 변천을 돌아보면 상점가가 계속해서 슈퍼의 진출을 반대하므로 정류장 뒷골목의 인가 드문 한적한 곳이라던가, 벽돌공장을 하다가 떠난 뒷자리 등의 싼 땅을 사서 거기에 대형 점포를 연다. 한 점포에서 필요한 물건을 무엇이든 살 수 있고, 상품 구색이 갖추어져 있고 값도 싸다고 하면 다른 상점의 주인 부인도, 슈퍼 진출 반대 동맹의 회장 딸도 모두 몰려들 것이다.

사람이 모이면 장사가 되므로 꽃집이나 과자점, 양복점, 세탁소, 음식점 등 그다지 경합하지 않는 업종은 슈퍼가 있는 거리에 점포를 열게 된다. 그러면 지금까지 인가도 없는 한적했던 곳이 번화한 거리고 변하고, 기존의 상점가와 유통업소가 몰려 있는 곳도 사람의 통행이 뜸해지면서 장사가 안 되고 시들해 진다.

장사가 안 되면 점포를 정리하고 가게를 팔고 싶어 하는 사람이 늘어나게 마련이다. 매물 쪽지는 붙이지 않았지만 이불집도 내놓고, 잡화가게, 옷가게도 팔려고 내놓는다. 이렇게 되면 오를 땅값도 오르지 않게 된다.

한 거리를 보고 있노라면 해마다 변화해 가는 지역과 시들어가는 지역이 뚜렷이 나타나서

"거리라는 곳은 생물 같은 것이로구나"

하는 인상을 준다.

이렇듯 시들어가는 지역에서 장사를 한다는 것은 조만간 망하게 될 것이므로 빨리 가게를 정리하고 다른 업종으로 전환하는 것이 좋으리라는 생각에 이른다. 물론 빠른 시간 안에 단념해 버리고 다른 장사로 전환할 일이다.

그러나 대부분의 사람들은 그렇게 하려고 하지 않는다. 슈퍼가 개점한 즉시 매상이 갑자기 반감되어 매월 적자가 계속된다면 금방이라도 그만둘 결심을 하게 되지만, 당분간 참고 있노라면 반감됐던 매상이 다소 회복해서,

"이 정도면 할 만하지 않겠는가?"

하는 생각을 하기 때문이다.

대개의 사람들은 변화를 두려워하고, 타성으로 살려는 성질이 있기 때문에 결단성 있게 업종 전환을 못한다.

▣ 성공하려면 아무도 가 보지 않은 길로 떠나야 한다

한없이 외롭고 두려움마저 느껴지는 그 길로 가야 한다. 커다란

절망이 기다리고 있을지라도, 아니 죽음마저 피할 수 없는 길이라
할지라도 스스로 선택한 길이기에 떠나야 한다. 안주하는 삶은 실패
보다도 더 두렵기 때문이다.

제4장

높은 이자돈을 무서워하라

13 | 부도에 대한 공포

　장사가 잘 되게 하기 위한 조건에는 여러 가지가 있지만, 장사가 안 될 때와 비슷하다. 우선 매상이 떨어진다. 회사 내의 의견이 대립되기도 하고, 어음 부도를 당하기도 해서 뜻밖의 손실을 입는다. 매상이 감소되어 흑자가 적자로 변하여 자금 회전이 어려워지면 현금으로 결제하던 것을 어음으로 끊게 되고 어음 발행 기한이 1개월에서 2개월, 3개월로 연장된다.

　업적이 시원치 않다는 사실을 공언할 수 있는 동안은 아직 괜찮다. 그것은 회복의 가망이 엿보인다든가, 회복하기 위해 노력하고 있기 때문이다. 그 사이에 이것도 저것도 아니게 꼬여 버리면 거래선은 물론 거래 은행에서조차 정직한 말을 할 수 없는 지경에까지 이른다.　무의식으로 사실대로 말을 하면 자재 공급처에서는 경계해서 물품을 대주지 않게 되고, 거래 은행에서는 더 이상 빌려줄 돈을 주지 않음은 물론 대출금조차도 환수하려든다.

거래처와 은행 어느 쪽이 중요한가 물어보면 사업하는 사람은 누구나 은행이라고 서슴없이 말할 것이다. 거래처는 안면이나 코넥션(connection : 관계)으로 다시 얼마든지 잡을 수 있지만, 은행에 눈치를 채게 해서 빌린 돈까지 환수 당하면 돈줄이 막혀 도산에 쫓기게 된다.

그러므로 어떤 일이 있어도 은행과의 약속은 지키려고 노력한다. 무엇보다 이미 끊어놓은 어음을 기일 내에 결제를 못하면 1차 부도, 2회면 은행거래가 정지되므로 용서가 없을 만큼 가혹하다.

부도를 내면 은행거래가 정지될 뿐만 아니라, 우리 나라에서는 곧바로 도산을 뜻한다. 은행에서 돈을 빌릴 때 약정서라는 것에 도장을 찍게 되는데, 거기에는 은행거래가 정지되었을 때 대출 받은 돈을 즉시 갚지 않으면 안 되고, 만일 갚지 못한다면 담보 물건을 경매에 붙여도 이의 없다고 약정되어 있다.

돈을 빌릴 때에는 누구든지 갚지 못하리라고는 생각하지 않으므로 약정서의 내용을 하나 하나 검토하는 사람은 없다. 갚지 못하면 담보물을 빼앗기게 된다는 사실은 누구나 생각하고 있는 상식적인 내용이며, 그런 약정서에 이의를 말하면 애당초 돈을 꾸어 줄 리가 없다. 그러므로 누구든지 약정서 따위는 보지도 않고 서명을 한다. 은행이 그토록 가혹한 조건을 붙일 까닭이 없다고 안심하고 있는 면도 있다.

이런 말을 하는 나 자신도 은행의 약정서에 대단히 많은 도장을 찍어 왔지만 조문을 자세히 읽어본 적은 한 번도 없었다.

그러나 결제한다고 끊어놓은 약속어음의 기일에 만약 결제할 돈이 없으면 어떤 변을 당한다는 것은 누구나 잘 알고 있는 사실이다. 부도를 내면 그 회사에 물건을 납품하고 있는 거래선이 즉시 달려와서 대금을 받지 못한 납입품을 회수해 가고, 그 중에는 타사의 제품까지도 액수만큼 마무리를 짓기 위해 가져가는 자도 있다.

나와 절친한 건설업자는 하청 업체에 철근을 공급해 주었는데 그 업체가 도산하는 바람에 목재를 채권자가 가져가 버린 적이 있었다. 그는 자신이 맡겨 놓았던 물건이라며 돌려 달라고 상대 채권자에게 말했지만, 그것은 자신들이 채권 대상으로 맡아둔 것이라고 버텨서 끝내 돌려 받지 못해 예기치 않은 피해를 당한 경우를 보았다.

그러므로 물건을 어음으로 파는 장사는 사 간 곳의 재무 상태에 끊임없이 세심한 주의를 기울일 필요가 있고, 조금이라도 수상하다고 생각되면 거래를 끊든가 회수를 서두르든가 적절한 대책을 취하지 않으면 안 되지만, 사입을 하는 쪽도 일단 부도를 내면, 그날 중으로 창고 안이 비어 버리게 됨은 다반사다.

상장을 하고 있는 큰 회사가 되면, 그러한 상품의 인양을 막기 위하여 회사관리법 적용을 법원에 신청하는 경우가 있지만, 중소 기업에서는 회사관리법이 적절치 않으므로 한 번 부도를 내면 회사의 기능은 완전히 마비되어 버리고 자칫 잘못하면 부정수표 단속법에 입건되어 구속을 당하거나 채권자 회의에 끌려 다니든가 재판에 불려 다니기도 하여 도산 후 적어도 2~3년 간은 그 뒷처리에 어두운 나날을 보내게 된다.

그러므로 장사가 잘 안 되어 자금 변통에 쫓기게 된 후에도 경영자는 어떻게 해서든 부도만은 내지 않으려고 고군분투하게 된다.

토마스 에디슨은 전등 발명을 꿈꾸었다. 그 꿈을 실현시키기까지 얼마나 많은 실패를 거듭하였던가. 그럼에도 불구하고 전등을 발명하기까지 꿈을 버리지 않았다.

휠런은 담배 연쇄점을 만들려는 꿈을 가지고 그 꿈을 행동으로 옮겼다. 그것이 지금 미국 최대의 연쇄점이 된 '유나이티드 시거 스토어즈'다.

라이트 형제는 하늘을 날으는 기계를 만들겠다는 꿈을 가졌다. 그것이 지금의 공중여행을 실현시켰다. 라이트 형제의 꿈은 건전한 것이었다. 현실에 입각한 꿈을 꾸는 사람은 결코 단념하지 않는다.

14 ㅣ고리대금업도 쉽지 않다

사업에서 가장 문제가 되는 것은 자금이 아니라
아이디어의 빈곤이다. 그러나 독창적 방법을 찾아
난관을 극복하는 것이 사업가의 능력이다.

결재 기일은 촉박했는데 돈 변통이 안 되는 사람이 최후로 손을 내미는 곳은 고리대금이란 돈이다. '오후 4시의 막차 손님'이라는 대명사가 있지만, 그것은 은행 영업시간이 끝나는 오후 4시를 눈앞에 두고 부족한 돈을 빌리려 달려오는 사람을 일컫는 말이다. 항간에서 말하는 '달러 빚'이란 그러한 사람들의 약점을 찔러서 10일간에 1할이라는 높은 이자로 돈을 대주는 고리대금을 말한다.

10일에 1할, 10일이 경과할 때마다 복리로 계산하면 1개월에 33%라는 높은 이자로 갚아야 한다. 이런 높은 이자를 지불하고도 유지할 수 있는 사업이 이 세상에 있을 까닭이 없다. 그럼에도 불구하고 떼일 것을 뻔히 알면서 불 속에 손을 넣는 짓을 하는 것은 부도를 다만 하루라도 연기하고 싶다는 절실한 요구 때문이다.

일단 고리대금에 손을 내밀면 그것이 시작이 되어 빚이 눈덩이처럼 부풀어 올라서 십중 팔구는 재기 불능에 빠지고 만다. 그러므로

 그러나 도산 직전까지 쫓긴 사람은 앞뒤를 분별하지 못하게 되므로 고리대금의 손길을 피해 갈 수 있는 사람은 극히 드물다.

월 3%은 고사하고 30% 이상이나 받는 고리대금업자는 어차피 평범한 죽음은 면하기 어려울 것이라고 못된 생각을 할 것이다. 그러나 고리의 대금업자에게 돈을 빌리러 오는 사람은 모두 돈에 쪼달리고 있으므로 자기가 빌려준 돈이 과연 회수 가능한지 어떤지 빌어간 사람 이상으로 불안하다는 점이다.

만약 그렇지 않으면, 이 세상에서 고리대금업보다 돈을 많이 버는 직업은 없을 것이므로 세상의 모든 사람들은 고리대금업자가 되려고 할 것이다. 그러나 그렇게 되지 않는 것은 일반적인 편견은 고리대금업이란 '비난 받는 장사'일 뿐만 아니라, 고리의 금전대차에서 트러블이 자주 발생하여 생각만큼 업적이 안 오르기 때문이다.

어느 유명한 고리대금업자 O씨를 'ㅇㅇ종합 건설'이라고 부르는 사무실을 방문한 것은 한참 운영 자금으로 쪼들리고 있는 친구를 돕기 위한 동행이었다. 고리대금업자로서는 거액의 자금을 움직일 수 있는 입장의 인물이라는 주위의 권고를 받고 방문했지만, 지금도 확실히 기억에 남는 말이 있었다.

"달러라는 고리로 돈을 빌리러 오는 사람이 있습니까?"

"내게 오는 고객들은 급전을 필요로 하는 사람들이 대부분이지요. 열흘이면 은행 대출금이 나온다든지, 물품대금을 받는다든지, 당좌나 어음을 막아야 할 돈이 꼭 필요한 절박한 사람들을 주 고객으로 하고 있습니다.”

“하지만 그런 사람은 담보가 없다든가, 자기의 딱한 사정을 사실대로 말하는지 어떤 지를 알 수가 없지 않습니까?”

“그러니까, 그 자리에서 빌려 줄 것인가, 아닌가를 결심하지요. 우리의 이자가 비싸다고 하지만, 철도요금도 초고속 특급, 급행, 완행의 요금이 각각 다르지 않습니까. 그 자리에서 즉시 빌려 주기 때문에 초고속이나 특급요금이 되는 거지요.”

“하지만 그런 돈을 빌리러 오는 사람은 도산 직전에까지 쫓긴 사람들이 많을 것이 아닙니까? 떼어먹히고 회수 못하는 일은 없습니까?”

“그야 있지요. 그러니까 돈을 꾸어주는 데도 남다른 용기가 필요합니다.”

“그렇다면 당신의 돈만 빌려주는 겁니까?”

“다른 사람의 돈도 움직이고 있지요. 나는 엄격한 신용을 사업 신조로 삼고 있기 때문에 몇 억 원이라도 전화 한 통으로 금방 조달이 됩니다.”

“그러면 커미션을 먹는 셈이군요?”

“하지만 빌린 돈은 전적으로 내가 책임집니다. 받은 이자는 누구에게 주었는 지 밝히지 않는 것이 이 바닥의 불문률입니다. 한편 돈을 갚지 못하게 된 사람은 다시 찾아와서 몇 천만 원만 더 있으면 해결된다며 추가 융자를 부탁해 오기도 합니다. 중요한 것은 그런 경우 어떻게 대처하느냐가 문제지요.”

“고리대금으로 성공할 수 있는 방법은 어떤 것이라고 생각하고 계십니까."

"한 번 떼인 돈을 보충하기 위하여 진흙구덩이에 빠지지 않도록 주의하는 일입니다. 같은 곳에서 회복해 보려고 하지 말고 다른 곳에서 벌어서 매꿔 나가는 일이 현명한 방법이지요."

"그렇다면 돈을 꾸어주는 일도 쉬운 직업이 아니군요."

"말씀 그대로입니다."

눈빛이 날카로운 바다도깨비 같은 좋지 않은 인상을 보여주는 사람이었지만, 왜 이 사람이 제단 앞에 서서 저토록 진지하게 합장을 했었는가를 알 법도 했다.

그런 사람에게서 급히 돈을 빌리고도 갚지 못하게 되자, 도리어 고리대금업자를 헐뜯는 사람이 많지만, 그의 입장이 되면 떼일지도 모르는 위험을 무릅쓰고 돈을 빌려주는 것도 결코 쉬운 장사는 아닌 것 같다.

▣ 큰 욕망이 큰 성공을 가져온다

모든 목표에 대한 관찰을 위한 출발의 발판은 욕망이다. 이 점을 언제나 마음 속에 간직해 두고 성공의 불을 지펴야 한다. 조그만 불을 지피고 있으면 극히 소량의 열 밖에 얻을 수 없는 것과 같이 욕망이 작으면 얻어지는 결과도 작을 수밖에 없다. 자신이 끈기가 없다는 사실을 깨달았다면, 그 약점을 욕망이라는 불로 일으켜 크게 타오르게 함으로써 바로 잡을 수 있다.

15 | 어음이 필요없는 장사에 눈을 돌려라

고리대금업을 인과의 장사라고 하지만, 그것은 선량한 서민으로부터 피나고 눈물겹도록 돈을 빨아올리므로 인과는 아니고, 도산 직전에 쫓긴 사람을 상대로 떼먹힐 위험을 무릅쓰지 않으면 안 되는 점이 인과가 아닌가 생각되는 연민의 장사다.

고리대금의 시초는 전당포였지만, 그것이 발전하여 서민금고라는 명목의 사채금융시장이 있어 신문을 펴면 이자에 쫓겨 일가족이 집단 자살했다는 기사에 접하게 된다. 큰 활자로 사채업자의 독촉 때문에 자살이라는 기사가 있고 죽은 사람의 신원이 무직자이거나 시장의 영세 상인이라고 밝히고 있어 사채업자가 비난의 대상에 올라 있지만, 그 내용을 잘 살펴보면 경마나 전자오락실과 같은 도박에 미쳐서 빚이 3천만 원이 됐다던가, 내 집 마련에 높은 이자의 금융 빚에 쪼들려 옴치고 뛸 수가 없게 됐다는 경제 음치들 뿐이다.

이러한 경제적인 무능력자에게 돈을 빌려주는 자가 나쁘다고 하지만, 경마나 전자오락실에서의 도박 행위를 그대로 묵과하는 국가나 지방단체가 더 나쁘고 아파트를 건축해서 경제적 무능력자에게 파는 건설업자도 예외는 아니라고 할 수 있다.

내가 알고 있는 사람 중에도 사금융업을 하고 있는 사람이 있지만, 돈을 얻으러 오는 사람들 중에는 이곳저곳을 전전하며 대출금만 떼먹는 악질도 있고 빌린 돈은 애당초 갚지 않기로 작정한 '금전에 무책임한 자'도 많다는 것이다.

큰 규모의 금융회사에서는 뗀 돈의 뒷처리만을 전담하는 부서가 있지만, 소규모라면 직원이 미수금 회수까지도 담당하지 않으면 안 된다.

산동네, 혹은 변두리 지역까지 찾아가서 본인이 돌아오기를 숨어서 기다린다. 겨우 막차로 돌아온 본인에게 집으로 들어가려는 것을 가로막으며 "돈을 갚으라."고 문앞에서 언쟁을 하다가 이 쪽이 한눈을 파는 사이에 집안으로 뛰어들어가서 문을 잠궈 버린다. 아무리 벨을 눌러도 묵살해 버리는 것은 당연하고, 어떤 자는 일부러 TV를 틀어 볼륨까지 높인다.

"그런 때는 공단주택의 도어가 철재로 되어 있다는 것이 정말 원망스러워요."

하는 탄식의 소리를 들으면, 도대체 어느 쪽이 악질인지 알 수 없다.

또 어느 일류 광고회사 사원에게 돈을 빌려주고 좀처럼 돌려받지 못한 금융회사가 있었다. 담당자가 새로 입사한 신참이었는데, 사장이 그에게 반드시 회수하도록 엄명했다.

이 신입사원은 고지식한 사람이었으므로 광고회사의 정문 앞에서 사진으로 본 문제의 사람이 나오기를 잠복하고 기다렸다.

"오늘은 꼭 주셔야 되겠습니다."

"오늘은 돈이 없는데요."

"그러면 돈을 줄 때까지 당신을 따라 다녀야겠습니다."

"농담마시오. 오늘은 친구들을 만나기로 약속되어 있습니다."

"그러면 친구 분을 만나는 자리에 나는 당신 옆에서 기다리고 있을 것입니다."

술좌석에까지 동행해서 그 옆에서 기다리고 있자, 마침내 지쳤는지 친구들의 주머니 돈까지 빌려 갚아 주더라는 웃지 못할 이야기도 있다.

이상의 정황으로 알 수 있듯이 사채시장이나 서민금고에서 돈을 빌리는 사람 중에는 근본부터 '악질자'이거나 금전 관리에 대한 무능력자가 섞여 있다. 그런 자들을 상대로 장사를 해야 하는 점이 돈놀이에 난관이 있는 것이다.

고리대금업은 이와 같이 방만한 경영이라든가 시세에 맞지 않는 사업을 해서 자금난에 허덕이는 경영자에게 돈을 빌려 주는 업종이므로 신사적으로 해결하려다가는 자기 스스로가 자금이 바닥나서 도산해 버리게 된다. 그러므로 고리대금을 하는 사람은 폭력단과 관계를 맺고 있던가, 아니면 자기 자신이 폭력자임을 엿볼 수 있다.

빌려 쓴 돈을 약속대로 갚지 않을 때는 법보다 더 효과적인 수단에 호소하게 된다는 극약 처방이 해결 방법으로 동원되기도 한다.

따라서 일단 고리대금에 어음을 건네주는 사람은 놀음에 손을 대는 것과 같아서 막다른 곳까지 가지 않고서는 끝나지 않는다.

근본은 '어음'이라고 하는 안이한 지불 수단이 있기 때문이다. 도산하지 않기를 원하다면 어음을 끊지 않고도 되는 장사를 하는 수밖에 없다.

성공을 이루기 위한 목적과 지향하는 가치는 열정과 도전의 산물로서 실체를 추구하는 구체적인 활동이다.

성공에 도전하는 철학과 목표가 명확하지 않으면 내 노동의 댓가는 단순한 돈벌이의 수단으로 전락하게 되며, 아무리 노력해도 성공의 새벽은 멀기만 할 것이다.

16 | 연쇄도산의 무서움

우리 사회는 실패한 사람에 대해서는 차갑고 냉혹하다. 실패한 경영자는 무조건 파렴치한 죄인이고 그의 실패에 대한 경험과 노하우는 엉터리로 매도되어 잊어져 버린다.

장사를 하는 사람은 처음부터 풍부한 운영자금을 갖고 있는 것은 아니다. 부모에게서 상속 받은 재산을 가지고 장사나 사업을 하는 사람이라면 몰라도 자기 혼자서 창업한 사람은 직장 생활을 통해 모은 돈이라든가, 친척이나 친지들로부터 긁어모은 돈으로 일을 시작하기 때문에 운영자금은 처음부터 열악하여 금방 바닥이 드러나게 마련이다.

그러면 그런 상태로 사업을 해 나갈 수 없느냐고 하면 물론, 그런 말은 아니다.

자금이 없는 사람은 부족한 대로 운영해 나갈 수 있는 사업 방법을 연구한다. 예컨대 기계나 설비를 매입할 자금이 없으면 월부로 주는 메이커도 있고, 임대해 주는 곳도 있다. 재료나 부품을 구입할 자금이 없으면, 대금 지불을 3개월이나 4개월 연수표로 지불 받는 곳도 있다.

극단적으로 말하면 자기 돈은 한푼도 쓰지 않고 제품을 팔아서 회수한 돈으로 재료비를 지불할 수도 있다는 것이다.

물론 그러기 위해서는 상대편에 대한 신용이 전제 조건이 된다. 돈이 없더라도 인격을 믿고 대주는 경우도 있고, 현금은 아니지만 담보가 될 만한 물건을 요구하여 부동산을 제공한다든지, 보증인을 요구한다. 여하간 지불을 일정기간 유예할 수 있으므로 그 사이에 대금의 회수가 가능하면 적은 자금으로도 큰 사업을 할 수 있는 것이다.

그 대신에 약속어음을 한 번 끊게 되면, "기다려 달라"고 할 수는 없다. 실제로는 기일 전에 찾아가서 "아무래도 자금 융통이 안 되므로, 조금만 더 참아 달라"고 해서 바꿔치기를 부탁할 수 없는 것은 아니다. 그러나 그런 일을 한 번이라도 하면 돈에 쪼달리고 있다는 사실을 상대가 알게 되므로 거래를 정지 당하게 되는 불이익을 감수하지 않으면 안 된다. 그러므로 어떤 무리를 해서라도 혹은 은행으로부터 융자를 받아 어음은 꼭 기일에 결재하는 것이 상식으로 되어 있다.

그러나 기대했던 장사가 실패로 끝났다든지, 지불 받기로 되어 있던 거래처의 입금이 지연되기도 한다. 그런 때에도 자기가 발행한 어음 결제 기일이 다가오면 베개를 높이 베고 밤잠을 잘 수가 없게 된다. 차라리 어음을 끊지 않은 것만 못하다. 그러나 많은 기업인이 그렇게 생각하고 있으며 또 실행하고 있다.

이렇듯 장사는 자기 혼자서 하고 있는 것이 아니고 거래에는 상대가 있는 것이므로 자기가 꼭 그렇게 하고 싶다고 생각해도 상대가 그렇게 해 준다고는 단정할 수 없다. 이 쪽이 어음을 끊지 않고 모두 현금으로 지불한다 해도, 상품을 납품하고 있는 상대가 어음으로 밖에 지불할 수가 없다고 하면, 그것을 받아주지 않으면 거래가 성립되지 않을 수도 있다.

버스값이나 음식값, 광열비 등 주로 서비스에 속하는 쪽은 원칙적으로 현금 지불이지만, 세상에는 '현금 장사'라는 분야의 업종이 따로 구분되어 있다. 그러나 그 이외의 분야에서는 거의 모두 반드시라고 할 정도까지 어음이 유통된다. 지불이란 지불은 모두 어음이라는 거래도 있지만, 반현금 반어음도 있다.

업계 전체가 그러한 상업 습관으로 되어 있는 곳에 끼어들어서, '현금이 아니면 거래 않는다.'고 해도 좀처럼 통하지 않는다. 따라서 자기만은 어음을 발행하지 않는다고 버텨보았자, 상거래를 제대로 이룰 수 없는 벽에 부딪힌다. 그러기 위해서는 받은 어음의 결제 기일이 될 때까지 잠자코 참으며 자기 쪽에서는 현금으로 지불해 나가지 않으면 안 되므로 3~4개월분의 운영 자금을 별도로 가지고 있어야 한다.

현실적으로 여유를 가지고 자금 융통을 하고 있는 회사가 없는 것은 아니지만, 그러한 회사는 유명세가 붙은 우량 기업이고, 대다수의 회사는 받아 온 돈이 어음이면 그것이 현금으로 결제되는 기간을 봐서 지불할 곳을 여기에 맞춰서 지불 수단으로 활용하고 있다. 다소 기간의 여유를 보고 받을 어음과 지불 어음의 금액의 수치가 맞으면, '대체로 정상 운영을 하고 있다'고 사람들은 보고 있다.

수취어음은 내용에 따라 신용도가 달라지지만 상대가 일류 회사이고 지불에 대한 불안이 없으면 우선은 안심해도 좋다. 상대 거래선이 몇 백이나 되는 소매업자로 분산되어 있어서 한 회사에서의 수취어음이 전체의 몇 백분의 일이라고 할 경우에도 염려할 필요는 없다. 또 자기 회사 자체가 재력이 있어서 어음의 할인을 은행에 의뢰하고 있지만, 막상 무슨 일을 당했을 때 어음을 되돌려 받을 수 있는 경우라면 불안 요소는 없다.

그러나 거래라는 것은 반드시 우열의 차나 대소의 차가 생겨서 매상의 20퍼센트 이상을 차지하는 유력 거래선이 있게 마련이다. 그러한 거래선의 도산이 어느날 갑자기 신문에 보도되기라도 하면, 연쇄반응을 일으켜서 이 쪽도 도산 당하는 일이 생긴다.

저성장 밑에서 이익이 적은 장사를 하고 있다면 이와 같은 불안이 가끔 현실로 나타나는 일이 많다.

■ 오나시스의 좌절 원인

1) 그에게서는 부의 위력을 과신한 나머지 '진실한 사랑', '마음의 신뢰', '진정한 건강'이라는 보람을 찾을 수가 없었다.
2) 그는 돈만 있으면 건강을 살 수 있다는 착각에 빠져 있었다.

제5장

다시 소형 매장으로 또 하나의 혁명을

17 | 현금 장사의 맛

부족한 사업 자금과 경험을 보충하기 위하여 부지런히 땀을 흘린 사람은 창업 후에 눈물을 흘리지 않아도 된다.

선진국에서는 어음이라고 하는 상습관이 없다. 그러므로 물건을 사는 사람은 현금, 은행수표, 혹은 신용카드로 지불한다. 장사꾼이 물건을 사입할 때도 우선 착수금으로 얼마의 돈을 지불하고, 물건이 완성되어 납품하면 곧 잔금을 지불한다. 즉 물건 대금을 즉시 회수할 수 있으므로 제품을 생산하는 사람은 그것을 믿고 다음 계획을 수립할 수가 있다.

우리 나라에서 어음 상법에 익숙한 친구가 미국에 현지 법인을 만들고 자사 제품의 판매를 시작했다. 업계 신문에 광고를 냈더니 미국뿐만 아니라, 중동에서도 주문이 들어왔다. 계약이 체결되면 매수자는 5십만 불, 1백만 불을 현금으로 착수금을 지불해 준다.

한편 한국 본사에 대한 주문은 신용장을 내고 물품이 도착할 때까지는 한푼도 지불하지 않아도 되므로 금리가 높을 때는 받은 착수금을 그대로 미국 은행에 맡겨서 이자 차액을 받는다고 한다.

"덕택으로 자회사에 하청을 해서 벌고 있다네."
하고 그 친구는 싱글벙글 웃었다.

만약 같은 미국이나 중동의 고객이 한국 상사에 주문을 한다고 하자. 상사는 현금으로 착수금을 받고 있어도 자기 편에서 하청업체에 주는 착수금은 3개월 어음으로 지불하고 완성된 상품에 대해서도 똑같이 3개월 어음으로 잔액을 지불하면 거래가 끝난다.

상사는 수수료 외에 지불 연장 금리를 이익의 일부로 계산하고 있어 그런 일은 당연하다고 할지 모르나, 제조업을 하고 있는 사람은 그 몫만큼 금리를 코스트로 간주하지 않으면 안 되고, 자금 융통도 고려하여야 한다. 그러므로 여유 자금으로 어음을 가지고 있으면 그만큼 자금 융통이 수월하다고 할 수 있지만, 타인에게도 똑같이 강요하게 되므로 결국은 사용 어음이 없는 경우와 대차가 없다고 볼 수 있다.

하지만 그렇다고 해도 어음제도가 현실적으로 유통되고 있는 사회이므로 자기만이 어음을 받지 않는다고 고집을 부리면 상거래는 성립되지 못한다.

그래서 어음 장사로 쓰라린 경험을 겪은 사람이나, 도저히 어음 장사는 할 수 없다는 사람은 현금만으로 성립되는 장사를 선택한다. 어음 거래가 주류를 이루고 있는 세상에서도 찾아보면 현금으로 장사하는 업종도 있게 마련이다.

예를 들면 운수사업이나 에너지원으로서의 전력이나 가스는 원칙적으로 현금 거래다. 버스 요금도 물론 현금이다. 하루가 끝나면 매표소에 현금이 쌓이고 그 돈은 은행에 맡겨진다. 이익이 남았는지 결손되었는지 매월 집계를 해서 결산해 보면 대차대조표에 명확히 나타난다.

이런 장사에 익숙해지면 어음으로 지불 받는 장사는 현금 장사가 아니므로 기피하게 된다.

식당에서 식사를 하는 것은 선금제도이므로 피해 볼 걱정이 없다. 또 영화를 관람하는데 돈을 나중에 준다며 외상으로 입장하겠다는 사람은 없을 것이다. 집이나 땅을 파는 장사도 원칙은 현금 지불이므로 안전한 장사다.

이러한 상법에 투철하면 현금이 매일 은행 구좌에 들어오므로 은행측에서 보더라도 돈의 유통이 확실하여 그 돈을 믿고 자금을 융통해 주고 싶을 것이다.

1960년대 이후 경제 성장과 급격한 인플레 진행으로 부동산 가격이 앙등되자, 대재벌은 모두 막대한 자산 증식을 이루게 됨과 동시에 다각경영을 실시해서 일대 콘체론(conzern)을 형성하게 되었다.

지방에 가도 이런 형상은 예외가 아니다. 규모는 작으나 백화점이 할인매장까지 겸업하고 있다. 또는 예식장이나 호텔사업에까지 진출한다. 그다지 합리적인 경영을 못 하고 있는 곳도 있지만, 현금 장사와 부동산업으로 일관하고 있는 것은 똑같다.

그야말로 건실한 경영을 지방에서 해 왔고 현금 지불을 한다는 것과 신용의 밑천이 되는 부동산을 가지고 있으므로 은행에서나 거래처에서도 절대적인 신용을 얻고 있는 것은 사실이다.

1) 새는 말이 아니다. 한 번 날아가면 잡을 수 없다.

2) 이빨 빠진 다람쥐에게 도토리를 주어도 소용이 없다.

3) 바보스런 질문에는 대답하지 않아도 좋지만, 예의를 잃지 않아
   야 한다.

4) 두 마리의 말을 타게 되면 진흙 속으로 떨어지게 된다.

5) 멋쟁이가 되려고 초조하게 굴지 말고 좋은 인상을 갖도록 힘쓰
   라. 인생을 서두르는 사람은 요절한다.

6) 친한 벗과 함께 동행하면, 지루한 여행길도 반으로 줄어든다.

7) 백 사람의 친구도 많은 것은 아니지만, 한 사람의 적은 너무 많다.

8) 남의 차를 타게 되면, 그 사람을 위한 노래를 준비해 두어라.

18 | 대형매장을 구해 주는 규제법

그러나 운수회사가 좋은 사업이라고 해서 누구나 시작할 수 있는 성질의 업종은 아니다. 지금의 운수회사는 모두가 30~40년 전에 시작한 것이며, 그 시대에는 신종 사업이었다. 그러니 만큼 운수업 사장들은 피나는 노력을 했던 것이다. 그 열매가 열려서 어쩌다가 그 후계 자손들이 편히 살 수 있게 되었지만, 2000년대의 신규로 시작할 수 있는 사업은 아니다. 물론 인가를 받는 것도 용이한 일이 아니지만, 설령 받았다고 해도 막대한 설비 투자만큼 채산이 맞지 않는 종류의 사업으로 전락되었기 때문이다.

이것은 지금까지의 운수회사가 본업 다음 무엇에 손을 댔는가를 살펴보면 금방 알 수 있다. 시대가 변하면 교통 수단도 바뀐다.

우리 나라에서는 전차 다음에 출현한 것이 자동차이므로 군소업체가 차정비에 열중하고 있을 무렵 트럭에 의한 화물 수송의 루트를 확보한 사람은 운송회사의 사장이 되고, 항공회사의 경영을 시작한 사람은 세계적 스케일의 대기업으로 성장했다. 그런 사업으로 성공한 사람들이 진출한 다음의 목표는 호텔 체인을 만드는 사업이었다.

호텔 사업은 철도의 발전과 함께 그 역사가 생긴 것이지만, 현금 장사와 부동산을 겸한 사업으로 융자 대상으로서는 비교적 안전하다. 그러나 돈벌이로 말하면 자본의 투자만큼 매상이 적고 이윤도 적지만 독점적인 지위에 있는 철도와 비교해 보면 규모가 작다. 어쩌면 호텔 경영은 오늘의 대기업 경영자들이 열을 내고 있는 만큼 매력이 없다는 사실을 미구에 알게 될 때가 올 것이다.

그렇게 배당이 적은 장사보다도 현금 장사로 근년에 급성장을 한 것은 뭐니뭐니해도 대형할인매장이란 유통업일 것이다.

우리 나라에 있어서 슈퍼의 역사는 겨우 20년이며, 이 기간에 거대 유통사업으로 성장한 것은 대량 사입을 해서 대량 판매함으로써 영세 소매업을 잡아먹을 수가 있었기 때문이다.

우선, 첫째로 대형할인매장은 대량 사입, 대량 판매가 가능하므로 거리의 작은 상점보다 싸게 팔 수가 있다.

둘째로, 구색이 풍부히 갖추어져 있기 때문에 한 곳에서 쇼핑을 끝낼 수가 있다는 점이다.

셋째로, 점포의 규모가 크고 깨끗하기 때문에 여유있게 쇼핑을 즐길 수 있다.

넷째로, 점원이 따라 다니지 않기 때문에 자유롭게 물건 선택을 할 수 있다고 하는 메리트(merit : 잇점, 장점)가 있고, 우선 대도시에서 상권을 장악한 다음, 이어서 지방도시나 소도시에서까지 소매상을 잡게 되었다.

지방도시 상점가의 흐름을 살펴보면 대형할인점의 진출에 반대운동을 전개하고 있는데, 그 사람들은 지금도 '대자본의 진출 절대 반대'를 외치고 있다. 그러나 대자본이라고 불리우는 이 할인점은 20년 전에는 그저 평범한 백화점이나 도매상에 불과하였으므로 대형매장이라고 하기보다는 합리화에 성공한 신종 매장이라고 해야 적합할 것이다.

그러한 소비자 심리에 적중한 신종 할인점에 대하여 구태의연한 경영을 하고 있는 소매점이 아무리 모여서 반대해 봤자, 시대의 흐름을 크게 변화시키는 결과는 얻지 못할 것이다.

특히 '대형점규제법'을 성립시킨 것은 장차 지방 도시의 소매점을 파괴시키게 될 우려가 있다고 하는 예방책에서 입법화되었으나 20년 동안에 걸쳐 대형할인점이 잡아먹을 만한 소매점은 거의 다 흡수해 버리고 지금도 진행 중이다. 다음은 대형할인점 끼리의 셰어(share : 주식 할당, 분배) 경쟁이라고 하는 지점에까지 와 있는 실정이다.

이것은 실로 괴로운 싸움이며, 돈이 드는데 비하여 성과는 그다지 오르지 않는다. 도리어 적자 각오의 진출을 강요당하는 경쟁에 이르는 경우에 놓일 것이다. 그렇게 된 지금에 대형점 규제법이 나오면 서로가 더 이상의 출혈 경쟁을 할 필요가 없어지므로 내심 안도의 숨을 내쉬는 것이 본심이 아닐까 한다.

한편 입으로는 자유 경쟁의 규제는 유통업계의 합리화에 악영향을 준다고 반대하고 있지만, 소규모 슈퍼를 운영하고 있는 경쟁자는 마음 속으로 이젠 됐다고 생각하고 있을 것이 틀림없다.

그러나 이것으로 지방의 인구가 1만, 2만의 소도시의 소매점이 활기를 되찾게 된다고는 할 수 없다. 이들 소도시의 상공회원이 대형할인점의 진출에 공포심을 느끼고 성립시킨 것이 '대형점규제법'이지만, 원래 이러한 적은 인구 지역에는 대형 점포가 제대로 영업을 개시할 입지조건이 못 된다.

■ 마쯔시타식 경영 스타일

종업원이 10명일 때는 경영주가 앞장 서야 한다. 종업원은 업주가 야단치든 위협하든 따라 온다. 그러나 1천 명으로 늘어나면 제1선에 나서지 말라. 중간쯤 되는 자리에 조심스럽게 서 있어야 한다. 조직이 1만 명까지 늘어나게 되면 뒤에 조용히 앉아서 그저 감시하고 있으면 된다.

19 | 틈새를 노리는 소형슈퍼의 매력

대형할인점이 다른 체인점을 만들어서는 안 된다고 하면, 악성 경쟁은 면할 수가 있을 것이다. 그 몫만큼 여력이 생기므로 인구 과소지역에서 경영하는 소매점은 어떻게 운영하면 좋은가를 연구하게 될 것이다. 도시 주변의 대형점이 중형점을 압도하게 되었지만, 슈퍼는 대형점 때문에 유지할 수 없다는 법칙은 해당되지 않는다.

내가 알고 있는 사람으로 백화점과 대형할인점의 중간 지점에 점포 면적 3십 평의 소형 슈퍼를 만든 사람이 있다. 슈퍼의 손님은 대개 반경 5백 미터 이내에 거주하고 있는 사람들이지만, 부지 관계로 대형마트가 5백 미터 이내에 2개 이상 집중해 있는 경우도 있지만, 반대로 어떤 쪽에서도 5백 미터 이상 떨어져 있기 때문에 진공지대로 되어 있는 곳도 있다. 그런 위치에 주차장의 스페이스를 넓게 잡아서 3십 평 규모의 소형 슈퍼를 만들어 1년에 3억 원이 넘는 매상을 올리게 되었다.

3십 평에서 월 2천 5백만 원의 매상을 올리면 채산은 충분히 성립된다. 단 이만큼의 매상을 올리기 위해서는 생선, 3품(쌀, 채소, 과일)까지 팔지 않으면 안 되므로 비록 규모는 작으나 대형점에서 많이 팔리는 물품을 갖춘다면, 가정의 일용 필수품은 거의 다 구할 수 있다는 결론으로 소형 슈퍼라도 충분히 경영이 가능하다는 것을 의미한다.

세븐 일레븐, 복스(box)라는 소형 매장은 훌륭히 도시적인 것이지만, 좀더 시골 냄새를 풍기는 소형 점포를 꾸며서 농어촌 소도시에 전개하도록 하면 시골 거리에서 슈퍼의 존립은 이상하리 만큼 큰 변혁을 일으키게 될 것이 아닌가.

그렇게 되면 우리 나라 중소기업에서 가장 수가 많은 소매유통업계에서 일대 변혁이 일어나게 되리라는 기대감이다. 소매점 중에서도 이미 대형할인점에 상권을 빼앗긴 점포가 많다. 아직 미개발의 지역에 맞는 소형 슈퍼가 금후에 개발되면 시골의 소매점이 다시 정리되므로 그 수는 더 늘어날 전망이다. 시골에서는 농업이 위기에 처해 있을 뿐 아니라 유통업계도 태반이 폐점의 위기에까지 와 있는 것이 오늘의 실정을 감안해 볼 때 살아남기 위해서는 새로운 변화가 요구된다.

한편 소형슈퍼가 과소지대라든가 대형점포간의 빈 사이를 비집고 들어갈 수 없다면 대형할인점 역시 독점장이 될 수 없다.

첫째, 소형슈퍼는 대자본이 아니더라도 할 수 있는 장사이다.

둘째, 지역 사정에 능통하고 더 자상한 서비스가 요구되므로 가족노동에 적합하다는 이점이 있다.

셋째, 흘린 이삭을 줍는 것과 같은 작은 규모의 장사이므로 대형 할인점을 경영하고 있는 사람들이 그다지 탐내지 않는 스케일이라는 일면도 있다. 따라서 대형할인점이 영역을 침범하지 않는다는 잇점은 생각해 볼 일이다.

시골 지역에는 이미 소형슈퍼가 많이 자리잡고 있어서 그 나름대로 과소지대의 유통업자로서 리더 역할을 하고 있다. 다만 이들 업자는 모두가 매상이 4~5년 전부터 답보 상태에 있으며 이웃 동네에 대형할인점이 생겼다 하면 매상이 더욱 격감함으로 항상 대형점포의 진출에 신경을 곤두세우고 있는 실정이다.

또 이들 소형슈퍼는 구 상점가에 자리잡고 있는 경우가 많으므로 교외의 넓은 땅에 새로 생긴 주차장 완비의 할인매장을 가장 강적이라고 생각하고 있다. 왜냐 하면 새로 등장한 할인점은 점포 구조와 상품 진열이 현대적이며 물건도 소비자 취향에 맞게 갖추고 사입 루트도 자기들 보다 한 수 위라고 생각하고 있기 때문이다.

재래의 과소지대에 있는 소형슈퍼는 식료품 가게나 잡화상을 개조한 것이 많고 가족 노동에 의지한다는 점은 다음에 나타나는 소규모 할인매장과 본질적으로 틀린다고는 할 수 없지만, 경영 센스라고 하는 점에서 잘못이 있는 까닭이다. 즉 주차장, 점포의 진열 방법 구성 등에 있어서 이들 재래의 소형슈퍼가 끊임없이 열등감에 고민하고 있다고 하면, 그것들의 요구를 충족시킬 새로운 슈퍼가 생겨날 여지가 있다고 본다.

이러한 요구를 대형슈퍼의 별동대가 완성시킬 가능성이 있다고 말했지만, 전혀 다른 사람이 나타나서 새로운 스타일의 소형슈퍼를 만들 가능성이 없다고 단정하기엔 이르다.

왜 그러냐 하면 한 가지 사업에 성공한 사람이 다음의 새로운 변화에도 똑같은 반응이 가능하다고는 할 수 없고, 도리어 새 단층이 새 도전자에 의하여 메워질 가능성이 많기 때문이다. 따라서 지방도시에서 소형슈퍼 경영에 성공한 사람이 같은 노하우를 써서 인근 도시나 인근 부락에서 비슷한 소형슈퍼를 확장해 나갈 수 있는 여지는 충분하다.

그것은 지방의 과소지대뿐만 아니라, 앞서 기술한 대형슈퍼와 대형할인매장 사이에서 더 위력을 발휘하게 될 것이다. 물론 소형슈퍼가 틈(대형 슈퍼가 없는 공간)을 노려서 훌륭히 성공하면 재래의 소매점 수는 지금보다 더 줄게 된다. 그렇다고 소매점 자체가 없어져 버리는 것은 아니다.

소매점은 물품 판매업으로서 전업화가 진행되는 한편, 살아남기 위해서는 물건을 파는 것에서 서비스를 제공하는 방향으로 변해 갈 것이다.

■ 꼴찌의 자기 신념

언제 배움의 즐거움을 발견하는가는 사람에 따라 각기 다르지만, 영국의 수상으로서 노벨 문학상을 수상한 윈스턴 처칠의 경우에는 상당히 나이를 먹고 난 후였다.

그의 말에 의하면 만 22세가 되어서야 처음으로 향학심이 생겼다고 했다. 처칠이 낙제생이었던 것을 아는 대부분의 사람들은 이렇게 생각한다.

'낙제생이라도 일국의 수상이 되기도 하고 노벨상을 받기도 한다. 역시 학교의 성적은 꼭 필요한 것이 못된다.'라고 말이다.

20 | 잠 못 이루는 실패에 대한 두려움

두려움과 타협하는 것은 성공의 길을 포기하는
것과 같다. 두려움을 성공의 당연한 반발로
인식하려는 당신의 용기가 절대적으로 필요하다.

돈을 버는 일이라면 누구나 나름대로 높은 흥미를 보이고 있다. 그러므로 잡지 기사나 책을 통해 돈을 벌 수 있는 기발한 재테크 안내와 큰 돈을 잡는데 성공한 사람의 이야기가 눈길을 끈다.

우리들이 장사를 시작할 때도 돈이 얼마나 벌릴 것인가 하는 예상을 세워서 일을 시작한다. 그것보다도 처음부터 돈이 벌릴 것 같지 않는 사업에는 손을 대지 않으므로 돈벌이의 스케줄에 따라 움직이고 있다고 해야 옳다.

하지만 돈벌이는 예상한 스케줄대로 맞아 떨어져 주지 않는다는 데서 두려움이 시작된다. 돈을 벌 계획이 중도에 무산되면서 이 정도의 손해로 끝나리라고 예상했던 것이 2배, 3배로 큰 타격을 받는 경우에 놓인다.

또 새로운 경쟁 상대가 나타난다든지, 신종 상법이 고안된다든지 하면 지금까지 돈벌이가 되던 장사가 점점 쇠퇴하여 마침내는 적자

를 내게 된다. 전혀 예상하지 않은 시기에 발생하는 손해에 대해서
는 미리 각오가 되어 있지 않았기 때문에 누구든지 낭패와 함께 당
황하기 마련이다.

큰 회사의 고용 사장이라면 적자가 나더라도 자기 주머니 돈이
나가는 것이 아니므로 그다지 동요를 느끼지 않을 것이다. 그런 유
형의 회사는 자금도 풍부하고 사회적 신용도 있으므로 업무상 융통
도 비교적 용이하여 위기에 처해 있다 하더라도 어떻게 해서든지
극복해 나갈 수가 있다. 다행히 출혈 대책이 효과를 얻어 경기가 회
복되어서 업적이 올라가면 걱정은 단지 기우로 끝나 버린다.

그러나 아무리 대책을 강구해도 업적이 회복되지 않는 기업도 있
다. 그런 기업의 앞날은 도산이나 경영자 교체나 흡수·합병이란 어
려운 여건이 기다리고 있지만, 어떤 경우에도 경영자의 불명예는 남
는다 해도 고용 사장의 개인적인 손해는 별로 없다.

하지만 중소기업이라면 사장이 즉, 오너(Owner)이므로 회사의 차
입금에 개인보증이 연계되어 있으므로 일단 잘못되는 날에는 전 재
산을 날려 버리는 위기에 처하게 된다. 이에 밤잠도 제대로 잘 수
없게 됨은 오늘날과 같은 치열한 경제 정세 하에서는 결코 드문 일
이 아니다.

오늘날 우리 사회는 실패한 사람에 대해서는 차갑고 냉혹하리 만
큼 비협조적이다. 실패는 성공의 어머니라고 하지만, 이제는 시대
착오적인 그 말을 곧이 듣는 사람은 아무도 없을 것이며, 오히려 실
패는 한 개인의 삶, 가정까지 파탄으로 이끌어가는 지름길이라는 인
식이 오히려 더 가슴을 파고 든다.

충분히 검토해 보지 않은 창업에 대한 준비 태만, 어떻게 되겠지 하는 막연한 기대감, 전문성이 결여된 어정쩡한 태도, 스스로 자기의 능력을 과신한 판단 착오가 실패의 원인이었음을 깨달았을 때는 이미 모든 것을 잃은 참담한 뒷자리에서 그 절망의 뿌리가 너무 깊어 가슴 속의 불치병으로 남을 것이다.

그러므로 경험이 없는 업종에 어설픈 정보만을 믿고 집을 은행에 저당 잡히고 친지들의 돈까지 빌려 창업 자금으로 객기를 부리는 것은 진정한 용기가 아니며, 생활을 위한 최선의 선택이었다고 변명할 일도 아니다.

시작이 절반이라고 하지만, 첫 단추를 잘 꿰매야 고생을 덜 한다. 거듭 강조하지만, 경험 있는 분야에 진출하여야 최소한의 성장이 보장되며 부득이한 경우 본인이 직접 발품이라도 팔아서 열심히 땀흘린 사람은 창업 후에 눈물을 흘리지 않아도 된다.

결론적으로 본인이 직접 간접으로 경험해 본 업종, 익숙한 분야를 선정해야 실패의 위험을 줄일 수 있다. 창업에 대한 치밀한 계산과 흥분하지 않는 냉철함만이 본전을 지키는 유일한 길이다.

하지만 미래가 있는 실패는 아름답다.

◪ 자신이 바라는 인생을 산다

· 자기 자신을 가장 먼저 생각한다.

· 자신의 장점만을 의식한다.

· 하고 싶지 않은 일은 하지 않는다.

- 싫은 소리를 하는 사람과는 상대하지 않는다.
- 자신의 일을 즐긴다.
- 성공을 이루기 위해 구체적으로 행동한다.
- 자기 자신의 가치를 믿는다.
- 스스로 생각하고 스스로 결정한다.
- 자신의 인생에서 일어나는 모든 일에 책임을 진다.
- 자기 자신은 반드시 행복해진다고 믿는다.

제6장

전업을
살아남는
작전으로
생각하라

21 | 변화하는 거리의 세력 판도

인간만큼 자기 이익에 예민한 동물은 없다. 다른
동물은 배가 고프면 먹을 것을 찾지만, 그 이상은
바라지 않는다. 그러나 인간은 만족을 모른다.

'한 우물을 파라'라는 말은 우리 나라에서 존경 받고 있는 명언이다. 몇 십 년이고 한 가지 일에 집착해서 주위 사람들로부터 어떠한 말을 듣든 간에 한 우물을 파지 않고서는 도저히 성공할 수 없다는 것도 사실이다.

도공이 집념과 노력 끝에 청자빛을 만들어 낸다든가, 어느 화가가 평생 동안 닭 그림만을 그린다든가 하는 예술적인 일이라면 굽힐 줄 모르는 노력이 성공을 말해 준다는 것은 틀림없다.

그러나 장사란 끊임없이 변화하는 수요에 대처하는 일이고 보면 한 장소에서 같은일을 계속한다는 것은 성공하기가 어렵다.

지방도시에 가면 이런 경우를 잘 알 수 있다. 지방은 대도시보다 변화의 속도가 느리다. 옛날부터의 상점가가 지금도 변함없이 지붕을 나란히 돈벌이가 안 되는 장사를 싫증도 내지 않고 계속하고 있다는 점포들이 줄지어 있다.

가끔 단체 친목의 일환으로 어느 지방 상공회의소에 참석하게 되면 그곳의 상공회의 회장이나 부회장의 직업을 물었을 때 목재상이나 양조장 등을 하고 있다면 나는 낙후된 지방이라고 판단한다. 즉 가업을 이어받아 일제시대부터 장사에 종사해 온 사람들이 지금도 그 지방에서 세력을 떨치고 있다는 것은 그 지방의 사업이 그다지 발전되지 못하고 있다는 확실한 증거이기 때문이다.

몇 십 년이라는 역사 속에서 어떤 장사에 종사한 사람이 성공했는가는 대개 정해져 있다. 목재상, 양조장, 여관, 미곡상, 전당포 등이 옛날부터 비교적 큰 장사였다. 미곡상이 식량관리법 이후에 몰락하고, 전당포는 어느 사이에 서민금고로 바뀌어 버렸다. 또 여관은 러브호텔로 바뀌었고, 양조장은 몇 번인가 관리 통폐합을 거듭했지만, 그래도 아직 지방에 따라서 옛 모습으로 남아 있을 뿐이다. 결국 목재상은 건설 붐에 힘 입어 가장 최후까지 남아 있었지만, 이것도 최근에는 막다른 곳까지 쫓기고 있는 실정이다.

그 대신 지방에 나타났다고 하는 것은 슈퍼마켓, 작은 규모의 전문 음식점, 주유소, 예식장, 러브호텔, 전자오락실 등일 것이다.

이런 새 장사를 하고 있는 사람들은 그 지방의 본토박이 자본가들이냐 하면 반드시 그렇지도 않다. 대부분이 그 도시와는 아무 연고도 없는 타지방 사람들이란 사실이다.

특히 슈퍼마켓은 종래부터 있어 온 상점의 주인들과 경합 관계에 있으므로 같은 고장의 사람은 발을 들여 놓을 수 없는 입지에 있다. 우물쭈물하는 동안에 기존 소재지의 큰 슈퍼에게 점령당하고 말았다고 하는 케이스도 보인다.

한편 같은 소도시 중에서도 조금 상재가 있는 사람들이 새 장사를 개척해서 성공하고 있음을 엿볼 수 있다. 읍의 입구나 도로변에 짜임새 있게 주유소를 개설했다든가, 한적한 공터에 오락장을 개설했다든가 하는 것은 그 고장의 양복점 아들, 식당집 아들이기도 하다. 좀더 발전하여 새로운 필수품을 파는 장사로 대체함으로서 이들 젊은층은 기존업자들을 능가해서 은행지점의 유력 멤버로 어깨를 나란히 지방 유지로 변신한다.

또다른 부류는 양조장이나 목재상 등 예전부터 토박이 자산가며 눈치 빠른 무리들이 재빨리 다각경영에 진출해서 성공한 예이다. 그러한 사람이라도 선친으로부터 받은 상속 가업을 깨끗이 버리고 주유소나 슈퍼로 전환했다는 사람은 거의 없다.

가업을 지키면서 건설업(이것은 군, 읍면의 공사를 안면으로 딸 수 있다), 비료상, 주유소, 소규모 슈퍼 등에 손을 댄다. 이것들은 모두 소도시의 새 수요를 대표하는 업종이므로 빠르게 대체를 한 자산가는 살아남고, 농협조합장이나 의용소방대장 같은 지위를 지금까지도 유지하고 있다.

그러나 그러한 사람은 전체적으로 수가 적고, 공업이 그다지 발달하지 못한 변방 지역에서는 찾아 볼 수 없다. 지방의 위성도시에서 공업이 발전한 곳에 가 보면 이런 사람들은 거의 자취를 감추고 겨우 지주, 자산가로 남아 있을 뿐이다. 드물게 그런 사람이 본바닥 출신이라는 이유로 경영자 단체 대표 자리에 앉아 있는 예는 있지만, 그 규모에 있어서 공장을 가지고 성공한 사장이라든가, 그 지방에서 체인점을 넓혀가고 있는 할인점 사장들에게는 도저히 따라 가지 못하고 있다.

공업도시의 성공자는, 첫째로 타처의 사람들이 많고, 둘째로 벼락 출세자가 많으므로 거리 전체의 변화를 10년 단위로 보면 크게 달라져 있다. 다시 10년을 거슬러 올라가서 돌아보면 경제의 세력권이 완전히 바뀌어 버렸다는 것을 느낄 수 있다.

요컨대, 같은 위치에 있으며 불변의 자세로 자리를 보존하고 있는 것은 거의 없다고 해도 틀린 말은 아닐 것이다.

지방도시의 경우는 변화가 둔해 영사기를 천천히 회전시키며 보는 형상과 같으므로 명확히 알 수 있지만, 대도시 역시 기본적으로는 같은 패턴이다.

어제까지 양품점이 있던 곳에 오늘은 제과점이 들어선다. 어제까지 그릇가게가 있던 곳에 오늘은 스포츠웨어 매장으로 바뀐다. 침구점이었던 곳은 분식집이 되고, 금은방이었던 곳이 호프집이나 피자가게로 변한다.

하나의 점포가 폐업을 한 뒤에는 금방 새 점포가 개업하므로 장사는 계속해서 이어지고 있는 듯이 보이지만, 몇 십 년이고 같은 업종을 계속하고 있는 가게는 많지 않다.

오랜 동안 계속해 온 장사라도 변혁기에 접어들면 서둘러 점포 정리를 하게 된다. 지금이 꼭 그런 시기에 놓여 있다고 생각된다.

▣ 우물 안에 있되 우물 밖을 생각하라

성공한 사장들은 '세계화'를 어떻게 생각하고 있을까?

칼스버그 그룹의 플레밍 린델뢰프는 '최고의 국제적인 브랜드는 글로컬(Global+Local) 브랜드'라고 말하였다. 세계적으로 생각하되 지역적으로 행동하라는 말이다. 그는 성장의 기호를 찾아 덴마크라는 좁은 나라를 벗어났다. 그에게 세계화란 '입맛과 기호가 덴마크와는 전혀 다른 지역에서 외국산 고급 제품이라는 이미지를 심어 놓는 일'이다. 지역 특성에 맞는 제품을 효과적으로 광고하면서 외제라는 느낌을 최대한 살린 것이다. 그는 평소 "우물 안에 있되 우물 밖을 생각하라"는 말을 즐겨 사용했다.

22 | 사양산업의 아침과 저녁

지금까지 해 온 장사가 도무지 흑자가 나지 않는다. 아니면 지금까지는 좋았는데, 돌연 장사가 적자로 변하여 앞으로 어떻게 하면 좋을까 망설이게 된다. 그런 경우 지금까지 운영해 온 사업을 용감하게 덮어 버리는 것이 좋은가, 아니면 계속해야 하는가를 판단하는 기준은 어디에 두어야 하는가.

금방 누구의 머리에나 똑같이 떠오르는 것은 사양산업이라는 말일 것이다. 사양화되면 아무리 유능한 사람이 경영하더라도 열세를 만회할 길이 없다.

예컨대 석탄, 영화, 음반, 섬유 따위의 산업은 20년 전부터 이미 사양산업이라고 지적되어 왔다. 어째서 사양산업으로 보이게 되었는가? 업종에 따라서 반드시 이유는 같지 않지만 대체적으로 구분해 보면 다음과 같다.

1. 대체할 것이 나타난 분야

예를 들면 석유가 낮은 가격으로 대량 공급되면서 석탄은 사양화한다. TV가 보급되면서 각 가정의 안방에서 TV드라마를 볼 수 있으므로 영화가 동원할 수 있는 관객은 격감의 길을 더듬게 되었다는 점이다.

2. 수요의 신장이 둔화됐는데 공급은 더욱 용이하게 되어 과잉생산에 고민하는 업종

예를 들면 섬유는 얼마든지 증산이 가능하지만, 매상은 극한에 도달해 버렸다. 또한 사람과 화물을 운반하는 역할은 비행기나 자동차에게 빼앗겼는데도 선박의 생산 스피드는 한층 더 올라가 있다. 그러므로 국내 수요면에서 해운과 철도의 신장이 멈춰 버리자, 조선업과 차량제조업을 사양산업이라고 말하게 되었다. 그러나 해외 수출에 힘 입어 현재 우리 나라는 조선 1위 강국에 자동차는 세계 생산량의 5위권을 자랑하고 있다.

3. 시대의 변화에 의해 돈벌이가 안 되는 업종

예컨대 고래잡이가 국제적으로 금지되어 조업을 할 수 없게 된 포경업, 재목으로 자랄 때까지 많은 시간이 걸리는 조림업, 차츰 손님이 뜸해지는 온천 호텔업, 만들어도 값이 싸기 때문에 채산이 안 맞는 섬유업, 에너지 대체로 급격히 몰락한 석탄광업 등등은 현재로서는 앞이 보이지 않는 업종들이다.

이들 어느 것인가에 속하는 업종은 역풍 속에서 배를 저어가는 것과 같으므로 어차피 종사하자면, 피해서 가는 것만 못하다고 말하고 있을 정도이다.

그러나 사양산업 중에는 수요가 전체적으로 신장하지 못하게 되었거나 공급 과잉이 압력으로 되어 돈벌이가 안 되게 된 것들도 포함되어 있으므로 전부라고는 단정할 수 없다.

섬유 같은 업종은 이미 20여 년 전부터 사양화라고 지목되어 왔으나, 지금에 이르러서도 변함없이 운영되고 있는 기업이 있다. 원료를 만드는 화학섬유 메이커나 방적회사는 모두가 업적이 악화되고 있지만, 패션계를 리드하는 디자이너 중에는 근년에 이르러 두드러지게 두각을 나타나고 있음도 간과할 수 없다.

한때 조선업은 해운의 불황으로 인하여 사양산업에 끼어들게 되었지만, 유류가 폭등하면 배의 구조를 바꾸지 않으면 안 되었기 때문에 새로운 수요가 발생하기 마련이다. 이에 힘입어 우리 나라의 조선업은 치열한 경쟁의 격랑 속에서 그 파고를 넘어 세계의 바다를 리드하기에 이르렀다.

영화산업이나 연극은 TV에 완전히 손님을 빼앗겨서 산업계의 성장에서 제외된 감이 없지 않지만, 다른 산업의 성장이 그치자, 한 발 먼저 속도가 정지되었으니 만큼 살아남기 업종의 선배격으로 고군분투하고 있다. 다행히도 한국영화는 유능한 제작자와 감독의 노력으로 관객 1천만 명을 동원하는 대기록과 함께 세계 영화제에서 우수 작품으로 선정되어 해외 시장 개척에 박차를 가하고 있는 실정이다.

한편 장사의 규모가 크지 않은 연극계도 소극장을 채울 수가 있어서 수입이 제작비를 능가하면 이미 성공했다는 갈채를 받는다. 어쨌든 영화계는 대자본과 어깨를 나란히 하여 중소 프로도 훌륭히 살아남을 수 있다는 확신과 함께 새로운 토대가 마련되어 있다고 보아야 할 것이다.

한편 소매업은 백화점이나 슈퍼, 또는 통신판매나 호별 방문판매의 공세하에서 사양화의 길을 더듬고 있지만, 폐점하는 기업이 있는 가운데서도 또다른 유형의 소매점이 파생되고 있음을 엿볼 수 있다. 의류 소매점은 업적 부진에 빠져 업종을 바꾸는 경우도 많지만, 센스가 다른 새로운 점포가 속속 개점하고 있어 전체적인 통계 숫자로 지적되는 각 기업의 영고성쇠와는 별도의 변화라고 말할 수 있을 것이다.

▣ 사장은 창조의 중심이다

사장, 그는 고독한 위치에 있는 사람이다. 그 자리는 냉엄하고 쓰라린 고통이 따르는 직책을 소유한 사람이다. 24시간, 그가 겪어야 하는 스트레스와 긴장은 크게 수지 맞는 업무라고 할 수 없다. 그러나 달리 생각해 보면 그 이상 보람있고 즐거운 직무가 어디에 또 있겠는가?

23 | 기성 업종을 먹고 신장하는 새 장사

성장하고 싶다는 마음은 내부에서 용솟음쳐
나와야 한다. 또한 성장은 새로운 일을 시도
하려는 용기와 자신감을 의미한다. 그러나 한편
으로는 불안과 위험이 뒤따른다. 바로 앞에
무엇이 기다리고 있는지 알 수 없기 때문이다.

그러면 사양화라고 지적당하는 업종 이외에 무엇인가 더 좋은 상품을 고안해 낼 수 없는 것일까. 나는 짧은 기간에 급성장한 기업을 20년 동안 관찰해 왔지만, 그들 기업들 중에서 기반 잡기에 가장 용이한 업종은 거의가 옛날부터 해 오던 재래의 장사 터전을 빼앗아 거기에 대체해서 우위성을 가진 것들 뿐이다.

예를 들면 슈퍼는 1970년대에 탄생한 것으로 우리 나라에 있어서는 대형 유통체인으로 발전하여 매출액 1조 원이란 기업으로 올려 놓았다.

그 급성장의 비밀은 어디에 있는가 하면 작은 슈퍼를 모델로 대형 할인점으로 발전하여 질적 변화를 거듭함으로써 소매점을 흡수하였기 때문이다. 즉, 소매점을 먹고 그것을 영양분으로 해서 대형 할인매장으로 성장한 것이다.

성장 산업 중에는 기술 혁신이 가져온 새로운 장사, 예컨대 전파

산업이라든가, 음향산업, 전자산업 등이 있다. 신상품의 개발이 새 수요의 개척에 연결된다고 하는 경제이론을 뒤엎을 만한 업종도 그 중에는 포함되어 있지만, 그러한 신상품까지 보급해 나가는 과정에서 반드시라고 할 만큼 기성업체의 사활에 큰 영향을 줄 정도에 이르렀다.

예를 들면 영화관은 소극장을 잡아먹었지만, 방송국은 영화관을 먹고 대산업이 되었다.

이러한 눈으로 보면 구식 장사에 대체하는 새로운 스타일의 업종이 나타나면 새 장사는 옛 장사를 먹고 커지고, 옛 장사는 어느 사이인가 모습을 감추어 버린다.

▣ 삶의 향기를 음미하라

조그만 침대에서 긴 여름밤을 낭비하고 나서야 인생이 얼마나 귀중한가를 깨닫고, 50대, 60대가 얼마나 빨리 다가 오고 그 모든 것을 감사히 받아들이지 못한 것을 후회하게 된다는 사실을 젊은 시절에 깨닫게 하는 방법은 없는 것 같다.

젊은 시절에 주어진 행복을 놓치지 않으려면, 모든 것을 이용하고, 모든 제안을 받아들이고, 무전여행도 해 보고, 주말을 다른 사람의 집에서 보내기도 하고, 하룻밤쯤 멋을 내기 위해 모피 코트를 빌려 입어도 보고, 파티에서 남은 과일을 싸 들고 집으로 돌아와 보기도 해야 한다. 혹시 가지고 있다면, 멋진 은장식이나 비단 혹은 보석도 모두 사용해 보아야 한다. 어느 것도 상자 속에 처박아 두거나 보관해 두지 말고 끄집어 내어 놓고 마음껏 사용하는 것이 좋다.

친구도 올바르게 이용할 줄 알아야 한다. 당신의 아파트를 친구들을 불러들여 즐기는 데 사용될 수 있어야 하고, 즐거움을 얻을 수 있도록 사용되지 않은 그것은 당신이 낭비해 온 모든 것 중에서 가장 큰 낭비가 될 것이다.

24 | 상류보다 하류가 공격 쪽이다

예를 들면 섬유산업은 사양사업인가? 하고 묻게 되면 대개의 사람들은 "네, 사양산업입니다."라고 대답할 것이다. 그러나 섬유산업이 공격 쪽이냐, 공격을 받는 쪽이냐고 묻는다면 쉽게 대답하지 못할 것이다.

왜냐 하면 아무리 섬유가 과잉 생산된다 하더라도 불필요하다는 것은 아니며 같은 섬유산업 중에서도 돈벌이가 되는 부문과 그렇지 못한 부문이 있으며, 공격하는 기업과 공격을 받고 쓰러지는 기업의 차이와 또 공격 쪽에서나 공격을 당하는 쪽도 살아남기 위한 상법이 적용되기 때문이다.

한마디로 섬유라고 하지만 수비 범위는 넓다. 그 소재도 가지각색이고 다양한 옷감에 이르기까지의 가공 공정도 천차만별이다. 오늘날의 말로 표현하면 이 부분은 섬유산업의 상류 쪽에 해당한다.

이어서 원단을 가공해서 Y셔츠나 양복, 양말을 만들고 다시 이것을 도매로 넘기기도 하고 소매로 판매하는 부분이 있다. 이 부분을 하류산업이라고 부른다.

일반적으로 말해서 물건이 부족한 시대에는 상류에 군림하고 있는 자의 발언권이 강하다. 생산 설비가 충실하여 수요를 오버할 만큼의 생산 능력이 활발해지면 상품이 시장에 넘쳐 흐르게 되므로 상류측 장사는 돈벌이가 안 되지만 하류에서 상품을 만드는 능력을 가진 소규모 가공 공장이 큰 소리를 치게 된다.

아무리 돈을 벌게 되었다고 해도 하류 가공 공장은 겨우 중소기업으로 올라서는 것이 고작이고, 그 스케일이 상류 메이커에 미치지 못하지만, 한편으로 규모는 작지만 이익률이 높은 기업이 속속 출현하게 되어 같은 업종 가운데 가장 '짭짤한 부분'이 시대와 함께 변천한다는 사실에 주의를 끌지 않을 수 없다.

가령, 한 장에 5만 원하는 Y셔츠를 백화점에서 팔고 있다고 하자. 소매점인 백화점은 60% 가격으로 사입하므로 40%의 이익이 있다. Y셔츠 도매상 또는 메이커는 대개 40%의 가격으로 생산하거나 사입해서 60%로 납품하므로 이익은 20% 정도이다.

이 경우 메이커라 함은 기획해서 발주를 하는 측을 가리키며, 반드시 공장을 가지고 있다고는 말할 수 없다. 도리어 그러한 메이커는 자신이 공장을 가지지 않고 하청업자에게 발주하는 것이 보통이다. 하청업체는 40%로 납품하지만, 원단값, 부자재값, 공임 등을 빼면 10%의 이익도 어렵다.

왜냐 하면 공장을 유지해 나가기 위하여 본의 아니게 싼값 수주도 하지 않으면 안 되고, 주문이 없을 때는 생산직 직원을 놀려야 되는 경우도 발생하기 때문이다.

원단을 제공하는 포목상에는 도매점도 있고, 또 메이커도 있다. 더 거슬러 올라가면 염색공장, 연사공장도 있고, 원료가 되는 실을 뽑는 방적 메이커에까지 이르게 된다. 5만 원 Y셔츠에 사용되는 값은 단돈 5천 원이므로 그 전부가 이익이라고 해도 5만 원 중의 10%에 불과하므로 웬만큼의 양이 아니고서는 돈벌이가 되지 않는다.

상류에 군림한 메이커가 원자재인 실의 생산부터 시작해서 점차 하류까지 진출하여 자사의 상표를 붙인 Y셔츠를 팔고 싶어 하는 의도는 최종 소비자가 접하는 소매 부분 60% 선까지 지배해서 그 이익에 정착시키고 싶기 때문이다.

실에서부터 시작하여 백화점 끝선까지 일련의 과정에서 얻어지는 이익이 가장 높은 부분이 소매라는 지점이다. 그러므로 소매 부분에서 가격을 무너뜨리지 않고 대량 판매할 수 있는 사람이 가장 많이 돈을 벌게 된다는 사실을 입증하는 셈이다. 그러나 세상은 잘 짜여져 있어서 이 부분에는 경쟁자가 치열하여 소매점의 점포당 매상은 그다지 크지 못하다.

그래서 같은 섬유를 취급하는 업자 중에서도 이익에 예민한 사람들은 기획 상품을 만들어 시장을 노린다. 물론 이 부분도 격심한 경쟁에 불붙어 있지만, 히트 상품을 창조해 나갈 만큼의 능력을 가지고 있으면 섬유산업 중에서 가장 짭짤한 부분의 할당을 받을 수 있을 것이다.

유명한 디자이너의 이름은 없지만 사치성 상품으로 확고한 지위를 구축한 메이커로 가장 실속 있는 장사를 하고 직영 매장까지 겸영해서 두 번째의 짭짤한 매출 부분도 동시에 건져 내고 있다. 이것이 섬유산업에서의 공격 쪽이고, 다른 부분은 공격을 당하는 쪽이라고 해도 맞는 말이 아닐까 한다.

공격 쪽의 섬유 메이커는 소비자의 동향에 대하여 항상 신경을 곤두세우고 있다. 젊은층을 겨냥한 숙녀복과 케쥬얼 등은 유행에 가장 민감한 품목이므로 조금만 잘못하면 체화되어 원가도 안 되는 싼값에도 가져 갈 상대를 잃는다. 그러한 격심한 경쟁 속에 있는 만큼 항상 임전태세가 갖추어져 있어서 뜻밖의 도산은 당하지 않는다. 흔히 신문에 나는 섬유업자의 도산은 대개는 공격을 받는 쪽의 변화의 흐름을 무시한 구체제의 섬유업자들이다.

이러한 눈으로 보면 섬유업자뿐만이 아니고, 다른 모든 업계에서도 공격 쪽과 공격을 당하는 쪽의 구분이 비교적 명확히 구분되어 있다. 거리의 아이들을 상대하는 막과자점은 제과점의 공격을 받아 모습이 사라지고, 막과자점 상대의 유명 제과점 역시 옛날의 면모는 없어지고 서둘러 커피숍이나 레스토랑으로 업종을 바꾸고 있지만, 신흥 체인 점포에는 상대가 되지 못한다.

또 맞춤 양복점은 기성복 메이커에 쫓겨서 한 집 한 집 그 모습이 사라지고, 겨우 기성복을 못 입는 특수 체격 상대의 맞춤점이 명맥을 유지하고 있지만, 최근에는 그런 종류의 기성복도 많이 나오게 되고, 한편으로는 제작에 대한 기술 연구가 기성복 메이커 보다 크게 뒤떨어지므로 더 한층 쇠락의 일로를 더듬고 있다. 백화점 안에 있는 맞춤복 코너가 한산한 것을 보아도 그 경향을 짐작할 수 있다.

그 반면 백화점 매장 안의 전시장이나 공연장이 두드러지게 많은 사람을 모으게 되었다. 가구 매장보다는 분재 매장에 많은 사람이 모여들고, 한복 매장보다는 골동품점에 더 많은 사람들의 발걸음이 이어진다.

백화점은 인기가 있는 쪽에 매장 면적을 넓혀 가면 되지만, 소매 점포는 한정된 상품밖에 취급할 수 없으므로 백화점과 비교도 안 된다.

따라서 소규모의 장사를 하고 있는 사람은 만약 자기가 공격을 받는 쪽에 있다는 것을 눈치 채게 되면 폐점 시기가 가까워졌다는 사실을 각오해 두는 편이 현명한 선택이다.

■ 시간은 머물지 않는다

소년은 늙기 쉬우나 학문을 이루기는 어렵다. 순간순간의 세월을 헛되이 보내지 말라. 연못가의 봄풀이 꿈에서 채 깨기도 전에 층계 앞의 오동나무잎은 가을소리를 내느니라.

25 | 풍요로움 속에 젖어 있는 사회 풍경

가장 명확하게 세상의 변화를 우리들에게 보여주는 것은 연이어 출판되는 신간 서적의 홍수이다. 매일 신문을 펴면 반드시 서적 광고가 나 있다.

최근 우리 나라에서는 평균 1년에 60만 종의 서적이 새로 발간되고 있다는 것이다. 왜 이와 같은 현상이 일어나는가 하면 기존의 서적은 세태의 흐름에 따라 현대인의 기호에 맞지 않는 것이 주된 원인이겠지만, 급속히 생활화된 인터넷의 보급이 큰 영향을 주었다.

지금 여기서 그 전환기가 왔다고 하는 것은 사회가 변하고 그 사회를 구성하며 사는 사람들의 생활 감정에 변화를 가져왔기 때문이다. 이 변화를 한 마디로 말하면, '가난에서 벗어나는 사회'에서 '풍요로움 속의 사회'로의 변모일 것이다.

풍요로움 속에 묻히게 되면 입는 옷에서부터 먹는 것, 여행지에서 하고 싶다는 생각까지도 변해 버린다. 따라서 그러한 정보를 전해 주는 저널리즘의 내용이 가장 먼저 변하지 않으면 안 되지만, 자산가가 시대의 변화에 적응하지 못하는 것과 같이 기존의 대형출판사가 반드시 독자의 요구에 대응할 수 있다고 단정할 수는 없다.

거기에서 '적자생존의 법칙'이 지배하여 지난날의 일류 출판사의 쇠퇴 모습이 눈에 띄게 된다. 그러나 대형출판사 중에서 눈치 빠른 사람들은 적응력을 잃은 편집 진용을 대체시켜 취향을 바꾼 새로운 책을 낸다.

이들 중에는 타사의 내용을 모방한 것이라고 생각되는 책도 적지 않지만, "뭐, 상관없어. 아이·비·엠(IBM)의 아이디어를 훔쳤더라도 그보다도 잘 팔리면 그만이니까." 하는 위세에 내맡기는 다소 몰염치한 영업 전략을 펴기도 한다.

다음은 신인의 등장이라 할 수 있다. 신인 중에는 편집자로서 이 길로 들어온 자가 새로이 경영자 무리에 낀 경우도 있지만, 전혀 타 업종에서 뛰어든 사람도 있다. 어느 쪽이나 기존 업자들이 가지지 못한 아이디어와 재능이 있으면 충분히 출판계의 일각에 교두보를 구축할 수가 있다.

성공의 가부는 단 한 가지로 풍요로움 속에 젖은 생활인들의 수요 변화를 잘 수용하느냐 못 하느냐에 달려 있지만, 이것은 예상 외로 어려운 작업이다. 따라서 한 종류의 잡지를 성공시키기 위해서는 막대한 자금을 투자하면서도 채산이 맞는 잡지로서 살아남는 경우는 대개 10여 종 정도, 즉 확률은 겨우 2.5%라는 것이다. 그래도 계속해서 신규 참가자가 이어지는 것은 시대에 맞지 않으면 살아남지 못한다고 하는 밀도가 높게 요구되는 상품 중의 하나이기 때문에 매력을 느낀다.

이런 의미에서 잡지를 경영해서 살아남을 정도의 예민한 촉각을 가지고 있다면, 다른 사업에서도 임기응변의 처치를 취하는 정도는 그다지 어렵지 않으리라고 여겨진다.

잡지의 경우 내용이 바뀐다고 해도 종이에 인쇄를 한다고 하는 과정은 같으므로 장사를 바꿨다고는 할 수 없다고 생각할 사람이 있을지 모른다. 그러나 여성, 어린이를 대상으로 한 두 잡지의 내용이나 판매 전략이 같다고 생각할 사람은 없을 것이다.

지금까지 바지를 입고 단정히 넥타이를 매고 있던 사람에게 귀에 이어링을 달게 하고 조선시대의 복장을 입히고 서울 거리를 활보하라고 하는 엉뚱한 짓을 요구할 정도라면, 이것은 어디에도 공통점이 없는 일을 하지 않으면 안 되는 것과 같은 행위다.

이와 같은 용단 있는 전환을 하지 않으면 살 수 없다고 하더라도 그것을 할 수 있는 사람이 과연 열 명 중에 한 명이라도 있을까.

'아홉 명이 사라지고 한 명이 살아남았다. 나머지 아홉 명의 빈 자리를 이어링을 달고 조선시대 복장을 해도 이상하지 않은 자들이 그 자리를 차지한다. 사라진 아홉 명은 어디로 갈 것인가? 어디로 가야 옳은 것인가?'

한 가지 분명한 생존의 법칙에는 바람을 정면으로 안고 살고 있는 사람과 비바람을 피해서 조용한 곳에 살고 있는 사람이 있다는 것이다.

바람은 유행이다. 유행은 어지럽게 수시로 변한다. 유행을 따라가지 못하는 사람은 바람의 피해를 입는다. 정말 운없게 거리를 지나다가 떨어지는 간판에 머리를 맞고 빈사의 중상을 입는 경우도 있다. 그러므로 자기 머리 속의 풍향기의 말을 듣지 못하게 된 사람은 풍향기가 필요 없는 지점으로 자리를 옮겨야 할 것이다.

예를 들면 잡지사는 바람의 방향을 끊임없이 살펴야 하는 업종이다. 글을 쓰는 작가에게도 같은 자질이 요구된다.

그러나 책이나 잡지를 파는 장사는 풍향기를 필요로 하지 않는다. 어떤 책이 팔리는가, 어떤 잡지에 인기가 집중되는가는 손님들이 정한다. 그런 고객의 동향을 살피고 알아야 할 곳은 출판사며, 불찰의 위험 부담은 모두 출판사의 몫이다. 서점은 다만 잘 팔리는 책을 팔고 팔리지 않는 책은 본점(출판사)에 반품하면 그만이다.

서점이 신경 써야 할 점은,

(1) 서점의 위치는 좋은가.

(2) 고객에 대한 서비스를 어떻게 할까.

(3) 고객을 가장한 책 도둑을 어떻게 방지할 것인가.

하는 것 뿐이며, 상공에는 큰 바람이 불고 있더라도 산이 막아주는 분지 안에는 언제나 미풍이라는 것이다.

그러므로 항상 큰 바람이 불고 있는 곳, 큰 바람이 불어올 듯한 위치에서 장사를 하고 있는 사람은 거기에 대항할 수단이 있으면, '이어링을 달고 조선시대의 복장을 입어도' 좋지만, 그 짓을 할 수 없다는 것을 알면 서둘러서 무풍지대로 이사를 가면 되는 것이다.

전업은 샐러리맨의 몫이 아니라 자영업자가 때때로 용단을 내리지 않으면 안 되는 최상의 선택이다.

살아가노라면 고통은 피할 수 없고, 막을 방법도 없다. 하지만 마음먹기에 따라 모든 고통을 어느 정도는 조절할 수 있다. 옛날의 성인들은 일부러 고통을 찾아 맞서기도 했다. 힘을 주면 육체는 강해진다. 그러므로 정신에도 힘을 주어야 한다. 우리가 가지고 있으면서 기른 용기, 결심, 긍지 등은 무엇에 쓸 것인가? 고통이 없다면 그것들은 의미가 없다. 인간의 본성에서 가장 강력한 것은 정신력이다. 우리의 모든 힘, 육체의 힘과 정신의 힘이 한데 합쳐지면 그 강도의 힘은 어떠한 것으로도 막을 수 없다. 한 가지 일, 한 가지 문제에 전력투구하는 사람 앞에는 어떠한 장애물도 가로막지 못한다.

26 | 전업은 발밑이 밝을 때 단행하라

변화를 정복하기 위해서는 용기를 갖고 안락한
생활에서 뛰쳐나와 스스로 변화에 적응하여야
할 것이다. 모든 변화에는 위험이 도사리고 있다.
그러나 이것은 사장으로 성장하기 위해 통과해야
하는 필수적인 과정이다.

그렇다면 잘못된 사업은 어떻게 단념해야 할 것인가?

앞에서 말했듯이 인간에게는 누구나 '마지막 일념'이라는 판단력이 있으며, 또 그것을 존중하는 기풍이 있으므로 '버티는 데까지 버티어 보자' 하고 자신에게 다짐해 본다.

몇 십 년 동안 같은 사업에 숙달이 되어 있다는 점도 있고, 이 나이에 서툰 사업으로 바꾼다는 불안감도 숨길 수 없다. 그러므로 마지막 일념이 좋은 구실이 되는 면도 없다고는 할 수 없다.

대개의 경우는 어쩌다가 한 가지의 사업을 어느 정도 성공시키면 그것을 대성시키려는 생각보다는 또다른 새로운 사업에 손을 대 볼까 하는 방법에 익숙하게 되었으므로 직업을 바꾸는데 아무런 저항도 없고, 거의 불안감도 느끼지 않는다.

주식을 하는 사람의 금언에 '단념이 천 냥'이라는 말이 있지만 불리하다고 생각되면 단념하는 것이 중요하며, 그것을 잘못 처리함으로써 깊은 상처를 입는 것에 오히려 불안을 느낀다.

왜냐 하면 부도를 내서 도산하게 되면 가까운 친구로부터 멀어지게 되고, 아무리 빨라도 2년쯤은 뒤치다꺼리를 하느라고 쫓겨서 새 사업에는 일체 손을 댈 수가 없다.

그러한 지경에 도달할 바에는 위험 신호가 보인 지점에서 눈을 똑바로 뜨고 어차피 결과가 뻔한 것이라면 이 계제에 출혈은 이쯤에서 멈추어야 한다는 깨끗한 해결책이 현명한 방법이다.

손해를 각오하고 일을 중단한다는 것은 새로운 사업을 시작하기 위하여 집을 담보로 넣는 것보다도 더한 용기를 필요로 한다.

마치 이혼에 익숙한 남자가, "그럼, 이젠 헤어지자. 위자료는 얼마로 할까?" 하는 행위와 흡사하다. 그래도 점포를 닫을 때는 역시 가슴이 아프다. 자기가 '이거다' 하고 생각해서 시작했던 일이니 만큼 애착이 가고 실패와 함께 자기가 착각했다는 현실을 인정한다는 것은 참으로 쓰라린 일이기 때문이다.

그러나 어차피 직면하지 않으면 안될 현실이고 보면 재빨리 단념에 착수하는 것이 옳다고 생각한다.

사실은 그렇다고는 하지만, 바람에 흔들리는 갈대처럼 작은 바람이 일때마다 동요해서는 안 되므로 "도저히 안될 것 같군." 하고 생각하면서도 즉시 단념하지 못하는 것이 인간의 마음이다.

'돌 위에서 3년'이라고 어떻게든 3년은 버티어 본다. 3년을 버티어 봐도 도무지 호전의 기미가 없을 경우는 그만둘 계기를 심각하게 생각한다. 즉 '돌 위에서 3년'이란, 3년 버티어 봐도 안 되는 일은 빨리 멈춰라 하는 뜻으로 해석하는 것이 현명한 생각이다.

왜냐 하면 지금처럼 정세 변동이 심한 시대에서는 경기 흐름의 사이클이 3년이나 4년에 불과하며, 그 사이클에 재치껏 맞물리지 못하면, 그것은 계획 착오였다고 생각하는 것이 옳다고 판단하고 있기 때문이다. 인생은 짧은데 틀린 것에 대하여 몇 년씩이나 주저주저한다는 것은 삶의 낭비며 눈 깜짝할 사이에 인생이 끝나 버릴 염려가 있기 때문이다.

이런 말을 해도 '단념이 천 냥'의 실행을 할 수 있는 사람은 그다지 많지 않을 것이다. 단념한다는 것은 자기 팔뚝을 스스로 잘라 버리는 고통과 같으므로 누구나 주저한다. 주저하는 마음은 인간으로서 당연한 심리인 것이다. 그러나 그 결과 팔뚝만 잘린 것으로 수습이 되었을 것을 몸 전체로 옮아가서 이미 만사지탄을 부르짖게 되는 경우를 흔히 본다.

그러므로 '전업을 하려거든 아직 발밑이 밝은 동안에'라고 하는 것이 마지막 한계인 것이다.

그래도 아직 구제책이 있는 것은 현실에 팔다리를 몽땅 잘린 경우와는 달라서 잃어버린 돈은 적당한 기회에 다시 진영을 가다듬기만 하면, 훗날 완전 수리가 가능한 기회가 될 것이다. 일시적으로 전 재산을 기울어뜨리는 정도의 일은 그다지 대수롭지 않다.

■ 기업가의 정신

워싱턴 대학교의 베스퍼(Vesper) 교수는 다음과 같이 기업가의 정신을 정의하였다.

"다른 사람들이 찾아 내지 못한 기회를 발견한 인간, 또 사회의 상식이나 권위에 사로잡히지 않고 새로운 사업을 추진할 수 있는 인간이야말로 기업가다. 가장 중요한 것은 기업가 정신이 행복을 추구하는 수단이라는 점이다. 어떻게 살 것인가? 무엇이 행복한 것인가? 를 진정으로 이해하고 있는 인간이야말로 기업가다."

제7장

발가벗으면 재기가 빠르다

27 | 역경이 심한 성공에의 길

'성공인'이라는 사람들의 면모를 살펴보면 처음부터 한 가지 사업에 연연하지 않았다는 사실을 엿볼 수 있다. 대개는 여러 종류의 일에 실패하고는 또다른 사업에 착수하여 몇 번이나 시행착오를 거듭한 후에 겨우 천직이라고 할 만한 일을 붙잡게 된 것이다.

예를 들면, 내가 아는 사람 중에 제과업을 해서 돈을 번 사람이 있는데 "전에는 무슨 일을 했습니까?" 하고 물었더니, "조개껍질을 동그랗게 갈아 귀걸이를 만들어 시장 노점상을 한 일이 있습니다." 또, "다용도로 사용할 수 있는 옷걸이를 판 적도 있습니다."는 대답을 하는 것이었다. 제과업과는 전혀 연관이 없는 일이지만, 이 사람은 일관해서 발명 연구로 돈을 벌려고 한 경향이 있다는 사실을 엿볼 수 있다.

또 지방 도시에서 슈퍼마켓을 경영해서 나름대로 성공한 사람이 있다. 그곳에도 대형할인매장의 공세가 심한 나머지 대처할 수 있는 방법을 상담하기 위해 찾아왔다.

그때 나는, "지금의 점포는 그들에게 인계하고, 작은 소읍으로 자리를 옮겨보는 것이 어떻겠습니까?" 하고 제안했다.

소읍이라고 해도 산간 벽지는 아니고, 인구 1~2만 이하의 읍이나 면 단위이므로 대형할인매장이 공격해 와도 그들로서는 채산을 맞출 수 없는 고장이다. 군청 소재지쯤 되면 싸구려 경쟁으로 매상에 비하여 이익률이 저하되는 만큼 규모가 큰 경쟁이 없으므로 20% 이익률을 유지할 수가 있다.

그러나 내 제안을 듣자 그 슈퍼 사장은 망설이는 표정을 보이며, "사장님, 나는 내 사업체를 팔면 몇 억 원 정도의 돈은 되리라고 생각합니다. 하지만 명색이 슈퍼의 소유주이므로 상공회의소나 지역 유지로 사회 활동을 할 수 있습니다. 그러나 내가 슈퍼를 내놓는다면 사회적 지위는 없어져 버릴 것이 아니겠습니까."

"또다른 새 장사를 찾아서 하면 될 것이 아닙니까?"

"그렇게 말씀하시지만, 지방에서는 이렇다 할 새 장사는 여간해서 얻기 어렵지요. 나는 이제까지 목재상도 했고, 제화점, 오락장도 운영해 봤지만, 어느 것 하나 성공해 본 적이 없습니다. 겨우 슈퍼로 눈 코가 붙었을 정도입니다."

이상의 이야기로 알 수 있듯이 성공에 이르는 길은 절대로 평탄한 대로가 아니라, 굴곡이 심한 역경의 가시밭길이다. 거기다가 때로는 경험 부족으로 암초에 걸려 부도를 내거나 당해 도산하는 경우도 허다하다.

지금 경제계의 제일선에서 활약하고 있는 실업가 중에도 과거에

도산하여 빚쟁이들에게 끌려다닌 경험을 가진 사람의 말은 빌리면

라는 뜻을 이해할 수 있을 것이다.

문제는 몇 살 때쯤에 그런 불상사를 일으켰는가, 또 몇 번이나 그런 일을 저질렀는가 하는 데 있는 듯하다.

속담에 '젊은 혈기 탓'이라는 것처럼 경험이 적은 시절의 잘못은 사회에서나 주위 사람들이 관대하게 봐주는 경향이 있다. 그런데 어디까지를 젊은 혈기라고 단정지어 말하기란 좀 애매하다. 단순히 나이만 가지고 정할 수는 없지 않은가.

20대 젊은 나이에 사업을 시작하는 사람도 있다. 나이의 여하를 막론하고 처음으로 경험하는 부도라면 '젊은 혈기 탓'이라고 봐도 틀린 것은 아니지만, 역시 30대와 50대는 세상에서의 받아드리는 시선이 다르다.

30대라면, "저 놈은 아직 젊었으니까 재기할 기회가 있을 거야." 하고 관대하게 취급하나 50대가 되면, "이제 저 사람은 재기 불능이다." 하고 버림 받게 된다.

다시 몇 년 걸려서 2회, 3회 실패를 거듭하게 되면 결함 인간으로 취급되어 어느 누구도 상대해 주지 않는 업계의 외톨이가 된다. 아무리 우수한 재능을 가진 사람이라도 기업가로서의 치명적인 결함을 가지고 있으면 그의 삶은 실패로 끝나기 마련이다.

아침부터 퇴근 시간까지 하루를 짧고 빠르게 보내는 좋은 방법이 있다. 그것은 상사의 눈을 속여서 15분 가량 늦게 출근한다든가, 15분 일찍 퇴근한다는 부정 행위가 아니다. 또 점심시간을 5분 가량 더 사용하는 약삭 빠른 행동도 아니다. 그런 부당한 마음을 가졌다면 하루가 더 길게 느껴질 것이다.

지혜로운 직장인은 노동시간을 짧게 하고, 자기가 하고 있는 일에서 지루함을 없애는 가장 효과적인 방법을 알고 있다. 즉 자기 일을 휴가를 보내는 것처럼 즐긴다는 것이다. 이를테면 우리들은 저녁 일곱 시에 파티에 참석해서 심야까지 머문다. 거의 하루 노동과 맞먹는 시간이다. 그러나 즐거운 시간이기 때문에 쏜살같이 지나간다. 바로 이것이 요령이다. 일을 흥미롭게 하는 것이다. 그렇게 하면 그 날은 짧은 하루를 보낼 수 있다.

28 | 집을 살 수 있는 능력이 재산이다

그러므로 사업이 위험에 빠졌다고 파악되었다면, 아직 발밑이 밝은 때 발을 씻는 용단이 중요하다. 그러나 그런 때는 정신마저 평형을 잃어 전후의 판단을 못 하는 사람이 많다.

내 친구 중에서 중소기업의 경영 진단을 하고 있는 사람이 사업에 손을 댔다. 타인에게 '돈벌이는 이렇게 하면 된다.'고 가르칠 정도니까, 자기가 직접 하면 잘 되어 나갈 것 같았지만, 그렇게 되지 않는 것이 세상의 형편이다.

나 역시 성공한 쪽보다는 실패한 예가 많았음을 고백한다. 어쩌다가 성공한 것이 많지 않은 재산을 가지게 했고, 그 재산을 밑천으로 웬만한 손실에는 견딜 수 있었으므로 이럭저럭 유지해 나가고 있을 뿐이다.

거기에 엄격한 제한을 내 스스로에게 다짐하여 '집이나 점포는 반드시 직접 확인한 다음에 구입한다.', '어음은 절대로 끊지 않는다.', '손해를 감당할 수 있는 범위인가, 또 세월이 흐른 후에 예정했던 목표에 도달하지 못하면 폐기해 버린다.'는 원칙을 가지고 사업을 하고 있으므로 치명상을 입는 일보 전에서 중단할 수 있도록 준비한다.

그러한 자제심을 적용하지 못하는 사람으로 신문기자, 학교 선생님 출신이 사업에 진출했다가는 대개 실패하므로 되도록 자중을 권고하고 있는 입장이다.

하지만 그러한 사람에게도 스폰서가 있고 은행에서 돈을 대출해 줌으로 깜박하는 사이에 깊이 빠져 버리고 만다.

흔히 매스컴에 등장하여 많은 강연과 유통혁명에 흥미를 가지고 방문판매와 소매업자의 조직화에 대하여 책까지 쓴 유명 인사라고 할지라도 이론적으로는 성립이 되지만, 정작 실행에 옮기면 오히려 세일즈맨으로서의 자질이 부족하여 업무를 감당하지 못하고 문을 닫는 경우를 본다. 이는 이론과 현실 사이가 얼마나 먼 거리인가를 반증해 주는 예이기도 하다.

앞에서도 말했듯이 돈 둘러대기에 쫓기게 되면 필연적으로 고리대금에 의뢰하게 되고 어음을 결제하기 위해서 다시 태평스럽게 어음을 끊는 악순환에 빠진다. 어느 사이에 빚이 눈사람처럼 불어나서 소소한 돈으로는 수습할 수 없는 지경에까지 이른다. 그러므로 이왕 원조를 할 바에는 부도를 내서 아무도 상대해 주지 않게 된 후에 도움을 주는 편이 효과적이다.

이와 같은 부도 직전의 친구가 나에게 원조를 요청해 오자, 나는 단호히 거절했다. 이에 친구는 다른 친구들에게 돈을 빌리러 갔다.

걱정 끝에 친구 세 명이 모여서 본인으로부터 사정 이야기를 듣게되었다. 조금도 숨김없이 사실 그대로 말하라고 하자, 본인은 가방속에서 서류를 꺼내서 상세히 설명을 했다.

이미 자택은 담보에 묶여 은행에서 최대 한도액의 돈을 대출 받아서 매월 원리금 갚기에 쫓기고 있었다.

한편 사업을 대신 떠맡기로 한 사람이 있어서 어음의 일부는 청산할 수 있다고 했다. 부도 액수를 대조해서 상쇄해 보니 10억 원정도 있으면 우선 부도는 막을 수 있지 않을까 하는 계산이 섰다.그러나 그 전제 조건으로, 어쨌든 한 번은 발가벗지 않으면 안 된다는 것이 당시의 판단이었다.

나는 말했다. 우선 첫째로 집을 팔아버릴 것, 집을 싯가 5억 원에팔아버리면 매월 은행에 지불하는 이자 7백만 원이 없어진다. 지금까지 해 온 사업은 타인에게 양도하고 2억 원을 그 사람에게 떠맡긴다. 또 그 나머지 3억 원은 거액의 채권자로 되어 있는 한 사람이나 두 사람에게 집중시키고 어음의 지불 기일을 연기 받는 동시에 변제 방법에 대하여 교섭한다. 그 외에 몇 십 명에 이르는 소액채무는 우리들이 보증을 서서 은행에서 1억 원 정도를 대출 받도록해줄 터이니 그렇게 정리를 하자고 제안했다.

무엇보다도 거듭 말하지만 집은 꼭 팔 것, 주위 소문 따위에 신경을 쓰지 말 것, 가족에게 사실을 밝히고 동요하지 말도록 준비시킬 것, 그렇게 할 수 있느냐고 다짐을 받았다.

이에 대하여 본인도 전적으로 찬성을 표명했으므로 우리들은 약속대로 1억 원을 은행에서 대출 받도록 협력해 주었다. 그러나 돈을 빌려 낸 것은 좋았으나 이자는 한 번 갚았을뿐 집도 팔지 않고 채무 정리, 통합 등도 약속대로 이행하지 않았기 때문에 끝내는 도산하고 말았다.

그다지 큰 사건은 아니었기 때문에 화제에는 오르지 않아서 망신은 면했지만, 두 번 다시 우리들 앞에 모습을 나타내지 못하였다. 혹시 우리들에게 숨긴 또다른 채무가 있었는지도 모른다. 집을 팔고 발가벗게 되는 것을 어쨌든 피해 보려고 생각했기 때문에 도리어 무리를 가중시키게 된 결과를 초래했을 것이다.

사업하는 사람에게 집은 재산이 아니라, '집을 살 수 있는 능력'이 재산인 것이다. 친구를 재산으로 간주하는 것은 조금 지나친 말일지도 모르나 단지 돈을 만드는 능력을 도와주는 거래자일 뿐이다. 그러므로 한낱 열매와 같은 집 따위는 여차하면 버려도 아까운 물건은 아니다. 다시 입수할 수 있는 씨앗을 더 중히 여기는 마음가짐이 올바른 사업가의 자세다.

그러나 이런 충고를 해도, '불난 집의 사람'이 아니라면 옳은 말이라고 생각할지도 모르지만, 자기가 집적 불 속에 갇히면 전후를 분간할 경황이 없을 것이다. 화재 현장에서 괴력을 발휘해서 장롱 등을 번쩍 들어내는 사람도 있다고는 하나 무일푼 신세가 된다고 생각하면 갑자기 재산에 더 집착하게 되는 것이 인간의 본성이다.

■ 기업가의 신조

1986년 미국 기업가 협회는 기업가의 신조를 발표하였다, 이는

기업 활동에 참여하고자 하는 모든 사람들에게 용기있는 선언문이다.

"나는 평범한 사람이 되는 것을 거부한다. 나의 능력에 따라 비범한 사람이 되는 것은 나의 권리이다. 나는 안정보다는 기회를 택한다. 나는 계산된 위험을 단행할 것이고 꿈꾸는 것을 실천하고 건설하며 또 성공하고 실패하기를 원한다. 나는 보장된 삶에의 도전을 선택한다. 나는 유토피아의 생기 없는 고요함이 아니라 성취의 전율을 원한다. 나는 어떤 권력자 앞에서도 굴복하지 않을 것이며, 어떤 위협에도 굽히지 않을 것이다. 자랑스럽고 두려움 없이 꿋꿋하게 몸을 세우고 서는 것, 스스로 생각하고 행동하는 것, 내가 창조한 결과를 만끽하는 것, 그리고 세상을 향해 하느님의 도움으로 내가 이 일을 달성했다. 이것이 기업가다라고 힘차게 말할 수 있는 것이다."

29 | 알몸이 되면 두렵지 않다

사회적 신용의 추락과 경제적 파산, 가족과
피해를 본 사람에 대한 죄책감, 고독, 후회,
자신에 대한 미움, 이름 모를 분노에 몸부림을
치다가 폐인이 되거나 스스로 목숨을 끊는
극단적인 방법으로 생을 마감해야 하는가?

알몸으로 발가벗는 것이 그렇게 부끄러운 일인 것일까? 또 그렇게 두려운 것일까? 사람은 두려워 하는 상대가 있으면, 반드시라고 할 만큼 정면으로 부딪히는 습성도 함께 가지고 있다.

'마음을 버리면, 불도 차다'고 하지만 알몸이 될 각오를 하면 도리어 발가벗지 않아도 해결된다. 하물며 요즈음과 같이 건강한 신체와 일할 의욕만 있으면 어디든지 직장을 가질 수 있으며 재기의 기회를 노리는 것은 불가능이 아니다.

도산이란 무엇인가 하면 돈을 빌려준 사람과 물건을 사입하고 아직 그 대금을 지불하지 못한 상대편에게 폐를 끼치는 일이다. 그 중에는 자기의 고용인과 가족도 물론 포함되어 있다. 상대에게 폐를 끼치면 피해를 본 상대는 또다른 어떤 상대에게 피해를 주게 되는 것도 생각할 수 있다. 이를 연쇄도산이라고 한다.

한 번의 부도가 연쇄도산을 일으키는가 아닌가는 상대의 재력에

의하지만, 여하간 도산이란 한 사람 또는 하나의 기업이 부담해야
될 것을 전후좌우의 사람들에게 부담시키는 고통의 행위다.

그러므로 도산이 큰 사건임은 사실이지만 사회 전체적으로 볼 때
장부에 기록하는 숫자나 세무서에 지불하는 금액이 변할 뿐이지 표
면은 변하지 않는다. 회사가 쓰러져도 회사의 건물이 무너지는 것은
아니며, 회사의 기능이 일시적으로 멈출지는 모르지만, 회사 전체의
생산이 멈추는 것은 아니다.

그러므로 요즈음과 같이 불경기로 도산이 많을 때일지라도 그 고
통의 물방울을 맞지 않은 사람에게는 대단한 일이 아니라고 생각할
것이다.

문제는 그 당사자들이 받는 절망적인 쇼크이다. 자기의 손해를
상대에게 부담시키는 행위이므로 자기의 밑을 타인에게 씻어 달라
는 거나 마찬가지다. 단순한 상거래를 하는 상대에 불과하지만 오랜
동안의 교제 과정에서 안면도 익히고 신뢰 관계도 쌓았을 것이다.
그러므로 타인에게 폐를 끼치는 시점에서 어떤 피해를 주느냐에 따
라서 받는 인상에 차이가 생긴다.

J모직의 창업주였던 S씨는 분식결산으로 고소를 당하여 사장직으
로부터 인책 사임당했지만, 검사가 조사해 보니 사장의 집에는 에어
컨도 없었다고 한다. 그러니 숨긴 재산이 있을 리 없다. 재판관의
좋은 심증을 받아 결과는 집행유예로 끝났지만, 일반 채무자와 채권
자 사이도 이와 같다고 말할 수 있다.

어떤 방법으로도 부도를 피할 길이 없을 때, 사람은 자기 명의의
재산을 친척 명의로 옮긴다든지 회사의 현금을 챙겨서 도망 가기도

한다. 인정상 피할 수 없는 일이지만, 혼잡한 상황 속에서 숨긴 돈이란 액수가 뻔한 것이다.

채권자가 납득하지 않는 점을 강력하게 물리적으로 추궁하면 어딘가에서 돈이 나올 것이라고 의심을 하고 있기 때문이다. 거꾸로 흔들어도, 때려도 아무것도 나오지 않는다는 것이 확실해지면 법원에 호출 당하는 일도, 폭력단이 쳐들어오는 일도 없어진다. 그러므로 알몸의 무일푼이 되어 첫 출생 당시의 상태로 돌아가면 다시 한 번 처음부터 출발할 수 있다.

그러나 도산을 하면 정신적인 타격이 크므로 정상 상태로 복귀하는데는 많은 시간이 걸린다. 채무의 정리, 법정 출입, 아니면 구속에 이르기까지 적어도 2년 정도는 걸린다. 그런 사건을 주변에서 가끔 관찰하기 때문에 이 정신적 타격에서 희생되는 기력과 시간 등을 생각하면 한쪽 팔이 떨어져 나가는 듯한 재산상의 손실을 받더라도 '단념이 천 냥'이란 속담대로 사업을 정리하고 폐업으로 들어가는 것이 상책이라고 생각된다.

그렇게 말은 하지만 막다른 곳까지 가지 않고서는 사건의 중대성을 깨닫지 못하는 사람도 세상에는 많다. 그런 사람에게 어드바이스를 할 수 있다면, 다음 몇 가지가 있을 것이다.

1. 이미 잃은 것에 대하여 연연하지 않는다.
2. 가족이 협력해서 현재의 생활 수단을 취한다.
3. 발가벗은 증거를 보인다.
4. 자기의 나이나 성격, 능력에 맞는 장래의 일을 생각한다.
5. 돈으로만 살아간다는 생활방식을 버린다.

6. 병후의 심신과 같으므로 정신적인 휴양 기간을 취한다.

이러한 인생의 실패자들을 모아 사업을 해서 성공한 사람이 있다. 학생 기숙사에 무일푼으로 집도 없는 파산 부부를 입주시키고 학생들의 식사 시중과 관리를 하게 하면 자고 먹는 것이 해결되고, 월 70만 원의 월급은 그대로 남아 떨어지니 지옥에서 부처님을 만난 셈이다. 그런 사람들을 고용해서 이미 11개 학교 기숙사 고용에 성공하고 있으니, 이것도 시대의 첨단을 가는 새 상법의 하나라고 할 수 있을 지도 모른다.

▣ 프로는 누구인가?

프로가 되기 위한 사람이나 그 분야가 따로 있는 것이 아니다. 특정 분야에서 오래 종사하였다고 프로가 되는 것도 아니다. 자기 일을 수행함에 애정과 관심을 가지고 꾸준히 노력하여 좁은 영역에서라도 자신의 세계를 개척해서 전문성을 인정 받는 특화된 사람을 말한다. 비록 다른 것은 모르더라도 한 분야에서는 신뢰하고 믿을 수 있는 신념을 파는 사람을 말한다.

30 | 당황하지 말고 시간의 경과를 기다린다

실패를 두려워해서는 안 된다. 실패를 두려워 하면 무엇을 하려 해도 자신감이 없어져 버린다. 물론 실패를 한다는 것은 절대로 칭찬 받을 만한 일은 못 된다.

앞에서 말한 바와 같이 경제계에서 한 번 실패를 하면 재기할 때까지 적어도 2~3년쯤의 세월을 필요로 하게 된다. 그것은 채권자에게 쫓겨 다닌다든지, 법정에 불려 다닌다든지 해서 시간을 빼앗기기 때문만은 아니다. 자신의 상실된 머리가 정상 상태로 돌아오기까지는 많은 시간을 필요로 하기 때문이다.

인간은 감정의 동물이므로 쇼킹한 사태에 직면하면, 타인의 일이라도 절대로 나타나지 않는 어리석은 반응을 보인다. 실연은 가장 전형적인 예이지만, 비관한 나머지 자살을 하고 동반 정사로 어설픈 사랑을 마무리 한다. 그러한 극단적인 번민까지는 하지 않더라도 이것으로 내 인생은 끝이라고 자신 없는 좌절감에 빠진다.

그러나 이런 고통을 이겨내고 시간이 흐르면 어떠한 강렬한 사건일지라도 물에 씻겨서 거친 바위가 조금씩 바뀌듯 기억이 희미해져서 망각의 저쪽으로 흘러가 버린다.

도산에 직면했을 때도 인간의 감정은 이와 같아서 '차라리 죽고 싶다'는 과격한 생각에 이른다. 아니면 퇴세한 좌절을 만회하기 위해 만용을 부려 기사회생책을 시도해 본다. 하지만 그 어느 쪽도 정상의 심리를 잃고 있는 때이므로 얼마 후에는, 왜 그 당시 그런 어처구니 없는 생각을 했었던가 고개를 갸웃거린다.

우리의 삶에는 바이오 리듬(biorhythm : 인체 주기율)이 있다. 운수라고나 할까. 운이 상승세를 걷고 있을 동안은 그다지 노력을 하지 않아도 매사가 순조롭게 진척되고 좋은 일이 중복되어 혹시 자기는 상당한 인물이 아닌가 하는 우월감에 자신이 붙게 된다.

그러나 일단 내리막길로 접어들게 되면 역풍을 향하여 배를 저어가는 것 같은 기분에 빠져 하는 일마다 뜻대로 되지 않고 성사되는 듯하던 상담까지도 깨져 버리기도 해서 '불행은 반드시 중복해서 찾아온다.'는 속담 같은 일이 일어난다.

그런 때는 아무리 몸부림을 쳐봐도 소득이 없으니까, 차라리 꾹 참고 시간의 경과를 기다리는 것이 약이다. 하지만 그러한 때일수록 인간은 당황한 나머지 판단력을 잃는다.

어느날 중고차 매매업을 하고 있는 친척 한 사람이 온갖 방책을 다해 봤으나 해결의 실마리가 보이지 않자 도산 직전에 찾아온 일이 있었다. 나를 찾아 온 그는 "염체 없지만 돈을 좀 부탁할 수 없겠습니까?" 하는 것이 아닌가.

　조언을 얻으러 온 사람들에게 일일이 돈을 꾸어주다가는 아무리 돈이 많아도 당해 낼 수 없겠지만, 도대체 그냥 친척으로 지내온 터인데 돈을 빌려 주려니 생각하는 자체가 어떻게 된 것이 아닌가 하고 의아하게 생각하지 않을 수 없었다.

　정녕 머리에 이상이 생긴 사람이라고 생각하며 마주 앉았지만, 들어보니 부도는 아직 내지 않은 상태였다. 다른 친척으로부터 돈을 꾸기도 하고, 그들을 보증 세워서 은행 돈을 빌리기도 했다는 것이다. 한편 신용보증의 보증을 얻어서 마을금고에서까지 융자를 얻어 쓰고 있는 중이었다.

　"부도를 내면, 채권자들이 한꺼번에 몰려들 염려는 없습니까?"

　"아니요, 어음을 끊고 있는 상대는 하청 수리공장뿐이니까 합의가 될 것입니다. 문제는 친척과 은행입니다."

　"은행에는 어떤 담보가 들어가 있습니까?"

　"마을금고는 신용보증뿐이지만, 은행에는 처의 이름으로 된 토지를 담보로 했지요."

　"그밖에 고리채를 얻어 썼다든가, 어음을 끊었다든가?"

　"그런 짓은 아직 하지 않았습니다. 고리대금에 손을 벌리기 전에 그만두고 싶다는 결심을 이전부터 하고 있었기 때문에…"

　"그것은 좋은 생각입니다. 높은 이자 돈을 빌려서 일시적으로 숨을 돌리더라도 어차피 결과는 뻔한 것이니까, 그 전에 머리를 숙여야 할 곳에는 숙여 버리는 것이 해결의 첫걸음입니다."

　"어떻게 다시 일어설 기회가 없을까 하는 생각 끝에 주식에까지 손을 대보았지만, 좀처럼 잘 되지 않는군요."

들어보니 5천만 원 정도 예탁금을 걸고 환치기를 열심히 하고 있다고 한다. 주식 환치기로 돈을 번 사람은 거의 없다는 것에 대해서 이미 강조한 바 있지만, 정상 심리를 잃고 초조한 상태에 있는 사람에게는 그런 조언 따위는 전혀 귀에 들리지 않을 것이다.

"주식이란 직업으로 할 것은 못 되지요."

하고 말해 주었다.

"나도 10여 년 간 주식투자로, 결국은 기관에 빼앗기는 큰 손해를 경험했지만, 그것으로 생활을 영위할 자신이 없는데, 하물며 지금과 같은 형편에서 신용으로 차액을 벗겨 먹는다는 그런 순진한 생각은 말아주시오."

"역시 그렇습니까?"

"그런 태평스런 짓을 하고 있을 때가 아니지 않소. 우물쭈물하고 있는 동안에 증권회사에 넣어둔 5천만 원도 몽땅 없어져 버립니다. 지금 정리를 하면 얼마나 돌아올 것 같습니까?"

"지금이라면 4천만 원 정도는 돌아옵니다."

"그렇게 나쁜 조건은 아니니까, 주식 매매는 당장 그만두는 게 좋겠군요."

"나도 그러려고 생각 중이지만, 그 돈을 어떻게 할 것인가 하는 문제입니다. 아내는 지금의 사업은 희망이 없으니까 학교 옆에서 학생들 상대로 문방구점이나 완구점을 하는 것이 어떠냐고 하는데, 그 점은 어떨까요?"

"어디 적당한 장소라도 있습니까?"

"아니요, 지금부터 물색하려고 합니다."

"이제부터 새 터전을 마련하겠다면, 우선 주식에 넣은 4천만 원으로 개업을 해서 네 가족의 생활을 지탱해 나간다는 것은 어려울 것입니다. 부인께서는 그럴 자신이 있습니까?"

조용히 옆에서 듣고 있던 부인은 자신이 없다는 듯 고개를 옆으로 저었다.

■ 참기 어려운 일을 참으면 길도 넓어진다

상인에게 필요한 직감력은 이윤을 알아내는 계산 능력과 그것을 실현할 수 있는 찬스를 장악하는 능력이다. 그러기 위해서는 진취적인 정신 속에 모험심과 담력과 용기와 결단력이 필요하다. 참고 견디지 않으면 세상은 열리지 않는다.

31 | 땅을 사 두면 반드시 성공한다

나는 장사가 잘 안 돼서 아무리 애를 써도 방법이 없을 때는 그 사람의 운세가 하강선을 달리고 있을 때라고 생각한다. 과학 만능 시대에 새삼스럽게 운명에 대한 역술을 꺼내는 것은 이상하지만, 그 이외의 말로 설명할 수 없는 생활 리듬이 있는 것이므로 역시 '운세'라는 말이 가장 알기 쉬운 뜻이 아닐까.

그렇게 운이 나쁠 때는, 실은 무엇을 해도 잘 안 되는 시기이다. 잘 안 되니까 더욱 초조하지만, 아무리 서둘러도 안 되는 것은 마찬가지이므로 이런 때는 아무것도 하지 않은 채 조용히 때를 기다리는 것이 현명한 처사이다.

아무것도 하지 않는다고 하지만, 지금까지 해 온 일을 돌아보고, 왜 잘 안 되었는가를 깊이 반성하는 시간을 가져본다.

주식에서 말하면 '약세'가 지배한다는 시기이다. 씨름판을 비유해서 말하면, '남이 하는 씨름은 잘 하는 것처럼 보이는' 시기이다. 파죽지세로 조상위권에 올라 온 급수라 하더라도 상대의 벽에 부딪쳐서 연패를 당하면, 지금까지의 자신감이 무너지고, 왜 자기는 져야만 하는 것인가? 어째서 상대가 자기보다 우세한가 하고 타인의 장점이 눈에 띄게 된다. 이런 때는 아무리 씨름판에 올라서도 승자의 자리에는 오르지 못한다.

패배의 각오로 씨름판에 설 방법 외에는 달리 묘안이 없으므로 회복을 도모하느니보다 최악의 상태에 대비하는 편이 현실적이다.

예를 들어 중고차 업자의 설명에 의하면 자동차 붐의 상승기에는 한 대의 중고차를 팔면 1백만 원, 1백 오십만 원씩 돈을 번 시기가 있었다. 그러므로 상승의 파도를 타고 사업을 확장했지만, 차를 사들이는 데만 자금을 써버리고 땅이나 다른 부동산에 손을 댈 여유가 없었다. 지금에 와서 돌이켜보면 그렇게 돈을 벌 시기에 자동차 전시장에 쓸 땅을 사 두었더라면, 이런 공경에 빠지지 않고도 됐을 걸 하고 후회막심하다고 토로한다.

나와 같은 제삼자의 눈으로 봐도 중고차 매매업은 모든 장사 중에서도 가장 어려운 업종에 속한다. 왜냐 하면 중고차는 부동산과 달라서 길게 가지고 있으면 있을수록 가격이 하락하는 상품이며, 자고나면 재산이 줄어드니까, 기민하게 대응하지 않으면 도저히 해 나갈 수 없는 장사이기 때문이다.

실은 패션산업도 팔다 남은 상품은 재고 정리로 덤핑 판매되므로 거의 같은 결점을 가지고 있다. 따라서 패션산업으로 돈을 번 사람은 모두가 판단력이 빠른 사람들이며, 여차 하면 손해를 각오하고 손을 뗀다.

그러한 후각을 몸에 지니고 신속한 대책에 익숙하다는 의미에서는 중고차도 패션도 공통의 장점을 가지고 있다고 해도 좋을 것이다. 그러나 그것은 재무상의 결함에서 생긴 장점이므로 기업이라면 재무상의 결함을 커버할 만한 보강책을 강구하지 않으면 안 된다.

그런 점에서 중고차업과 정반대인 위치에 있는 것이 부동산업일 것이다. 토지 매매에 감정 능력이 있는 점과 그렇지 못한 것과의 차이는 있겠지만, 땅은 어느 정도 속아서 사더라도 시간이 경과하면 자연히 상승한다.

그러므로 투기에 지나쳐서 돈을 둘러대지 못할 정도로 빚을 지게 되는 일만 없으면 자고 깨면 재산이 불어나니까, 우둔한 사람이라도 지켜나갈 수 있다.

전에는 자동차도 토지도 모두 고가의 상품으로 같은 인기물이었지만, 한쪽은 공업적으로 얼마든지 생산이 가능한 것이므로 값이 하락하게 되고, 한쪽은 생산하지 못하는 물건이므로 세상이 풍요로와짐에 따라서 점점 더 가격이 오르게 된다. 따라서, 어떤 쪽 장사를 한 사람이 돈을 잡았느냐 하면, 오늘날에 와서 보면 그 차이는 너무나 크다.

그러나 중고차 업자 중에서도 자기 장사의 결점을 재빨리 깨달은 사람은 자동차를 팔아서 번 돈으로 열심히 땅을 샀다. 중고차 주차장으로 넓은 부지가 필요했으므로, 조금 현명한 사람은 주차장의 땅을 임대로 빌리는 대신 은행에서 돈을 빌어다가 토지를 사들였다.

단지 이것만의 차이로 중고차 장사가 재미없게 되었을 때 파산하는 사람과 타업종으로 전업할 수 있는 사람과 크게 나누어지는 분기점이 된 것이다.

어떻든 중고차 매매라는 장사는 고도성장의 끝 무렵에 와서는 신종 차의 판매까지도 둔화되고 불황의 물결까지 맞이하여 돈벌이가 안 되는 업종 중의 하나로 꼽히게 되었다.

따라서 자본을 가지고 경쟁에 이겨낼 수 있는 업자와 그렇지 못한 자의 우승 연패가 선명해져서 사업이 열세에 놓이면 상처 없이 점포를 닫게 되면 다행이고, 몇 천만 원에서 억대의 부채를 짊어지고 파산하게 될 것이다.

단, 중고차 장사는 모두 안 된다는 것은 물론 아니고, 새 차가 있는 이상 중고차의 공급은 뒤가 끊어지지 않고, 어떠한 형태로든지 반드시 매매는 이루어질 것이므로, 몇 번쯤 엎치락 뒤치락 한 뒤에 자본이 있고 조직을 가지고 경영 능력이 있는 업자만이 살아남게 된다.

그 경쟁 과정에서 도태된 자는 어떻게 살아야 할 것인가 하는 것이 문제가 될 것이다.

■ 대학졸업장이 꼭 중요한 것은 아니다

물론 의사, 변호사, 교수가 되거나 과학계에 종사하자면 대학을 나올 필요가 있다. 한편 인사관리자들은 당신의 입사원서에 학사 학위나 석사학위(박사학위까지)가 기재되어 있는 것을 좋아한다. 하지만 당신이 원하는 직업을 얻는데 대학 졸업장이 반드시 필요한 것은 아니다. 교육을 받고, 사고 방식을 배우고, 지적 성장을 위해서는 대학에 가야 하지만, 모든 세상사를 배우고 더 나은 직업을 갖기 위해서는 직장에서 일을 해 보아야 한다. 대학 학위가 당신을 최초의 직업에서 수완가로 만들어 주지는 못한다.

32 | 몸부림을 치면 상처가 깊어진다

인간이 유일하게 올바른 가르침을 받는 곳은
세상이라는 학교다. 거기서 '어려움과 괴로움'
이라는 엄격하고 고귀한 교사를 만날 수 있다.

이렇게 되면, 재무상의 상담이라고 하기보다는 그 영역을 벗어나서 이미 인생 상담이나 다름없다. 아무리 바이오 리듬이 지배하고 있다고 해도, '하늘은 스스로 돕는 자를 돕는다'는 말을 믿는 사람에게 있어서는 어떻게 해서든지 만회할 방법은 없을까 하고 서둘게 되므로 "빌어먹을 주식으로 한 탕 올릴까, 아니면 아내에게 음식점이라도 시킬까." 하고 당치도 않은 짓까지 생각한다.

그러한 곤경에 놓일 경우 보통 사람에게 있어서는 진실된 일이지만, 이상심리로 행동하는 것이므로 모두 상궤를 이탈하고 있다.

"그러니까 이러한 악운일 때는 아무것도 하지 않고 푹 쉬는 것이 가장 좋은 방법입니다."

하고 나는 충고를 한다.

"알몸이 된 후에 아무것도 하지 않으면 굶어 죽을 것이라고 생각하겠지요. 하지만 몸부림을 치면 그만큼 더 상처가 깊어지는 수

도 있으니까, 우선 주식에서 손을 떼고 얼마의 돈이라도 손에 남
겨두시오. 그것만 있으면 1년간 4인 가족은 어떻든 살아갈 수 있
을 것입니다. 나머지는 전부 채권자 앞에 내놓고 사과를 하는 것
입니다. 신용보증 측에서도 화를 내겠지요. 친척도 정이 떨어질
테지요. 그러나 할 수 없는 일이니까, 아무리 모욕을 당하더라도,
'미안하오, 미안하오.'로 밀고 나가는 겁니다."

"채권자는 재미있는 존재로서 우선 이 쪽에 아직 짜낼 것이 남아
있는 동안은 어떤 방법을 써서라도 받아내려고 할 것입니다. 그
러나 아무것도 없다는 사실을 알면, 설마 가죽이라도 벗길 수는
없으니까 차츰 단념하게 되지요. 둘째로, 단념할 때까지 일정한
시간이 걸리지만, 그 시간이 경과하면 조수가 물러가듯이 또다시
같은 일로 밀어닥치는 고통은 없게 됩니다. 없는 것을 회복시키
는 것보다 새로 벌어들이는 편이 빠르다고 생각하기 때문입니다."

"하지만 그 동안, 우리들은 어떻게 하면 좋겠습니까?"

"피하거나 숨지 않는 게 좋겠죠. 부인께서 당분간은 입장이 곤란
한 경우에 놓일 것입니다. 채권자들은 반드시 집으로 쳐들어 올
테니까요. 하지만 부인께서는 '남편은 집에 돌아와도 나에게 아무
말도 하지 않아요. 제발 남편에게 직접 물어봐 주세요.' 하고 대
답하면 됩니다. 남편께서는 새 사업을 생각한다든가 새 일에 착
수하느니보다 이 계제에 친한 친구가 있으면, 그의 일을 돕는 것
이 가장 시간 보내기에 좋을 것입니다. 남편에게 그럴 만한 친구
가 없을까요?"

"그 정도의 편의를 돌봐줄 친구가 없는 것은 아니지만…"

"그러면, 그런 곳에서 1년이나 2년쯤 친구의 일을 도와주고 있으라고 권하십시오. 지금까지 사장의 입장으로 사귀어 오던 친구를 직원으로 쓰는 것은 좀 거북하겠지만, 진정한 친구라면 웬만한 불편쯤은 참아줄 겁니다. 월급 따위는 받지 않아도 됩니다. 아직 1년 정도의 군량은 남겨두었으니까, 진정한 친구라면 빚의 뒤치다 꺼리는 못해 주겠지만, 찬값 정도는 보내줄 것입니다."

결국 끝까지 도달해 보면 평상시의 교우관계가 얼마나 좋았던가 하는 곳까지 이르게 된다.

나 역시도, 사실 그러한 때에 힘을 빌려줄 친구가 얼마나 되는지 알 수 없다. 일단 유사시를 대비해서 친구를 사귀는 것은 아니지만, 그런 때에 도움을 줄 수 있는 친구는 누구에게나 있다. 그러므로 안절부절 몸부림치느니보다 꾹 참고 견뎌내면 결과적으로 실패에서 배우는 것도 많다는 교훈을 깨닫게 될 것이다.

■ 돈을 늘리는 마음가짐

누구나 저축을 할 수는 있다. 그러기 위해서는 끈기와 단호한 결심을 하지 않으면 이룰 수 없다. 젊은 시절에는 검소해야 하며 낭비와 허식 같은 절제 없는 행동에 주의해야 한다. 자주 돈을 빌려 써서는 안 된다. 그런 나쁜 버릇은 돈도 잃고 친구도 잃는 더 큰 손해를 입는 경우가 많다. 절약하고 싶다면 지금도 늦지 않다. 무엇보다도 당신은 필히 절약해야만 한다. 당신이 꼭 기억해야 할 것은 금방 필요없는 자질구레한 것에 절대로 돈을 쓰지 말라는 것이다. 그리고

빈틈 없는 계획성이 당신 생활 전반에 걸쳐 침투되도록 하는 것이
다. 아무튼 일찍부터 돈에 눈에 뜨기 바란다. 그리하여 찬란한 노후
를 마음껏 즐기기를 바란다.

제8장

시간보다
더 좋은
치료법은
없다

33 | 핀치의 법칙

밑천 없이는 장사를 할 수 없다고 말하는 사람이 많다. 도산을 하면 밑천도 없어진다.

돈이 없으면 장사를 할 수 없게 되니까 수입의 길도 막혀 버리는 것은 당연하다. 도산에 대한 공포는 재산을 잃는 것보다도 장래 수입에 대한 희망이 없어진다는 절망감이 더 크다.

장차 어찌될 것인가 하는 불안은 도산했을 때만 생기는 고통은 아니다. 사람에 따라서 느낌이 다르겠지만, 지금까지 부모에게서 보내주는 돈으로 학교에 다니고 있었는데, 드디어 졸업을 하고 이제부터 사회에 나가서 독립하지 않으면 안될 경우에도 이 같은 불안에 사로잡힌다.

거짓말 같은 이야기지만, 이 땅의 젊은이라면 대학을 졸업하거나 군대 제대 후 고향으로 돌아가지도 취직도 못하고 자신이 무엇인가 해 나가려고 전전긍긍했을 때 "도대체 이제부터 어찌되는 것일까?"

하고 내심 암담한 생각과 함께 방황했던 젊은 날을 지금도 기억하고 있으리라.

그 때에도 희망이 없어서 비관을 되풀이했지만, 어디서부터라고 할 것도 없이 노력 끝에 매듭이 풀려 나가는 길을 체험했을 것이다.

연계적인 핀치에 대하여 말하면, 그 뒤에도 계속해서 되풀이 되었지만 비슷한 일을 몇 번이고 경험하면 익숙해진다고는 할 수 없지만 핀치에도 법칙이 있다고 하는 사실을 스스로 깨닫게 된다.

'핀치의 법칙'을 정의해 본다.

(1) 핀치라는 것은 인생의 리듬과 같은 것이므로 주기적으로 반드시 찾아온다. 주의해서 예방책을 강구하고 있어도 피할 수 없다는 뜻이다.

(2) 핀치에 빠질 때는 신변에 생기는 일이 모두 마이너스로 작용하므로 속수무책이라는 느낌이 든다.

(3) 핀치에 빠지면 지옥 밑바닥이라도 떨어지는 듯한 불안에 쌓이게 되지만, 그것은 심리적인 현상에 불과하며 반드시 발이 바닥에 닿게 마련이다. 그러나 일정한 시간의 경과를 요한다.

(4) 핀치의 반환점은 공포의 나락에 떨어진 뒤에 상상한 것보다 훨씬 위에 있다. 즉 인간은 자기가 생각했던 곳까지는 여간해서 떨어지지 않는 반환점이 있게 마련이다.

(5) 핀치에서 탈피하는 계기는 그것에 빠지기 전에 있던 곳에서는 생기지 않는다. 고통에 단련이 되고, 그것이 약이 되어 다시 태어난 온건한 마음이 모아질 때 대책이 나온다.

대개 이상과 같은 법칙이 작용하므로 도산 전에 생각했던 것과 실제로 도산이나 실패한 후에 전개되는 사정은 많은 차이가 있게 마련이다.

도산 전에는 자기가 그 시점에서 놓여 있는 사회적 지위의 위치로 보고 있기 때문에 그 옛날 무일푼으로 사업을 시작했을 때의 형편 따위는 잊어버리고 있다. 혹은 모처럼 올라갔던 4층, 5층 또는 최상층에서 일순간에 최하층까지 떨어지는 공포에 놀라 있으므로 방향 감각을 완전히 잃어버리고 있다. 재산을 잃는다는 것은 곧 신용까지 잃게 된다는 생각에 사로잡혀 재기는 쉽지 않을 것이라는 관념이 머리 속에 가득 차 있어서 큰 불안감을 갖는다.

사실 재기는 용이하지 않지만, 재기하기까지는 일정한 기일을 필요로 하므로 실제로 재기가 가능한가 불가능한가의 분기점으로 되어 있다. 실패에는 반드시 그 원인이 있다.

(1) 선택한 사업에 잘못이 있다.

(2) 직원 관계에 문제가 있다.

(3) 방만한 경영

(4) 판매 정책의 실패

(5) 금전 유통의 실패

(6) 가정 불화 등등

사람에 따라서 원인은 다르겠지만, 사업이 잘 진행되는 동안은 그러한 결점이 표면에 나타나지 않는다. 반대로 실패하면 '뭔가 잘못된 것이니까, 실패한 것이다'고 사실에 의하여 증명되므로 싫어도 실패의 원인을 추궁 당한다. 득의만만할 때는 타인의 충고 따위는 귀에 들리지 않지만, 혼자가 되면 반성하게 되고 친구들이 하는 말에 귀를 기울이고 충고에 수긍하게 된다.

중국 속담에 '성공매재궁고일 패사다인득의사(成功每在窮苦日 敗事多因得意事)'라는 말이 있지만, 궁핍해서 고통을 겪었을 때 무슨 생각을 했던가 하는 의지와 피나는 노력이 성공의 길로 연결됨을 강조하고 싶다.

■ 성공한 남자 뒤에는 위대한 여자가 있다

헨리 포드를 자동차 산업의 아버지라고 일컫는다면, 포드 부인이야말로 자동차 산업의 어머니라고 불러도 손색이 없을 것이다. 주위 사람들로부터 미친놈이라는 놀림을 받으며 낡은 헛간에서 최초의 달리는 수레(자동차) 발명을 지켜보며 용기와 격려를 준 사람은 아내 뿐이었다. 그로부터 50년 후, 평소에 윤회설을 믿어온 포드는 이 다음 이승에 다시 태어나면 무엇이 되고 싶으냐는 질문에 다음과 같이 대답했다.

"내 아내와 같이 있을 수만 있게 된다면, 무엇으로 태어나든지 조금도 개의치 않겠소."

34 | 쓸모 있는 경험과 쓸모 없는 경험

나 자신도 실패를 수없이 거듭하고 있지만, 금전적으로 타인에게 밑을 닦아 달라고 할 정도의 실패는 하지 않았다. 그러므로 실패를 해서 타인에게 폐를 끼친 사람의 심정은 상상으로밖에 모른다. 그러나 실패와 도산으로 무일푼이 된 사람은 무일푼이란 점에서는 대학을 갓나온 사람과 같지만, 경험을 쌓은 몫만큼은 재산을 가지고 있는 것이 아닌가 생각된다.

물론 경험에도 쓸모 있는 경험이 있는가 하면 쓸모 없는 해로운 경험도 있다. 몇 십 년 동안 경험을 쌓으면서 회사를 무너뜨렸다고 하면 지금까지의 경험은 모두 쓸모 없었다고 할 수 있고, 그런 경험에 반성 없이 오히려 그것을 전문 지식으로 활용하며 재기하는데 사용했다면, 또다시 같은 실패를 되풀이하게 마련이다. 도산한 사람의 전문 지식은 그대로는 사용할 것이 못 된다는 뜻이다.

기술자라고 함은 어느 한 분야에 전문적인 별도의 재능을 소유하고 있는 사람을 가리키며 중소기업의 사장은 이 두 가지를 겸임하고 있는 경우가 많아 경영과 기술 사이를 혼동해 버리기 쉽다. 기술자로부터 듣고 싶은 의견 중에는 기업주로서의 의견이 혼합되어 있다는 것이다. 무엇보다도 그것이 기업주로서는 실격자의 의견이기 때문에 자칫하면 그와 똑같은 도산의 전처를 밟게 되는 경우가 없지 않다.

여기서 내가 하고 싶은 말은 경영자로서 실패한 사람이 가지고 있는 지식이나 경험 내용 중에는 전문가로서의 지식과 경영자로서의 경험이 혼합돼 있으며 도산한 직후는 이 두 가지 중에서 쓸 수 있는 것은 하나밖에 없다고 하는 점이다.

앞에서 열거한 중고차 사장 이야기에서 사업을 정리하고 친구한테 가서 당분간 얹혀 지내면 어떻겠느냐고 제안했지만, 이것은 그가 '사장으로서의 수완'은 별 수 없겠지만, 중고차 구입이나 세일즈에 대해서는 전문가니까, 그 부분의 수완은 동업자에게 있어서 쓸모 있을 거라고 생각했기 때문이다.

단 도산한 사장으로부터 경영자로서의 어드바이스를 받을 것은 없으므로 도와주는 측과 도움을 받는 측은 그 선을 엄격히 지킬 필요가 있다. 그렇지 않으면 모처럼의 호의가 도리어 원수지간이 되어 다투고 헤어지게 되는 경우도 없지 않기 때문이다.

■ 당신은 누구인가?

당신은 지식인이나 대단한 학자는 아닐지 모르지만, 그들 못지 않

게 세상 일에 밝다. 숲속의 동물처럼 당신은 기민하고 민첩하며 적
응력이 강하다. 당신은 세상 돌아가는 이치를 알고 있고, 올바른 상
식이라는 것을 가지고 있다. 당신은 가슴 속 깊이 만족감을 느끼고
싶어 할 뿐만 아니라 물질적인 축복도 받고 싶어 한다. 당신은 인생
이 빈약하고 무미건조하기보다는 풍요롭기를 바라지만, 이러한 소망
은 당신을 몽상가나 이상주의자와 구별해 준다. 당신이 원하는 것이
별로 댓가가 크지 않다는 생각이나 하면서 헛된 시간을 보내지 않
는다. 당신은 자신이 원하는 인생을 위해 치루어야 할 댓가가 다름
아닌 일이라는 것을 알고 있다. 열심히 일하라. 열심히 일을 하지
않고는 좀더 나은 인생을 바랄 수 없다는 것을 잘 알고 있다. 당신
은 그러한 인생을 살기 위해서는 스스로 열심히 일을 해야 한다는
목적을 인식하고 있다.

35 | 실패를 해도 도망 쳐서는 안 된다

어느 정도 시간이 경과하면 날개를 잘린 증상도
어느덧 치유되어서 원기를 회복하게 된다.
시간만큼 '위대한 신의 손'도 없지만, 시간만큼
'공정한 심판관'도 없다.

사람이 약해졌을 때는 날개를 잘린 작은 새와 같은 서글픈 존재로 보인다. 안 되는 일에만 정신이 팔려 있기 때문에 잃은 것에 대한 미련이 가슴에 새겨져 있다.

그러나 어느 정도 시간이 경과하면 날개를 잘린 증상도 어느덧 치유되어서 원기를 회복하게 된다. 시간만큼 '위대한 신의 손'도 없지만, 또 한편 시간만큼 '공정한 심판관'도 없다.

시간이 경과하면 자기가 잃어버린 것에 대하여 단념하는 속성을 가지고 있다. 한편 자신이 놓여진 새로운 입장에 조금씩 익숙해지면서 새로운 관심을 갖게 된다. 스타 취급을 받던 사람도 오랫동안 냉대를 받으면 자기의 입장을 돌이켜보며 반성과 새로운 각오를 다짐한다. 자본이 없으면 현재 자기가 할 수 있는 일이 무엇인가 조금씩 확실해진다.

나와 가까운 친구가 경영 상담 고문역을 하다가 그것에 싫증을

느낀 나머지 사업에 손을 댔으나 깨끗이 실패의 고배를 마신 사람
이 있다. 이 사람은 전에 친구들 끼리 합의해서 은행에서 대출을 알
선해 주었던 친구와는 다른 사람이다. 생각해 보면 타인의 사업에
대한 경영 상담을 해 주면서 자기가 직접 사업을 운영해 보고 싶어
하는 욕심도 가지게 되므로 결국에는 시행 착오로 실패의 잔을 마
시는 사람도 없지 않다. 아마도 자기의 이론과 맞지 않아서 당황하
는 사람도 있는 듯싶다.

나는 그가 식품업 체인에 손을 댔을 때 "틀림없겠는가?" "잘 될
것 같은가?" 하고 몇 번이나 고삐를 바로 잡도록 다그쳤다. 그러나
강세로 확장하고 있을 때는 다짐의 말은 귀에 잘 들리지 않는다. 그
런 사이에 돈 둘러대기에 쫓기고 손을 댄 사업이 모두 빗나갔을 뿐
만 아니라 본업까지도 잃게 되었다. 도산한 경영 고문의 어드바이스
를 듣기 위해 찾아 올 사람이 있을 리 없다.

후일 인편을 통해서 그 친구의 실패담을 들었지만 본인으로부터
연락이 없었으므로 당분간 그대로 지냈다. 본인의 마음이 정리가 될
때까지 시간의 세례를 받을 필요가 있다고 생각했기 때문이다. 반
년 이상이나 경과한 어느 날, 그에게서 전화가 걸려와 호텔 로비에
서 만났다.

그 친구는 지금까지의 경로를 자상하게 설명한 뒤에 채권자와의
합의로 일단락지었으니까 기분을 일신하기 위하여 일할 생각이라고
말했다.

"자네 밑에서라도 무엇인가 일거리가 없을까 생각해서 오늘 만나
 자고 한 것이네."

그렇게 말하는 그의 뜻이 나에게 새로운 제안은 아니었다. 나에게 의탁할 생각이 되기까지 즉, 환자에서 어느 정도 건강 상태가 회복되었다는 것을 판단했기 때문이다.

그러나 나는 본인이 사업에 실패했다고 해서 이 기회에 잠적해서는 안 된다고 하는 입장이 나의 생각이다.

D보험회사의 창업자인 K사장은 초창기에 무리한 보험 모집을 하다 실패하여 세모에 외국으로 도피하려는 계획을 실토했을 때, 부인은 남편에게 만약 당신이 여기서 도피하면 일생 동안 도망 다니는 인생이 될 것이므로 어디를 가든 어려운 것은 마찬가지니까, 여기서 곤경을 이겨내도록 하라고 극구 말렸다는 것이다.

이에 체념한 K사장은 할 수 없이 말이 통할 것 같은 화장품 회사 회장에게 송구스러운 얼굴로 찾아갔다. 앞서 몇 번인가 직원 단체 보험 권고 안내문을 냈던 상대였지만, 방문해 보니 뜻밖에 친절히 맞아주었다.

"실은 언제쯤 찾아오려나 하고 기다리고 있었소. 당신과 같은 성의 있는 사람의 보험이라면 가입하고 싶어서……."

지옥에서 부처님을 만난 듯한 따뜻한 말씨였다. 그것이 계기가 되어 K사장은 다시 보험 사업을 시작하여 보험 계약 전국 제1의 업적을 올리고 업계로부터 인정을 받아 훗날 보험회사를 다시 구축하기에 이르렀다.

"그러니까, 이런 때는 도망 갈 생각을 않는 게 중요하다는 교훈을 배웠군. 실패한 사실이 여러 사람에게 알려져서 상대할 사람이 없으리라고 생각하겠지만, 주위 사람이 비웃는 것도 어느 시기

뿐이므로 시간이 흐르면 고맙게도 잊어버려 주는 걸세.”

“하지만 실패를 저지른 내가 무슨 일을 할 수 있겠는가?”

“집이 무너져도 흩어진 기와장이 한 장도 남지 않고 전부 깨어지는 것은 아니잖는가?”

하고 나는 대답해 주었다.

“잘 생각해 보겠나. 허물어져 내린 기와장 중에서도 몇 장은 아직 쓸 만한 것이 있을 걸세. 그 기와를 주워 모아서 다시 집을 지을 재료로 하는 일부터 시작하면 될 것 아닌가? 자네에게 직접 손해를 입지 않은 사람들 중에는 아직도 호의를 갖고 있는 사람도 있을 걸세. 그런 사람의 힘을 지원 받는 일부터 계기로 삼아 재출발하는 것이 가장 현실적이라고 생각하는데 어떤가?”

그러고 나서 1년이 지나 그 친구를 만났더니 완전히 안색이 좋아지고 얼굴빛도 옛날의 부드러움을 지니고 있었다.

“그때 자네가 기와를 주워 모으라고 한 말은 지금도 잊지 않고 있네. 내가 좋지 못한 일을 저지른 후 시간도 좀 경과해서 작년 연말에 옛 친구들에게 연하장을 내 봤다네. 그랬더니 답장이 오기도 하고 전화도 걸어오며, 어떻게 지내고 있느냐, 다소라면 도와 줄 테니 가끔 얼굴을 내밀라고 거래처에서도 위로를 하더군. 기획을 세워서 가져오면 상담에 응해 준다고도 하니 역시 깨지지 않은 기왓장도 있기는 있더군.”

일이 잘 안 되면 비약해 보기도 하고, 다른 분야로 옮길 것 같지만, 사람이란 행동 반경이나 재능에 한계가 있으므로 그렇게 멀리 갈 수 없는 것이 인간 관계다.

그렇더라도 시간보다 더 좋은 명의가 또 있을 것인가. 정신적 타격을 받고 재기 불능이라고 생각했던 중증환자에게도 '시간'이라고 하는 명의는 일정한 기간을 넘기면 재기를 갖게 해 주는 것이다.

■ 리더가 되기를 원하는가?

이 세상에는 두 가지 타입의 인간이 있다. 하나는 리더라고 불리우는 사람이며, 또 하나는 그것에 따르는 사람이다. 당신은 리더가 되기를 원하는가? 아니면 리더를 따르는 사람이 되고 싶은가? 리더가 되느냐, 되지 못하느냐에 따라 보수의 차이는 커진다. 종속자가 되는 것이 결코 불명예스러운 것은 아니다. 또 언제까지나 종속자이어야만 한다는 규칙이 있는 것도 아니다. 처음부터 리더로 시작하는 것은 아니다. 리더가 된 것은 그들이 지성에 가득 찬 종속자였기 때문이다. 가장 능률적으로 리더에 따라갈 수 있는 사람은 대개의 경우 급속하게 리더로서의 재능을 개발해 갈 수 있는 사람이다.

36 | 이름 없는 상품이 잘 팔린다

단돈 백 원도 없는 사람이 자본금 1억 원이 소요되는 사업구상을 한다고 해서 탓할 일은 아니다. 왜냐 하면 세상에는 자기의 능력을 초월하는 발상을 가지고 있는 사람도 있기 때문이다. 자금을 동원할 능력은 없어도 발상이 뛰어나면 예상치 않은 사람으로부터 지원을 받는다.

그러나 실행 가능한 뛰어난 아이디어를 가진 사람은 통계적으로 보아 백만 명에 한 사람 정도 밖에 안 된다고 한다. 남한 인구 5천만 명이라면, 그런 능력을 가진 사람은 과연 얼마나 될까.

아이디어만 가지고 밥을 먹고 살 수 있는 사람은 꼴이므로 밑천이 없는 사람이나 이미 밑천을 날려 버린 사람이 아이디어 하나만으로 세상을 살아나갈 것이라고 생각하면 큰 잘못이다.

자본이 승부를 결정짓는 요인이 아니라는 사실을 알면 자본이 보여주는 압력의 공포를 가지지 않아도 된다. 큰 자본을 가진 사람이나 소액의 자본밖에 없는 사람도 아이디어가 고갈하고 시류에 맞지 않는 장사를 하게 되면, 똑같이 돈을 축 내고 결국에는 핀치에 몰린다.

자본이 없는 회사는 도산하고 비교적 규모가 큰 회사는 가까스로 살아남겠지만 월급사장과 경영진은 동반 사퇴하게 된다. 어느 것이나 사장 본인에게 있어서는 지금까지 구축한 사업을 잃어버리게 된다는 점에서는 다를 바가 없다.

반대로 아이디어가 있고 시류에 맞는 장사를 하면 자본이 없어도 그 나름대로 영업을 이어나갈 수 있다. 특히 도산하여 맨몸이 되었다든지, 사업을 정리하고 다시 처음부터 시작하는 사람은 기세를 타고 사업을 확장하는 사람과 달라서 큰 자본을 가지고 있는 것도 아니므로 돈이 들지 않는 장사를 찾게 마련이다.

그러나 이렇게 경쟁이 심한 세상에서 돈을 들이지 않고 할 수 있는 장사가 있을 것인가. 도대체 어디에서 새로운 장사의 씨앗을 발견할 수 있을까?

각양각색의 사람들이 찾아오는데, 그 중에서 가장 많은 물음은 "지금부터 돈벌이가 될 만한 장사가 없을까요?" 하고 물어온다. 제일 어려운 상대는 이런 분류의 사람들이다. 왜냐 하면 자신의 문제의식을 살펴보지 않고, 자기에게 적합한 직업이 무엇인가를 생각하지 않은 채 다만 남의 가르침을 받아서 쉽게 돈벌이되는 직업을 찾고 있다는 태도가 나에게는 쉽게 납득이 가지 않으면서도 그들과 대화를 나눈다는 것조차 무슨 일이든지 자기 자신이 문제의식을 느끼지 않으면 비록 기회가 눈앞에 다가오더라도 그대로 지나쳐 버리고 만다는 사실을 간과해서는 안 된다.

예를 들면 '밑천 없이도 할 수 있는 장사는 없을까' 하는 기대감이 항상 머리 속에 새겨두고 있지 않으면, 남들이 하고 있는 장사를 보고도 밑천이 드는 장사인가 아닌가조차도 깨닫지 못하고 지나쳐 버리게 된다는 것이다.

공장을 세우고 기계를 설치하고 생산을 하는 사업은 자본이 드는 장사지만 제품 생산의 기획을 세워서 공장에 발주하는 장사는 그다지 밑천이 들지 않는다. 주문 생산하는 업주의 방법대로라면, 발주 시 대금은 소매업자로부터 선불로 받아 상품을 반품없이 공급하므로 전형적인 장사이다.

전국 학교를 대상으로 모의시험 첨삭(교정)을 하는 장사라면 임시로 장소를 빌리든가 통신을 이용하므로, 학교 선생님일지라도 소정의 행정 절차를 밟아 아르바이트로서 시작할 수 있다. 그렇다면 교사 직분을 유지하고 아르바이트로 시작해서 전국적인 규모의 모의시험회사로 발전시켜 보는 것도 사업의 한 방편이 되지 않을까.

최근에 이런 신흥 사업을 보고 있으면 몇 가지의 공통적인 경향이 있다.

우선 첫째로 유형의 상품보다도 무형의 상품이 웨이트(weight)가 걸려 있다는 점이다. 컴퓨터의 소프트웨어도 그중에 하나이다. 패션 상품과 같이 스웨터나 블라우스의 본을 가지고 있어도 세일즈 포인트가 되는 것은 품질이 아니라 스타일이나 배색, 무드 따위의 아이디어이다. 그런 의미에서 이제부터는 두뇌장사 시대라고 할 수가 있을 것이다.

둘째로 정보가 팔리는 세상이란 것이다. 가장 낡은 예는 부동산에 대한 정보이며, 그 다음이 다이렉트미일(directmail)의 개인 정보다. 의사 명단, 고액 소득자, 심지어는 전국 골프회원에 이르기까지 상품판매에는 불가결의 관계에 있으므로 개인 정보의 인원수, 일인당 얼마씩이라는 식으로 상거래가 가능해졌다.

최근에는 직장인 금융정보센터가 있는데, 이들에 대한 개인 정보가 컴퓨터에 입력되어 있어 한 번 가입하는 비용으로 수수료를 지불하기로 약정되어 있다.

직장인을 금융회원으로 가입할 때마다 몇 백 원씩을 회비라는 명목으로 받으므로 정보센터가 흑자가 되는 것은 무리가 아니다.

셋째로, 코스트에 얼마가 들었다고 하는 것보다도 소비자의 마음을 끌 것인가 어떤가 하는 것이 중요하다. 유통혁명도 있고, 생산혁명도 계속되고 있다. 그러나 물건을 싸게 구입하는 것보다도, 또는 물건을 싼값으로 제조하는 것보다도 마음에 드는 물건이나 갖고자 하는 상품을 사입하거나 만드는 것이 더 필수적인 조건이다. 구매하는 편에서도 원가가 얼마인가는 문제로 삼지 않으므로 '팔리는 상품은 무엇인가?' 하는 것이 구매력을 높인다.

넷째로, 매스프로(Mass Prduction:대량 생산)보다 미니프로에 인기가 모이게 되었다. 고속 전철이나 자동차와 같은 공업제품을 매스프로할 수 없지만, 과자나 레스토랑, 패션, 악세서리 등의 취미나 기호에 관계되는 분야의 상품을 다량 생산한다는 것은 도리어 불인기의 원인이 된다. 오늘날 화장품 회사가 기능성 화장품에서 실질상 제약회사로 전업해 가는 과정에서도 알 수 있을 것이다.

이상을 보면 균일화보다는 다양화가 시대의 경향이며, 대기업에게만 유리한 객관적 조건이 아닐 뿐더러 오히려 중소기업에 유리한 방향으로 전개되고 있다. 그러므로 자본이 적은 사람에게 장사의 기회가 없어졌다고는 할 수 없다. 문제는 자기가 이러한 움직임을 어디서 보고 있는가. 또 어디에서 자기가 활약할 수 있는 분야를 발견하는가 하는데 사업의 기본이 된다고 할 수 있겠다.

이와 같은 자기 발견은 자신에게 관심이 없는 일, 자기에게 맞지 않는 것은 아무리 돈벌이가 될 만한 일이라도 인연이 없다고 생각해야 할 것이고, 평상시부터 주목하고 있는 것은 자기의 손이 닿는 범위, 적어도 자기가 하고 싶은 능력 안에 있다고 생각하는 것이 바람직하다.

따라서 '이러한 일은 선택하고 싶지만, 과연 장사가 될 것인가?' 하는 공격법이 아니고서는 도저히 실현이 불투명하다.

■ 결점도 장점으로 바꿀 수 있다

스스로 결점이 많다고 생각하고 있는 사람은 사회생활이나 대인관계에서 위축되기 쉽다. 결점이 있다면 고치는 것이 좋지만, 그것이 선천적이거나 유전적인 것이라서 뜻대로 바꿀 수 없다면 어떻게 할 것인가? 이를테면 남과 어울리지 못하고 외톨박이로 지내는 사람이라면 성격상 한쪽으로 기운 데가 있다. 성격상의 결함으로 볼 수 있다. 그러한 결함이 있다고 해서 사회적으로 출세가 불가능하다고 단정할 수는 없다. 이름 난 학자나 예술가 중에는 그러한 성격을 가진 사람이 적지 않다. 그들이 나중에 학문이나 예술 부문에서 남이 못한 큰 일을 이루어낸 것은, 그 결함이 외부 조건과 조화를 얻었기 때문이다. 자신이 갖고 있는 결점을 새로운 정세에 적응시키고 조화시켰던 것이다. 때문에 어떠한 결점이 있느냐가 문제가 아니라, 그 결점을 어떻게 이용하느냐가 중요하다. 결점을 잘 이용함으로써 도리어 성공의 발판이 될 수 있다.

37 | 작은 찬스에서 대기업으로

옛날에 비하여 각 업체의 경쟁은 확실히 격렬해졌지만, 기회가 적어졌다고는 단정적으로 말할 수 없다. 찬스가 적어진 듯이 보이는 것은 일정한 위치에서 같은 눈높이로 물건을 보고 있기 때문이다.

예를 들면 이미 남이 하고 있는 장사를 뒤따라 하면 돈이 덜 드는데 비하여 그다지 이익이 없다.

그러나 세상이란 한 가지 장사가 포화점에 도달하면 반드시 다음의 새로운 장사가 생기게 마련이다. 새로운 변화는 새로운 틈을 낳고 그 틈새를 메우는 장사가 필연적으로 생기게 마련이다.

가령 로버트가 채용되어 생산의 자동화가 이루어지면 공장에서 일하는 사람은 적어지고 시간도 단축된다. 어떻든 간에 양산이 좋은 것이 아니므로 팔리는 만큼 만들면 되는 것이니까.

만약 필요량을 1주에 3일간 작업해서 만들 수 있다면, 공장은 3일 동안만 가동하면 된다. 그렇다면 나마지 3일간은 할 일이 없기 때문에 이 기간을 어떻게 할 것인가가 문제가 된다. 그 기간을 휴무로 할지 공장의 세미나 시간으로 충당할지도 모른다. 어쩌면 외국여행에 쓰이게 될 수도 있고, 아르바이트로 메워지기도 할 것이다.

여하간 한 사람이나 두 사람의 3일간이라면 별것이 아니지만, 몇 백 명, 몇 천, 몇 만 명의 3일간이라면, 이 기간을 충당하기 위한 수요가 새로운 산업의 발전을 촉진할 것은 명확한 일이다.

또 옷장 안이 의류품으로 가득차게 되면 헌옷을 어딘가에 내놓지 않는 한 새 옷을 구입할 생각은 염두도 못 내게 된다. 이럴 때 유행이 중요한 자극제로서 등장한다. 그 흐름을 살펴보면 신사복의 깃이 넓어졌다, 좁아졌다, 넥타이 폭이 넓어지고 좁아지는 것이 되풀이 되고 있음을 알 수 있다.

얼마 전에 만든 양복을 입고 있으면, 저 사람은 시대에 뒤떨어진 복장을 하고 있으므로 호주머니 사정이 좋지 않은가 보다고 생각하게 만든다.

또 옛날에는 매일 정장 차림을 하던 것을 토요일에는 무슨 옷을 입을 것인가, 아침 운동을 나설 때는 무엇을 입을까 장소와 입장에 따라 변화를 가지려고 한다. 덕택에 캐쥬얼이라든가 스포츠 웨어라는 스타일이 유행하게 되고, 10여 년 전에는 상상조차 하지 못했던 의류 메이커가 대기업으로 성장하기에 이르렀다.

여가와 돈이 생기면 해외여행의 기회가 늘어나게 마련이다. 기업이나 관공서까지 젊은 직원들을 해외 연수를 보낸다. 해외 연수를 통고 받으면 어학 공부뿐만 아니라, 외국의 풍물과 습관을 익히고 수치를 면할 수 있도록 훈련을 해둘 필요가 생긴다. 외국 유학이나 연수 준비를 위한 학원이 생기고, 드디어 그것이 사업으로 성립될 정도의 스케일로까지 성장한다.

반대로 가족을 동반하여 외국에 파견되는 사람이 늘어나면 오랜 동안의 외국 생활을 통해 모국어를 모르는 자녀들이 생겨나자, 그런 아이들을 모아서 모국어를 가르치는 기관을 필요로 하게 되고, 자국인 자녀들을 위해 영어로 교육을 하는 대학은 자연히 다른 나라의 유학생들도 수강신청을 하게 되므로 그에 합당한 교육기관이 생기고 늘어난다.

여하튼 새 사회 풍조가 일어나면, 그 방면으로 사람도 돈도 모여들게 마련이다. 그런 가운데 새로운 틈새가 생기고 그것을 메우는 업종이 생겨난다.

그런 업종 중에는 대자본을 필요로 하는 기업도 있지만, 대부분은 틈새부터 시작해서 작은 기업이 큰 기업으로 육성된다. 이렇듯 직장인 대출도, 인스턴트 라면도 처음부터 대산업이었던 것은 아니다. 그러므로 어디에 새 틈새가 생기고 있는가를 발견할 수 있으면, 소자본으로 사업을 출발시키는 것은 어느 시대에도 가능한 일이다.

■ 열등감을 발견하는 방법

1) 줄을 설 때 언제나 맨 끝에 선다.

2) 식당에서 뒷자리에 앉는다.

3) 학교, 단체 회의에서 맨 마지막에 손을 든다.

4) 언제나 남의 뒤를 따라 걷는다.

5) 금방, 가끔 얼굴을 붉힌다.

6) 매우 약하게 힘 없는 악수를 한다.

7) 다른 사람과 시선이 마주 치는 것을 피한다.

8) 말소리가 작다.

9) 듣기만 하고, 그다지 말을 하지 않는다.

10) 구석을 찾아 앉으려고 한다.

제9장

새 장사를 선택하는 요령

38 | 부처님의 손바닥

　중국의 고전 『서유기西遊記』중에 손오공이 석가모니께 "나는 한 번 뛰면 10만 8천 리나 멀리 갈 수 있다."고 뽐내며 말하는 장면이 있다.

　"그렇다면 뛰는 네 모습을 좀 보여다오." 하고 석가가 말하자, 손오공이 용감히 멀리 날아가 다다르자, 땅의 끝 같은 곳에 기둥 5개가 우뚝 서 있었다.

　멀리까지 온 증거로 그중 한 기둥에 '손오공 여기 있음.' 하고 크게 써놓고 되돌아와서 석가에게 자랑하니 석가가 손바닥을 벌리며, "너는 굉장히 멀리 갔다고 생각하고 있겠지만, 겨우 내 손바닥 안을 뛴 것이 아니냐."고 하는 대목이다.

　'뛰어봤자, 부처님 손바닥'이라는 말의 근원인 것 같다.

　이것은 여담이지만, '서울에서 안 되면, 부산에라도 가면 된다'는 말이 있듯이 한 곳에서 안 되면, 다른 곳으로 옮길 수도 있다는 뜻이다. 지금 같으면 베트남이나 멀리 브라질에라도 가면 된다.

오늘날 국내에서 범죄를 저지른 자가 도망칠 때 중국이나 필리핀 같은 나라를 선택한다. 그러나 몇 달 몇 년이 지나서 갖고 있던 돈이 다 떨어지면 역시 교도소에 갈 각오로 되돌아 온다.

외국생활을 해 보지 않은 자가 아무런 준비도 없이 다른 나라로 도피하여 봤자, 말도 통하지 않고, 친구도 쉽게 만들 수 없으며 풍속 습관에도 익숙하지 못하므로 자연히 값싼 호텔방에서 몇 달이고 칩거 생활을 하기 마련이다. 이래서는 감옥에 들어가 있느니보다 정신적으로 더 고통이 심하므로 심리적으로 항복한 나머지 원래 살던 둥지로 귀환할 생각을 하게 된다. 이것이 인간의 본성이기도 하다.

범죄자도 인간이기 때문에 그런 심리적인 자기 모순에 빠지는 것이므로 사업에 실패한 자가, '아는 사람에게 얼굴 대하기가 부끄럽다'는 정도의 이유로 해서 외국으로 도피하더라도, 좀처럼 그곳에 정착하기가 어렵다.

또 같은 업종에는 진력이 나니까, 전혀 다른 장사로 바꾸고 싶다고 결심하고 이제까지와는 다른 세계로 들어가려고 하지만, 이것 역시도 타국 생활과 마찬가지로 좀처럼 용이한 일이 아니다. 경영 자문 역할을 하고 있던 사람이 떠났다가 결국은 그 업계로 되돌아오는 것과 같이 중고차 판매를 하고 있던 사람도 이곳저곳 편력을 한 뒤에 역시 중고차 업계의 주변에서 서식하게 되고, 떠났던 출판업자는 또다시 출판업계로 되돌아간다.

요컨대 인간의 재능에는 한계가 있으며, 사정을 잘 아는 업계에 안주하고 싶어 하는 경향이 농후하므로 자기가 사는 세계에 벽이

쳐 있는 것도 아닌데, 행동 반경은 어느 사이엔가 정해져 버리는 일이 의외로 많다.

"부처님의 손바닥 안이다."고 나는 늘 말하지만, 나 자신 역시 다른 직종에 많은 관심을 갖고 있는 것 같지만 일본에 가도, 미국에 가도 결국은 거의 같은 패턴의 일밖에는 못 하는 것이 인간의 한계다. 즉 그 사람에게 맞는 성공의 패턴이 있으면 아무래도 그에 의지하고 싶은 것이 인간의 본성이기 때문이다.

이런 뜻에서 성공한 사람도 실패한 사람도 '부처님의 손바닥 안'이라고 말할 수 있지만, 그러나 한 업계에서 성공한 사람이 같은 패턴으로 사업을 확대해 나가는 것은 용이하지만 실패한 사람이 또다시 같은 업종으로 성공의 계기를 잡는다는 것은 좀처럼 쉽지 않다. 아무래도 같은 패턴으로 임하게 되고 이미 부적격이라고 증명된 것을 다시 한 번 입증하는 꼴이 된다.

그러므로 중고차 판매업에 실패한 사람이 중고차로 재기를 시도해도 성공의 가능성은 희박하다. 같은 업종에 종사하는 한 실패한 사람은 어디에선가 겨우 밥을 먹게 되지만, 다시 화려한 존재로 컴백한다는 일은 없다고 해도 과언이 아니다.

그런 의미에서 아직은 여전히 '야심을 잃지 않고 있는 사람'은 자기가 실패한 업계에 미련을 갖지 않는 편이 좋다. 한 번 실패한 업계에서 '마음을 바꿔서' '아주 다른 시점에서' '새로운 단면을 보이는' 일은 불가능하다.

그러나 지금까지 해 온 일이 없는 장사라면 신참인 만큼 '이런 장사가 있었던가?' 하는 놀라움도 있고 동시에 '왜 이런 방법으로 사업을 하고 있을까?' 하는 의문도 생긴다. 그러한 신참자의 의문이 출발점이 되어 새 경영 방법으로 성공한 예는 헤아릴 수 없이 많다.

그러므로 나는 재기를 노리는 사람의 나이나 기력에도 관계가 있지만, 어차피 한다면 '옛날 잡았던 절구공이'가 아니고 새 분야의 가능성에 도전할 것을 권하고 싶다.

▣ 성공이란 꿈을 만드는 인간의 꽃이다

리더십은 상황에 따라 매우 다양하게 정의되고 있다. 그러나 그 내용을 종합해 보면 '리더십이란 일정한 상황에서 공동의 목표를 달성하기 위하여 개인이나 집단 행위에 영향력을 행사하는 과정'으로 요약할 수 있다. 즉 리더십의 요체는 영향력 행사의 과정이며, 그 궁극적 목적은 기업의 목표다. 따라서 훌륭한 기업인은 구성원들에게 영향력을 행사하여 기업의 공동 목표를 달성하도록 직원들의 마음 속에 꿈을 담아주는 사람이라고 할 수 있다.

39 | 시대의 흐름과 새로운 장사

가장 효율적인 창업은 국가적, 사회적 기회와
여건을 활용할 수 있는 신중한 판단과 아울러
자신의 인생을 승부한다는 철저하게 계산된
프로정신이 절대적으로 필요하다.

그러면 신규로 장사를 선택한다고 할 때 어떤 일에 주의하면 좋을 것인가?

우선 첫째로 생각해야 할 조건은 자기 능력의 한계를 잘 알아야 한다. 능력 중에는 재능이나 기력 외에 자력도 포함된다. 자기의 기질에 알맞은 일을 선택하는 것도 중요한 방법이다. 5천 만 원밖에 가지고 있지 않는 자가 그 액수 이내에서 할 수 있는 사업과 선을 그으면 가능성 있는 일은 스스로 한정이 된다.

둘째로 생각의 안테나를 되도록 높이 올려서 판단의 자료가 되는 정보를 모으는 일이다. 사람은 각각 자기 나름대로의 스케일이 있어서 자기 집과 근무처인 회사와의 거리를 행동 반경으로 하는 사람도 있고, 많은 친구를 가지고 있으며 장사에 대한 정보도 다방면에 걸쳐 수집할 수 있는 능력의 사람도 있다. 그것은 그 사람의 스케일 크기에 직결되는 것이며, 정보가 풍부한 사람일수록 찬스의 혜택도 많다.

따라서 세상이 좁아졌다고 해서 문을 닫고 칩거해 버린다면 인생의 끝장이며, 기세에 눌려 망설이기보다는 거북스러운 상대라도 용기를 내어 찾아가서 인사도 하고 원조를 부탁할 용기가 필요하다. 또 신문이나 잡지에 게재되는 정보에도 끊임없이 눈을 돌려 참고가 될 자료를 수집해 본다.

어떤 사람이 무슨 생각을 하고 있는가, 어떤 상품이 잘 팔리고 있는가, 어느 회사가 상장회사가 되었나 하는 것은 모두가 세상 변천의 일단을 엿보게 하는 과정이며, 일거리 선택의 중요한 자료가 된다.

파티 같은 장소에서 오랜만에 만나는 친구와 이야기를 나누다 보면 자연스럽게 새로운 정보를 얻게 되며 세상일과는 소원하여 이쪽의 소식을 전연 알지 못하는 사람과도 상면하는 경우가 있다.

"이래서는 은거 사업밖에 못하겠군." 하는 마음가짐은 정직한 감상이며, 능수능란한 수완가의 일하는 모습과 정보량은 거의 정비례하고 있기 때문에 사업을 하는 사람은 세상일에 정통해 있지 않으면 안 된다.

셋째로 정보 중에서 '시대의 흐름'이라고 할까. 시세의 움직임을 감지하는 것은 절대적으로 필요하다. 정보뿐이라면 TV를 보거나 신문잡지를 보아도 넘칠 정도의 정보가 가득 차 있다. 문제는 그 정보를 어떻게 받아들이고 어떻게 내 것으로 만드는가 하는 능력이 필요하다.

가령 부시 대통령이 고금리 정책을 써서 인플레이 퇴치에 나섰다

하면, 세계의 자금이 고금리에 겨냥되어 미국 금융시장으로 이동해서 영향을 받은 유로화와 원화의 시세가 내려간다. 이 움직임을 보고 '강력한 미국'이 실현되어 '고금리 정책은 반드시 성공한다'고 부시 찬가를 부르고 있는 사람이 있다.

그러나 그와 같은 정보를 내 스스로 분석해 보면 세계에서 모인 달러는 높은 금리가 목적이며, 미국의 산업 투자에 사용되지 않기 때문에 오히려 미국의 산업계는 퇴폐 일로를 걷게 된다. 또 그 여파는 한국의 철강 메이커, 자동차 메이커, 전기제품 메이커와 미국 기업간의 마찰이 빚어지고 있는데, 그로하여 원화 절하 세례를 받으면 미국의 주요 산업 분야는 극도로 민감한 반응을 일으킨다.

똑같은 현상에 대해서 이와 같이 보는 방법이 달라질 수 있는 것처럼 한순간의 잘못된 판단이 도산에 쫓기는 요인으로 작용한다.

어느 편을 바르게 보는 방법인가에 대해서는 얼마 안 가서 답이 나오지만, 신문에 실린 정부의 경제 정책을 믿어서는 안 된다. 정보를 제공하는 사람의 판단이 없으면 정보 그 자체도 정확하게 판명되지 않는다.

이렇듯 정보에는 '살아 있는 정보' '쓸모 없는 정보'도 있지만, 머리가 둔한 사람의 마음을 혼란시키는 '거짓 정보'도 있다. 살아 있는 정보는 뛰어난 해설자의 말이나 붓을 통해서 전해 올 경우에만 신용할 수가 있다.

그런 사람들은 파고의 높낮이에 이끌리지 않고 '시대의 흐름'을 볼 수 있는 사람이기 때문이다.

'시류'라고 강조한 것은 가령 공장의 자동화라는 흐름이 생산에서

'다른 사업으로의 노동 인구 이동'이라는 흐름을 파생시킨다는 의미를 갖는다. 풍요로운 사회에의 흐름은 가난한 사람을 수면 위로 떠오르게 하여 미래의 수입을 담보로 해서 돈을 쓴다고 하는 새로운 경제를 낳는다.

또 인플레라는 흐름은 빚을 얻어서 부동산에 투자한다든지, 채권을 팔아서 주식으로 옮기는 새로운 돈의 흐름을 낳는다.

이러한 흐름의 변화는 여러 업종의 장사를 망치고, 또 시류에 편승한 새 장사를 만들어 내기도 한다. 그러므로 '흐름'이 보이는 정보가 아니면 '쓸모 있는 정보'라고는 할 수 없다.

가령 산업박람회나 올림픽을 목표로 호텔 붐이 일어난 적이 있다. 개최를 계기로 해서 기일에 맞추어 호텔을 건축하는 일이 틀린 계획은 아니지만 박람회나 올림픽이 끝나면 세계 각국에서 몰려온 사람들은 행사나 경기가 끝나 버리면 떠나가기 마련이다.

그러나 호텔은 축제가 끝난 뒤에도 영업을 하지 않으면 안 되므로 세우느냐 마느냐 하는 것은 사람의 흐름이 때와 함께 평상시 얼마만큼의 숙박객을 유지시킬 수 있는가 하는 판단에 좌우된다. 그러므로 박람회나 올림픽 때문에 모이는 손님의 수가 호텔의 일반 투숙객은 아니다.

한탕주의 승부의 장사가 아닌 한, 판단의 기초가 되는 것은 '시대의 흐름'이지, '파도의 높이'가 아니라는 사실을 알 수 있을 것이다.

크게 성공을 거둔 여자도 철저하게 공격을 받는 경우가 있다. 성공한 남자도 예외는 아니다. 연예계의 수퍼 스타들도 평론가들로부터 심술궂을 정도로 공격을 받으며, 그 비난은 스타에게 상처를 준다. 권력자인 대통령도 신문 여론으로부터 공격을 받으면 움추린다. 당신은 어떤 것(아이들, 가족, 연인, 직업)에 대해서도 열정을 느낄 수 있으며, 이것들에 의해 상처를 받을 수 있다. 상처 받는 것을 두려워 하지 말라. 상처를 뛰어 넘어서 그 상처가 당신의 다음 계획에서 더 큰 성공을 거두는데 힘이 될 수 있도록 이용하라.

40 | 새로운 장사를 선택하는 요령

그러한 눈으로 보고 있으면 시대와 함께 쇠퇴하는 업종과 다음에 새로 생겨날 업종을 구별하는 기준이 저절로 눈에 띄게 된다. 만약 새로운 장사를 선택하는 요령을 터득하였다면, 그것을 이 기준에 적합시켜 보는 것도 새 장사를 선택하는 방법이다.

첫째로, 무엇이 부족한가를 살펴보는 일이다. 물론 불경기가 계속되는 것은 물건이 안 팔리기 때문이지만, 그 원인을 살펴보면 중요한 요인 중의 하나는 상품이 남아 도는데 문제점이 있다. 돈이 없어서 사지 못하는 것이 아니라 물건이 포화 상태여서 구매욕이 감소하여 타격을 받는다. 따라서 수요를 넘어서 과잉 공급이 가능한 업종은 만년 불황의 양상을 나타낸다. 섬유업이 사양 업종이라고 지적되어 온 것은 이러한 정황에 의한 현상이다. 반대로 상품 부족이 좀처럼 해소되지 못한 채로 있는 분야도 있다.

예를 들면 불황 때문에 집이 팔리지 않고 남아 돈다고 해서 주택

사정이 만족한 상태라고는 단정할 수 없다. 집의 규모가 좁기 때문에 더 이상 물건을 수납할 수가 없는 형편이라면, 그 때문에 가구도 불황산업에 빠지게 되고, 가전제품에까지 영향이 미친다. 그러므로 '1가구 1주택'이라는 염원에 부응하는 정책이 수립되면, 주택 건설은 금후에도 계속 유망산업으로 남을 수 있다.

둘째로, 상품이 가정생활에까지 연결되어 있는 역할을 하고 있는가 어떤가에 초점이 모아진다. 도시락은 식는 것이 당연하다고 여겨왔지만, 더운 밥이 찬 밥보다 맛있다는 것은 정한 이치다. 보온 도시락은 그런 결점을 해결하는데 성공했다.

요즈음 단체 여행이 날로 늘면서 여관이나 호텔에서 숙박하는 몇십 명, 몇 백 명의 식사를 차리기 위한 요리사가 부족하기 때문에 해당 업체에서는 상차리기에 골치를 앓고 있다. 이 점을 착안해서 뷔페식 식단이 성황을 이루게 되었다.

물론 뷔페식 상차림은 서구에서 전래한 음식 문화이지만, 우리 식성에 맞게 재구성되어 예식장, 연회장에서 선호하게 되어 대중적인 인기를 얻고 있다. 이러한 유형의 업종은 호불황에 관계없이 받아들이게 마련이다.

셋째로, 소비자의 구매욕을 돋구는 매력을 구비하고 있느냐 없느냐에 따라 상황이 달라진다. 섬유는 만년 생산 과잉이라고 하지만, 원료의 공급은 어떤지 몰라도 인기 있는 디자인은 항상 불황을 모르며 부가가치가 높으므로 많은 양을 팔지 않아도 충분히 채산을 맞추고 있다. 무엇이 팔리는 상품인가 하는 점에 초점을 맞추면 작은 점포에서도 잘 팔리게 되고 백화점도 혈안이 되어 팔리는 상품을 찾게 되는 것은 뻔한 이치이다.

넷째로, 부가가치에 있어 소량으로 채산이 맞는 성질의 상품을 개발해야 한다. 대량 생산의 시대는 이미 지나갔다. 소량에서 시작해서 국제적인 상품에까지 발전할 수도 있지만, 특정 상표를 겨냥해서 일정량으로 승부를 낼 수 있는 상품을 고안하는 것이 좋다.

다섯째로, 앞에서도 말했지만 물품 판매만이 장사가 아니므로 팔 수 있는 물건은 무엇이든지 팔면 되고, 이제부터는 '어떤 물건이 팔릴까?' 하는 상품에 가치를 두는 것이 현명하다.

살 사람만 있으면 무엇이나 팔리므로 소비자의 심리를 파악하여 적응한다면 장사는 성공할 수 있다. 그러므로 물품에 구애될 필요가 없다.

당신이 이제부터 선택하려고 생각하고 있는 장사가 이와 같이 어느 부분에 맞는가 어떤가를 판단하는 지혜와 결단이 무엇보다 중요하다.

만약 자신의 생각이 들어맞았다고 생각되면 자신감을 가져도 좋고, 맞지 않았다면 그만두는 것이 오히려 도움을 줄 것이다.

■ 증권에 투자하고 싶다면 다음과 같은 회사의 주식을 산다

1) 공금리 이상의 배당금을 지급하는 회사

2) 배당금 실적이 장기간에 걸친 회사

3) 20년 내의 최저 시세가 최고 시세의 25%보다 낮지 않은 회사

4) 자기 자본 대 부채의 비율이 최소한 4대 1인 회사

5) 현금과 그에 상응하는 자산이 부채보다 많은 회사

6) 우선주가 극소인 회사

7) 보통주에 의한 절도 있는 자본 체계를 갖추고 있는 회사

8) 최근 5년간 판매 실적이 향상되었거나 상승의 징조가 보이는 회사

9) 최근 이익 상승에 대한 보고가 있는 회사

10) 인구 과밀 지역이나 공장이 많이 들어서 있지 않은 곳의 회사

41 | 시대에 뒤진 상품 교체로 커버한다

장사가 잘 안 되는 경우는 한마디로 말해서 '능력이 없다'고도 할 수 있겠지만, 구체적으로 말하면 '시대의 변화에 따라 가지 못하게 된 결과'라고 함이 더 옳을 것이다.

한 가지 업종에만 종사하는 사람은 고정 관념에 묶여서 깜빡하는 사이에 뒤지게 되는가 하면, 사업을 이어받은 사람이 시대적 능력이 없어서 망쳐 버리는 경우도 있다.

한편 핀치에 몰리는 경우 적어도 어느 시기에는 사업을 융성하게 인도한 실적이 있으므로 무엇인가 잘 안 되는 원인이 생겼다고 해도 그밖의 다른 점에서는 가령, 자금 운영이라든가 판매망 구축에 있어서는 완벽한 솜씨를 발휘할 수 있다. 따라서 사양화는 피할 수 없겠지만, 한 번에 도산해 버리는 일은 없다. 하지만 경영 2세가 이어받고부터는 급속도로 업적이 악화되었다고 하면, 이것은 확실히 무능한 자가 뒤를 이은 결과이므로 별도리가 없다.

최근에 이어지는 도산을 보고 있으면 재벌 그룹의 도산보다도 부채 총액 1백억 원에서 3백억 원 정도의 중견 업체가 많아졌다. 창업 사장은 이미 타계하고 그 2세가 뒤를 이어서 굽실굽실 머리를 숙이는 간부들에게 둘러싸여 방만한 경영으로 세월을 보내고 있음을 발견한다.

이런 경우는 '비적임자'가 그 자리에 앉아 있기 때문에 회사 자체가 없어져 버린다든지 장본인이 제거되어 정리한다든가 하는 어느 쪽일 것이다. 후계자의 육성이 얼마나 어려운가를 여실히 보여주는 단면이다.

만약에 어떤 해결책으로도 전망이 보이지 않는다면 사업을 자식에게 후계시키는 것을 단념하는 일이 얼마나 중요한가를 다시 한 번 깨닫게 해주는 좋은 예이기도 하다.

자격이 부족한 2세로는 도저히 안 된다고 하더라도 창업 사장의 머리가 낡아서 시대의 변화를 따라가지 못하게 된데 원인이 있다면, 아직은 만회할 방법은 있다.

한 인간의 두뇌 작용에는 한계가 있어서 아무리 노력해도 시대와의 차질이 있게 마련이다. 그런 경우 차질이 생겼다는 사실을 인식하고 있는지 어떤지가 더 큰 문제로 작용한다.

예를 들면 나와 같은 연대의 사람들은 전쟁 이후 격동기를 거쳐 오면서 많은 고생을 겪었으므로 자식이 자동차를 사 달라고 조르면 반사적으로 거부 반응부터 일으킨다. 사 줄 돈이 없는 것은 아니지만, 학생 기분으로 놀기 위해서 차를 타고 돌아다닌다는 것은 언어도단이다 하는 부정적인 감정이 앞서기 때문이다. 그러나 자식의 주변을 보면, 다른 친구들도 마이카를 타고 돌아다니고 있다. 부모들의 직업이나 사회적 지위를 봐도 이쪽보다 금전 사정이 좋다고는 생각할 수 없다. 그런 가정에서도 자식에게 차를 사 주는 따위의 무절제한 자녀 양육법을 하고 있는 것이 현실의 자녀 교육이다.

"도대체 이런 꼴로 온전한 자녀 육성이 되는 것일까? 고생을 시키지 않고 훌륭한 인간을 만들 수 있는 것일까?"

하고 고개를 갸웃하는 어버이가 있다고 해도 이상할 것은 없다.

그러나 객관적으로 냉정하게 생각해 보면 이러한 사고방식 자체가 이미 시대에 뒤진 탓이다. 고생을 해서 오늘의 사업을 구축한 어버이들은 역경이 인간 형성에 도움이 된다고 체험적으로 믿고 있기 때문이다. 그러므로 해외 원정이나 요트 강습의 예를 보아도 알 수 있듯이 자식에게 고생을 시키기 위해서 돈을 쓴다. 고생을 하는데도 돈이 든다는 이상한 세상이 된 것이다.

그러나 돌이켜 생각해 보면 어버이들은 자기가 원해서 고생한 것은 아니다. 징병에 응하지 않으면 형무소에 가니까 할 수 없이 군대에 간 것이며, 전쟁으로 하여 식량이 없었으므로 끼니를 굶는 생활을 체험하게 된 것이다.

따라서 지금의 젊은이들에게는 고생이 부족하다고 불평을 해도 소용이 없고, 더구나 '고생을 하지 않고서는 훌륭한 인간은 육성되지 못한다.'고 하는 논리는 실제적인 것이 못 된다.

내가 알고 있는 어느 회사의 사장이

"내 자식놈은 동해안에 맛있는 해산물 음식점이 있다고 하여, 일부러 기름값까지 써가며 그 먼 곳을 찾아간답니다. 그런 사치스런 자식을 키운 기억이 없는데…….”

하고 나에게 실토한 적이 있다. 가난을 딛고 일어서서 근검 절약으로 오늘의 지위를 구축한 부친으로서는 마땅한 감상이겠지만, 나는

“좋지 않습니까? 풍요로운 세상이 되면 맛있는 음식을 먹으러 멀리까지 간다는 것은 당연한 일이지요.”

우리 집에서는 사치스러운 식사를 하는 것을 도덕적인 죄악이라고 생각지 않으며 소득 수준이 높아지면 우리 가족과 같은 사고방식을 가질 것이라고 생각하고 있다.

그러한 눈으로 세상의 움직임을 보고 있으니까 최고급 호화 체인 레스토랑이 생기게 되는 것도 또 외국에서 돌아온 청년들에 의하여 사치스러운 풍조가 차례차례로 생기게 되리라는 것도 예상할 수 있다. 외식산업이 왜 급속도로 전개되는 것인가, 그 배경을 이해할 수 있는 대목이다.

반대로 ‘고생을 하지 않으면 올바른 인간은 육성되지 않는다.’고 하는 신념에 언제까지나 고집하고 있으면 스키장이 번영한다는 것도, 외식산업이 융성하는 것도, 외국여행을 하는 젊은이들이 많아지는 것도 모두 반발이 선행되므로 다음의 새로운 사업으로서 받아들일 수가 없다.

즉 시대에 적응할 수 있느냐 없느냐는 자기의 체험에 의해서만 고집할 것인가, 아니면 사회 현상의 변화에 따라서 자신의 사고방식을 수정할 것인가에 의해서 달라진다.

한편 자기의 체험에 고집하는 사람은 사회 환경이 변하여도 일정한 자리에 앉아 있는 그대로이니까 머리 위에서 비추던 태양도 어

느닷 석양으로 쇠락해 천객만래千客萬來였던 장사도 점점 쇠퇴해져서 언젠가는 자취를 감추게 된다.

그러므로 그와 같은 싹이 보이기 시작할 때 재빨리 선수 교체를 하면 해결된다. 씨름꾼이 체력이 다해서 씨름을 할 수 없게 되면 은퇴를 선언하고 늙은이가 된다. 그러한 자리 바꿈이 원만히 행해지면 선수가 교체를 해도 씨름 흥행에는 별 영향이 없다.

이와같이 기업을 하나의 씨름판으로 비유해 보면 사장이 은퇴하고 자식이나 타인으로 교체되어서 새로운 피를 끊임없이 보급하면 더욱 활력을 얻는다.

다만 중소기업의 경우는 대기업과 달라서 기업 자체를 존속시키기 위해서 연줄도 없는 다른 사람에게 교체해 달라고 할 수도 없는 일이다. 따라서 가족 중에서 후계자를 찾지 못하면 빠르고 늦은 것만 다를 뿐 폐업이란 운명이 기다리고 있다.

요즈음처럼 시대의 변화가 민감하고 장사의 방법에 따라 흥망성쇠의 파고가 높은, 더구나 자식이 뒤를 잇지 못하면 선수 교체 즉, 폐업이라는 사형선고가 기다리고 있다.

■ 실패가 두려워 계획을 세우지 못함은 어리석은 자의 변명이다

만약 처음의 계획을 이루지 못했을 경우 곧 새로운 계획을 세우는 것이 좋다. 그리고 그것도 잘 되지 않으면 또다른 계획으로 바꾸는 식으로 목표에 도달할 수 있을 때까지 몇 번이라도 참을성 있게 도전해 본다. 바로 여기에 포인트가 있는 것이다. 대다수의 사람들

은 한 가지 계획을 세워서 그것에 실패하면 그에 대체하는 다른 목
표를 세울 끈기가 없어서 성공의 기회를 놓쳐 버린다.

42 | 로보트 산업과 실업 문제

폐업은 과거의 타성이 있기 때문에 결단성이 없으면 할 수 없지만, 신규 개업은 아무것도 없는 백지에 새로 그림을 그리는 것과 같으므로 안이하게 출발한다.

특히 가진 돈의 범위 내에서 할 수 있는 일이라든가, 현재 누군가가 잘 되고 있는 장사의 흉내를 내는 것은 별다른 사려없이 첫걸음을 내딛는 초보자의 예이다.

사람은 나이를 먹게 되면 과거에 꽤 큰 스케줄로 사업에 성공한 사람일지라도 자기의 사업에 대하여 "이제 여기서 신장이 멈췄구나." 하는 한계를 느끼게 된다.

지금까지의 사업은 어찌어찌 유지해 왔다고 해도 다음에 할 사업이나 자식에게 시킬 일은 이제부터 발전할 듯한 새로운 사업으로 바꾸어야 할 것이라고 스스로 판단한다. 정작 새로운 사업을 착수해 보면 여기저기에 허점이 있어서 생각대로 안 되는 경우가 더 많다.

예를 들면 최근에 가장 화제를 일으키고 있는 사업 중에 로보트 산업이라는 분야가 있다. 코스트 인플레와의 투쟁 속에서 가장 큰 비중을 차지하고 있는 것은 유류와 인건비다. 이 중에서 유류는 에너지 절약 작전이라는 일련의 사업을 유발했지만, 현재 유가가 그 끝을 알 수 없을 만큼 치솟고 있어 에너지 절약에 대한 시설 투자가 더욱 시급한 시점에 와 있다.

이에 편승하여 달러나 엔화의 약세가 이어지면 우리의 수출은 팔수록 손해를 입는 역 적자가 초래된다. 이때 중소 수출업체는 그 장벽을 넘기 힘들어 수출 중단이란 쇼크를 받는다.

인력 관리 쪽은 일시적으로 노임이 싼 지역으로의 기업 진출을 촉진했지만 로보트가 기술적으로 가능해지게 되면 공장의 자동화가 급속도로 진행하게 된다. 덕택으로 무인화 공장이 생기기도 하고, 공장 내에 있어서의 생산 과정의 자동화가 일어나서 기기와 설비를 만드는 로보트 메이커가 등장하게 될 것이다.

그러나 자동화함으로써 배제되는 노동력은 많으나 로보트 산업은 대중화시킬 수 없는 분야에 불과하므로 과장해서 떠들썩할 만한 성장은 기대할 수 없다. 그러므로 로보트 산업은 미래의 성장 산업이 될지는 모르나 반드시 국민적 스케일의 성장 산업은 아니다.

그러나 그 규모로 보아 대단한 것은 아니라고 해도 로보트를 채용함으로써 생산 과정에서 불필요한 인원을 감소하는 데는 큰 몫을 담당하게 될 것은 분명하다.

만약 이것이 사실이라면 로보트 산업보다도 메이커 전체가 큰 영향을 받게 된다. 예를 들면 로보트가 채용됨에 따라서 실업 문제가 심각하게 대두될 것은 자명하다. 특히 미국처럼 로보트로 대체되는 단순 작업의 분야는 흑인이나 맥시코인의 노동자가 많으므로 로보트 문제는 즉, 인종 문제라는 가능성도 아울러 내포되어 있다. 따라서 미국에서는 공장의 자동화에 대한 저항이 예상 외로 강하여 우리 나라와 같은 강성 노조가 존재하고 있는 한 그다지 가망이 없는 듯이 보인다.

그런데 이웃 일본에서는 로보트 채용에 반대하는 노동조합은 전혀 보이지 않는다. 사장부터 말단 노동자에 이르기까지 열심히 코스트다운에 참가하지 않으면, 국제 경쟁에서 이겨나갈 수 없다고 하는 공통의 위기 의식을 그들은 가지고 있는 듯하다.

가령 로보트의 채용으로 하여 자기의 일이 없어지는 입장에 놓인 노동자라도 "사장이 이대로 나를 내쫓을 리 없다. 반드시 배치 전환을 생각해 줄 것이다!"하고 믿고 있는 모양이다.

즉 일본과 같이 정서적인 경영이 실시되고 있는 나라에서는 타산적인 나라보다 생산의 합리화가 굴곡없이 진척된다. 그래서 기업 내에서 실업이 일어나도 그것이 당장 해고에 연결되지 않고 기업 내에서 해결하려는 움직임이 있으므로 다각경영이 하나의 유행이 된 것이다.

또 하나는 지금까지 공장 외부로 내보냈던 일감을 되도록 자사 내의 실업 대책에 이용하려고 마음을 쓰게 되니까, 하청의 배제 혹은 재편성으로 이어져서 큰 회사의 계열 밑으로 들어가게 되며 하청기업의 정리, 폐업에까지 영향을 주고 있다.

하청을 업으로 하고 있던 중견기업이나 영세기업에서 보면 몇 십

년이나 밥줄이었던 일거리가 줄어서 직원들에게 급료를 줄 수도 없
게 되므로 폐업이나 전업의 갈림길에 놓이게 된다.

그러므로 로보트의 채용이 당장 기업의 인원 정리에 직결되는 것
은 아니지만, 돌고 돌아서 산업계 전체의 개폐에 연결되어 채산이
안 맞는 기업부터 차례로 모습을 감추게 될 것이다. 어쩌다가 그 입
장에 놓여진 사람에게 있어서는 대단한 사건이지만, 이와 같은 현상
이 새 정세를 낳고 새 장사를 가능하게도 해준다는 사실을 염두에
두어야 한다.

▣ 성공에 관한 짧은 시

깊이 생각한 다음에

늘 온화하게 말하며

많이 사랑하면서

자주 웃음을 띤 얼굴로

열심히 일하고

거리낌없이 내주고

즉시 지불하고

마음 속으로 기도하고

그리고 친절히 대하라,

43 | 지혜의 상품화가 키 포인트

창조적 지식인은 자신이 맡은 일을 개선, 개발,
혁신하는 방법을 알고 있으며, 그에 관련된 지식을
기록하며 활용하고 있는 다른 사람과 공유함으로써
부가가치를 높여 나가는 사람이다

앞에서 새 장사를 성립시키는 조건의 하나로 '무엇이 부족한가를 생각한다.'고 썼다. 무엇이 부족한가를 예로 들더라도 시대에 따라서 이동과 변동의 격차가 있다.

한국 전쟁이 끝나자 물자가 매우 부족했으므로 물건을 만들고 공급하는 장사는 어떤 장사라도 번성했다. 이런 시대에는 상인이나 쌀, 농산물을 생산하는 농가나 헌옷 가게까지도 장사가 잘 되었다. 메이커는 급속히 우위에 서고 일차산업에 가까운 방직 공장이나 의류 화학섬유 회사가 큰 돈을 벌었다.

드디어 식료품이나 의료품이 충족되자, 다음에는 주거의 부족이 두드러지게 되고, 또 최저의 생활이 어느 정도 해소되자, 다음은 고급 일용품이나 가재도구가 팔리게 되었다. 이어 TV, 냉장고, 자동차 등등 모두 구매력이 수반되지 않으면 수요가 환기되지 않는 것들이며, 풍요로워지면 그만큼 새로운 수요가 일어나서 이전에는 사치품이라고 생각되던 물건도 차례로 대중 속으로 침투해서, '물건에 대한 욕망에는 한이 없는 것이 아닌가?' 할 정도로 우리들의 구매욕을 충동시킨다.

이러한 수요를 충족시키기 위하여 곳곳에 공장이 세워지고 슈퍼나 체인 스토아가 생겨서 '남한 2천만 명의 인구'라고 하던 나라가 5천만 명의 인구로 늘어나 세계 최하위 빈민국에서 국민소득 2만 달러와 세계 상위권의 무역국가로 발전하였다.

부족한 분야는 어느 시대에도 새로운 투자 대상이 되므로 사람의 손이 부족해지자, 이번에는 그 인력 부족을 해결하는 장사가 출현하게 되었다. 자동포장기, 자동판매기, 무인화역, 인력용역 회사 등등 어느 것이나 모두 필요로 하는 인력산업의 일환이다.

한편 인력 부족에 따른 임금의 급등은 드디어 코스트다운을 위한 기업의 다국적화를 촉진시켜 결국은 오늘날 로보트 산업의 발전을 보기에 이르렀다. 로보트의 채용, 공장의 무인화, 제품의 코스트다운으로 이어지고 또 인력 부족 해소에도 도움이 되므로 이미 산업계의 주요 테마로서의 자리를 찾이 할 날도 멀지 않았다.

물건의 부족이 해소되고, 인력 부족까지 해결되면 결국은 부족한 것이 없어져서 마침내 산업계는 싫어도 불황에 빠지고 만다. 기업의 생산 질서도 길이 막혀 버린다. 이에 따른 세계적인 동시 불황의 원인이 기본적으로는 선진국가가 성숙사회로 돌입한 것과 관계가 있다고 해도 좋을 것이다.

그러면 성숙사회에 새 수요가 없어져 버린 것일까? 충족하다고 해도 선진국에서도 아직 빈부의 차이가 남아있고 개발도상국 사이에는 더 큰 교차가 엄연히 존재하고 있다.

또 전체적으로 부유한 생활이 유지되고 있다고 하나, 컴퓨터 산업이나 유전자 공학과 같은 인간의 두뇌나 신체의 연장 선상에 있는 미개발 분야가 남아있다.

이러한 사회에서 무엇이 부족한가를 생각해 보면 뭐라 해도 ‘지혜의 부족’이 아닐까 한다. 현재 컴퓨터도 인간 지혜의 연장이고, 당뇨병을 고치는 약이라든가, 암의 특효약이라든가, 동물의 자웅, 인간의 성별을 마음대로 생산할 수 있는 테크닉 역시, 지혜로 승부할 분야라고 해도 좋을 것이다.

로보트의 보급에 따라 생산 과정에서 정리 도태된 사람들이 유통업계나 서비스업계로 흘러든다. 그러나 타업종으로부터 유입이 많다고 해도 기존의 기업과 같은 것이 배로 증가되는 것은 아니다. 신규 참여자는 반드시 새로운 아이디어를 내 걸고 등장하지 않으면 기존 업계에 끼어들 수가 없다.

다른 각도에서 보면 끼어들 틈을 발견할 수 있는 지혜가 있는가 없는가가 문제이며, 지혜의 유무가 장사의 포인트가 된다. 지혜만 있으면 성공할 수 있는 장사의 종류는 한없이 많다.

그러한 지혜를 가진 사람이 개업하게 되면, 진부한 기업은 퇴출하므로 유통 서비스업계에서도 메이커업과 마찬가지로 새로운 선수 교체가 생긴다. ‘지혜를 상품화’하는 것이 다음의 히트 상품으로 소비자의 시선을 끌 것이다.

열중하게 되면 자신감이 생겨 모든 일이 가능하게 보이며, 자기가 세운 꿈을 실현할 수 있다고 믿게 해 준다. 즉 목적으로 가게 하는 원동력이 되는 것이다. 그러므로 지나간 과오나 실패는 잊고 현재에 열중하면 보답을 얻는다.

44 | 뛰어난 두뇌가 가져다 주는 행운

사고하는 인간은 자신을 현명하게 만든다. 그러므로
지식과 지혜는 평안한 인생으로 인도하는 열쇠다.

새 사업을 착수한 지 단기간 내에 성공한 사람의 경우를 보면 공통된 특징이 있음을 엿볼 수 있다. 우선 훌륭한 사고력을 가지고 있다고 하는 점이다. 즉 머리가 좋은 사람이라는 확신감이다.

이 세상에서 머리가 좋지 못하면 성공할 수 없으며, 타고난 둔재는 가망이 없다는 말이 된다. 사실 그것은 부인할 수 없는 인간의 지혜다. 머리가 나쁜 사람은 머리 좋은 사람에게 늘 이용당하는 운명에 놓이는 경우가 적지 않다.

옛날이나 지금이나 우리 인간은 '힘'을 문제로 하여 능력이 있는 자에게는 당할 수 없다고 처음부터 단념한다. 그런 경우 사람에 따라서 받아들이는 방법이 다르지만, 힘에는 '완력'도 있지만, '무력'도 '자본력'도 있다. 또 '체력'도 있지만, '매력'도 '정치력'도 있다.

이들 힘의 가장 원시적인 형태는 아마도 '완력'일 것이다. 완력이 센 사람이 약한 자를 제압하는 것은 충분히 생각할 수 있는 일이지만, 봉건시대 통치자 앞에서 벌어지는 각종 시합 등을 보아서도 알 듯이 완력이 있는 자는 시합에 응하는 용사일뿐 명령하는 쪽은 아니다. 명령을 하는 쪽은 완력은 약해도 강한 자들을 제어하는 '지력 智力'을 가진 사람이며, 그러한 사람들이 천하를 정복한다.

그러므로 무력·경제력·정치력 등 힘의 배우에 있는 것이 지력이며, 힘이 있는 자로서 지혜를 겸비하지 않은 자는 없다. 사장이나 업주가 될 만한 인물은 모두 어떠한 의미에서 '지력'이 있는 사람에 속한다고 단정해도 좋을 것이다.

좋은 머리에는 여러 종류의 사람이 있다. 예를 들면 지혜 중에는 돈에 활용되는 지혜도 있고, 돈에 도움이 안 되는 지혜도 있다. 또 많은 사람들로부터 귀중한 보물처럼 사랑 받는 지혜도 있고, 사람을 속이는 지혜도 있다.

첫째, 사람들에게 존경 받는 지혜를 가진 자라고 해서, 그 사람이 모든 사람들의 우위에 설 수 있다고는 할 수 없고, 반드시 큰 부자가 된다고도 예측할 수 없다. 즉, 머리가 좋으면 반드시 사업에 성공한다고는 할 수 없지만, 머리가 좋다는 것이 사업을 성공시키는 조건의 한 가지라는 데는 변함이 없다.

둘째로, 운이 좋아야 한다. 머리가 좋은 사람은 운, 불운에 상관없이 양지가 어딘가를 찾아 부단한 노력을 각오하고 출발해야 하지만, 운이 좋은 사람은 움직이지 않아도 자기가 위치한 곳에 밝은 햇빛이 비추어 온다.

예를 들면 교외에서 농사를 짓고 있던 사람은 머리가 좋건 나쁘건 상관없이 경작하던 논밭이 고속도로나 고속철도의 휴게소나 승합장이 되는 바람에 평당 몇 만원 하던 땅이 하루 아침에 백만 원으로 뛰어오르기도 한다.

이런 사람은 이렇다 할 상재를 가지고 있지 않아도 재산을 지키는 뚝심을 지니고 있으면 아무 능력 없이도 억만장자의 무리 중에 낄 수 있는 현실이다. 또 전문 지식이 없는 사람이 컴퓨터 메이커의 대표가 된다든지, 오토바이 메이커의 사장이 된다든지 할 수는 없지만, 남의 권유로 주유소를 개설한다든가 분식점을 개설하면 그것이 시대 조류에 잘 맞아들어서 순식간에 불어나 10개나 20개의 체인점으로까지 성업하게 되는 경우가 있다. 이렇듯 운이 좋은 사람은 운이 나쁜 사람보다도 순조롭게 일이 잘 풀려 나간다. 사업에 성공한 사람은 운의 도움을 받는 면도 많은 듯하다.

셋째로, 옛날부터 한 가지 일에 종사하고 있던 사람이 어느 날 갑자기 운이 터져서 같은 분야에서 성공하게 되었다는 예는 거의 없다. 사업이 성공되기까지는 착수해서부터 일정 기간을 필요로 하지만 신규에서 성공하는 사업은 모두가 새로운 사업이며 본인은 지금까지에 체험한 바 없는 분야의 일들이다.

예를 들면 '꼬마 김밥'을 시작한 사람이나 '보온 도시락'을 만든 사람 모두가 그런 경험을 가지고 있었던 것은 아니다. 새로운 사업에 착수하여 경영의 묘를 살려서 성공하는 것이므로 가망이 있음직한 '새로운 일'을 찾는 것과 '경영의 묘를 살리는 것'이 키 포인트가 된 것이다.

이 두 가지는 모두가 운의 문제가 아니고 머리의 문제이므로 역시 '우수한 두뇌'가 불가결의 조건이 된다는 뜻이다.

1) 기업 경영을 투명하게 한다.

2) 대출금의 연체는 금물이다

3) 사장의 신용관리도 철저하게 해야 한다.

4) 공과금도 밀리면 안 된다.

5) 부동산의 권리 침해를 경계한다.

6) 차입금은 매출액보다 적어야 한다.

7) 임직원의 잦은 교체를 피한다.

8) 재무구조를 건전화한다.

9) 부실 채권을 줄인다.

10) 확실한 비전을 제시한다.

45 | 성공하지 못한 사람은 결함인간인가?

목표의 설정은 성공의 첫걸음이다. 목표는 인간에게
방향을 준다. 목표는 인생의 표적이며 성공의 핵심이다.
목표가 없는 인생은 의미도 성장도 행동도 없다.

그러면 머리가 나쁜 사람은 어떻게 하면 될 것인가? 우선 머리가 나쁜 사람은 자기의 머리가 어느 정도 나쁜 지 잘 모르므로 똑같이 노력해도 일이 잘 되는지 안 되는지 그 구별을 판별하는 능력이 부족하다.

무엇보다도 자신의 노력의 한계를 깨닫는 것만큼 사업에 중요한 요소는 없다. 머리가 좋은 사람이란 '이해가 빠른 사람'을 가리키는 것이지, '무엇이든 잘 할 수 있는 재주꾼'을 말하는 것은 아니다.

사람에게는 가능한 것과 불가능한 것이 있다. 뛰어나게 잘 하는 것과 잘못하는 것이 있다. 계수에는 밝지만 인력관리를 잘 못하는 사람이 있는가 하면 그 반대 경우의 사람도 있다. 또 발명의 재능은 있으나 그것을 상품화하는 재질이 전혀 없는 사람도 있고 그 반대로 손재주가 능란한 사람도 있다.

또 같은 회사에 근무하고 있는 사람일지라도 책상 앞에서 무엇을 생각해 내는 것은 잘 하나 외부 활동에는 아주 소극적인 사람이 있다. 반대로 영업을 하면 기운이 나지만, 책상에 앉기만 하면 죽은 듯이 위축되는 사람도 있다.

그러한 자기의 장점과 단점을 잘 파악하여 할 수 있는 것과 할 수 없는 것의 판단을 스스로 조정할 능력이 있다면 '머리 나쁜 사람'의 부류에는 들어가지 않는다. 자기의 장점을 살리고 단점을 피해서 처신할 수만 있다면 능률도 오르고 실패의 확률도 적다.

그러므로 자신이 어떤 일에는 소질이 있으나 다른 일에 재능이 없다는 사실을 모르는 사람에게는 치료할 약이 없다. 아마도 지금 내가 무슨 이야기를 하고 있는지조차도 이해하지 못하는 것이 아닐까 궁금할 정도다.

아무리 머리가 나쁘다고 해도 자기의 어리석음을 깨닫는 것은 무엇보다도 중요한 일이며, 그것을 알았으면 어떻게 대처하면 좋은가 스스로 찾아내려고 노력한다면 얼마든지 방법이 있다고 생각한다.

첫째로, 사람은 자기의 장점에 돛을 달고 달리는 것이 중요하다. 단, 장점이 뚜렷한 사람은 너무나 인간적으로 완고한 성격의 사람이 많고 세상에서 별난 사람이라는 취급을 받기도 하고, 때로는 가족이나 주위 사람들에게 피해를 주는 존재가 되기도 한다.

그러므로 자기 수양을 계발하는 교양 서적에서는 이런 사람에게 '원만한 인격'을 도야하는 수련을 쌓도록 권유한다. 원만한 인격이란 싫은 일을 억지로 시키는 것에 불과하므로 극기심을 양성한다는 의미에서 중요한 자기 반성이다. 그러나 결점에 대해 교정을 받도록 하는 방법은 장점을 신장시키는 것에 비하면 대단히 능률이 나쁜 인간성 활용법이다.

장사라는 것은 마이너스의 부분, 즉 네크의 부분에서 승부가 결정되지만, 개인의 재능은 플러스의 부분, 그 장점 부분에 따라서 평가된다.

예를 들면 예술가나 발명가는 광장한 재능을 발휘하는 반면, 그것을 상쇄하고도 남을 만큼의 결함 인간인 경우가 많다. 그 때문에 세상으로부터 따돌림을 당하기도 하고, 극빈 생활 속에서 불행한 생애로 끝나는가 하면, 가족들에게 엉뚱한 피해를 주기도 한다. 저명한 예술가나 발명가의 전기를 읽을 때마다 주위 사람들은 매우 성가셨을 것이라는 동정을 금할 수 없는 연민의 정을 느끼게 한다.

독창적인 일을 하는 사람들에게 있어서도 예외는 아니겠지만, 장사의 세계는 지극히 상식적인 관계가 성립되므로 좀더 다른 룰이 지배하고 있는 것은 아닐까 한 번쯤 생각하게 된다.

물론 표면만 바라보고 있는 동안은 누구나 그렇게 생각할 것이다. 그러나 성공한 사람들과 자주 접촉하다 보면 실업계 역시 예술가나 발명가들의 창조적 분야와 그다지 다르지 않는다는 사실을 통감하게 된다.

그것은 선친의 사업을 후대까지도 소중히 간직하고 이끄는 사람을 제외하면 새로운 일에 독창적인 수법으로 도전하고 있는 사람들도 연구의 세계이며, 이와 같은 창의력이 없으면 사업체를 이끌어 가지 못한다. 예술가적인 창의력과 다른 점이 있다고 하면, 개인적인 사업이 아니라 많은 사람들의 협력을 필요로 하는 종합적이라는 점이다.

그러므로 뛰어난 사람의 무대 감각에 '멋이 있는 춤을 춘다'는 재능을 발휘할 수는 없지만, 그들 모두가 원만한 인격자인가 하면 뜻밖에도 불균형적인 성격의 사람이 많다. 아마도 사업 역시 완전한 인간에 의한 퍼펙트 게임은 아니고, '위대한 장점'을 가진 결함인간에 의해 시행착오로 얻는 결과인지도 모른다.

그런 의미에서 실업가 역시 결점과는 상관없는 장점으로 승부를 거는 평범한 보통인간이라고 말할 수 있겠다.

그럼에도 불구하고 실업계에서 사장 역할을 하고 있는 사람의 결함이 쉽게 드러나지 않는 것은 작업 전체가 일종의 팀웍으로 구성되어 있어서 어느 정도 커버되기 때문이다. 그것은 팀웍이 잘 되어 있으므로 해서 사장의 장점이 발휘되어 결점을 커버할 수 있고, 결함을 지닌 인간이라 할지라도 사장으로서의 영향을 발휘할 수 있다는 말이 성립된다.

한 나라의 대재벌 그룹 회장을 세상 사람들은 큰 인물로 생각하고 있을지도 모른다. 사실 큰 인물임에는 틀림없지만, 결함 인물과의 차이는 반드시 모순된 개념은 아니다.

큰 인물은 한 가지 재주가 뛰어나서 그 부분을 돌파구로 해서 인생의 극치에 도달한 사람을 말하며 완벽무비의 절대적 인간이라는 뜻은 아니다.

예를 들면, 어느 재벌의 회장은 학력도 없는 편이고, 거기다가 신체적 결함을 가지고 있었다. 그런 사람이 세계적인 스케일의 기업왕국을 구축할 수 있었던 것은 본능적으로 시류를 꿰뚫어 보는 감각이 남달랐기 때문이며, 또 자기의 결점을 파트너, 혹은 부하의 장점으로 커버하는 행운을 얻었기 때문이다. 한편 사람의 마음을 포섭하는 점에서 선천적이라고 할 만한 재능을 함께 갖추어 인사 관계에서 탁월한 수완을 엿볼 수 있다.

건설업에서 대성한 어느 재벌 회장은 동생이란 좋은 파트너가 있었고, 식품업계에서 두각을 나타낸 S그룹 회장은 한쪽 팔 역할을 해주는 충실한 부하가 있었다. 두 사람 모두 자기의 결점을 보충해 주는 보좌역이 있었기 때문에 성공한 것이며, 만약 그러한 인재의 혜택이 없었더라면 성공자의 명단에는 끼이지 못했을지도 모른다. 그런 의미에 있어서 결점이 있는 사람은 그것을 보충해 줄 사람을 찾아낼 수만 있다면, 성공에의 길을 걸을 수 있다.

그와 같은 자리에 오르고 유지하기 위해서는 우선 자기의 결점이 어디에 있는가를 충분히 인식하지 않으면 안 된다.

자기가 자신의 결점을 알고 있다는 것은 이미 '머리 나쁜 자'의 범위에 들어가지는 않겠지만, 그런 사람일지라도 좋은 파트너를 만날 수 있다고 단정할 수는 없다. 거기에서 운이 좋은 사람과 나쁜 사람의 차이가 생긴다.

◨ 알래스카를 산 세계 제일의 부동산업자

1867년, 러시아의 알렉산드르 2세는 황실의 재정이 엉망인 데다가 영토가 너무 넓어서 걱정하는 형편이었다. 당시 미국의 국무장관이었던 윌리엄 수어드는 러시아와 교섭하여 그 넓은 알래스카를 720만 달러에 사들이게 되었다. 쓸데없는 낭비를 했다고 국회에서 말썽이 난 적도 있지만 그로부터 29년 후에 거대한 금광이 발견되는 바람에 수어드 씨는 일약, 선견지명이 있는 사람으로 평가 받기에 이른다. 석유, 목재, 지금도 알래스카에는 무한한 자원이 있고, 군사적으로도 큰 가치를 가지고 있다고 하니 부동산 거래로서는 역사상 가장 멋진 거래였을 것이다.

46 | 모방을 하려면 철저히 하라

새로 출발하려는 사람은 '옛날에 잡았던 절구공이'를 다시 잡아서는 안 된다. 이미 체험한 것에 대해서는 고정 관념이 머리 속에 가득 차 있기 때문에 새로운 것을 만들어 낼 수 없다.

원래 중소기업에는 우수한 인재가 모이기 어렵다. 더구나 사업에 실패하고 처음부터 다시 출발하려는 사람에게 좋은 파트너를 기대하기란 어렵다.

독창성이 풍부하지 못한 평범한 사람에게 새로운 사업을 발견할 찬스가 과연 있을 것인가. 생각만 해도 위축이 되어 한 걸음도 접근하지 못할 것이다. 하지만, 그런 사람에게도 잘 하면 재기의 길은 열려질 것이라고 생각한다.

어떻게 하면 이 난관을 극복할 수 있는가? 그것이 무엇보다도 필요로 하는 모범이 될 만한 사람을 찾는 일이다. 자기의 스승이나 숭배하는 사람, 지표가 될 사람을 발견해서 그 사람의 언동을 잘 연구하고, 그 사람의 흉내를 철저하게 따르는 일이다.

그러나 중소기업의 사장이나 샐러리맨이 '대재벌의 그룹 회장'의 흉내를 제아무리 따른다고 해도 잘 된다고는 단정할 수 없다. 스케일이 너무 차이가 나도 안 되고, 시대가 달라도 안 된다.

예를 들면 P제약회사의 사장도 30년 전에는 큰 병에 들어 있는 비타민제를 사다가 거리에서 판매를 하던 약장수였으므로 지금부터 그를 흉내내어 사업을 시작하면 될 것이 아니냐고 생각할지도 모른다. 그러나 성장 경제의 파도를 타고 사업의 확대를 할 수 있었던 시대와 저성장 하에서 물건이 남아도는 시대와는 장사의 방법이 완전히 다르다.

그러므로 어느 기업을 모방한다고 할 때, 지금 현재 잘 되어 나가는 사업의 범위를 그다지 틀리지 않게 한다든지, 또 회사의 선배로 역량을 발휘하는 일이라면 신뢰할 수 있다고 하는 믿음이 없다면 별다른 효과를 얻지 못한다. 실현 가능한 지표가 아니면, 아무런 도움이 되지 못한다는 뜻이다.

아무리 복잡하고 어려운 세상이 되었다고 해도 우리들의 눈이 닿는 범위 내에는 반드시 이러한 지표가 될 만한 사람이 있게 마련이다. 성공의 예도 있고 실패의 예도 있다. 또 '저 사람과 같이 되고 싶다'고 하는 사람도 있지만, '그런 사람이 되고 싶지 않다'고 하는 사람도 있다.

그 어느 것 모두 쓸모가 있는 것이며, 실패의 예는 왜 실패했는가, 성공한 예는 어떻게 성공을 했는가, 어느 것이나 살아있는 연구 대상이라고 해도 좋을 것이다.

물론 배운다고 하면 당연히 성공한 예를 배워야 될 것이며, 평상시의 교제도 성공한 사람들과 교감을 나누어야 한다. 성공한 사람의 이야기를 듣고 있으면, 그 사람의 사고방식, 사물에 대한 날카로운 관찰법 등을 잘 알게 되므로 '과연 이렇게 하면 잘 되는 것이다' 하는 요령을 이해하게 된다.

요즈음 여러 종류의 성능 좋은 복사기가 시중에 나와 있어서 기계에 넣으면 원본과 똑같은 카피를 얻어낼 수 있다. 처음으로 새로운 일을 생각해 내는 사람에게는 창의에 대한 연구가 요구되므로 오리지널은 어렵지만, 남이 한 것을 카피하는 일이라면 1에서 10까지 감쪽같이 금방 만들어 낼 수 있는 시대이다.

또 실패할 것인가? 성공할 것인가? 모르는 내용을 흉내내는 것이라면 약간의 염려가 뒤따르겠지만, 성공한 사례를 그대로 따르는 것이니까 큰 불안은 없다.

단, 체면 불구하고 철저하게 흉내를 낼 열의가 필요하여, 남이 무슨 소리를 하든 철저하게 해 낼 수 있는 철면피적인 태도가 필요하다. 즉, '남의 흉내를 철저하게 내는 것도 지혜'이며, 어린이의 성장은 어른의 흉내에서 비롯된다는 예에서도 알 수 잇듯이 선각자의 뒤를 따르는 일부터 시작하면 드디어 모방의 범위를 벗어날 수 있다. 자동차도, TV도 모두 그런 과정을 거쳐서 세계적 수준의 상품이 된 것이므로 출발선에 선 사람이 남의 흉내에서부터 시작해서는 안 된다는 법은 없다.

따라서 새로 출발하려는 사람은 '옛날에 잡았던 절구공이'를 다시 잡아서는 안 된다. 이미 체험한 것에 대해서는 고정관념이 머리 속에 가득 차 있기 때문에 새로운 것을 만들어 낼 수가 없다. 하물며 한 번 실수한 것을 또다시 흉내를 내면 잘될 리 없지 않겠는가.

어차피 본을 뜨려면 실패한 기업의 뒤를 밟는 것이 아니라 성공한 사람의 뒤를 본떠서 두 마리째의 미꾸라지를 얻는 편이 훨씬 유리할 것이다.

▣ 성공자와 실패자의 차이

승자는 실수했을 때 "내가 잘못했다고 말한다."

패자는 실수했을 때 "너 때문에 이렇게 되었다"고 말한다.

승자는 "예", "아니오"를 확실히 말하고

패자는 "예", "아니오"를 적당히 말한다.

승자는 어린아이에게도 사과할 수 있으나

패자는 노인에게도 고개를 못 숙인다.

승자는 넘어지면 일어나 앞을 보고

패자는 넘어지면 일어나 뒤를 돌아다본다.

47 | 정말 불황 때문에 팔리지 않는 것일까?

아무리 좋은 상품도 사람이 만들어 낸다, 영업은
인간관계의 신뢰를 파는 것이며, 상품은 각각 얼굴을
가지고 자기를 표현하는 생명의 유기물이다,

장사가 잘 안 되는 원인을 추적해 보면, 대개 자기 자신에게 책임이 있음을 깨달아야 한다. 그러나 인간은 누구나 자기의 결점을 인정하고 싶어 하지 않으므로 책임 전가를 할 이유만을 생각한다.

최근에는 불황이 가장 말하기 쉬운 구실이 되었다.

"요즈음 장사는 어떻습니까?"

"아니, 이 불황에 장사가 되겠습니까"

하고 도장을 찍는 듯한 대답이 돌아온다.

불황이 되면 구매력이 떨어지므로 팔리던 물건도 잘 안 팔린다. 팔리지 않게 된 것을 불황 때문이라고 하면 일단 설명이 붙는다. 그렇다면 불황에서 회복되면 팔리지 않던 물건이 다시 팔리게 된다는 말인가?

예를 들면 거리에 새로운 할인매장이 생겨서 손님들은 이쪽의 가게를 지나서 다른 매장으로 쇼핑을 하러 가게 되는데, 경기가 회복되었다고 해서 그 손님들이 다시 이쪽으로 돌아와 줄 것인가? 누구에게 물어도 답은 아니라고 분명히 말할 것이다.

한편 슈퍼의 손님이 할인매장으로 발걸음을 옮긴 것은 시류를 타고 소비자의 필요에 응해서 새로운 판매 매체가 생긴 것이며, 이것을 '구조 변화'란 말로 표현될 성질의 것이다. 바로 슈퍼 그 자체가 소매점이며, 자본이 있어서 할인점이 된 것이 아니고 소비자의 요구에 따라서 경영을 했으니까 발전하여 대형할인점이 된 것이다. 경영자의 출신을 살펴봐도 처음에는 작은 상점 주인에 불과했던 사람들이다.

한편 장사가 잘 안 되는 상점 주인에게는 피해 의식이 강해서 자기 반성은 하지 않고 대자본주에게 먹혀 버렸다고 생각하는 사람이 많다.

그러나 시류가 변하면 거기에 따라 가지 못하는 기업은 스케일의 대소를 막론하고 똑같이 피해를 받는다.

예를 들면 풍요로운 사회가 계속되는데도 물건의 구매력이 떨어지는 것은 소매점뿐만이 아니다. 할인매장도, 백화점, 대형유통점도 다같이 매상이 떨어진다. 특히 생활용품은 이미 포화 상태에까지 와 있어서 매상이 좀처럼 신장되지 않으므로 주로 실용품만을 취급하고 있는 의류품 판매장은 피부에 닿을 정도로 감수 감익에 허덕이게 된다.

① 계절적 요인, 예를 들면 겨울과 여름, 혹은 더위와 추위 때문에 팔려야 할 것이 팔리지 않는다.

② 3년이나 4년 주기로 반복되는 불황기에 빠진다.

③ 유행의 변화에 우연히 발생된 마이너스 요인도 판매 부진의

조건이 된다.

우연히 쌓이고 쌓여서 생긴 핀치라면 언젠가 매상이 회복되리라는 것을 기대할 수 있다. 그러나 불황을 장기화시키고 있는 원인이 소비자의 구매 심리의 변화이며, 더구나 판매 부진이 다시 환원되지 못할 성질의 요인이라면, 이것은 금전 유통의 기본적인 변화이므로 대책을 세우지 않으면 대기업이나 영세기업을 불문하고 심각한 경우에까지 부딪치게 될 것이다.

쉽게 말해서 슈퍼의 매상은 감소 추세에 놓여 있다. 업적이 악화되어 감수되고 있는 슈퍼의 경영난은 일목요연하지만, 한 자리 수의 증수로 되어 있다고 해도 그 내막을 들여다보면 불채산 점포가 속출하고 있으며, 그 마이너스를 신규 점포의 매상으로 겨우 커버하고 있는 실정이다.

이 계제에 불채산 점포는 용단을 내려 문을 닫고, 다른 곳에 새 아이디어로 점포를 낸다고 하는 소위 스크랩 앤드 빌드(Scrap and build)를 단행하든지, 채산점포라도 상품 구성을 일신해서 '대량 판매점'에서 '특수전문 판매점'으로 전향시킨다든가, 의류 부문에서 식료품 부문으로 계획 상품을 바꾼다든가, 혹은 식료품 매장을 종래의 이미지와 아주 다른 높은 등급의 것으로 바꿔버리든가 하지 않으면 기업의 존망에 영향이 미치지 않는다고 단정할 수 없다.

이 정도의 핀치에 슈퍼업계가 빠져든 것도 종전의 매스프로 제품을 매스세일하는 방식으로는 이미 소비자들의 구매 심리에 합치되지 않았기 때문이며, 한 번 이러한 상태에 놓이게 되면 아무리 자본이 윤택해도, 또 아무리 스케일이 커도 자연 도태의 함정에 스스로 빠지게 된다.

■ 돈에 관한 명언

❋ 남의 이익을 생각하는 사람에게 이익이 돌아온다. - 중국 속담

❋ 돈이란 섹스와 같다. 없을 때는 오로지 그것만을 생각하고 있으면 다른 곳에 눈을 돌린다. - 제임스 볼드윈

❋ 돈을 사랑함은 모든 사악함의 근본이다. - 성경

❋ 돈이 없어도 행복해질 수 있다고 현혹하는 말은 영혼에 대한 사기다. - 알베르 카뮈

❋ 돈에 관심이 있다면 다른 사람을 신뢰하라. - 아가사 크리스티

❋ 나는 돈에 별 관심이 없다. 돈이 나에게 사랑을 사 주지 않기 때문이다. - 존 레논

❋ 돈이 없어도 젊을 수는 있다. 그러나 돈이 없다면 결코 늙을 수 없다. - 테네스 윌리암스

❋ 돈과 재산, 만족만을 원하는 사람은 세 친구를 잃은 것과 같다. - 셰익스피어

❋ 돈은 5감을 완벽하게 사용하지 못하게 만드는 제6감이다. - 서머싯 모옴

48 | 불황과 돈의 흐름은 다르다

소비자를 이끄는 새로운 힘이 요구되는 시기이다.
그것은 감성과 꿈, 그리고 이야기와 문화이다. 이제
소비자들은 상품을 사기보다는 그 상품 속에 담겨있는
이야기와 꿈이라는 문화를 사고 싶어 한다.

빌딩 1층이 모두 비어 있는 것을 보고 패션 장사에 성공한 사람이 찾아와서,

"그 자리에서 토속 음식점을 개점하고 싶은데, 어떨까요?"

하고 의견을 물어왔다.

이 사람은 이미 다른 곳에서 성공한 실적도 있지만, 성공의 요인을 살펴보면 끊임없이 시대의 움직임에 신경을 써서 다음의 새 상품으로 교체시키는데 남다른 재능을 가지고 있는 듯했다.

때 지난 제품은 바겐세일로 재고 정리를 꾀하고, 점포 구성에 싫증이 나면 일정 기일 동안 문을 닫고 가게를 다시 개축, 단장하는 용단을 내려 새 모습을 갖춘다.

이만한 센스를 가진 사람이라면 토속 음식점을 새로 개점한다 하더라도 이미 장사에 대한 요령을 터득하고 있으므로 그의 제안을 승낙하고 제과점 외에 분식점을 경영해 보도록 권유, 기술 지도를

해 줄 사람까지 알선해 주었다. 그러자 당사자는 즉시 서울로 달려가서 요식업 전문 디자이너에게 설계를 의뢰하고, 또 주방기기 일체를 발주해서 약 3개월 걸려서 개업을 했다.

개점을 눈앞에 두고 완비된 점포를 보고 나는 메뉴의 가격 책정에 대해서만 다소 주문을 붙였다.

"이 정도라면 4개월 후엔 당신의 목표 매상고에 도달할 것입니다. 잘될 겁니다."

신문에 단 한 줄의 광고도 내지 않았지만, 식당 안에 들어서기만 해도 어쩐지 먹고 싶어지는 가게이니까 틀림없이 잘 되리라고 생각했다.

한 그릇에 8000원짜리 갈비 우거지탕은 소비자의 상식으로는 너무 비싸다고 할지 모르나 뚝배기에 가득 담은 한우 갈비는 고객들을 매료시킨다. 우리 나라 사람들은 대식하는 편이므로 조금만 넉넉히 주문하면 5~6만원의 매상은 올린다.

"너무 비싸다. 이렇게 많은 돈을 내고 사먹는 사람이 몇 명이나 있을까?"

하고 불평하는 소리를 귓전으로 들었으나, 오히려 주부들이나 젊은 층으로부터 호응을 얻어 단골이 생기고 그로부터 3개월이 지나자 예정 선을 돌파하고, 6개월째는 1년 후의 목표 매상을 15% 이상 초과 달성하는 성과를 올렸다.

불황 속에서의 대성공이었으므로 주위 상인들이 팔장만 끼고 바라볼 리가 없다. 굵직한 사업가까지 자를 가지고 와서 손님으로 가장하고는 테이블이나 의자의 높이까지 재고 있었다. 이전에 대형 다방을 만들었을 때와 같이 반 년이 못 가서 몇 십 개의 최고급 음식점이 탄생할 것이라고 생각되었다.

그들의 방법은 본대로 겉모양을 모방해서 우선 닮은 것을 만든다. 비슷하기는 하지만, 부처님을 만들고 혼을 넣지 않는 것과 같아서 어딘가에 허점이 있고 손님을 끌기 위하여 다소 낮은 값으로 승부를 걸어온다. 그러나 몇 십 개의 업소가 새로 생기든 염두에 두지 않고 적당한 시기에 이르면 탈바꿈시킨다. 이것이 장사의 요령이다.

식당 주인은 자기 자신을 가리켜 '손님을 끄는 뚜쟁이'라고 했지만, 어떻게 하면 손님을 모을 수 있을까를 늘 생각하여 불황 따위는 어디에서 부는 바람인가, 또 불황이란 사람과 돈의 흐름이 어느 한 곳에서 다른 곳으로 이동하는 현상에 불과하다는 사실을 깨달을 수 있는 능력의 소유자임이 분명했다.

■ 불평의 모래를 아낌없이 버리자

당신의 어려운 사정을 솔직하게 글로 써 본다. 일 년 동안 계속 써서 모아보면 틀림없이 거대한 리스트가 될 것이다. 이를 모두 고통의 문제라고 쓰여진 쓰레기통에 던져 버린 다음에 괴로움의 알맹이를 진솔하게 관찰해 보라. 그러면 어떤 중대한 사실을 발견하게 될 것이다. 일이 제대로 풀리지 않는 경우에 토로하는 불평의 씨앗이 도처에서 화합의 싹을 틔울 때 당신을 가치 있는 인간으로 가꾸어 준다. 인격의 그릇이 크면 클수록 많은 어려운 문제를 처리하여 담을 수가 있는 것이다.

49 | 도시가 발전하는 장소를 찾아라

집을 장만할 계획이 있다면 새로 발전해 나가는 방향, 아직은 인기가 드문 지역에 준비할 일이다. 이는 값이 쌀 때 사두면 금방 빈 곳이 메워져서 사람도 많아지고 땅값도 단기간에 상승될 것이 내다보이기 때문이다.

여자를 유혹하는 것도 돈을 버는 일도 곧잘 낚시질에 비유한다. 사실 고기 낚기에 비유하면 이해하기 쉬운 면이 있다.

민물낚시나 바다낚시, 고기를 낚는 사람은 경험적으로 어디에 가면 고기가 잘 잡히는가를 알고 있다. 그래서 낚시를 갈 때는 언제나 잡힐 만한 곳을 찾아 나선다.

그런데 오랫동안 좋은 어장이라고 생각하고 있던 곳에서 돌연 고기가 잘 잡히지 않는 경우가 있다. 그 원인에는 여러 가지가 있는데, 상류에서 오수가 흘러들어서 고기의 서식에 부적당하게 되었다든가, 물고기의 먹이인 프랑크톤이 발생하지 않게 되었다든가, 조수의 흐름이 바뀌어서 수온이 달라졌다든가, 여하튼 무슨 변화로 물고기의 통로가 변해 버린 탓이다. 물고기의 통로였던 곳에 고기가 오지 않게 되어 버리므로 걸리지 않게 되는 것은 당연하다.

"전혀 물리지 않는다."

"굉장한 흉어인데."

그러나 어떤 장소에 위치한 사람이 고기를 못 잡게 된 것은 고기가 물에서 사라져 없어졌기 때문만은 아니다. 지금까지 통로였던 곳을 고기가 다니지 않게 된 것 뿐이며, 고기가 다른 곳으로 다니게 된 탓이다. 그러므로 새로운 고기의 통로를 찾아서 어장을 옮기면 되는데, 몇 십 년이나 한사코 같은 곳에서만 잡으려고 하는 습성 때문이다.

옛날에 비하여 고기의 조황이 나쁘니까, '세상이 점점 나빠져 간다'고 하는 생각에 사로잡히게 되는 것이다.

똑같은 거리의 모습을 보아도 발전해 나가는 방향이 있다. 서울의 경우는 무슨 이유에서인지 동남과 서, 즉 강남 지역 방향으로만 주거 지역이 뻗어나갔기 때문에 '도시는 남과 서로 발전하는 경향이 있다'고 해설하는 사람이 있지만, 이것은 어쩌다가 도시를 둘러싼 특수한 조건이 가져다준 결과일 뿐이다.

'사람은 따뜻한 곳을 찾는다'고 한다면, 남쪽을 선호하는 것은 납득이 가지만, 서울의 한강을 중심으로 강북과 강남이라는 지형의 특수성으로 인해 발전되었다고 생각하는 편이 옳을 것이다.

지방도시에 가 보면 지형에 좌우되어 동으로 향하는 곳도 있지만, 북으로 발전해 가는 곳도 있다. 어느 쪽으로 향해 가든 거리는 살아 있다. 끊임없이 움직이고 있는 것만은 확실하다.

집을 지어 파는 건축업자나 토지를 중개하는 부동산업자는 물론 장사를 하는 소매업자도 모두 이 동향에 주시하지 않으면 안 된다.

예를 들면 필수적으로 대형할인매점이 지방도시로 진출한다. 역전의 상점가에 매장을 내려고 해도 공간이 없고 또한 기존 상점가의 유지들이 일제히 반대함으로 다소 떨어진 외각지대의 폐업한 공장 같은 땅을 사게 된다. 역전의 땅값이 평당 5백만 원이라면 인적이 드문 지역은 기껏 50만 원이나 그 이하의 가격이다. 더구나 5백 평, 천 평씩의 큰 단위로 매입할 수 있다는 이점이 있다.

할인매점은 대량사입, 대량판매를 상술로 하고 더욱이 일괄해서 일용품의 태반을 구입할 수 있기 때문에 손님을 끌만큼의 매력을 가지고 있다. 지금은 시골 사람들도 차를 가지고 있기 때문에 충분한 주차 시설만 있으면, 먼 곳에서도 쇼핑객이 찾아온다.

그렇다면 찾아오는 손님을 상대로 일반 상점에서 팔지 않는 상품을 취급하면 장사가 되니까 주변에 새로운 상점가가 형성된다. 그러는 사이에 인파의 흐름은 이미 바뀌어서 신흥 상가에는 인파가 넘쳐 흐르는데, 옛 상가에는 손님이 오지 않으므로 보기에도 쓸쓸할 정도로 쇠퇴해진다. 땅값도 신흥지대는 50만 원하던 것이 백만 원이 되고, 구 상가는 5백만 원하던 것이 반대로 3백만 원에도 살 사람이 없다는 상태로까지 전락해 버린다.

가까운 역 주변을 살펴보면 역 앞의 상가가 쇠락하기도 하고 뒷골목 한적하던 곳이 빌딩 숲을 이룬 광경을 목격한다. 주택가에 대해서도 거의 같은 현상이 보이며 "아, 이 도시는 이쪽 방향으로 발전하고 있구나!" 하고 거리의 변화를 알 수 있다.

만일 그 거리에서 장사를 하던가, 집을 장만한다면 새로 발전해 나가는 방향, 아직까지 인기가 드문 지역에 땅을 준비할 것이다. 값이 쌀 때 사두면 금방 빈 곳이 메워져서 사람도 많아지고 땅값도 단기간에 상승될 것이 확실히 내다보이기 때문이다.

그런데 그곳에 오래 살고 있는 사람은 거리의 사정을 잘 알고, 자기가 살고 있는 고정된 위치에서 사물을 보는 버릇이 남아있으므로 새로운 변화를 승인하려고 하지 않는다.

"다들 그런 소리를 하고 있지만, 우리는 옛날부터 이 가게에서 장사를 해 왔단 말이야. 그래도 충분히 먹고 살아온 걸."

하고 완강히 저항한다.

아무리 저항해 봐도 사람이 다니지 않게 된 곳에서의 장사는 점점 오그라들게 마련이다. 어쩌다가 세계적인 동시 불황의 때인 만큼 장사가 잘 안 되는 것을 그 탓으로 돌리고 자기들만이 외톨이가 된 것에 대해서는 외면해 버린다.

■ 당신의 목표는 돈을 버는 일인가?

당신의 목표가 돈을 버는 일에 있다면, 그것을 방해하는 당신의 약점을 찾아내서 없애야 한다. 조급하게 결말을 보려는 성급한 사람이 돈을 벌려면 우선 인내하는 끈기부터 길러야 한다. 인내력을 가지고 성취 의욕을 기르면 얻고자 하는 것을 가질 수 있다. 일이 잘 되지 않는 곳을 살펴보라. 그러면 왜 그 일이 안 되는가를 깨닫게 될 것이다.

50 | 의와 주에서 식으로

실패는 다리와 같다. 극한 상황을 견디지 못한
사람은 다리 한복판에서 밑으로 떨어지는 죽음을
선택하지만, 그 다리 건너편에는 새로운 세계가
기다리고 있다는 것을 알고 있는 사람도 있다.

똑같은 이야기를 다른 업종에 비유해 볼 수 있다.

할인매장 진출에 유사한 품목의 상품을 팔고 있는 상점가의 영세업자는 거의 다 핀치에 몰려있다. 폐점한 사람도 적지 않지만 남아있는 점포도 매상이 격감해서 숨을 헐떡이고 있는 상태다.

이러한 업종의 영세자에게 고기의 통로는 이미 자기의 점포에서 다른 곳으로 옮겨간 것과 다름 없다.

그러나 상태가 좋지 않게 된 것은 영세업자 뿐만이 아니다. 소비자의 구매 심리에 변화가 생기게 되면 대형할인매장도 예외는 아니며 고기가 다니지 않게 된 어장에서 낚시를 하고 있는 것과 같은 업종에는 똑같이 불황이 내습해 오게 마련이다.

예를 들면 가구점은 전에 성장 산업이었고 건축 붐과 함께 확대 일로를 걸어왔다. 우선 대중적인 제품이 팔리고 있어서 고급 기호에서 또한번의 붐이 있었다. 또 고풍의 결혼 가구를 샀던 사람도 도시의 단지나 맨션의 규격에 어울리지 않으므로 신혼부부가 도시에서 살게 되면 맨션 규격에 맞는 가구로 바꾸지 않으면 안 되게 되었다.

그 때마다 가구공장은 양산에 박차를 가해서 그 중에는 수백 억 원대의 연간 매출을 올리는 업체도 있었다.

그러나 건축 붐이 한 바퀴 돌아가고 집안이 새 가구로 교체되고 바뀌게 되면 다음은 수요가 둔화되고 웬만한 고급가구로 바꿀 생각이 일어나지 않는 한은 가구를 살 사람이 줄어든다.

내가 알고 있는 종합 가구회사 중에는 자동차 제조공장 못지 않을 정도의 생산 공정을 자동화한 업체도 있지만, 지금은 생산 능력이 과잉이 되어 저속 가동을 하지 않으면 안 되게 되었다. 조업도가 내려가면 채산이 깨지는 것이 공업 생산의 상식이므로 코스트다운을 도모하려면 재고가 늘고 재고를 처리하자니 덤핑이 일어난다. 백화점이나 회사 직영 매장에서 가구의 바겐세일을 거듭 개최하게 된 것은 이러한 사정과 관계가 있다고 보아야 할 것이다.

예컨대 백화점의 의류판매장을 보고 있으면 실용품이 한쪽 구석으로 밀려나고 브랜드 상품이 큰 자리를 찾지 하고 있다. 할인점의 경우도 지금까지 실용품이 주류를 차지해 왔고, 새삼스럽게 브랜드 상품으로 바꾸려 해도 메이커가 요구대로 상품 제공에 응해 줄 것 같지도 않으므로 다소 고급화는 살 수 있지만, 실용품의 이미지에서 벗어날 수 없다. 따라서 메이커의 생산 과잉을 그대로 반영하는 것이 되어 이전에 달러 박스였던 것이 '이익이 적은' 매장으로 전락해 버릴 가능성이 높아진다.

특히 백화점과 경합 관계에 있는 대형유통점은 적자를 강요당하게 되므로 실용품 매장을 축소해서 전문화하는 수밖에 없다.

지방의 중형매장이 중앙의 대형에게 먹히고 이어서 대형할인점 스스로 변질해서 백화점 규모에 가깝게 되든가, 반대로 쇼핑센터화하던가 하지 않는 한 의류품만으로는 채산이 맞지 않게 된다.

한편 백화점은 패션화에 한층 더 박차를 가하게 되지만, 그 부작용으로 진열된 패션 제품이 재고로 활용되는 경우가 많아 오히려 실용품과 같은 취급을 받게 된다.

또한 브랜드 상품의 보급에 의하여 옛날에 만든 고급 상품이 진열대에서 밀려나며 구매력을 잃게 된다. 패션의 사이클을 빨리 회전시키려고 하면 새 것으로 바뀌기도 전에 지금 판매하고 있는 것이 다음의 패션으로 전락될 우려가 있다.

넥타이를 보더라도 한때 넓은 것을 유행시켰다가 이어서 좁은 것으로 변화시키는 것에는 성공했지만, 그 뒤가 이어지지 못해 채산을 맞추지 못했다. 좁지도 않고 넓지도 않는 것이 넥타이의 상식으로 되어 버렸지만, 이것은 양복 깃의 폭에 대해서도 마찬가지다. 아무리 디자이너가 자기들이 생각하는 방향으로 유도하고 싶어도 소비자 측이 현명해져서 "아, 그거다." 하고 따라 와 주지를 않는다.

그렇다고 하면 패션 쪽이 소비자한테서 중단 요청을 강요당하는 일도 일어날 것이고, 패션이 가지고 있는 부가가치가 심한 경쟁에 의하여 하락된다던지, 과잉 생산으로 메이커가 도태되는 일까지 발생한다. 패션이 가지는 매력은 이 후에도 물건에서 멀리 하려는 소비자를 끌어당기는 중개 역할을 하는 것에는 변함이 없지만, 지금까지와 같은 위세는 없어지게 되는 것이 아닐까.

의식주 중에서 '의衣'도 '주住'도 거의 부족함이 없어져 버리면 뒤에 남은 것은 '식食'뿐이라는 답이 나온다. '식'은 위의 크기에 제약을 받으므로 그것이 농업국의 번영에 제동을 걸었다고 하는 말도 있지만, 공업생산이 신장될 만큼 포화점에 가까워지면 드디어 국가 전체의 번영에 제동이 걸리게 된다는 사실도 생각해 볼 일이다.

적어도 '물건을 만든다'고 하는 면에서는 팔리지 않는 것을 무리하게 계속 만들어 낼 수는 없으므로 마침내 정체 상태에 들어간다. 정체한다고 해도 완전히 정지되는 것은 아니며 또 내용도 같다고 할 수는 없지만 생산을 해마다 늘려나가지 않으면 채산이 맞지 않는 체제에서의 개혁은 무리에 따르게 마련이다. 이에 같은 매장으로도 이익을 올릴 수 있는 체제 확립이 요청된다.

'부'의 증대에 많은 공헌을 해 온 '의'도, '주'도 그다지 늘지 않는다고 하면, '식'을 크게 보지 않을 수 없게 된다. 식은 위에 제약을 받을 지 모르지만, 먹고 난 후에 다시 배가 고파져서 식욕이 생긴다. 의식주 중에서 식이 갖는 소모성에 싫증이 나지 않는 기업으로 주목 대상이 될 시대가 다시 찾아 오고 있다.

▣ 휴식을 취하면서 자신을 찾는다

마음의 안정을 얻으려면 먼저 육체를 편안히 쉬도록 해야 한다. 가벼운 달리기나 줄넘기, 요가 등 손쉬운 운동을 생활에 끌여들어 매일 땀을 흘리면 상쾌해질 것이다. 특히 감정적인 성격을 지닌 사람은 깊은 심호흡 운동을 권하고 싶다. 기분이 울적하면 무슨 일이든 감정적으로 처리하기 쉽다. 피로가 쌓이지 않도록 자신의 장점을 살려 자기답게 일하며 스스로 삶의 방향을 찾아 주위를 살펴볼 여유를 가져야 한다.

51 | 낚이지 않을 때는 어장을 바꿔라

현장 경영의 핵심은 현장 체험, 현장 회의, 현장
결재, 현장 처리 등이 있으며, 경영자는 항상
그 중심에 서 있어야 한다.

식이라는 영역은 가장 역사가 깊은 분야이며, 그만큼 개발이 늦은 쪽이기도 하다. 역사가 깊은 만큼 보수적인 기풍이 강하고 식의 혁명을 가져오게 하는 것은 용이한 일이 아니다.

예를 들면 쌀밥에 인이 박힌 사람들을 빵이나 국수로 바꾼다는 것은 대단히 어려운 일이다. 인스턴트 라면의 돌풍에도 '식생활의 혁명은 어렵다'고 통감하고 있었으므로 오늘과 같은 더 이상의 신장은 없을 것이라는 한계를 예측하고 있다.

또 한국인의 빵에 대한 기호는 초등학교 급식으로 대용한 것이 계기가 되었지만, 그렇더라도 소맥 생산에 열악한 나라가 쌀밥에서 빵식으로 전환시킨 일은 역사상 그 전례를 볼 수 없는 현상이다.

또 우리 나라는 농업국에서 공업국으로 전환하는 과정에서 농업이 공업화에 힘을 쏟았을 뿐만 아니라, 농산물 가공이나 저장 기술을 선진국에서 배웠기 때문에 냉동식품도 받아들일 수 있게 되었다.

또 햄·소세지와 같은 육제품이 국민의 일상식품이 되자 작은 정육 공장을 하던 사람들이 연간 3천억 원이나 매상을 올리는 일대 메이커로까지 성장한다고 하는 놀랄 만한 변화도 일어났다.

식생활에 있어서의 혁명적인 변화는 경제 성장이 침체된 작금에서도 계속되고 있으며, 한편으로 분식점의 김밥에서 전통 음식 한 가지만을 내세워 대중의 입맛을 사로잡는 새로운 식생활 연구가 진행되고 있다.

어떤 시기는 메이커 제품의 위세가 시장을 장악하여 맥주, 소주, 비스켓, 캐러멜, 초코렛 등의 과자류에 이르기까지 독점 상태였지만, 이윽고 개성의 선별화가 시작되어 작아도 특징 있는 회사의 제품이라든가, 옛부터 상호를 지켜온 수제품, 어머니의 손맛이라고 하는 향수를 유혹하는 재래식 제품을 찾는 경향이 높아졌다.

술하면 몇 개 회사의 제품 밖에 없다고 우리들은 생각하고 있지만, 살펴보면 지역별로 그 지방 전통적인 주류가 얼마나 많은 지 놀라지 않을 수 없다.

그렇다고 하면, 의식주 중에서 아직도 끼어들 여지를 가지고 있는 것은 식의 분야라고 할 수 있다. 더욱이 반 매스프로가 이만큼 강력하게 작용하고 있는 분야도 달리 없으므로 제조, 유통. 서비스의 전 과정을 통하여 이제부터는 사람과 돈을 집중시키는 방향은 식을 산업화시키는 일이며, 또한 장사의 미개척 분야로 식밖에 남아 있지 않다고 할 수 있지 않을까.

백화점은 물론 대형유통업체도 이를 눈치채지 못했을 리 없다. 따라서 이제부터는 총력을 기울여 이 방면에 눈길을 돌려 상품화

개발에 투자해 볼 일이다. 이들 대형유통업체가 식품에 힘을 쏟으면 식품의 고급화가 일어난다. 식품의 고급화는 개성과 선별 위에서 구축되므로 거기에 특성을 가진 중소기업의 협력 없이는 성립되지 못한다는 조건이 요구되는 강점이 있다.

이렇게 보면, 고기가 잘 물리지 않으면 어장을 바꿔보는 것이 첫째이다. 오래 된 곳에서도 잡히지 않으면 물고기의 새 이동 통로를 찾아 내면 된다는 이론이 그 해답이다.

◼ 실패는 성공의 기회다

실패의 경험을 모르는 사람은 존재의 이유를 알지 못한다. 역경과 실패를 극복한 사람들의 공통점은 실패에 도전하여 그것을 좋은 경험으로 삼고 성공에 이르는 발판으로 삼는다는 것이다. 그러므로 실패에서 모든 교훈을 얻은 다음, 비로소 실패를 잊어야 한다.

누가 인생을 'one way Ticket'이라고 했던가?

어머니로부터 새 생명을 이어받아 힘찬 울음을 토해 내며 알몸으로 이 세상과의 첫 만남, 그 순간부터 한 인간의 위대한 삶의 여정은 시작된다.

시간의 강물을 타고 아침 풀잎에 맺힌 이슬방울 같은 생명이 지혜의 빛을 받으면서 이성은 자란다. 그와 함께 그의 내면에서는 또 다른 야망과 욕망의 불길로 아직은 불문명한 꿈을 예감한다.

그 꿈은 성공과 행복이라는 축제를 연출하는 신기루이다. 화려한 빛깔, 때로는 절망의 어두운 표정으로 안내자 없는 신기루는 인간의 격렬한 도전을 요구한다. 도전은 피나는 경쟁과 노력을 필요로 하는 생존의 수단이다.

수단은 결과를 낳는다. 그 결과에 의해 인간은 승자와 패자로 엇갈린다. 그 차이는 천국과 지옥 만큼이나 삶의 영역을 좌우한다. 그러므로 성공이라는 화려한 길을 미친 듯이 달리고 싶은 불꽃 같은 욕망을 참을 수 없다면, 지금 당장 미지의 벌판을 향해 뒤도 돌아보지 말고 달려가야 할 것이다.

이 세상은 아무 것도 하지 않고 망설이고 있는 사람에게는 성공의 열매를 따게 하는 기회를 주지 않는다.

몇 년 전에 작고한 H그룹의 J회장은 "일이 하고 싶어서 한밤중에 일어나 옷부터 입고 창밖의 새벽을 기다렸다."고 자서전에 술회할 만큼 보통의 사람들과는 다른 면모를 보여 주고 있다.

이 책에 쓰여진 소품 같은 글들은 한 지역의 소상인 서점 주인으로 30년 가까이 거리의 변화와 흐름을 지켜보면서 내 나름대로의 주변 이야기와 애환, 신문 잡지에 실린 내용을 오랫동안 정리해 본 것들이다.

바로 이 시간에도 서점 앞 길거리에 10년이 넘도록 작은 좌판을 펼쳐 놓고 오뚝이처럼 앉아 있는 초로의 박씨, 얼마 전까지만 해도 유명 화장품 회사 대리점으로 거리를 화려하게 장식했던 나비사장(그의 별명)은 부도를 내고 날개를 접은 채 교도소에 수감 중이다. 문방구를 평생 직업으로 하루도 빠짐없이 가게문을 여는 거리의 만형 격인 고등학교 정선배의 아들은 대학 졸업 후 일류 기업인 S전자에 입사했고, 딸은 한의사로 장성하였지만, 오늘도 열심히 살아가는 모습이 존경스럽기까지 하다.

이렇듯 가까운 이웃들의 **'삶의 이력서'**가 이 책의 주요 내용이다. 한 가지 분명한 것은 사업의 규모에 관계없이 경영자의 인생은 외롭고 고통스러운, 성공과 실패가 윤회처럼 반복되는 길이라는 사실은 분명한 것 같다.

아무쪼록 이 작은 책이 사업에 실패하여 좌절하는 이들에게 위안과 용기를 주어 재출발을 다짐하는 계기로, 비록 지금은 안정된 사

업을 하고 있으나 예고없이 찾아오는 도산이란 불청객을 퇴치하는
경영의 항로에 작은 길잡이가 되었으면 하는 바램이다.

2007년 여름을 보내면서

엮은이 씀.

성공한 사람은 구름 위의 태양을 보고
실패한 사람은 구름 속의 비를 본다

·

2007년 10월 25일 초판인쇄
2007년 10월 30일 초판발행

·

엮은 이 | 안수복

펴낸 이 | 홍철부

펴낸 데 | **문지사**

·

등록일 | 1978년 8월 11일(제3-50호)

·

서울특별시 은평구 갈현1동 423-16

영업팀 | 02)386-8451
　　　　 02)386-8452
편집팀 | 02)382-0026
팩　스 | 02)386-8453

값 9,800원

잘못된 책은 구입하신 서점에서 교환해 드립니다.